Álvarez, Ana, 1959- author.
Miscelánea

1.ª edición: febrero, 2016

para el sello B de Bolsillo
Consell de Cent, 425-427 - 08009 Barcelona (España)
www.edicionesb.com

Publicado originalmente por B de Books para Selección RNR

Printed in Spain
ISBN: 978-84-9070-174-4
DL B 323-2016

Impreso por NOVOPRINT
Energía, 53
08740 Sant Andreu de la Barca - Barcelona

Miscelánea

ANA ÁLVAREZ

Dedicado a Laura, por su ayuda en el difícil parto
y posterior desarrollo de esta historia.
Por estar ahí cuando me quedaba sin ideas
y sin ganas de escribir. Por haber creído en mí siempre,
cuando ni yo misma creía.
Y al final, por ofrecerme su mano...
Gracias.

El contrato

Victoria [illegible] del documento que estaba revisando [illegible] entraría en [illegible] bajo concentrarse en la [illegible] que se filtraba a través de la [illegible] del despacho, del que no conseguía desentenderse, [illegible]

Normalmente no tenía [illegible] del ruido circundante, en una [illegible] cantidad de personal trabajando a [illegible] estaba presente; pero [illegible] de lo habitual, y eso no ayudaba [illegible] de su concentración.

La perspectiva de conseguir [illegible] revista semanal, que el periódico publicaría [illegible] era enteramente obra suya, la ponía nerviosa [illegible] Sabía por el movimiento [illegible] y visitas al despacho del redactor jefe, que la publicación era inminente, y esto hacía [illegible] que le había prometido la dirección a ella: incluso [illegible] un poco

1

El comienzo

Victoria releyó una vez más la prueba del artículo que estaba revisando para la edición del periódico que entraría en rotativa en un par de horas. Le costaba trabajo concentrarse; en la redacción había un alboroto que se filtraba a través de la puerta del despacho y del que no conseguía desentenderse.

Normalmente no tenía problemas para evadirse del ruido circundante; en una redacción con gran cantidad de personal trabajando a dos turnos, el ruido siempre estaba presente, pero últimamente estaba más nerviosa de lo habitual, y eso no ayudaba a su poder de concentración.

La perspectiva de conseguir al fin una revista semanal, que el periódico publicaría los sábados, y que sería enteramente obra suya, la tenía nerviosa e impaciente. Sabía por el movimiento que había de entrevistas y visitas al despacho del redactor jefe, que la publicación era inminente, y este hacía meses que le había prometido la dirección a ella. Incluso habían hablado un poco de la línea que tendría dicha revista, de los contenidos y del formato.

Sabía también que llevaba algo de tiempo organizarlo todo, pero estaba realmente impaciente por empezar.

Un murmullo más alto de lo normal procedente de la antesala de su despacho, donde trabajaban su ayudante Magda y un par de chicas más, ambas redactoras, le hizo volver a soltar el artículo que intentaba revisar y salir para averiguar el motivo de tanta agitación.

Antes de abrir la puerta, se pasó la mano por el pelo para asegurarse de que ningún mechón se había soltado, siempre tenía buen cuidado en mantener su melena rubia y llamativa cuidadosamente recogida con tirantez en un apretado moño.

Victoria pensaba que al trabajo se iba a trabajar y cuidaba escrupulosamente su imagen para evitar provocar tanto en hombres como en mujeres ningún sentimiento que no fuera estrictamente profesional.

De hecho, su ayudante y amiga, con la que compartía piso, solía burlarse y decirle que parecía más lesbiana que ella cuando la veía por las mañanas embutirse en aquellos habituales trajes pantalón negros, sujetadores camiseta que comprimían sus pechos y sencillas camisas blancas abotonadas hasta el cuello.

Una vez comprobado que su aspecto era satisfactorio, abrió la puerta. Inmediatamente las risas cesaron y cada una de las chicas volvió a su quehacer.

—¿Puedo saber qué ocurre, que está hoy la redacción tan alterada?

Magda se echó a reír.

—Al parecer hay un espécimen de hombre diez dando vueltas por el periódico. Va parando la producción por dondequiera que pasa.

—Ah... ¿Y ese hombre diez es...?

—Nadie lo sabe.

Rosa, una de las chicas, respondió.

—Sí que lo sabemos. Es Julio Luján de la Torre, el hijo menor del dueño de la cadena de hoteles más importante de la Costa Brava. Lo que no sabemos es qué hace aquí.

Victoria frunció el ceño. Claro que conocía al hombre, salía con frecuencia en las revistas del corazón, pero tampoco ella tenía idea de qué pintaba en el periódico. Por lo que sabía, él pasaba todo su tiempo en yates, fiestas y saraos.

—Bueno, haga aquí lo que haga, no nos incumbe. Nosotras tenemos que sacar adelante la edición de un periódico, así que manos a la obra.

—Sí, Victoria, no te preocupes, estará a tiempo.

Giró sobre sus talones y volvió a entrar en el despacho. No tenía duda de que estaría, sus chicas cumplían siempre con su trabajo. Se había rodeado de un buen equipo. Rosa, Celia y sobre todo Magda eran eficientes y cumplidoras: contaba con ellas para la revista, aunque todavía no había nada oficial.

Suspiró al sentarse de nuevo en su sillón. Tanto alboroto por un par de pantalones. El tal Julio Luján no era más que un niño de papá, aunque ya bastante entrado en la treintena, mimado y caprichoso. Que ella supiera, no había trabajado en su vida, y si había algo que Victoria respetaba era el trabajo.

Se concentró de nuevo en su labor, hasta que sonó el teléfono de su mesa.

—¿Sí, Magda?

—Martín quiere verte en su despacho ahora mismo. Parece importante.

—De acuerdo. ¿Puedes encargarte tú de terminar la corrección?

—Sin problema.

Minutos después volvía a atravesar la puerta de su despacho, después de haber revisado su aspecto. El cabello en su sitio, la chaqueta abrochada, los pantalones impecables. Magda se había burlado de ella preguntándole con sorna.

—¿Asegurándote de estar perfecta por si te encuentras al tipo diez?

Victoria había sonreído a su amiga.

—Sabes perfectamente que soy tan inmune a ese tipo de hombre como tú. Pero cuando el redactor jefe te llama a su despacho hay que presentar un aspecto profesional.

—Victoria, tu presentas un aspecto profesional desde el mismo momento en que pisas el suelo de la redacción hasta que sales de ella.

Cruzó la redacción a paso rápido. Comprobó con satisfacción que, a medida que pasaba delante de las mesas, la actividad se hacía un poco más intensa; su presencia infundía un respeto que incluso superaba el que provocaba Martín. Se había ganado una merecida fama de dura e inflexible, y estaba orgullosa de ello. Apreciaba el trabajo bien hecho y todos lo sabían, nunca admitía excusas ni retrasos, pero todos lo aceptaban porque jamás exigía a nadie algo que no cumpliera a rajatabla ella misma.

Se detuvo ante la puerta de Martín y llamo con dos golpes secos.

—Adelante.

Nada más entrar en el despacho, intuyó que algo no iba bien. La cara de Martín era algo sombría y evitó cuidadosamente su mirada mientras la invitaba a sentarse en el sillón colocado frente a él.

—Magda me ha dicho que tenías que hablar conmigo de algo urgente.

—Sí, así es.

—Bueno... no tengo todo el día.

—Se trata de la revista. Hay un pequeño cambio en los planes.

—¿Cómo de pequeño? En realidad todavía está bastante en el aire... ¿Acaso no se va a publicar?

—Sí, se va a publicar.

—¿Entonces? Martín, no te andes con rodeos... ese no es mi estilo.

—El problema es tu papel en ella.

—¿No la voy a dirigir yo? ¿Se la vas a dar a otro?

—No exactamente... la intención es que la dirijas tú, pero no sola.

—¿No crees que esté capacitada para hacerlo?

—No es cuestión de capacidad.

—¿De qué, entonces?

—De nombre. Eres Victoria Páez, lo que quiere decir nadie en el mundo editorial. Una revista de esta envergadura necesita un nombre conocido que la respalde.

—Esta revista se va a regalar con el ejemplar del

sábado del periódico, la gente no va a comprarla, de modo que quién la dirija da igual.

—La junta directiva del periódico ha decidido publicarla independientemente del periódico, y, por lo tanto, un nombre conocido es imprescindible para promocionarla.

—Cuando hablas de un nombre conocido, espero que no te refieras a nadie de la familia Alcántara. Jamás trabajaré con ninguno de ellos.

—No; te estoy hablando de Julio Luján.

—¿Ese *gigolo*? ¿Pretendes que comparta la dirección de la revista con un imbécil que lo único que sabe hacer es mantener el equilibrio en la cubierta de un yate y dejarse fotografiar del brazo de la última mujer de moda?

—Julio tiene una licenciatura en periodismo sacada con excelentes calificaciones.

—Por favor, Martín, tanto tú como yo sabemos que esas «excelentes calificaciones» las ha comprado el dinero de papá.

—He hablado con él y me ha parecido un tipo inteligente.

—¿Y me puedes decir cómo, de entre todo el círculo periodístico, se te ha ocurrido pensar en él? Por Dios, bien sabes que yo quería llevar este proyecto sola, pero puestos a compartir la dirección, ¿por qué no has buscado a alguien competente, además de conocido?

—Ni el nombre ni la decisión son cosa mía, Victoria. Yo quería que la llevases tú, pero, como sabes, hay gente por encima de mí. Al parecer, se trata de un favor personal que alguien de arriba le hace al padre de Julio.

—O sea que papaíto le ha comprado un trabajo al nene.

—Algo así. Siempre puedes no aceptar... A mí, personalmente, me gustaría que la llevaras tú, y tienes el suficiente carácter para meterlo en cintura, pero la decisión es tuya.

—Por supuesto que no voy a renunciar. Llevo años esperando esta oportunidad y no voy a dejarla escapar.

—Entonces, esta tarde a las cuatro nos reuniremos con él para tratar el asunto. Antes quería hablar contigo.

—¿No vas a aclararme nada más? ¿Ni el tipo de cooperación que vamos a tener, ni quién va a llevar el control, ni nada?

—Eso es algo que debéis decidir entre vosotros.

—O sea, que yo voy a trabajar y él solo va a poner su nombre...

—No lo sé, no sé si Julio tiene intención de trabajar o hacer como que trabaja. Me lo han presentado esta mañana y solo he intercambiado con él unas cuantas frases. No he querido ahondar en el tema hasta saber si tú aceptarías. Lo decidiremos todo a las cuatro.

—De acuerdo.

Regresó a su despacho y se sumió en un mutismo hermético del que ni Magda pudo sacarla. Nada más verla, comprendió que cualquier pregunta sobre la reunión y sobre su evidente malhumor estaba fuera de lugar.

A las cuatro en punto, ni un minuto antes ni uno después, Victoria volvió a llamar a la puerta del despacho de Martín. Cuando recibió la invitación para entrar y empujó la puerta, comprobó que su jefe no estaba solo. En el asiento en que unas horas antes se había sentado ella, se encontraba ahora Julio Luján de la Torre. Como buena observadora, le bastó un rápido vistazo para comprobar que era más alto de lo que parecía en las fotos y más delgado. Su porte indolente, con una pierna cruzada sobre la otra y balanceando rítmicamente un pie, la irritó nada más verle. Vestía un pantalón negro, camisa del mismo color con un par de botones abiertos a la altura del cuello y una chaqueta gris, sin corbata. Todo de marca e indudablemente caro.

Observó cómo la mirada de él la recorría también con un atisbo de curiosidad, desde el moño apretado en la nuca, hasta los pechos planos y el cuerpo informe que escondía bajo la chaqueta cruzada de corte cuadrado y masculino. También cara, se las hacían a medida para conseguir el propósito de ocultar el cuerpo lleno de curvas que en verdad poseía. Pero hacía mucho tiempo que había comprendido que una mujer atractiva y sensual tenía muy difícil hacer carrera en el mundo editorial. Había que ser una «rompepelotas» fría y poco atractiva para conseguirlo, y ella no había dudado en asumir el rol.

—Victoria, te presento a Julio Luján. Victoria Páez.

Él se levantó de la silla y le tendió la mano de forma perezosa. Victoria le dio un apretón seco y rápido que apenas duró un par de segundos, y tomó asiento.

Martín tomó la palabra.

—Una vez hechas las presentaciones, deberíamos pasar al asunto que nos trae hoy aquí. Como ya ambos sabéis, el periódico va a empezar la publicación de una revista que vosotros vais a dirigir conjuntamente. Victoria ya tiene una idea del tipo de revista que será, cubrirá un poco de todo: arte, ciencia, viajes, alguna entrevista a un personaje de actualidad o un reportaje sobre algún tema candente. No tiene que tener un formato que se repita, en ella debe haber cabida para casi todo. Por eso se va a llamar *Miscelánea*.

—¿También moda, belleza y gastronomía? —preguntó Julio.

—¿Tengo aspecto de dirigir una revista de ese tipo?

Él la miró fijamente por unos segundos.

—No, pero como ha dicho que debe haber cabida para todo...

—Por descontado que, si hay algo excepcional que abarque uno de esos contenidos, lo cubriré, pero no habrá secciones fijas.

—Querrás decir lo cubriremos, ¿no?

—He querido decir lo que he dicho. Todavía no ha quedado claro el papel de cada uno de nosotros en esto.

Julio enarcó las cejas y no dijo nada.

—Bueno, tranquilos... Todo quedará aclarado enseguida. Tratemos esto como personas civilizadas.

—Pues empieza por aclararme cuál va a ser mi cometido aquí, Martín. ¿Voy a dirigir la revista sí o no?

—Vais a dirigirla los dos conjuntamente.

—¿Tendré capacidad de decisión?

—Por supuesto, ambos la tendréis.

—Eso va a ser difícil, salvo que el señor Luján prefiera dejarme a mí la dirección y limitarse a poner su nombre en el papel. ¿Es esa su intención? —preguntó mirándole fijamente.

Él hizo un gesto ambiguo con la boca.

—No —respondió—. No es esa mi intención. Me han ofrecido el puesto de director en una revista, no un espacio para colocar mi nombre.

—¿Y tiene usted alguna idea de cómo dirigir una revista?

—Por supuesto. Tengo una licenciatura en periodismo, señorita Páez. ¿O debo llamarla señora?

—Señorita.

—No sé por qué no me extraña.

—Tampoco a mí me extraña que tenga usted una licenciatura en periodismo. El dinero lo compra todo, pero eso no significa que sepa hacer el tipo de trabajo que se requiere.

—Antes de hacer juicios apresurados, debería comprobar lo que sé y lo que no sé hacer. A lo mejor se sorprende... señorita.

—Julio, Victoria... por favor. Pensaba dejaros llegar a un acuerdo entre vosotros sobre cómo repartir las competencias, pero está claro que deberé ser yo quien ponga los límites. *Miscelánea* se publicará semanalmente y cada semana será uno de vosotros el que decida tanto la portada como el contenido. Pero en ningún caso se publicará nada que no haya sido previamente aprobado por el otro. ¿Queda claro? Sería mucho más fácil si vierais al otro durante esa semana como un colaborador y no rechazarais todo lo que aporte sistemáticamente. Pensad que a la semana siguiente os tocará estar en el mismo lugar.

—¿Y si la revista se vende más con el contenido de uno de nosotros, semana tras semana? ¿Seguiría siendo rotatoria la dirección?

—Pues eso ya no os lo puedo decir. Si la diferencia en las ventas es muy significativa, habrá que replanteárselo.

—¿La revista aparecerá cada semana con el nombre de uno de nosotros o de los dos?

—El nombre de ambos aparecerá en cada publicación.

—¿Tenemos carta blanca a la hora de elegir los temas a tratar?

—Sí, Julio, pero ten en cuenta lo que he dicho antes. Victoria deberá aprobarlos antes de la publicación. Y viceversa.

—¿Algo más?

—No, Victoria, en principio nada más. Enséñale a Julio dónde está tu despacho; mañana haré colocar allí un mesa para él.

—Mi despacho es muy pequeño, Martín, apenas puedo moverme en él cuando nos reunimos todo el equipo. Si colocas una mesa más será imposible hacerlo. Y en la antesala hay tres chicas trabajando. En vista de lo que ha pasado hoy, no creo que sea buena idea poner al señor Luján allí.

—¿Lo que ha pasado hoy?

—El señor Luján es un conocido *playboy*.

—Llámame Julio.

Victoria le lanzó una mirada fría y despectiva.

—El señor Luján ha causado un considerable revuelo en el personal femenino de la redacción, por lo que he podido oír, y no pienso consentir que el trabajo de mi equipo se resienta por su presencia. Acomódalo en otro sitio, lejos de mis chicas.

Julio levantó una ceja sarcástico.

—¿Tan faltas de hombres están tus chicas que la sola presencia de uno cerca paraliza el trabajo?

—La vida privada de las mujeres de mi equipo no es asunto mío, pero su trabajo sí, y no toleraré distracciones.

—¿Solo hay mujeres en tu equipo?

—Sí.

—¿Por algún motivo en particular?

—Pues sí, solo quiero trabajando conmigo lo mejor, y ellas son las mejores.

—Ahhh... entiendo. No tiene nada que ver con el sexo...

—Julio —intervino Martín—. ¿Tienes inconveniente en que te acomode en un despacho fuera del recinto de Victoria?

—No, en realidad te lo agradezco. Me resultará más agradable trabajar si no tengo que ver continuamente una cara de palo.

—Bien, entonces empezamos mañana. Y, sinceramente, me gustaría que os replantearais vuestra actitud. Tenéis que trabajar juntos lo queráis o no, así que sería mejor si enterraseis el hacha de guerra.

Martín se levantó dando por terminada la reunión.

—Julio, te esperamos mañana.

—Aquí estaré —dijo levantándose a su vez. Victoria hizo lo propio y uno detrás del otro abandonaron el despacho.

Apenas habían cruzado el umbral, Victoria se volvió hacia Julio y le advirtió:

—A las ocho en punto, Luján. No tolero retrasos en mi equipo.

—No soy un miembro de tu equipo, soy codirector contigo.

—También yo formo parte del equipo y estoy aquí a las ocho en punto. Siempre.

—¿Siempre?

—Siempre.

Caminaban juntos a través de la redacción, cruzando pasillos llenos de puertas abiertas en cuyos despachos se realizaba una actividad constante.

—¿Puedo hacerte una pregunta?

—Solo si es sobre trabajo.

Julio ignoró la advertencia.

—¿Te he hecho algo en el pasado y no lo recuerdo?

—Jamás nos hemos conocido antes.

—Eso me parecía, pero claro, yo conozco a mucha gente. Y, quién sabe, a lo mejor te he echado un polvo en una noche de borrachera y no lo recuerdo, porque no entiendo tu actitud hacia mí.

—Yo no echo polvos de borrachera. Simplemente no soporto a la gente como tú.

—¿Qué gente? ¿Los hombres?

—No tengo en muy buen concepto a los hombres en general, pero me refiero a la gente podrida de dinero que se aprovecha de ello para comprarlo todo, incluido un trabajo.

—El dinero no es mío, sino de mi padre, y si su inversión en publicidad en *Miscelánea* es lo bastante sustanciosa como para que me hayan ofrecido el puesto de director en la misma, no voy a rechazarlo. Tú tampoco lo harías, encanto.

—Por supuesto que lo haría, yo soy una mujer íntegra.

—Si tu padre fuera rico y con la influencia suficiente para comprarte la dirección de la revista para ti solita, ya hablaríamos de integridad.

—No hables de lo que no sabes. Y no me llames «encanto», no lo soy. Ya te darás cuenta, Luján, no tienes idea de dónde te estás metiendo. Voy a echarte de *Miscelánea* y voy a hacerlo solo con mi trabajo, con mis índices de ventas. Y ni tu padre ni todo el dinero de publicidad que pueda invertir en ella van a evitarlo.

—¿Sabes una cosa, encanto? Creo que necesitas trabajar menos y follar más.

—Si quieres continuar en la revista, tú deberás hacer lo contrario.

—No me subestimes... Ya veremos quién echa a quien. Nos vemos mañana a las ocho en punto... señorita.

Cuando llegó a su despacho, Celia y Rosa ya se habían ido. Al igual que exigía puntualidad a la hora de incorporarse al trabajo, también respetaba escrupulosamente la hora de marcharse del mismo, salvo que hubiera alguna urgencia y todas necesitaran echar horas extras. Y, en esos casos, Victoria siempre era la última en marcharse.

Confiaba en que Magda tampoco estuviera allí, se sentía tan furiosa que ni siquiera le apetecía hablarlo con ella, pero su amiga la conocía demasiado bien y la estaba esperando.

—¿Todavía aquí? Creía que hoy ibas a casa de Silvia.

—Puedo ir más tarde, cuando sepa los sapos y culebras que te están comiendo por dentro.

—De acuerdo, pero aquí no. Te lo cuento en el coche mientras te acerco a casa de Silvia

—Vale.

Victoria entró en su despacho y cada una se dedicó por un rato a recoger sus respectivas mesas de trabajo.

Ambas mujeres eran amigas desde la universidad y cuando terminaron sus estudios tuvieron la suerte de encontrar trabajo en el mismo periódico. Victoria, que acababa de salir de una ruptura familiar, movida por una ambición y un deseo frenético de abrirse camino, había trabajado día y noche ascendiendo en poco tiempo de simple redactora a jefe de redacción de la sección de noticias de última hora. Había reclamado a Magda como su ayudante y después había ido librándose de algunos miembros de la sección e incorporando a otros, hasta que su equipo había quedado como estaba en esos momentos: con dos personas menos de las que tenía en un principio, pero mucho más eficiente.

Oficialmente, ella y Magda compartían piso, aunque en realidad su amiga mantenía una relación con otra chica desde hacía año y medio y pasaba la mayor parte del tiempo en casa de esta. Sin embargo, la familia de Silvia era católica, tradicional e intransigente hasta el punto de que su hija no se había encontrado capaz de hablarles de su atracción por las mujeres. Mantenía su relación con Magda en el más estricto secreto, de forma que solo se veían algunos días de la semana, aquellos en los que Silvia estaba segura de que ninguno de sus familiares iba a presentarse en su casa, cosa que hacían a menudo sin avisar. Victoria temía que la relación se acabara resintiendo porque a Magda ya le pesaba el secreto. Ella había hablado con sus padres de sus inclinaciones sexuales siendo apenas una adolescente y, cuando Victoria y ella se hicieron amigas, esta sabía que durante un tiempo los padres de Magda pensaban que eran algo más. Pero nunca había habido ese tipo de atracción entre ellas. Victoria tenía muy claro que le gustaban los hombres, aunque el tipo de hombres que a ella le atraían escaseaban cada día más. En cambio, abundaban los del tipo Julio Luján.

Una vez terminaron de recoger, apagar los ordenadores y las luces, ambas se dirigieron en los ascensores hasta el aparcamiento subterráneo. Y apenas acomodadas en el coche de Victoria, Magda ya no pudo contener más su curiosidad

—Vamos, suéltalo ya. ¿Qué quería Martín? ¿Acaso *Miscelánea* no se va a publicar?

—Sí se va a publicar, pero no voy a dirigirla yo sola. Me temo que voy a tener que tragarme al «señor diez» como codirector.

—¿A Julio Luján?

—Y de la Torre.

—Joder, ahora me explico tu cara de todo el día. Otra vez te va a tocar trabajar para que otro se lleve el mérito, ¿no?

Victoria dio un brusco giro de volante para incorporarse al tráfico de la M-30 antes de responder.

—Me temo que es todavía peor. Quiere dirigir la revista conmigo.

—Jodeeeerrr.... ¿Y qué sabe ese de dirigir una publicación?

—Dice que es licenciado en periodismo.

—A lo mejor es verdad.

—Seguramente lo es, no creo que mienta en eso. Pero tú has pasado por la Facultad de Periodismo al igual que yo. Sabes lo fácil que lo tienen para aprobar los «hijos de». Yo misma, si hubiera querido, tendría hoy el título sin haber apenas abierto un libro.

—Pero no lo hiciste, y a lo mejor a él le ha pasado igual.

—Lo dudo mucho, Magda. Por Dios, ¿cuántos años tiene? ¿Treinta? ¿Treinta y cinco? En todo ese tiempo no ha hecho más que vivir del dinero de papá. ¿Y ahora pretende jugar a que trabaja? Pues ya podía irse a asfaltar carreteras, así mantendría el bronceado. Pero una cosa te digo, no va a durar mucho como director de *Miscelánea*.

—Le piensas joder la vida, ¿no?

Victoria se permitió una leve sonrisa.

—Todo lo que pueda. Por lo pronto le voy a hacer trabajar como un negro. Martín ha decidido que cada semana uno de nosotros se va a ocupar de la publicación de forma alternativa y durante esa semana el otro actuará como colaborador. Y le pienso poner el nivel tan alto al cabrón que para igualar mi publicación, solo igualarla, va a sudar sangre. No va a tener tiempo de pasar por los despachos alborotando a las mujeres de la redacción, como ha hecho hoy. Y, si lo hace, su publicación será tan mediocre que estará fuera de ella en un par de semanas. ¡Pues no se ha permitido el capullo decirme que folle más!

Magda se rio a carcajadas.

—¿En serio? ¿Y qué le has dicho?

—Que él debería follar menos. Al final hemos acabado retándonos a ver quién echa de la revista a quién.

—Esto va a ser muy divertido.

Victoria detuvo el coche ante la puerta de Silvia.

—Bueno, saluda a tu chica de mi parte.

—Y tú relájate, mañana te espera un día duro.

Julio salió sintiendo la bilis subirle por la garganta. Hacía mucho tiempo que nadie le tocaba las pelotas como lo había hecho aquella escoba con moño que era Victoria Páez. Le había costado mantener las formas y no gritarle que se metiera su ridícula revista por donde quisiera, que a él le importaba una mierda. Él estaba muy a gusto en Londres haciendo sus másters, uno detrás de otro. Y la señorita Páez se había permitido dudar de su título. Si había algo que tenía eran títulos, joder. Después de licenciarse había estado haciendo másters de especialización, uno tras otro, en todas las universidades de prestigio europeas, claro que para evitar que su padre lo pusiera a trabajar en la empresa familiar como hacía su hermano. Los hoteles no le importaban más que para alojarse en ellos. La gestión de empresas tampoco le interesaba. Lo que a él de verdad le gustaba, con lo que disfrutaba, era estudiar. Y su padre era jodidamente rico, no necesitaba aplicar sus conocimientos para ganarse la vida. Pero los antepasados catalanes se habían impuesto y el viejo había decidido que ya estaba bien de estudiar y había llegado la hora de trabajar. Cuando se negó a hacerlo en la dirección de la cadena de hoteles diciéndole que era periodista, le buscó aquel trabajo y le amenazó con bajarle la asignación de sus gastos a una cantidad tan mísera que apenas le habría bastado para malvivir. Y todavía no podía permitirse vivir de sus inversiones. No se hubiera podido permitir ni el Jaguar, ni la Harley, ni el apartamento de 150 metros cuadrados en el centro de Madrid con su grupo de criados invisibles que se ocupaban de que su vida fuera cómoda.

Mientras conducía le sonó el móvil y le echó un vistazo de reojo. Teresa. No estaba de humor para ella. Sabía que debía tener cuidado con Teresa, era ambiciosa y se había propuesto pescarle, eso lo tenía claro. Pero tenía un cuerpo de infarto y follaba como una puta. Con clase, eso sí, pero puta al fin y al cabo. Y él no se dejaba atrapar por ninguna puta, por ninguna mujer de hecho. Le gustaba la variedad y, aunque era con Teresa con quien se veía más frecuentemente, eso no significaba que fuera la única que se llevaba a la cama.

Ignoró la llamada y recordó que era martes, el día de la semana que su cuñada salía con sus amigas y que su hermano Andrés estaría solo en casa cuidando de su sobrina, Adriana.

Cambió de dirección en la primera rotonda que encontró y se dirigió a la urbanización de chalets de las afueras donde vivía su hermano.

Cuando llamó a la puerta y esta se abrió, una versión de sí mismo con barba y unos cuantos años más le sonrió. Los hermanos se parecían mucho en el físico: altos, con el pelo castaño y unos increíbles ojos también castaños con reflejos dorados; sin embargo, eran muy diferentes en el carácter.

—¡Pero mira quién es...! El hijo pródigo.

Ambos se abrazaron efusivamente. A pesar de las diferencias de carácter, se querían mucho.

—Necesito un *whisky*.

—Vaya... —Andrés sacudió la cabeza sorprendido, precediéndolo hasta el salón—. ¿Mal de amores?

—¿Estás de coña? ¿Mal de amores, yo? No, nada de eso.

—Ya me parecía... Pero no eres de los que nada más entrar pide un *whisky*. Tienes muchos defectos, hermano, pero no eres un bebedor a palo seco.

—Pues hoy lo necesito. Alguien me ha tocado los cojones a conciencia.

Entraron en el salón y Adriana, una preciosa niña de tres años, se levantó rápido de la alfombra y corrió hacia ellos.

—¡Titoooo!

Julio la cogió en brazos y la alzó sobre su cabeza zarandeándola y haciéndola reír.

—Ey, brujilla... ¿Cómo está mi chica favorita?

—Muy bien, tito, estoy viendo dibujos ¿Quieres sentarte a verlos conmigo?

—No, Adriana —intervino su padre—, el tito y yo tenemos que hablar. Sigue tú viendo los dibujos.

El salón era lo suficientemente grande para que pudieran mantener una conversación a media voz sin que la niña se enterase.

Andrés escanció un carísimo *whisky* en dos vasos con hielo y se sentaron en sendos butacones.

—Bueno, Julio... desembucha. ¿Quién te ha tocado los cojones?

—Una tía.

—¿Teresa?

—No... Esa me los toca, pero de otra forma.

—Cuida el lenguaje, hermano. La niña está en la otra punta del salón, pero tiene los oídos muy finos.

—Todo esto empezó con la manía del viejo de que me ponga a trabajar; dice que ya está bien de hacer el vago.

—Tienes treinta y cinco años, Julio.

—Pero no soy ningún vago. Tengo tres carreras: empresariales porque se empeñó él, derecho por... no sé por qué realmente, y periodismo porque era lo que yo quería hacer. Y cuatro másters. No he perdido un curso académico en mi vida, y te aseguro que me he estudiado hasta la última coma de los temarios, no me han regalado los aprobados como piensa la señorita palo metido por el culo.

—Deduzco que es esa señorita quien te ha tocado los cojones.

—La misma.

—¿Y es...?

—Una redactora de tres al cuarto a la que le han ofrecido dirigir una revista estúpida e insulsa y se ha tomado muy mal que yo vaya a dirigirla con ella.

—¿Vas a dirigir una revista? —preguntó extrañado.

—Es cosa de tu padre, no mía. Se ha empeñado en que trabaje y como no he querido hacerlo en la empresa familiar me ha buscado esto. Y si no quiero perder el ritmo de vida que llevo tengo que tragar. Hoy hemos tenido la primera reunión con el editor jefe. Solo de pensar que voy a trabajar con ella me dan ganas de tirarme por un puente.

Julio le dio un largo sorbo a su bebida.

—¿Pero qué ha hecho exactamente?

—Ha cuestionado mi título, ha cuestionado mi capacidad de trabajo, mi puntualidad. Hasta me ha dicho que debo follar menos si quiero cumplir con mi trabajo. ¡No te jode, la señorita Rottenmeier! Tiene pinta de no haber follado en su vida...

—Vamos, Julio, tú nunca has tenido dificultad para meterte a cualquier mujer en el bolsillo. Despliega un poco de tu encanto.

—¿Con esta? ¡Ni muerto!

—¿Es joven o vieja?

—No lo sé. Una edad indefinida entre los treinta y los cuarenta y cinco. Pelo rubio y apagado recogido en un moño ridículo, cuerpo de palo de escoba y cara de siesa. De esas que no pierden la mala leche por mucho All-Bran que tomen.

Andrés se echó a reír a carcajadas.

—Vaya, vaya... Sí que pinta mal.

—Me ha amenazado con echarme de la revista por incapaz en poco tiempo.

—¿Y tú cómo has reaccionado a eso?

—Diciéndole que será ella la que se vaya y no yo. Y pienso hacerlo, hermano, yo solo, sin utilizar las influencias de nuestro padre en absoluto. Esta capulla va a saber quién es Julio Luján. Voy a hacerle tragar sus palabras una por una, a demostrarle que no es el ombligo del mundo, sino una redactora mediocre que no va a vender un solo ejemplar.

—¿Y esa señora se llama?

—Victoria Páez y es «señorita». Ningún hombre podría meterse en la cama con eso, por Dios. ¿Te suena de algo?

—No.

Por un momento, Andrés pensó que esa tal Victoria Páez podría ser alguien contratado por su padre para meter a su hermano en el redil y hacerlo volver a la empresa familiar, incapaz de soportar la presión de trabajar con alguien difícil de llevar.

La llegada de Adriana, que había terminado de ver los dibujos, puso fin bruscamente a la conversación.

Julio se quedó a cenar con su hermano y su sobrina y se marchó temprano, dispuesto a presentarse en el periódico al día siguiente a las ocho en punto.

2

La primera revista

Julio Luján se convirtió en el empleado más puntual que Victoria había tenido en su vida. Justo a las ocho en punto, ni un minuto antes ni uno después, llamaba al despacho de Victoria, asomaba la cabeza y después de murmurar un jovial «buenos días», se marchaba a su propio lugar de trabajo. Martín le había asignado una mesa en un despacho compartido con un redactor y una fotógrafa que raramente lo usaba, por lo que cuando no tenía gran cosa que hacer no dudaba en pasarse por la antesala del despacho de Victoria para intentar integrarse en el equipo del que formaba parte.

Durante las dos semanas que duraron los trámites necesarios para la publicación del primer ejemplar de *Miscelánea*, había conseguido entablar con las chicas una relación cordial, aunque estaba seguro de que nunca conseguiría atraerlas a su bando si las cosas con Victoria se ponían feas. Rosa, Celia y sobre todo Magda le eran incondicionales y no entendía por qué. Victoria era una jefa dura y exigente, poco dada a alabar el trabajo bien hecho ni a confraternizar, pero en el mismo momento en que él intentaba insinuar algo contra ella, las tres se cerraban en banda y respondían con un «Victoria es como es, solo hay que entenderla». Y fin de la conversación.

No obstante, él había conseguido llevarse bastante bien con ellas, aunque procuraba no abusar del tiempo que pasaba en la antesala para que Victoria no tuviese que llamarles la atención. En lo que respectaba a ellos dos, se habían limitado a ignorarse como si no existieran. La única vez que habían mantenido contacto había sido el primer día, cuando Julio, descubriendo que las chicas no salían fuera a desayunar, se había presentado con unos bollos para acompañar el café de la máquina que habitualmente tomaban, eso sí, durante el riguroso descanso de media hora establecido para el desayuno.

Había instado a Magda a que llamara a Victoria por el teléfono interno para que se reuniera con ellos, pero esta se había limitado a tenderle el auricular para que lo hiciera él mismo.

—Tú los has traído, a ti te corresponde invitarla.

Julio pulsó la tecla del despacho y, cuando respondió, le dijo que había comprado bollos para desayunar y si le apetecía uno, pero ella le dijo que nunca comía dulces porque engordaban y les deseó buen provecho.

Él se encogió de hombros y se comió el sobrante después de que las chicas lo rechazaran.

Durante ese tiempo Victoria se había dedicado a recopilar algunas ideas para el primer ejemplar de *Mis-*

celánea; quería estar preparada para cuando se diera el pistoletazo de salida. Bajo ningún concepto iba a permitir que fuera Julio quien dirigiese el primer ejemplar. La revista tenía que llevar su sello y eso solo podría conseguirlo si era ella quien lanzaba el primer número. Ya se había hecho una idea clara de lo que quería, incluso había pensado el reportaje de portada. Y del resto del contenido, una idea bastante aproximada. Esperaba sinceramente que Julio no vetase por sistema todo lo que presentase, aunque se temía lo peor, pensó maliciosa, porque desde luego ella pensaba vetar todos y cada uno de los contenidos de él.

Se pertrechó con su habitual taza de té, su cuaderno de anillas y empezó a tomar notas y a hacer recopilación de ideas para los futuros reportajes que darían lugar a la revista. Se inspiraba mejor con un simple bolígrafo y una hoja de papel. El ordenador lo utilizaría al final, para escribirlos.

Estaba también compaginando algunos últimos trabajos como jefe de redacción en espera de sumergirse en la dirección de *Miscelánea* de forma definitiva.

Sintió voces en la antesala y miró el reloj. Las once, y, como todos los días, Julio se había asignado la tarea de traer el desayuno para todos los miembros del equipo. A veces era una caja de galletas; otras, porciones de tarta o bollos. Siempre algo diferente y dulce. La primera vez la había invitado a unirse al grupo, pero ella no confraternizaba con el enemigo y le había dicho que nunca tomaba dulces porque engordaban. No era cierto, su metabolismo le permitía comer de todo sin problemas y disfrutaba de la comida como el que más, pero no en el trabajo. Y menos si la comida la había llevado él.

Julio había caído bien entre las chicas, era amable y encantador con ellas, le salía de forma natural, y Victoria no entendía cómo la mayoría de mujeres revoloteaban a su alrededor como polillas sin darse cuenta del tipo de hombre que era, vacío e insustancial. Solo veían en él su cuerpo atlético, sus ojos cálidos y su sonrisa encantadora que sabía manejar a su antojo.

Sabía que él estaba intentando usar todo su encanto para llevarlas a su terreno en la lucha sin cuartel que se iba a desencadenar entre ellos en cuanto se empezara a publicar el primer número de *Miscelánea*, y, sin embargo, Victoria no se sentía amenazada, confiaba ciegamente en su equipo y sabía que podía esperar lealtad de sus chicas.

Por otra parte, sabía que él no estaba haciendo nada para preparar el primer número, ningún bosquejo preliminar, lo que le confirmaba lo que ya sabía: que era un inútil y se limitaría a improvisar lo mejor que pudiera a última hora, lo cual significaba que estaría fuera de la revista y de su vida antes de lo que pensaba.

El sonido del teléfono interior sonó en ese momento y atendió la llamada.

—Victoria —le dijo Martín al otro lado del hilo—. El primer número debe salir la próxima semana. Me gustaría veros a ti y a Julio en mi despacho lo antes posible. ¿Puedes localizarle?

—Sí, no te preocupes, para localizar a Julio solo hay que seguir el rastro de risas femeninas. Enseguida estaremos ahí.

Sacó una carpeta que tenía guardada bajo llave y esperó a que fueran las once y media para salir.

Magda estaba sentada en su mesa, Rosa y Celia habían acercado sus respectivas sillas, mientras que Julio se apoyaba de forma relajada en una esquina de la misma. Vestía un pantalón gris claro y una camisa azul marino.

Todos levantaron la vista al escuchar abrirse la puerta. Julio paralizó por un momento el acto de llevarse a la boca el vaso de café que tenía en la mano.

—Se acabó el desayuno, Luján. Martín quiere vernos ahora mismo en su despacho.

Él miró tranquilamente el reloj que llevaba en la muñeca.

—Faltan dos minutos. Justo los que necesito para terminar el café. Seguro que Martín lo entenderá, él es de los que se alimentan, no vive del aire.

—Yo no vivo del aire, simplemente no como cosas que engordan.

Él la recorrió con una mirada burlona de arriba a abajo.

—Y a ti te sobran kilos por todos lados, ya lo veo. ¿Cuánto pesas, cuarenta? ¿Cuarenta y cinco?

Victoria ignoró el comentario y se dirigió a la puerta.

—Ya estás avisado, te espero en el despacho de Martín. No voy a llegar tarde por tu culpa.

Julio apuró el café y tiró el vaso de plástico a la papelera.

—Bueno, chicas, me voy. Rezad por mí.

Victoria le lanzó una mirada furiosa y salió del despacho. Julio la alcanzó en dos zancadas.

—¿Te relajas alguna vez?

—Eso no es asunto tuyo.

—Claro que lo es, preferiría no trabajar con una histérica.

—Y yo preferiría no trabajar contigo, pero es lo que hay. Martín quiere vernos porque el primer número tiene que salir la próxima semana. Si necesitas pasar por tu despacho para recoger algo...

Él se encogió de hombros

—No...

—¿No tienes ningún esquema, ni borrador que presentarle?

—Tengo algunas ideas... pero están en mi cabeza. No necesito ningún papel para eso.

Victoria sonrió satisfecha y no pudo evitar pensar: «Te voy a merendar en dos bocados, Luján.»

Una vez acomodados en el despacho, Martín les comento:

—Bueno, el primer ejemplar debe estar listo para salir la próxima semana. ¿Habéis decidido ya quién de vosotros va a ser el primero?

—Yo quiero el primer número —se apresuró a decir Victoria.

Julio jugueteaba distraídamente con su reloj y no dijo nada.

—Julio... ¿Estás de acuerdo? —preguntó Martín.

Él se encogió de hombros y alzó las manos en un gesto de resignación.

—Me enseñaron a ser galante. Las damas primero, si se empeñan en ello.

Victoria lo miró frunciendo el ceño. No se esperaba

esa respuesta, que se rindiera sin luchar. ¿Estaría tramando algo? Decidió que no, que simplemente no tenía nada preparado y se relajó.

—De acuerdo, este ejemplar es tuyo, Victoria. ¿Qué tienes pensado?

—¿Tengo que decirlo delante de él?

—Por supuesto, recuerda que tiene que aprobar todo lo que publiques; la revista lleva también su nombre. Y me gustaría que también él aportara algo a este ejemplar tuyo, y tú a los suyos, claro. Esto debe ser una colaboración, no una guerra.

—Que explique ella lo que tenga pensado y ya veré yo luego. Seguro que la señorita trabajadora incansable tiene un abultado dossier de cosas preparadas.

—No lo dudes, Luján.

Victoria abrió la carpeta y sacó un puñado de folios pulcramente mecanografiados y grapados en varios montones.

—He pensado crear una sección fija de fotografía, y en esta ocasión que sea la portada. Dedicar cada semana un artículo a un fotógrafo conocido o que haga algo diferente con la fotografía; mostrar su obra, quizás una entrevista y al final un apartado en que fotógrafos noveles o aficionados puedan mostrar sus obras y que el invitado de la semana se las comente. Si los aficionados tienen la ocasión de mostrar su trabajo, hay un sector de público bastante amplio que se hará cliente habitual de *Miscelánea*. El primer artículo podría llamarse «La fotografía contemporánea al alcance de todos».

—Me parece una buena idea —dijo Martín—. ¿Julio?

Él respondió con desgana:

—Podría valer.

—Esa sección sería fija entonces, para atraer clientes.

—En tu revista, encanto, no en la mía. Deja claro desde el principio que esa sección será quincenal.

—Por supuesto. No pensarás que iba a dejar que te aprovecharas de mi idea.

—Tampoco es tan genial. Si esto es lo máximo que puedes ofrecer...

Victoria le lanzó destellos asesinos con los ojos.

—¿Y tú? ¿Qué puedes ofrecer tú si ni siquiera tienes una idea?

—Claro que tengo ideas.

—¿Como cuáles?

—Las verás en su momento. Todavía necesitan un poco de maduración.

—¿De maduración? Querrás decir de trabajo.

—Llámalo como quieras.

—¿Qué más tienes? —intervino Martín.

—Un artículo sobre una investigación que se está llevando en la Universidad de Física de Madrid sobre el aprovechamiento de la energía que se pierde en las fábricas.

Julio tuvo que hacer un esfuerzo para no echarse a reír. A Victoria no le pasó desapercibida la mueca.

—¿Piensas ponerle veto? —preguntó irritada.

—No.

—También tengo previsto incluir un artículo con buenas fotos a color sobre uno de los deportes que se están poniendo más de moda en las costas de Granada, el *snorkel*.

—No te imagino con gafas y aletas.

—No estoy diciendo que yo lo practique, solo que se está poniendo de moda.

—¿Y eso lo dice...?

—Mucha gente.

—Ya...

—¿Lo rechazas?

—No.

—En ese caso, sigamos. También me gustaría publicar algunos relatos de gente desconocida.

—Bien. ¿Algo más?

—No, yo he terminado —dijo Victoria—. Creo que con eso es suficiente.

—A mí me gustaría incluir algo de mi cosecha —puntualizó Julio.

—Me alegra que te hayas decidido a participar —dijo Martín más animado—. ¿Qué propones?

—Recetas de cocina.

—¿Quieres meter recetas de cocina en mi revista?

—Nuestra revista.

—No, Luján, esta es «mi» revista, «mi» ejemplar. En el tuyo, si quieres, puedes incluir recetas de cocina e incluso tratados de cómo quitar las manchas a los trapos de limpiar el polvo. Probablemente mi asistenta te la compraría.

—Dudo mucho que en tu casa haya polvo. ¿Cómo osaría una mota aparecer en tu sanctasanctórum? Pero insisto en lo de las recetas de cocina, encanto.

—No me llames «encanto», mi nombre es Victoria.

—Y el mío Julio, no Luján.

—No.

—¿No me llamo Julio?

—No, a las recetas de cocina.

—Escucha, solo estoy tratando de salvarte el culo, señorita. No todo el mundo practica el *snorkel* ni tiene talento literario para escribir y muy, muy poca gente tiene una fábrica a la que sacar partido a la energía sobrante. Pero todo el mundo come y hay gente que hasta disfruta de ello. Salvo tú, que dudo mucho que disfrutes con nada.

—Pues claro que sí, con mi trabajo.

—¿Aprovechando la energía sobrante en las fábricas?

—Luján... —dijo apretando con fuerza los dientes y conteniéndose a duras penas.

—¿Sí, encanto?

—Por favor, ¿queréis comportaros como dos adultos? Victoria, creo que Julio tiene razón. Un toque algo más ligero e informal vendría bien. Una sección de cocina podría suavizar un poco el contenido, además de atraer a un sector de público más amplio. Ten en cuenta que un buen porcentaje de revistas las compran las amas de casa. ¿Qué tienes pensado, Julio?

—Una serie de artículos con recetas fáciles para gente que trabaja, tiene poco tiempo para cocinar y le gusta comer bien, con ingredientes normales que cualquiera puede tener en casa y que permitan improvisar en un momento dado.

—¿Comida sana? —preguntó Victoria.

—Comida nada más, a veces sana y a veces simplemente deliciosa.

—Yo lo veo, Victoria... —añadió Martín—. Pero, por supuesto, la decisión es tuya.

Esta apretó los dientes.

—De acuerdo, pero con la condición de que yo también podré incluir cada semana un artículo en la publicación de él, a mi gusto.

—Me parece justo —dijo Julio divertido.

—Pues poneos manos a la obra y recordad que, antes de que se publique, los dos os tenéis que reunir para dar el visto bueno al resultado final. Preferiría que trabajarais codo con codo, pero como veo que es imposible, al menos de momento, hacedlo a vuestra manera.

—Prefiero que nos reunamos al final y vetaré lo que no me guste —dijo Julio.

Victoria lo fulminó con la mirada.

Nada más salir del despacho, le dijo furiosa:

—Lo has hecho a propósito para joderme, ¿verdad? Te importan una mierda las recetas de cocina.

—En absoluto. Solo quiero dejar mi sello en tu revista.

—¿Con recetas de cocina? ¿Sabes siquiera lo que es una sartén?

—¿Lo sabes tú? Tienes pinta de no haber comido en tu vida y mucho menos cocinado. De hecho, tienes pinta de tener muchas carencias en tu vida, encanto.

—Me encanta mi vida, Luján, o al menos me encantaba hasta que tú apareciste en ella. Y si quieres dejar tu sello en mi revista, prepárate para que yo deje el mío en la tuya.

—Es la guerra entonces... y, ya sabes, en el amor y en la guerra todo vale.

Victoria empezó a desplegar actividad en cuanto llegó a su despacho. Encargó a Magda que buscara entre los fotógrafos más renombrados del momento y se reservó la tarea de decidir entre ellos el más idóneo para el primer número. A Celia le encargó el reportaje sobre el *snorkel*, a Rosa la organización de la sección literaria, y se reservó para ella el artículo sobre el aprovechamiento de energía en las fábricas y la elección de los relatos que se publicarían.

Estaba contenta, actividad por fin. No era de las personas que pueden mantenerse inactivas, y el periodo de espera se le había hecho muy largo.

El ritmo de la sección se volvió frenético. Victoria era muy exigente; las chicas sabían que no le podían presentar un trabajo que no estuviera bien documentado ni poco consistente.

Se reunían todos los días a primera hora para poner en común lo que tenían, decidir, corregir y fijar los textos definitivos, y, poco a poco, el primer ejemplar de *Miscelánea* fue tomando forma. De Julio y sus recetas no se sabía nada. Victoria no le había invitado a participar en las reuniones matutinas y él tampoco había mostrado el menor interés.

El viernes debían entregar el borrador definitivo para la impresión y el jueves a mediodía Victoria todavía esperaba su aportación. Su falta de profesionalidad la estaba llevando a un grado de irritación incluso superior al que sentía hacia él habitualmente. Era una persona a quien le gustaba tenerlo todo controlado, en el trabajo al menos, y no dejaba nada para última hora.

Decidió darle un tirón de orejas y lo llamó al despacho, pero nadie respondió al teléfono. Salió a la antesala y dijo a Magda que lo localizara y lo enviara a su despacho inmediatamente. Un rato después, esta entró y moviendo la cabeza murmuró:

—No está en la redacción, Victoria. Hace un buen rato que nadie lo ha visto. Juan, el reportero que comparte despacho con él, dice que cogió la chaqueta y se marchó alegando una gestión de trabajo.

—Hijo de perra irresponsable. Si regresa, dile que si mañana a las ocho en punto no tengo sobre mi mesa las recetas, que se olvide de incluir nada en mis números, ni ahora ni nunca.

Julio no apareció en toda la tarde. Media hora antes de la salida, Victoria, furiosa, decidió pasar por su despacho y dejarle una nota de advertencia sobre la mesa, pero en el mismo momento en que lo estaba haciendo, le sonó el móvil.

—Dime, Magda.

—Julio te está esperando en tu despacho.

—¿Por fin apareció? Voy para allá. ¿Le has dicho algo?

—No, jefa, te he reservado el placer.

—Se va a enterar, aquí no se puede desaparecer así como así. Esto no es un juego.

A paso rápido recorrió el trozo de pasillo que la separaba de su despacho, cruzó como una tromba la antesala ante la mirada divertida de sus ayudantes y entró.

—¿Quién te crees que eres para desaparecer de la

redacción durante horas? Aquí no estás en la empresa de papá, eres solo un empleado más.

—Estaba trabajando.

—Trabajándote a alguna de tus amigas, querrás decir.

—No, encargándome de mi artículo.

—¿Ya lo has escrito? ¿Lo traes?

—Todavía no.

—Ya me parecía a mí... pedazo de irresponsable. ¿No sabes que mañana tenemos que entregar el borrador para la impresión? ¿A qué demonios estás esperando?

—Lo escribiré en un santiamén cuando te decidas.

Se agachó y colocó sobre la mesa una nevera portátil de lona negra, la abrió y sacó de ella seis pequeños *tuppers* que colocó uno al lado del otro sobre la mesa.

—Pastel de espinacas y salmón —dijo abriendo uno de ellos—, rollo de tortilla y jamón, berenjena gratinada con queso *ligth*, esta es la receta sana —puntualizó mirándola con sorna. Luego siguió destapando *tuppers*. Revuelto de setas, *risotto* con pollo y verduras y manzana asada con helado. El helado se le pone por encima justo en el momento de comerlo, no lo he traído para evitar que se derritiera, pero supongo que eso serás capaz de hacerlo por ti misma. Hay que publicar cuatro de ellas, pruébalas y elige.

—¿De dónde has sacado todo esto?

La expresión perpleja de Victoria le hizo comprender que había ganado un tanto y sonrió satisfecho.

—Dos son recetas de mi tía Lola, otra de una amiga y el resto de la cocinera de mi madre.

—¿Has puesto a trabajar a la gente para preparar las recetas?

Él se encogió de hombros.

—No esperarías que lo hiciera yo... —dijo recordando la tarde tan divertida que había pasado entre fogones. La cocina era su *hobby* y las recetas eran suyas, pero Victoria Páez nunca lo iba a saber.

—¿A qué esperas para probarlas? Entre todas ellas no superan el número de calorías de una comida para una persona normal. No vas a reventar los botones de esa bonita chaqueta que llevas puesta.

—¿Qué le pasa a mi chaqueta?

—Pues que es preciosa... el diseño te habrá costado un ojo de la cara.

—Pues sí que es de diseño. Exclusivo.

—No lo dudo; ninguna otra mujer querría ponerse algo tan feo y tan poco favorecedor.

—No vengo aquí a alegrarle la vista a nadie, sino a trabajar.

—Una cosa no va reñida con la otra, encanto.

Miró el reloj.

—Bueno, ahí te dejo eso, te lo llevas a casa y te lo comes de cena. Es la hora de marcharse y me esperan. Mañana a primera hora dime por cuáles te has decidido y te escribiré las recetas en un pispás.

—Antes de que te vayas quiero tu número de móvil.

Él sonrió de oreja a oreja y sus ojos brillaron con malicia.

—Vaya... te estás ablandando. ¿A que va a resultar que a las mujeres también se las gana por el estómago?

Victoria le lanzó una mirada furiosa.

—Quiero tenerte localizado durante las horas de trabajo. Esto de desaparecer de la redacción sin permiso no se va a volver a repetir.

Julio agarró una hoja de papel del bloc de notas y apuntó un número.

—No me llames esta noche, estaré ocupado.

—Solo pienso llamarte en horas de trabajo, Luján, cuando no estés localizado en la redacción.

—Hasta mañana. Que disfrutes del festín. El helado de vainilla es el que mejor le va. Y no olvides devolverme los *tuppers*, no son míos.

Y dicho esto se marchó. Minutos después, entró Magda.

—¿Qué ha pasado? Parecía satisfecho.

Miró los *tuppers* alineados y mostrando el contenido.

—¿Qué significa todo esto?

Victoria sonrió como solo se permitía hacerlo en presencia de Magda y de muy contadas personas.

—Que alguien nos ha preparado la cena. ¿Vienes a casa o has quedado con Silvia?

—Voy a casa; esta noche Silvia cena en casa de su hermano.

—Pues vámonos nosotras también. Abriremos un buen vino para regar todo esto. Recogieron sus respectivas mesas de trabajo y metieron los *tuppers* cuidadosamente en la nevera. Después entraron en el ascensor. Victoria apretó el botón de recepción en lugar del que llevaba directamente al garaje.

—Quiero hablar con el conserje —dijo a modo de explicación.

Se acercó al mostrador y le comentó al hombre de mediana edad que se encontraba tras él:

—Miguel, cuando Julio Luján se ausente de la redacción en horas de trabajo, haga el favor de informarme. ¿Sabe a quién me refiero?

—Sí, ese señor que acaba de salir del ascensor.

Victoria giró la cabeza. Julio salía en aquel momento con la chaqueta echada al brazo y un maletín en la mano.

—Sí, el mismo.

Le vio avanzar con paso elástico y decidido hacia una rubia escultural de larga melena que esperaba con cara de hastío. Al verle cambió su expresión por una sonrisa forzada y le salió al paso moviéndose con sensualidad. Aquello hizo que Victoria se sintiera muy bien. «Una puta para un gilipollas», pensó.

Aquella noche las dos amigas disfrutaron de una cena que no se tuvieron que molestar en preparar, con una botella de buen vino. Brindaron por *Miscelánea* y por el comienzo de una etapa profesional muy prometedora.

A la mañana siguiente, a las ocho en punto, cuando Julio abrió la puerta del despacho de Victoria, esta le dijo:

—Las recetas son aceptables. Escribe las que quieras, todas pueden servir.

—¿Las disfrutaste, encanto?

—Las probé. Fue Magda quien dio buena cuenta de ellas.

—¿Se las pasaste a Magda?

—Ella vive conmigo. Compartimos piso desde hace tiempo. ¿No lo sabías?

—No, no tenía ni idea.

—Somos amigas desde la facultad.

—¿Y tratas a tu amiga con el mismo látigo de negrera que al resto del personal?

—En el trabajo no tengo amigos, solo empleados. Y ahora vete a tu despacho y empieza a escribir esas recetas si quieres que salgan en esta edición. Las quiero en mi mesa antes de la hora del desayuno.

—Faltaría más.

—Pareces de muy buen humor esta mañana. Quizá deberías decir a tu amiga que te visite más a menudo.

—¿A Teresa? No, ella no tiene nada que ver con mi buen humor. Es la satisfacción del trabajo cumplido.

—Déjate de chorradas y ponte a trabajar de una vez. Aquí están los borradores con el resto de artículos de la revista. Échales un vistazo e intenta no encontrarles nada que objetar. Por tu culpa vamos justos de tiempo para la entrega.

—Se hará lo que se pueda.

Se marchó a su despacho con el fajo de papeles. Escribió las seis recetas para que ella decidiera e ignoró el resto de documentos. Estaba seguro de que no encontraría nada que vetar, Victoria habría pulido hasta la última coma. A la hora del desayuno se los llevó al despacho.

El borrador de *Miscelánea* se entregó a tiempo y por la tarde tenían en las manos el primer ejemplar de prueba. El comienzo de una nueva etapa profesional estaba en marcha.

3

Julio responde

El primer número de *Miscelánea* se empezó a vender con moderación. Victoria estaba satisfecha con los resultados, que aunque no fueron espectaculares, para un primer número de una revista desconocida estaban bastante bien.

Julio, por su parte, no aparentaba trabajar más que la semana anterior a pesar de que le correspondía a él lanzar el siguiente número de *Miscelánea* y Victoria se relamía satisfecha como un gato pensando en el estrepitoso fracaso que iba a suponer el lanzamiento de su ejemplar. Ella creía firmemente en el trabajo duro y bien organizado, y que, ante la falta de este, era imposible alcanzar ningún éxito.

Martín había decidido no intervenir en los sucesivos números y delegar en ellos la decisión sobre los contenidos, alegando que no iba a actuar como mediador entre dos personas adultas y que debían aprender a solucionar sus diferencias.

Aquel día, Victoria, como era habitual, había llegado al trabajo con sus buenos veinte minutos de adelanto. Normalmente solía ser la primera en hacerlo, pero nada más entrar en la antesala vio luz en su despacho.

Intrigada, abrió la puerta y vio a una Magda apesadumbrada y con la cara y los ojos hinchados y enrojecidos a causa del llanto. Había pasado la noche en casa de Silvia, y, cuando esto ocurría, solía llegar justa de tiempo, no con tanta antelación.

Colgó bolso y abrigo en el armario sin decir palabra, quedándose con su habitual indumentaria de trabajo: pantalón negro, camisa blanca y chaqueta cruzada y perfectamente abotonada. Se acercó a su amiga y, apoyándose en una esquina de la mesa, le preguntó:

—¿Qué ocurre, Magda? ¿Cómo aquí tan temprano?

—Necesitaba pensar. Creo que voy a romper con Silvia.

Victoria hacía tiempo que se temía algo parecido.

—¿Y eso? —preguntó. Indudablemente, su amiga necesitaba desahogarse y hablar.

Magda levantó hacia ella unos ojos tristes y velados de lágrimas.

—Porque se avergüenza de mí; de lo nuestro.

—No creo que eso sea así, Magda.

—Sí que lo es. El sábado próximo es su cumpleaños. Estaba preparando algo especial para las dos, pero me ha dicho que sus padres están organizándole una fiesta. Sé que nada que yo haga puede anteponerse a su familia, así que decidí olvidar mis planes y le pedí que me invitase en calidad de amiga... solo amiga. Pero me ha dicho que no, que no se atreve a que conozca a su familia por si adivinan algo. Eso significa que nunca va a hacer público lo nuestro... y yo no estoy dispuesta a esconderme más, Victoria. Le dije que, si me quería, me llamara, pero solo si estaba dispuesta a luchar por nosotras, a confesar nuestra relación a su familia, y que si no, se olvidara de mí. Estoy aquí desde las cinco de la madrugada y no he tenido noticias suyas, de modo que se acabó. No quiero seguir escondiéndome como una criminal.

Victoria se levantó y se acercó a su amiga. La abrazó con fuerza y Magda enterró la cara en su chaqueta a la altura de los pechos fuertemente comprimidos por un sujetador deportivo, y lloró en silencio. Victoria le acarició el pelo con ternura. Ella sabía lo que sentía, no con una pareja, pero conocía perfectamente la traición de una persona a la que quería.

La besó en el pelo una y otra vez, consciente de cuánto relajaba eso a su amiga.

—Ánimo, cariño —le dijo—. Todo va a ir bien. Lo superaremos juntas, como hemos hecho otras veces.

Ninguna de las dos se percató de que la puerta se abría y Julio se quedaba clavado en el umbral.

—¡Ay, Victoria! ¿Por qué algunas personas no aceptan una sexualidad diferente? ¿Por qué tenemos que escondernos como si fuéramos criminales solo por el hecho de amar a alguien del mismo sexo?

—No lo sé, Magda, no lo sé.

Julio dio un paso atrás y cerró cuidadosamente la puerta sin que ninguna de las dos hubiera imaginado que había estado allí y había presenciado su íntima escena.

Regresó a su despacho y, mirando el reloj, marcó la extensión del despacho de Victoria. Esta se separó de Magda y respondió al teléfono.

—¿Sí, Luján?

—Quería que supieras que estoy en el edificio, en mi puesto de trabajo, puntual como todos los días. Pero estoy bastante ocupado con el número de mi revista para acercarme a tu despacho a informarte de ello. Espero que te conformes con una llamada.

—Vaya... ¿Te has decidido a trabajar por fin?

Él ignoró el comentario sarcástico y le pidió:

—Me gustaría que nos reuniéramos a lo largo de la mañana para que vieras los contenidos que estoy preparando y les dieras el visto bueno.

—Puedes acercarte después del descanso del desayuno, si te parece bien.

—Perfecto. Y espero que tú seas tan tolerante con mis artículos como yo lo fui con los tuyos.

—No cuentes con ello, Luján. No aceptaré ningún tipo de chantaje.

—Hasta luego.

Julio colgó y murmuró para sí.

—Ya veremos, encanto, lo que estás dispuesta a aceptar sabiendo lo que sé. Acabas de ponerme en las manos un arma muy valiosa y, si me veo obligado a usarla, lo haré.

Cuando Julio se reunió con las chicas en la antesala, portando como siempre una bandeja de cafés y una caja de bizcochos espolvoreados de azúcar, su mirada se dirigió a Magda sin poder evitarlo. Ella se había recompuesto y nada en su aspecto delataba lo ocurrido unas horas antes en el despacho.

—Aquí tenéis, niñas, un buen desayuno para endulzar el día.

—Nos estás mal acostumbrando, Julio —dijo Celia.

—Nada de eso. Me encanta mimar a las mujeres. Y esta es la única forma en que me permite hacerlo el dragón que se esconde en esa gruta —dijo señalando con la cabeza el despacho de Victoria.

—Victoria no es ningún dragón, ya te lo hemos dicho otras veces. Si trabajas como ella quiere, es muy razonable.

Él sacudió la cabeza.

—Será con vosotras, porque lo que es conmigo... aunque ahora que la conozco mejor, creo entender el porqué de su comportamiento hacia mí. —«Tengo pene», pensó sin llegar a decirlo en voz alta.

Desayunaron en silencio y una vez terminaron Julio comentó:

—¿Os importa tirar vosotras esto? Tengo que reunirme con Victoria para presentarle los contenidos de mi revista y no quiero llegar ni un minuto tarde. Mi cabeza depende de ello.

Las chicas no pudieron evitar una breve risa. A ninguna dejaba de hacerle gracia la lucha sin cuartel a la que se habían lanzado los dos codirectores de la revista y que resultaba muy divertida vista desde fuera.

—Pues mal día... —dijo Rosa—. Hoy está más seria de lo habitual.

—En fin... —dijo él alisándose con cuidado la camisa blanca de lino que llevaba por encima de un pantalón marrón claro—. Allá vamos. Rezad, chicas, si queréis que os traiga el desayuno mañana.

Golpeó con suavidad la puerta, cosa que nunca había hecho antes, y esperó a escuchar la invitación.

Victoria estaba sentada erguida y formal en su sillón. Sobre la mesa había un único montón de papeles mecanografiados, que Julio supuso que sería su aportación al contenido de su revista.

Él señaló su reloj, que marcaba las once y media en punto.

—Soy puntual, como ves.

—Déjate de payasadas, Luján. ¿Qué traes?

—Bien, al grano entonces. Supongo que puedo sentarme.

—Por supuesto.

Él se sentó relajado en el asiento que había frente a Victoria y abrió la carpeta que llevaba en la mano.

—Bueno... He pensado seguir manteniendo el apartado de recetas de cocina.

Ella, muy seria, asintió.

—Esperaba que lo hicieras. ¿Qué más?

—También quiero incluir de una forma fija una entrevista a algún personaje importante.

—Eso ya lo tengo yo.

—No de la misma forma que yo lo planteo. Tú te vas a limitar a fotógrafos, según me pareció entender, y a hacer entrevistas formales. Yo pienso aprovechar mi estatus social para acceder de manera informal a personajes a los que tú, como simple periodista, jamás podrías acercarte.

—Tu estatus social...

—Sí, encanto. Tienes que reconocer que el apellido Páez jamás abrirá las mismas puertas que el apellido Luján.

—Y de la Torre —añadió burlona.

—Exacto.

—Pues bien, señor Luján y de la Torre, puedo asegurarte que el apellido Páez abre exactamente las puertas que yo quiero abrir. Puedes quedarte con tus millonarios y entrevistarlos en el gimnasio o en el club de golf. No es ese el sello que yo quiero imprimir a mi revista.

—Ya... Tú quieres darle un sello científico. Allá tú si te quieres suicidar profesionalmente.

—El tipo de revista que tú quieres no se diferencia en absoluto de las muchas que ya hay en el mercado.

—Pues te equivocas, la mía va a tener un sello personal que ninguna otra tiene. Yo voy a mostrar a las personas desde el punto de vista de un amigo, no de un periodista.

—Pues claro, porque tú no eres periodista, y por mucho que te empeñes en mostrar tu título no tienes ni remota idea de cómo hacer una entrevista como Dios manda.

—Ay, encanto, Dios tiene muchas cosas en las que ocuparse para andar por ahí diseñando entrevistas. Lo que me interesa saber es si pones veto a alguna de mis ideas.

—En absoluto. Tal como dices tú, si estás empeñado en suicidarte, yo te sostendré gustosamente la cuerda para que te ahorques con ella. ¿Algo más o se te han agotado las ideas?

—Había pensado algún reportaje sobre viajes, lugares especiales y cosas así.

—Ya. Para hacer publicidad a los hoteles de tu familia.

—No siempre. Pero, claro, si hablamos de viajes, alguna vez les tendrá que tocar.

—Por supuesto. Pero cuida de no abusar, la publicidad en esta revista hay que pagarla. Y vetaré todo lo relacionado con vuestra cadena de hoteles que considere inapropiado.

—No tengo la menor duda. Y para terminar había pensado incluir un consultorio sentimental.

—¿Un qué? Mira, Luján, por eso sí que no paso. No pienso poner mi nombre en una revista que incluya una bazofia de esas.

—No vas a poner tu nombre, yo voy a poner el mío. El consultorio se va a llamar «Julio responde».

—¿Tú vas a responder las consultas? ¿Y qué demonios sabes tú de sentimientos?

—Probablemente más que tú... señorita estirada. Dime, ¿te has enamorado alguna vez? ¿Has perdido la cabeza en brazos de un hombre?

—Eso no te importa en absoluto, Luján.

—Pues claro que no. No tendrías esa pinta de amargada ni serías adicta al trabajo si lo hubieras experimentado aunque solo hubiera sido una vez.

—¿Y tú? ¿Lo has experimentado tú? ¿Has hecho algo más que follar en tu vida? —dijo Victoria perdiendo los nervios por primera vez desde que lo conocía. Julio supo que había ganado un tanto, descubriendo otro punto flaco de la señorita Páez.

—Pues claro que me he enamorado. Y como todo el mundo he ganado, he perdido, he sufrido y he gozado. Como ves, estoy más que capacitado para responder cualquier pregunta. Pero yo quiero dar un aire distinto al consultorio. Quiero que escriban mujeres que tengan dudas sobre cómo seducir a un hombre, qué les gusta, qué deben hacer o no hacer... cómo deben vestirse o maquillarse.

Victoria bufó.

—Las mujeres saben perfectamente qué hacer o cómo vestirse para atraer a un hombre, Luján. No te necesitan para eso.

Él, sin decir palabra, recorrió el cuerpo de Victoria lentamente con la mirada, esbozando una mueca de incredulidad.

—No todas, encanto... no todas.

—A lo mejor hay mujeres que no están interesadas en seducir a un hombre. Por lo menos no a uno a quien lo único que le importa es el vestido o el maquillaje.

—Pues esas, que no escriban.

—¿Estás decidido a hacerlo, verdad?

—Sí.

Julio se incorporó en el sillón y se inclinó hacia adelante, acortando así un poco la distancia que los separaba.

—Vamos a ver, Victoria, piénsalo un poco. Yo no soy un hombre cualquiera.

«No, no lo eres», pensó. «Eres el capullo más grande que he conocido en mi vida.»

—Soy Julio Luján, un conocido *playboy*, como dijiste el primer día que nos conocimos con tan extraordinario sentido del tacto. El hecho de que yo responda personalmente un consultorio va a inducir a muchísimas mujeres a comprar la revista.

—Ya será menos.

—Eso lo dirán las ventas.

—De acuerdo. No lo vetaré, con una condición.

—¿Cuál?

—Que en realidad seas tú quien responda y no lo haga otra persona en tu nombre. Si descubro que recurres a eso, me encargaré personalmente de desenmascararte en el siguiente número de mi revista.

—Yo contestaré personalmente.

—¿Aunque sean, como tú dices, «muchísimas» las mujeres que escriban?

—A lo mejor tienes razón tú y son menos. Pero sí, aunque sean muchísimas.

—De acuerdo.

—Y ahora, tu aportación.

Victoria cogió el pequeño y pulcro montón de folios que reposaba sobre la mesa y se lo alargó a Julio.

—Yo quiero incluir en tu revista una sección en la que investigar fraudes.

Él parpadeó perplejo.

—¿Fraudes? ¿Qué tipo de fraudes?

—De todo tipo. Desde fraudes económicos a hacienda por parte de empresas, a fraudes a inversores por parte de bancos, e incluso hasta fraudes de gente que dice ser lo que no es y saber hacer lo que no sabe.

—¿Quieres hacer periodismo de investigación en una revista de corte lúdico?

—Tú incluiste recetas de cocina en una revista de corte serio.

—Entiendo. Y supongo que lo de gente que dice ser lo que no es y todo eso va por mí, ¿no? Quieres investigar mi título de periodismo.

—Es posible. Como bien dices de los hoteles de tu padre, puede que alguna vez te toque.

—Pues adelante. No tengo inconveniente en ser el primero en ser investigado. Pero hazlo bien, porque no aceptaré nada que no sea estrictamente la verdad, y esa, encanto, la sé yo mejor que nadie.

—Jamás incluiría una mentira en un artículo. ¿Por quién me tomas?

—De acuerdo, entonces. Nos vemos el viernes para revisar los borradores finales.

—Procura que sea antes de la hora de cierre.

—¿Tienes planes para el fin de semana?

—Por supuesto, Luján. ¿Qué te crees?

Julio sonrió y salió del despacho.

—Sigo vivo —dijo dirigiéndose a la chicas. Todas sonrieron mientras lo veían salir en dirección a su despacho agitando alegremente la carpeta que llevaba en la mano.

Cuando llegó a él, insólitamente lo encontró vacío. Decidió aprovechar y llamar a casa de su hermano. Respondió su cuñada.

—Hola, cuñado. ¿Cómo te va la vida laboral?

—Divertida. No es tan mala como pensaba.

—Eso está bien. ¿Quieres que llame a Andrés?

—No, en realidad es contigo con quien quería hablar. ¿Puedo pedirte un favor?

—Claro.

—No sé si mi hermano te ha contado que debo codirigir la revista con una tía tocapelotas que se ha empeñado en hacerme fracasar y echarme de la publicación.

—Algo me ha dicho, pero no demasiado.

—Pues ya te contaré más el fin de semana cuando vaya por allí, pero el caso es que voy a incluir un consultorio sentimental para fastidiarla y tengo que pedirte un favor al respecto.

—Oye, soy psicóloga, pero no pretenderás que responda yo.

—No, no... No se trata de eso. Al consultorio voy a responder yo. Lo que quiero es que te pongas en contacto con tus amigas y conocidas, para que a la vez llamen a sus amigas y todas manden cartas a la redacción. Victoria no cree que la sección vaya a tener éxito y se ha burlado de mí a conciencia. Quiero que el correo se colapse y se tenga que tragar sus palabras.

—O sea, que lo que tenéis esa señora y tú es una guerra en toda regla.

—A muerte.

—¿Y qué deben escribir?

—Lo que sea... preguntar consejos sobre cómo tratar o gustar a un hombre, sobre cómo actuar en determinadas situaciones... Lo que sea. Yo filtraré un poco y publicaré los casos más interesantes, pero prometo responder a todas.

—Yo conozco a mucha gente, Julio.

—No importa. La señorita estirada quiere que responda todas las cartas y lo voy a hacer aunque me tenga que pasar toda la semana escribiendo, pero ella se va a tragar todas las respuestas.

—Jajaja, qué divertido. Oye, ¿y esa señorita cómo es?

—Tocapelotas.

—Pero tocapelotas joven, vieja, alta, baja, rubia, morena...

—Simplemente tocapelotas. En el resto no me he fijado.

—Vaaale, pues pondré en marcha la bola de nieve, pero el fin de semana tienes que venir y contarme más, ¿eh?

—Prometido, Noe. Un beso.

—Otro para ti, cuñado.

Durante toda la semana Victoria y Magda compartieron casa y trayectos en coche. Silvia no había dado señales de vida y Magda se había resignado a dar por terminada la relación.

Victoria fue en todo momento un apoyo y un consuelo para su amiga, como siempre lo habían sido la una para la otra. Magda era la única persona que conocía a la Victoria real, el porqué de su carácter y de su actitud ante la vida. También a ella le había tocado tirar de su amiga cuando su familia la traicionó y Victoria renunció a ellos, con excepción de su hermano Rafa. Se cambió el apellido Alcántara, muy conocido en el mundo literario, y adoptó el Páez de su abuela, decidida a abrirse camino sola y sin ayuda en el difícil mundo del periodismo.

El jueves por la tarde, Rosa entró en el despacho de Victoria con el artículo sobre fraude que esta iba a presentar a Julio al día siguiente. Para empezar, no había querido meterse en nada muy serio y se había limitado a investigar una inmobiliaria con fama de no devolver las fianzas a los inquilinos después de abandonar los pisos de alquiler, mediante una cláusula muy ambigua.

—Espero que el señor Luján y de la Torre no ponga objeciones al artículo —dijo cogiéndolo de la mano de Rosa y disponiéndose a releerlo una vez más.

—Victoria, respecto a Julio, creo que hay una cosa que deberías saber. Hay un auténtico revuelo en la redacción...

Esta levantó la vista de los documentos que leía con aire de exasperación.

—¿Qué ha hecho ahora?

—No, no ha hecho nada, son las cartas del consultorio.

—¿Qué pasa con ellas? ¿Se las está escribiendo alguien?

—No, las está contestando él... pero son muchas. La sección está teniendo un éxito abrumador. No sé cómo ha conseguido que la noticia se extienda antes incluso de que se publique un ejemplar, pero va a tener que dedicar a la sección unas cuantas páginas. Pensé que debías saberlo antes de reunirte con él.

—¿Varias páginas? ¿A un consultorio sentimental? Por Dios, ¿no sabe que debe filtrar las cartas, que no las puede publicar todas?

—Hay cuatrocientas ochenta.

—¡¿Cuatrocientas ochenta cartas?!

—Sí, hasta el día de hoy. Si llega alguna más, ha dicho que las dejen para el próximo ejemplar.

—No me lo puedo creer. ¿No será la misma carta fotocopiada una y otra vez?

—No, yo misma les he echado un vistazo hace un

rato. Nombres diferentes, direcciones diferentes y textos diferentes.

—Joder... Gracias, Rosa, por informarme. Habría quedado como una idiota cuando se presente aquí mañana si no lo hubiera sabido.

—De nada, Victoria. Aunque nos invite a desayunar todos los días, tú sabes con quién están nuestras lealtades.

—Lo sé.

Rosa se marchó y Victoria se quedó pensando en cómo habría conseguido que llegaran tantas cartas antes incluso de que se publicara el primer número. Juego sucio, por supuesto. Tenía que andarse con ojo con Julio Luján.

Cuando el viernes a mediodía él se presentó en su despacho con los borradores de los artículos para su aprobación, Victoria le felicitó por el éxito de la sección «Julio responde».

La sonrisa de oreja a oreja con que él recibió la felicitación se vio ligeramente ensombrecida por no haberla podido pillar por sorpresa, y Victoria lo sabía. Lo consideró un empate.

4

Mariví

La revista de Julio se vendió bien, sin grandes diferencias con la de Victoria. En unas pocas semanas, la llegada de fotografías casi igualó la de cartas al consultorio de Julio y las tiradas de los ejemplares de ambos se equilibraron. La publicación, en vez de una revista semanal, se convirtió en dos quincenales, cada una con sus propios contenidos y sus propios compradores. Las ventas se estabilizaron en un límite aceptable, aunque no excesivamente lucrativo.

La lucha silenciosa y solapada entre Julio y Victoria continuó, intentando ambos encontrar algo que superara al otro en ventas, sin conseguirlo. También la guerra personal entre ambos siguió en un tira y afloja equilibrado.

Cuando *Miscelánea* llevaba ya siete semanas de publicación, Martín volvió a llamarles a su despacho. Victoria se presentó algo nerviosa, sin tener una idea clara de qué podía ocurrir, pero en su fuero interno temía que los accionistas pudieran eliminar la publicación sin darles una oportunidad para mejorar las ventas.

Ella sabía cuánto se estaba jugando con aquello; si la dirección decidía que no valía la pena mantener la revista en el mercado, ella se quedaría sin trabajo. Su anterior puesto ya había sido cubierto y el nuevo equipo lo estaba haciendo muy bien, no había vuelta atrás.

—¿Qué ocurre, Martín? —preguntó en cuanto Julio se hubo acomodado junto a ella—. ¿Algún problema con *Miscelánea*?

—Bueno, como ya sabéis, las ventas se han estabilizado, y, aunque dan beneficios, el margen no es muy amplio. Me preocupa que, si no aumentan poco a poco, la dirección decida eliminarla.

Victoria se tocó nerviosamente el moño, gesto que hacía inconscientemente cuando estaba preocupada.

—Sí, algo así me temía yo.

—He estado pensando y hay un par de cosas que se pueden hacer, si aceptáis mi consejo, claro está.

—Yo estoy abierto a cualquier sugerencia.

—Una de ellas es enterrar el hacha de guerra y trabajar juntos, en colaboración. Al ser tan diferentes, las dos revistas tienen su público, pero si las fusionáis es muy posible que aumenten las ventas. Si reducís el número de páginas de los reportajes, se pueden incluir todas las secciones en un único ejemplar.

Victoria sabía que Martín tenía razón; aun así sentía la rabia crecer en su interior. Si quería mantener la revista, iba a tener que hacer concesiones.

—Por mí no hay problema —dijo Julio.

—¿Victoria?

—De acuerdo —concedió de mala gana.

—Hay otra cosa más. El sábado próximo hay un

evento literario en el hotel Ritz. Acudirá mucha gente del mundillo intelectual y otros muchos que lo quieren parecer. Sería un buen sitio para promocionar *Miscelánea* y hacer suscriptores; os puedo conseguir un par de invitaciones si queréis intentarlo.

Julio asintió.

—Un poco de campaña publicitaria nunca viene mal, sobre todo en el sitio adecuado. Consígueme una invitación y yo me encargo de eso.

—¿Solo tú? La revista también es mía —dijo Victoria, molesta.

Él la miró con condescendencia.

—Por Dios, Victoria, no digas estupideces. Déjame la publicidad a mí, tú solo conseguirías reducir las ventas. Con tu aspecto asustarías a cualquier posible suscriptor; aparte de que para vender algo, sea lo que sea, hace falta encanto, y tú tienes el encanto de la señorita Rottenmeier. ¿Y qué te ibas a poner? Si solo tienes tres trajes... el negro, el negro y el negro.

Victoria le lanzó una mirada despectiva.

—¿Qué sabrás tú, Luján, ni del encanto que soy capaz de desplegar cuando quiero, ni de lo que hay en mi guardarropa?

—Me baso únicamente en lo que me has mostrado durante las semanas que llevo trabajando aquí.

—Chicos, recordad que habéis decidido trabajar juntos, y esta no es la mejor forma de hacerlo.

—Bueno, a veces un poco de rivalidad puede favorecer una causa —añadió Victoria—. Consigue dos invitaciones y a ver quién hace más suscriptores.

—¿Vais a ir juntos?

—¿Juntos? No, por Dios. Yo iré sola y nos encontraremos allí.

—Te estás tirando muchos faroles, encanto. No te digo que no seas buena periodista, aunque tus ideas sean difíciles de vender, ¿pero publicista en vivo y en directo? De eso no tienes nada.

—¿Qué te apuestas?

—¿Una cena?

—¿Contigo? Ni hablar, Luján, ¡qué más quisieras! Algo de la revista.

—¿Como qué?

—El que gane tendrá el reportaje de portada durante seis meses.

—Hecho.

—Bien, pues nos vemos pasado mañana en el campo de batalla.

—Y a partir del lunes tenéis que editar un ejemplar único, recordadlo.

—No te preocupes, aceptaremos de buen grado el resultado de la apuesta y eso no influirá en absoluto en la revista conjunta.

—Y cuando se hagan las suscripciones, ¿cómo sabremos quién las consiguió?

—Les diremos que lo hagan saber.

—De acuerdo, yo seré el árbitro imparcial —se ofreció Martín.

Aquella noche, Julio cenó de nuevo en casa de su hermano. Normalmente lo hacía una o dos veces al mes.

Cuando la pequeña se hubo acostado, y ya de sobremesa con una copa en la mano, Noelia le preguntó a su cuñado.

—Bueno, Julio, ¿y el trabajo cómo va? ¿Siguen llegando cartas a tu consultorio?

—Sí, continuamente. Aunque no el aluvión de la primera vez. No te puedes imaginar la cara de las chicas del equipo cuando vieron el éxito.

—¿Y Victoria?

—No estoy seguro de si supo dominar la sorpresa o si ya lo sabía. Creo que lo segundo; probablemente alguna de las chicas se lo diría.

—¿Seguís enfrentados?

—Más que nunca. El sábado se celebrará un evento literario en el hotel Ritz y tenemos que promocionar *Miscelánea*. Hemos apostado a ver quién conseguirá más suscriptores.

—¿En serio? ¡Qué divertido!

—¿Y que habéis apostado, hermano? ¿Algo interesante?

—¡Qué va! ¡Si es una sosa! Yo propuse una cena, pero no aceptó. Al final apostamos los reportajes de portada de la revista durante seis meses.

—¿Y eso no es interesante para ti? Te daría un buen control sobre la publicación, ¿no?

—Sí, pero lo verdaderamente interesante para mí es ganarle algo a la señorita estirada. Se ha atrevido a insinuar que podría hacer de relaciones públicas mejor que yo. No quiere reconocer que es una antisocial sin estilo y sin el más mínimo carisma.

—¿Entonces ella va a ir también?

—Eso pretende. Menos mal que vamos por separado, no te imaginas cómo me avergonzaría tener que acompañarla, aunque fuera por un asunto de trabajo.

—¿No querías llevarla a cenar?

—No exactamente. Quería que ella me llevara a cenar a mí, que se gastara el dinero. Y estoy seguro de que en ningún momento iba a llevarme a un sitio donde alguien me conociera. Probablemente habría elegido algún vegetariano. ¿Y quién coño con dos dedos de frente comería en un vegetariano?

—Tú, si te hubiera llevado.

—Claro, pero solo para burlarme de ella.

—Y, en caso de ganar ella, ¿dónde la hubieras llevado tú?

—¿Ganar ella? Noe, no tiene la más mínima posibilidad. Si la conocieras, lo sabrías.

—Bien, entonces vamos a conocerla. ¿Eh, Andrés? Estoy que me muero de curiosidad.

—Yo también. ¿Puedes conseguirnos unas entradas, Julio?

—Yo las conseguiré, no impliques a tu hermano. Iremos de incógnito y, si podemos ayudarte a hacer suscripciones, lo haremos.

—No, Noe, nada de ayuda. Esto quiero hacerlo solo.

Andrés levantó las cejas sorprendido.

—¿Vas a jugar limpio? ¿En serio? No es tu estilo.

—Sí, en serio. Es pan comido y me sentiría mal si abusara de mi capacidad aceptando ayuda.

—Como quieras. ¿Te acompañará Teresa?

—No, ni hablar. Tendré que desplegar mi encanto

con las señoras y Teresa no se lo tomaría muy bien. Últimamente está un poco agobiante, creo que quiere dar un paso más en la relación.

—Es normal, Julio. ¿Cuánto tiempo lleváis juntos?

—No estamos juntos, ni tenemos una relación. Salimos a cenar, follamos y punto y ni siquiera de forma continuada. Eso se lo dejé muy claro al principio y ella aceptó.

—Ya, pero las mujeres somos así, nos hacemos ilusiones.

—Pues, como siga en ese plan, a Teresa le queda poco tiempo conmigo.

—A todo cerdo le llega su San Martín, hermano. Ya tienes treinta y cinco años.

—No te digo lo contrario, pero no con alguien como Teresa. Y ahora me marcho, es tarde y tengo que madrugar.

—Nos vemos el sábado entonces.

El sábado por la mañana Magda y Victoria recorrieron peluquerías, tiendas de ropa, zapatos y complementos. Hacía mucho que no disfrutaban de una buena sesión de compras y se divirtieron de lo lindo.

Victoria se probó un vestido tras otro ante los ojos escrutadores de su amiga, sabedora que esta le aconsejaría adecuadamente qué ponerse para llamar la atención de un hombre. Porque estaba segura de que Julio iba a dedicarse a las mujeres, y, por lo tanto, ella lo haría con los hombres. Si él tenía encanto, ella tenía cuerpo, aunque él tuviera sus dudas.

Al final se decidió por un vestido azul de un tono intenso que llamaba la atención a distancia, corto por encima de las rodillas, muy ajustado y con un profundo escote tanto por delante como por detrás.

—Ese —dijo Magda cuando la vio aparecer—. Se va a caer de boca cuando te vea.

—¿Quién?

—Julio, por supuesto.

—No lo hago por él, que quede claro. Este vestido es para los tíos con pasta que van a comprar mi revista y a darme la portada durante seis meses.

—Pero no me negarás que estás deseando presentarte delante de él con el vestido.

—No lo niego. Voy a demostrarle que tengo cuatro vestidos: el negro, el negro, el negro... y el azul.

Magda se echó a reír mientras se encaminaban a la caja a pagar.

—Y tienes que sacar a Mariví del armario.

Victoria sonrió. Su familia la había llamado Mariví hasta los veinticuatro años, hasta que decidió romper con ellos y adoptar el apellido de su abuela y una estética sobria, porque había aprendido que una rubia con curvas espectaculares solo hacía pensar en una tonta que se conformaba con que halagaran su belleza. La encantadora Mariví pasó a ser Victoria, la profesional dura y competitiva que era ahora. Pero no había olvidado ni el encanto ni el arte del coqueteo, y estaba dispuesta a desempolvar a Mariví por una noche para alcanzar sus fines.

Aquella noche Julio llegó al Ritz, enseñó su invitación y, una vez dentro del salón donde se estaba celebrando la pequeña fiesta, se apresuró a mirar a su alrededor buscando a Victoria. No la encontró; en cambio, su hermano y su cuñada le saludaron con la mano y se apresuraron a despedirse de la mujer con quien conversaban y se dirigieron a él.

El traje negro de corte moderno hecho a medida le sentaba como un guante.

Andrés lo palmeó en la espalda y Noelia le besó en la mejilla con afecto.

—¡Qué guapo estás, cuñado!

—Espero que todas las mujeres ricas de la sala piensen lo mismo y se suscriban a mi revista.

—Ya tienes una suscripción. La mía.

—Gracias.

—La familia está para algo, aunque no te va a hacer falta ayuda. Muchos ojos se han dirigido hacia ti cuando te han visto entrar.

—Ya será menos.

—Eh, que me voy a poner celoso.

—No tienes motivos, ya sabes que tú eres el único hombre en mi vida.

—Bueno, Julio, ¿y esa señorita que estamos deseando conocer quién es?

Él volvió a pasear la mirada por la sala y negó con la cabeza.

—No está. Se lo habrá pensado mejor.

—A lo mejor no ha llegado todavía.

—Lo dudo. Es puntual hasta la exageración, si fuera a venir ya estaría aquí.

—Vaya, con las ganas que tenía de conocerla. Ese jueguecito vuestro es de lo más interesante.

La mirada de Julio se posó distraídamente en una melena rubia espectacular, llena de ondas naturales que caían por unos hombros bien formados sobre un vestido azul. Su mirada siguió deslizándose hacia abajo hasta un trasero de infarto y unas piernas no menos impresionantes. La dueña estaba conversando con tres hombres que Julio conocía de vista, todos ellos muy ricos.

Como si hubiera percibido su mirada, la rubia se dio la vuelta y sus miradas se cruzaron justo en el momento en que Julio se llevaba la copa a los labios. No llegó a beber, se quedó con la boca abierta y exclamó atónito.

—¡Jooodeeerrr! ¿De dónde ha sacado las tetas?

—¿Quién? —preguntaron a la vez Andrés y Noelia.

—Ella. Victoria.

—¿Pero no decías que no había venido?

—Es esa, la del vestido azul.

—¿La del vestido azul? Es Mariví Alcántara.

—No, Noe, es Victoria Páez. Te has debido confundir.

—No lo creo, hace tiempo que no aparece por los eventos sociales, pero hace unos años, cuando estabas en Europa, era relativamente frecuente verla en algún que otro sarao relacionado con el mundillo literario. Además, tu Victoria, al menos por lo que nos has contado, es un palo de escoba, y, hermano, esa mujer es un bombón.

—Ya, ¿crees que no lo veo? No sé de dónde habrá sacado las tetas.

Noelia se rio con ganas.

—Con ese vestido deben de ser todas suyas. Es imposible utilizar un sujetador de los que aumentan o levantan el pecho... de hecho, es imposible llevar ningún sujetador.

—Entonces, ¿cómo las esconde en el trabajo? Porque te aseguro que allí es plana como una tabla. ¿Tendrá alguna hermana gemela a quien le han extirpado los pechos?

—No, que yo sepa. Sebastián Alcántara solo tiene una hija y dos hijos.

—¿Es hija de Sebastián Alcántara, el escritor?

—Escritor y periodista, sí. Le dieron el Pulitzer hace unos años, creo.

—Jodeeeer. Entonces, ¿qué hace escondida en una redacción de segunda luchando a brazo partido por hacerse un nombre y con el fantasma del despido sobre su cabeza? Su familia es tan rica e influyente como la nuestra.

—No lo sé, tendrás que preguntárselo a ella.

—Ni hablar. Este es un secreto que me voy a guardar, quizás algún día lo pueda utilizar. Por algún motivo, la señorita estirada no quiere que se sepa quién es y yo se lo voy a respetar... de momento.

—¿Nos la vas a presentar?

—Cuando esté sola y pueda hacerlo como Victoria Páez.

Victoria se había vuelto de nuevo y les daba otra vez la espalda. La mirada de Julio no cesaba de deslizarse de la melena al trasero y a las piernas, rematadas por un par de espectaculares tacones de aguja del mismo color del vestido.

—Si no dejas de mirarle el culo, mañana no vas a poder evitar hacerlo en el trabajo, cuñado.

—En el trabajo se te quitan las ganas de hacerlo, no te preocupes por eso.

Andrés se dirigió al bar a buscar bebidas y en ese momento Victoria se separó sonriente del grupo con el que estaba y se dirigió lentamente hacia ellos.

—Veo que has venido —dijo él cuando estuvo a su lado.

—¿Acaso lo dudabas, Luján? ¿Cuántas suscripciones llevas?

—Unas cuantas —mintió—. ¿Y tú?

—También unas cuantas.

Noelia, a su lado, carraspeó.

—Victoria, te presento a Noelia Beltrán. Victoria Páez.

—Encantada de conocerte, Victoria. Julio habla mucho de ti.

—¿En serio?

—Sí, en serio.

—Nada bueno, supongo.

Noelia se echó a reír con ganas.

—Yo no diría tanto, mujer.

—No te preocupes, yo cuando hablo de él tampoco lo hago en términos amables.

—Estamos en paz entonces, encanto.

—Bueno, te dejo, que tengo que seguir trabajando. Yo no he venido aquí a divertirme.

La vio alejarse con paso firme sobre los altos tacones.

—Me gusta esa mujer —dijo Noelia cuando ya no pudo escucharla.

—¿Pero tú de parte de quién estás?

—Tuya, por supuesto. Pero eso no quita que me guste. Y si no quieres perder las portadas de seis meses, más vale que dejes de mirarle el culo y espabiles. Ahí hay otro tío babeando delante de ella y seguro que es otra suscripción.

—Sí, más vale que me ponga a trabajar. Y no le estaba mirando el culo, sino cómo maneja los tacones. En la editorial siempre va con zapatos planos.

—Ya...

Durante dos horas Julio deambuló por el salón desplegando encanto y simpatía, recogiendo suscripciones y observando que también Victoria hacía lo mismo. El lunes siguiente verían quién había conseguido más.

5

La revista conjunta

—¿Cincuenta y ocho suscripciones? —preguntó Julio, incrédulo, cuando Martín lo llamó por la línea interior la mañana del lunes.

—En efecto. Y tú treinta y una.

—Sé perfectamente que yo hice treinta y una.

—Bien, ya sabes que pierdes el reportaje de portada durante seis meses. Espero que lo encajes como un caballero y cumplas tu promesa de colaborar con ella en un ejemplar conjunto a partir de hoy.

—Por supuesto que lo encajaré como un caballero, Martín. —«Y una mierda», pensó—. La revista saldrá adelante con mi plena colaboración, de eso no te quepa duda.

—Bien, pues poneos a ello.

Colgó con rabia. «Joder, lo que puede un *wonderbra* y unos pantis con relleno», pensó, porque no se creía ni por un momento lo que dijo su cuñada. Él sabía de mujeres, había desnudado a muchas y conocía sus trucos. Ningún palo de escoba como Victoria podía tener esas tetas y ese culo. Había jugado sucio y él la había subestimado. Pero la guerra era la guerra y quien ríe el último ríe mejor.

Comprobó su reloj y como faltaban apenas unos minutos para el descanso del desayuno, se dirigió como cada día, y luciendo su mejor sonrisa, a compartirlo con las chicas.

Pero, al llegar con una bandeja de magdalenas en las manos, se encontró con una sorpresa. La mesa de Magda ya tenía una bandeja con una tarta de chocolate con unas velas en las que se leía el número 24. Y lo más sorprendente de todo era que Victoria estaba allí con una taza en la mano.

—Llegas a tiempo, Luján, para la celebración.

—¿Es tu cumpleaños? Creo que te has quitado algunos, encanto. Debes rondar al menos los treinta, si no más.

—No son mis años, y no me quito ninguno, tengo treinta y tres. Veinticuatro son los ejemplares de las revistas de los que voy a tener el reportaje de portada. No sé si Martín te lo habrá dicho.

—Me lo ha dicho, sí. Pero eso no significa nada, no tiene ningún mérito ganar una batalla si se pierde la guerra.

—Veinticuatro batallas.

—Tampoco veinticuatro batallas hacen una guerra. Y menos si se emplean trucos sucios para ganarlas.

—¿Trucos sucios?

—Sujetadores con relleno, pantis que hacen imaginar un trasero inexistente, etc., etc. Ya sabes a lo que me refiero.

Victoria lanzó una sonora carcajada.

—Conque eso piensas, ¿eh?

—No lo pienso, lo sé. Si hay una cosa que conozco bien son los trucos de las mujeres. He desnudado a más de una muy despampanante que luego ha resultado ser un auténtico esqueleto. Pero al revés la cosa no funciona, encanto. No hay ninguna despampanante que pueda fingir ser un palo de escoba.

Ella lo miró con una sonrisa irónica.

—Ya veo que, efectivamente, conoces muy bien a las mujeres, Luján. Pero tendrás que reconocer que en el amor y en la guerra todo vale. Y que cincuenta y ocho suscripciones bien valen un poco de inversión en ropa interior «trucada».

—Vuelvo a repetirte lo mismo: has ganado una batalla, no la guerra. Acabaré por echarte de *Miscelánea*, todavía no conoces a Julio Luján.

—Y de la Torre.

—Eso es. Y de la Torre.

Ella se inclinó un poco sobre la tarta con el cuchillo en la mano.

—¿Un poco de tarta? ¿O es demasiado para ti celebrar una victoria del enemigo?

—No hay nada en el mundo que me haga renunciar a una buena tarta de chocolate. Por suerte mi físico me permite comerla a menudo, no necesito ninguna celebración especial para darme ese placer.

—Bien, sírvete —dijo llevándose un tenedor a la boca con un buen pedazo del contenido del plato que tenía en las manos—. Y date prisa, que en veinte minutos empezamos a componer nuestra revista conjunta.

—En veinte minutos estaré dispuesto.

Magda, Rosa y Celia asistían divertidas al intercambio de palabras. Aunque sabían de las diferencias entre ambos, nunca antes habían sido testigos de ningún altercado dialéctico.

Victoria terminó su tarta y se dirigió a su despacho.

—Te espero en diez minutos, Luján.

—A la orden —dijo sonriente.

Diez minutos después, ni uno antes ni uno después, Julio cruzaba el umbral del despacho de Victoria.

—¿Puedo sentarme?

—Por supuesto. Esto nos va a llevar un buen rato.

—Me pondré cómodo entonces —dijo recostándose en el sillón de respaldo alto y cruzando los brazos a la altura del pecho.

—Tenemos que recortar páginas.

—Indudablemente.

—Propongo que el reportaje de portada, que es el principal, quede como está.

—¿Significa eso que me toca recortar a mí?

—No, claro que no, yo también reduciré páginas de los míos.

—¿En qué proporción?

—Eso es negociable.

—Cuánta generosidad. Acepto lo del reportaje de portada a cambio de que también «Julio responde» se quede tal cual.

—Pero eso no es lógico, tu consultorio sentimental no tiene la misma importancia.

—Puede, pero es una de las secciones que más gusta y que más éxito tiene. Y se trata de vender ejemplares, es por eso que estamos aquí.

Victoria tuvo que reconocer que tenía razón.

—De acuerdo, ¿dónde recortamos entonces?

—Yo propongo hacerlo en todos los artículos a partes iguales.

—¿Y si hay algún artículo que requiera más páginas de las que tiene asignadas? Sabes que puede ocurrir.

—En ese caso, si el artículo es tuyo, tú recortas del resto de tus secciones donde lo consideres oportuno. Y yo haré lo mismo si el artículo es mío. Creo que es lo justo.

—Está bien. Lo haremos así.

—¿Algo más, encanto?

—Bueno, he pensado que me gustaría tener más autonomía a la hora de seleccionar las fotografías de aficionados que se publiquen. No me gusta tener que pedirte tu opinión sobre eso, es una sección mía.

—No veo problema si tú me permites a mí publicar las cartas de «Julio responde» sin pasar por tu supervisión.

—No tengo el más mínimo interés en controlar ni seleccionar el contenido de las cartas de unas chifladas que pierden el tiempo queriendo «gustar» a un tío.

—¿Quizá preferirías controlar a quienes piden consejo sobre cómo «gustar» a una mujer?

—¿Qué quieres decir con eso?

—Hummm, tú sabrás... Pero en el fondo es lo mismo: se trata de «gustar». ¿Algo más, encanto?

—Nada más, Luján. Nos volvemos a ver en un par de días con los borradores de los artículos para el ejemplar conjunto.

—Hasta entonces, encanto. Que te diviertas.

—Tú también.

—No lo dudes —respondió dándo vueltas a una idea que se le acababa de ocurrir.

Aquella tarde, a la hora de salir, Victoria y Magda estaban recogiendo para marcharse cuando oyeron voces en la antesala. Inmediatamente sonó el teléfono interior.

—¿Sí, Rosa?

—Aquí hay una señora que pregunta por Julio o por ti. ¿Lo aviso a él o...?

—No, no, hazla pasar.

—Te espero fuera.

Victoria volvió a sentarse. La puerta se abrió y ante ella encontró a la mujer que había estado con Julio en la fiesta el sábado anterior. Ambas se midieron con la mirada, estudiándose mutuamente.

—¿En qué puedo ayudarle, señorita...? No recuerdo su nombre.

—Noelia Beltrán. —«Y lo recuerdas perfectamente, hay pocas cosas que tú olvides», pensó.

—Bien, usted dirá.

Noelia se hizo la ingenua.

—En realidad estaba buscando a Julio. Pero en recepción me dijeron que trabajaba en esta sección, así que si pudiera hacer el favor de avisarle...

—¿El señor Luján la espera?

—No, pero estaba cerca y como sé que es su hora de salir se me ocurrió pasar a buscarle.

—Comprendo. Bien, le comunico que Julio no trabaja en este despacho; tiene uno compartido en otra zona de la redacción. Con mucho gusto mi ayudante la acompañará. Y la próxima vez que «pase por aquí» espere al señor Luján en el vestíbulo. Es lo habitual. Todos los amigos y amigas del personal deben hacerlo así.

—Disculpe, desconocía las normas. Siento haberla molestado.

—Solo será molestia si se repite.

—No se preocupe, no se repetirá. Gracias.

Victoria se levantó y precedió a Noelia hasta la antesala.

—Magda, la señorita es una amiga del señor Luján. ¿Puedes hacer el favor de acompañarla a su despacho?

—Sí, claro. Por aquí.

Victoria regresó a su mesa y cogiendo el teléfono marcó la extensión de Julio.

—¿Qué ocurre? Estoy a punto de salir, es la hora.

—Solo me llevará un minuto. Haz el favor de decir a tus conquistas que esto es un lugar de trabajo, no una casa de citas.

—¿Qué?

—Una de tus «follamigas» se ha presentado en mi despacho a buscarte. Magda la está acompañando al tuyo. Déjale claro que la próxima vez te espere en el vestíbulo.

—¿Teresa ha ido a tu despacho?

—No sé quién es Teresa, me refiero a tu amiguita de la fiesta del sábado. Noelia no sé qué.

—¿Noe está aquí?

—Limítate a dejárselo claro. —Y colgó.

En aquel mismo momento, Magda y Noelia se perfilaron en el umbral de la puerta.

—Noe —dijo acercándose a ella—. ¿Pasa algo?

—No, no te preocupes. Luego te cuento. ¿Tardas mucho en salir?

—No, ya me iba.

—Pues entonces vamos. He venido en metro, quizá puedas llevarme a casa.

—Por supuesto.

Cogió la chaqueta y el maletín con el portátil, y, despidiéndose hasta el día siguiente, salió del despacho con Noelia a su lado.

Apenas cruzaron el vestíbulo, ella soltó una sonora carcajada.

—¿De qué te ríes? ¿De verdad no pasa nada?

—Pasa que, después del sábado, tenía una curiosidad incontrolable por conocer a la señorita tocapelotas en su salsa.

—¿En serio?

—Pues claro. Después de tu descripción y de lo que vi en la fiesta, me moría de ganas.

—¿Y?

—Es una tía dura, sí. Me ha puesto en mi sitio con dos palabras. Menos mal que yo no me achico ante nadie.

—¿Te ha insultado?

—No, que va. Corrección y muuucho hielo.

—Pues ya ves con lo que tengo que lidiar cada día.

—No te quejes, que estás disfrutando esto como un enano.

Julio se echó a reír.

—La verdad es que sí. Salvo cuando gana ella. ¿Sabías que me ha ganado por un margen de veintisiete suscripciones?

—¿Tantas?

—¿Cómo tantas? ¿Tú no creías que fuera a ganar yo?

—No después de verla. Cuñado, dos tetas pueden más que dos carretas; por muy encantador que tú seas, no tenías la más mínima posibilidad. Agradece que la apuesta no fuera para cenar, te habrías hartado de brócoli.

—Ahhgggg, qué asco.

—En casa hay lasaña, por si te apetece quedarte.

—Eso está hecho.

Dos días después, Victoria y Julio se volvieron a reunir para poner en común el ejemplar compartido.

Julio aceptó casi todo lo que Victoria propuso, limitándose a hacer solo algunas pequeñas modificaciones sobre la marcha.

Ella, que esperaba algo más de resistencia por su parte, se sintió ligeramente defraudada. Le costaba creer que hubiera aceptado tan fácilmente la derrota y se hubiera limitado a expresar su descontento con algunas frases cruzadas.

La revista se imprimió y salió a la calle. Ambos esperaban el resultado de las ventas, que indicarían si habían obtenido su objetivo o no, y, mientras, empezaron a preparar el segundo ejemplar.

Victoria estaba ojeando y seleccionando una buena cantidad de fotos cuando Magda entró en el despacho con un ejemplar de la revista ya publicada en la mano.

—Victoria... —dijo con el ceño fruncido y la voz grave—. Creo que deberías ver esto.

Lo cogió y pudo ver que estaba abierto por la sección «Julio responde».

—La segunda carta.

Victoria leyó:

Dudas sobre mi sexualidad

Querido Julio:

Soy una treintañera con serias dudas sobre mi sexualidad. Siempre pensé que me gustaban las mujeres, lo que me provocó problemas con mi familia hasta el punto de romper con ella para poder vivir mi sexualidad libremente. Aunque soy agraciada, escondo mis inseguridades bajo una ropa fea e informe, y mi carácter es agrio y despótico con todo el que me rodea.

Mantengo una relación lésbica estable desde hace años, pero ahora, en mi entorno de trabajo, ha aparecido un hombre encantador y divertido y me siento muy atraída por él. No sé qué hacer, estoy muy confusa. Él no se fija en mí porque, además de mi carácter hosco, no sé vestirme ni peinarme para agradar a un hombre, pero creo que si consiguiera atraer su atención y mantener una aventura con él, podría aclararme sexualmente. He hablado de esto con mi pareja y está de acuerdo conmigo en que debo dilucidar mis sentimientos antes que nada.

Pero no sé qué hacer para seducir a un hombre,

no sé qué le gusta ni cómo comportarme, y puesto que él es muy parecido a ti, he pensado que quizá podrías aconsejarme.

Espero con ansia tu respuesta.

MARIVÍ A.

Respuesta.

Estimada Mariví:

No es tan extraño el caso que me consultas. A veces la sexualidad no es blanca o negra, depende de las personas. Te puede atraer una mujer o un hombre en distintas etapas de tu vida, y tu pareja está muy acertada al decirte que debes aclarar tus sentimientos en este momento, es importante saber lo que quieres.

Si para ello debes mantener una aventura con tu compañero de trabajo y quieres que se fije en ti, lo primero que debes hacer es cambiar radicalmente de aspecto. A los hombres se nos entra por los ojos. Si no sabes cómo hacerlo, acude a profesionales. Un buen peluquero, un asesor de imagen o simplemente la dependienta de una buena tienda de ropa pueden hacer milagros. El resto es cosa tuya, pero sin lugar a dudas debes modificar ese carácter agrio que dices tener. Nosotros preferimos las mujeres dulces y agradables, suaves de acariciar como un melocotón, no nos gusta pincharnos con las espinas de un cactus. Seguro que puedes conseguirlo si lo intentas.

Espero que mi consejo te ayude. Sinceramente tuyo.

JULIO

—¡¡¡Joder!!! ¿Será cabrón?

—¿Se ha saltado el acuerdo de publicar algo sin tu consentimiento?

—No. Se las ha apañado para que yo le deje publicar su sección sin supervisar las cartas, el hijo de puta. ¿Alguien ha visto la carta en la redacción?

—Sí, todo el mundo, pero nadie sabe que se trata de ti. Aquí eres Victoria Páez y nadie te relaciona con Mariví Alcántara.

—Pero en la calle mucha gente sí sabe quién soy. ¿Y cómo lo habrá descubierto el cabronazo?

—Seguramente alguien te reconoció en la fiesta.

—¿Y realmente piensa que me siento atraída por él? ¡Por Dios, hay que ser egocéntrico!

—No lo creo, del mismo modo que tampoco pienso que te crea lesbiana. Solo quiere provocarte.

—Es posible.

—¿Qué vas a hacer?

—Puesto que lo ha hecho para provocarme, fingiré que no me he dado cuenta. No le voy a dar la satisfacción de recriminárselo en la cara. Y me vengaré, por supuesto.

—Por supuesto —dijo Magda sonriendo—. No espero menos de ti.

—De momento lo dejaré estar, no le haré saber nada para que se confíe, y cuando menos se lo espere... ¡zas!

—¿Y sabes cómo te vas a vengar?

—Bueno, si él hace referencia a mi «sexualidad», deberá ser en el mismo contexto. ¿Qué le puede molestar a un tío en el terreno sexual?

—¿Difundir que la tiene pequeña? O muuuy pequeña.

Victoria se quedó pensativa.

—Hummm... Podría ser... Déjame pensar, esto hay que hacerlo fríamente.

—Jajaja. Miedo me das.

—Pero, Magda, de momento ninguna de las dos ha visto esas cartas.

—Por supuesto.

—Nadie en la redacción debe sospechar bajo ningún concepto que yo soy esa Mariví. Esas cartas me importan tan poco como el resto de su consultorio sentimental.

—Claro.

—Bien. Sigamos trabajando, tenemos una revista que publicar. Llévate ese ejemplar y déjalo donde estaba.

6

La revancha

Durante toda la semana Julio esperó alguna reacción por parte de Victoria ante su provocación, pero no se produjo ninguna. ¿Sería posible que no hubiera visto la carta? Sabía que Magda leía cada ejemplar de cabo a rabo, y esperaba que se lo hubiera contado, pero ni Victoria había hecho alusión alguna ni había contraatacado. ¿Se habría equivocado Noe y no era esa Mariví?

Su cuñada casi nunca se equivocaba, pero tampoco era propio de Victoria dejar pasar una provocación semejante, sobre todo en lo que se refería a la «atracción» hacia su compañero de trabajo.

Su comportamiento hacia él era el mismo de siempre, algún intercambio dialéctico y poco más cuando perfilaban el siguiente ejemplar. Ni siquiera insistió en revisar las cartas que se publicarían, su actitud no acusaba ningún cambio que le hiciera suponer que había leído la carta. Dejaría pasar una semana más y volvería a la carga, la idea era demasiado buena para que no hubiera surtido efecto.

El nuevo ejemplar se publicó y fue evidente que la revista conjunta estaba siendo un éxito. Las ventas aumentaban, lo cual suponía un problema en parte, porque se hacía evidente que iban a tener que seguir compartiendo la dirección y no iban a poder librarse el uno del otro, al menos en un futuro próximo.

Ya estaban ultimando los contenidos del tercer ejemplar cuando Victoria comentó a Magda, mientras iban en el coche:

—Hoy va a ser el día.

—¿Qué día?

—El de la revancha.

—Vaya... ya me temía que lo fueras a dejar estar.

Victoria apartó por un momento la vista que tenía concentrada en el tráfico de la mañana.

—Parece mentira que no me conozcas.

—¿Y qué tienes pensado? ¿Vas a correr la voz de que la tiene pequeña?

—Peor.

—¿Peor? No hay nada peor que eso para un hombre.

—Voy a hacer correr la voz de que no se le levanta.

Magda lanzó una risita.

—Sí, eso es peor.

—Necesito tu ayuda.

—Claro. Cuenta conmigo para lo que quieras. Por Dios, no te imaginas cómo me estoy divirtiendo con esta guerrita vuestra.

—Yo también hace tiempo que no me divertía tanto. En fin, veremos cómo encaja el Sr. Luján y de la Torre que nos metamos con su virilidad.

—Mal, como todos los tíos.

—Bueno, este es el plan. Tú tienes libre acceso al despacho de Julio, ¿verdad?

—Sí, he estado allí algunas veces colaborando con él.

—¿Sabes dónde guarda los borradores de los artículos?

—En su ordenador.

—No nos vale. ¿Y las cartas?

—¿Las que le llegan de los lectores? Selecciona y guarda en el ordenador las que se van a publicar y el resto las mantiene en uno de los cajones de su escritorio durante un tiempo, en una carpeta. El segundo, creo.

—Bien, pues cuando entre en mi despacho, te deslizas con mucho sigilo y dejas caer esto en el cajón de las cartas. Que parezca escondido, pero que esté visible —dijo alargándole una caja de Viagra.

—Joder... ¿Y si la descubre?

—No lo hará. Él no. Lo descubrirá una de nuestras chicas. ¿Quién es más cotilla, Celia o Rosa?

—Celia, sin lugar a dudas.

—Pues ella. Cuando lo hayas colocado me mandas un mensaje.

—De acuerdo. ¿Y cómo lo vas a hacer?

—Tendré que improvisar un poco, pero lo lograré. Y después de que hayas comprobado que Celia lo ha visto, tienes que recuperar el cuerpo el delito, Julio no puede saber de dónde proviene el rumor.

—De acuerdo.

—Yo trataré de entretenerlo toda la mañana.

Llegaron al edificio y la rutina comenzó como todos los días. Victoria se encerró en su despacho y Julio avisó de su llegada a las ocho en punto de la mañana.

—¿Después del desayuno puedes hacer el favor de pasarte por mi despacho? Quiero que discutamos algunos puntos del próximo ejemplar.

—De acuerdo, allí estaré —dijo Julio, pensando en que hacía mucho que no tenían ningún intercambio de opiniones interesante. Victoria había estado muy comedida la última semana y media y echaba de menos sus dardos verbales.

Después del desayuno llamó a su puerta.

—Pasa, Julio.

Él se quedó parado en el umbral, ¿Lo había llamado Julio? Era la primera vez que lo hacía.

—Supongo que puedo sentarme.

—Puedes sentarte, sí.

—¿Estás enferma?

—No. ¿Tengo aspecto de estarlo?

—Rara desde luego estás. Demasiado amable, diría yo. ¿Tienes la regla? A la mayoría de las mujeres las vuelve irritables, pero como eso tú lo estás siempre, es posible que te haga el efecto contrario.

Ella ignoró su comentario.

—Me gustaría opinar sobre las cartas de la sección «Julio responde.»

Él la miró fijamente. De modo que era eso. Sí había visto la carta.

—Creía que habíamos decidido que yo no me involucraría en la publicación de las fotografías y tú no lo harías en el consultorio.

—He cambiado de opinión.

—¿Y si me niego?

—Vetaré todos y cada uno de los artículos que propongas.

—¿Y se puede saber qué mosca te ha picado con lo de las cartas?

—No me ha picado ninguna mosca, simplemente quiero ver todas las que has recibido y poder opinar de su publicación. Tú, como hombre, siempre elegirás un tipo, pero creo que, como mujer, yo puedo aportar una visión diferente.

Julio enarcó una ceja.

—En ese caso crea tu propio consultorio y dale una visión más «femenina». Aunque dudo que puedas. Yo conozco a las mujeres mejor que tú, encanto.

—Bueno, no seas tan quisquilloso. Solo pretendo que me dejes leer todas las cartas y me permitas darte mi opinión sobre la publicación.

—¿Quieres leer «todas» las cartas?

—Sí, eso he dicho.

—Son muchas, te llevará horas.

—No me asusta el trabajo.

—Bueno, si es lo que quieres, por mí no hay inconveniente.

El móvil de Victoria vibró levemente sobre la superficie de la mesa.

—Disculpa —dijo mirando el mensaje de Magda—. Bueno, entonces de acuerdo. Leeré esas cartas y te comentaré algo a ser posible hoy mismo.

—Te las traeré en cuanto terminemos.

—¿Las tienes aquí?

—En mi despacho.

—En ese caso puedes pedirle a Celia que te las traiga, mientras nosotros comentamos otros artículos. Y así me explicas un poco cómo lo haces para seleccionar las que quieres publicar.

—Bueno, si tienes tanta prisa...

Julio cogió el teléfono y pulsó el botón de Celia.

—Celia, ¿puedes hacerme un favor, bonita? ¿Te importaría acercarte a mi despacho y traer una carpeta que hay en el segundo cajón de mi escritorio con las cartas recibidas esta semana? Está rotulada con «Julio responde».

—Enseguida te la llevo.

Victoria sacó un pequeño fajo de folios impresos y sujetos con un clip y se dedicó a explicarle con pelos y señales lo que pretendía con aquel artículo sobre medio ambiente. Julio la miró perplejo. ¿Realmente estaba intentando colaborar con él y obtener su aprobación? ¿Significaba eso que había comprendido que era mejor para la revista participar hombro con hombro? Se sintió decepcionado al pensar que se acababa toda la diversión del trabajo.

Celia se levantó de su escritorio y se dirigió al despacho que Julio compartía con otras dos personas.

—Buenos días —saludó dirigiéndose al escritorio de Julio.

—Buenos días, Celia. ¿Cómo tú por aquí?

—De recadera. Al parecer Julio ha olvidado algo.

Abrió el segundo cajón del escritorio y localizó la carpeta que le habían pedido. Pero, cuando la levantó, descubrió en un rincón del cajón una caja de doce pastillas de Viagra.

—¡La hostia! —No pudo evitar exclamar.

—¿Qué pasa? —exclamó Marta, la fotógrafa que se sentaba en la mesa contigua.

—Ven a ver esto, no te lo vas a creer.

Curiosa, se acercó hasta el escritorio.

—Joder... ¿Tú crees... que no...? —dijo bajito mirando hacia Juan, que estaba hablando por teléfono, de espaldas, y parecía no haberse percatado de nada.

La conversación siguió entre susurros.

—A lo mejor no son suyas y las ha comprado para alguien.

—Espera, eso es fácil de averiguar —dijo abriendo la caja. Dentro había cinco compartimentos vacíos.

—Está empezada.

—Ya... ¡Caray con Julio...! Tan ligón, tan sexi... y pluffff. Necesita una ayudita. Menuda decepción.

—Déjala ahí y tápala un poco, no se vaya a dar cuenta de que la hemos visto.

Camuflaron la caja bajo otros papeles y Celia salió con la carpeta.

Cuando llegó a su despacho, levantó una enigmática ceja y entró en el de Victoria.

—Aquí tienes —dijo alargándosela a Julio y evitando mirarle, no fuera a darse cuenta de su descubrimiento.

—Gracias.

Inmediatamente salió y se acercó a la mesa de Magda.

—¡Acércate, Rosa, tengo que contaros algo!

Esta se levantó y se acercó a ellas.

—¿Qué ocurre? ¿Se están pegando? —dijo señalando al despacho de Victoria.

—No.

—¿Enrollándose, entonces?

—No, no tiene nada que ver con ellos dos, sino con él. Tiene una caja de Viagra a medio usar en el cajón de su escritorio. Estaba un poco escondida, pero al tirar de la carpeta ha salido a la superficie.

—¿En serio? ¿Ese pedazo de machote no funciona?

—Eso parece.

—Si es que ya no te puedes fiar de nadie.

—Oye, Celia —intervino Magda—. Creo que a Julio no le gustaría que eso se difundiera por ahí. Es mejor que quede entre nosotras, ¿eh? Es algo privado.

—Por supuesto. No pensarás que soy una cotilla, ¿verdad?

—No, claro que no lo eres.

—Aunque Marta la ha visto también.

—Bueno, esperemos que sepa mantener la boca cerrada.

Las tres se separaron y volvieron a sus respectivos trabajos. Magda aguardó instrucciones de Victoria para recuperar la comprometedora caja.

En el despacho contiguo, Victoria seguía dando vueltas a su plan. Por un momento se llevó la mano a la frente y se presionó las sienes.

—Disculpa un momento —dijo.

Julio frunció el ceño.

—¿Te ocurre algo?

—No, no es nada, se me pasará enseguida.

Él siguió observándola fijamente.

—¿Seguro?

—Solo dame unos minutos.

Al poco tiempo levantó la cabeza.

—¿Qué es lo que te ocurre?

—Antes tenías razón, es la regla. Estoy un poco mareada.

—¿Has desayunado?

—Un yogur, como todos los días.

—Por Dios, las tías estáis locas... ¿Ni siquiera un café, para que la cafeína te levante?

—La cafeína no es sana. Yo solo tomo comida sana.

Él levantó una ceja.

—Vegetariana, claro. Si estaba seguro.

Victoria no respondió. Hizo un esfuerzo y se mordió el interior de la mandíbula para no soltar la risa.

—No te muevas, voy a salir y traerte algo de comer.

—No, Magda se preocuparía. También insiste en que coma más. Saldré yo a tomar algo, no digas nada a nadie.

—¿Tu imagen de «dura» se vería dañada? ¿Victoria Páez nunca se pone enferma?

—Más o menos.

—De acuerdo, pero yo te acompaño, no vayas a desmayarte en medio de la calle. Y nada de protestas o me chivo a Magda.

Victoria puso cara de contrariedad mientras reía por dentro. Todo estaba saliendo como había pensado.

—Está bien, pero no me desmayo fácilmente.

—Por si acaso.

Se levantaron y salieron juntos del despacho.

—Magda, Julio y yo vamos a salir a tomar un café. Si hay algo urgente, encárgate por favor.

—De acuerdo.

Ambos desaparecieron en el corredor. Tanto Rosa como Celia se miraron estupefactas.

—¿Ha dicho café?

—¿Ha dicho juntos?

Magda rio con ganas.

—Eso parece.

—¡A que al final van a acabar siendo amigos!

—¡O enrollados!

—No creo que sea para tanto, chicas. Solo han salido a tomar un café, todos los compañeros de trabajo lo hacen. Ni se van a emborrachar juntos ni se trata de una cita romántica.

—Nunca se sabe.

Magda aprovechó la oportunidad que Victoria le había proporcionado para entrar de nuevo en el despacho de Julio y recuperar la caja de Viagra, que deslizó sigilosamente en un bolsillo de su chaqueta. Cuando salía del despacho, vacío en aquel momento, se encontró con Marta que entraba.

—¿Has venido a comprobarlo por ti misma? —preguntó con complicidad.

—He venido a devolver unos documentos.

—Ya... esa es la excusa, claro. Elisa, la chica de recepción no podía creérselo.

—¿Se lo has contado?

—Pues claro, le tenía echado el ojo a Julio, así que debe saber por dónde van los tiros, ¿no?

—Claro, debe saberlo.

—Todas las mujeres de este edificio que quieren meterse en su cama deben saberlo. Es lo justo.

—¿Y hay muchas?

—Un buen puñado, diría yo. Está como un queso, lástima de ese defectillo.

—¿Defectillo?

—Bueno, es una tara como la copa de un pino. A mí se me han quitado las ganas, solo de pensar que todo es artificial y que en cualquier momento se pueda desinflar... O que en mitad de la faena le pueda dar un infarto o algo así. He oído que «el milagro azul» afecta seriamente al corazón.

—Será a los viejos, mujer. Julio tiene treinta y cinco años.

—Pues no lo parece. Con treinta y cinco años nadie necesita «eso», salvo que venga defectuoso de serie.

—Bueno, será mejor que lo olvidemos y nos pongamos a trabajar.

—Ni lo sueñes. Voy a dar un vistazo por ahí a ver qué se comenta.

Magda sonrió mientras daba media vuelta y regresaba a su despacho. Celia tampoco estaba en él.

Victoria y Julio recorrieron la acera saltándose las cafeterías cercanas de mutuo acuerdo hasta llegar a una relativamente lejos del edificio. Entraron y se acomodaron en una mesa.

—Un café solo. Fuerte y en vaso largo —pidió Julio.

—Un té verde.

—¿Un té verde? ¿Qué mierda es esa?

—Tiene teína, que provoca el mismo efecto que la cafeína, pero además es diurético y quemagrasas.

—¡Diurético y quemagrasas! Como si te hiciera falta quemar grasas a ti.

—Es lo que voy a tomar, Julio. Nada de café.

—Y algo más consistente. No me he paseado contigo por media redacción ante la estupefacción de todos para que te tomes una taza de agua caliente teñida de verde.

—Que coma sano no quiere decir que no coma. Un tazón de leche desnatada con cereales integrales, dos tostadas integrales con aceite y un zumo de naranja natural, por favor —encargó al camarero.

—Espere, por favor. Voy a pagar yo, y te vas a tomar un desayuno decente. A ver si por una vez se te alegra la cara, que seguro que el avinagrado se debe a la comida tan triste que tomas. Tráigale un tazón de leche entera con los cereales bien azucarados, las tostadas con aceite y jamón y el zumo grande. Por una vez no se te va a pegar la grasa al trasero, te lo puedes permitir.

—Bueno, por una vez y sin que sirva de precedente.

—Y de mi boca no saldrá jamás una palabra, juraré a quien me pregunte que te lo has tomado todo *light* e integral.

El camarero se acercó y empezó a colocar platos sobre la mesa. Victoria comió con apetito, ante la mirada divertida de Julio.

—¿Desde cuándo no comías, encanto?

—Desde esta mañana, ya te lo he dicho.

—Me refiero a comer de verdad.

—Siempre como de verdad.

—Permite que lo dude. No estarías devorando ahora como si fueran a prohibir la comida.

Victoria soltó bruscamente la cucharilla dentro del bol de cereales.

—¿De qué vas? ¿Primero insistes en que coma y luego te burlas de mí?

—Solo era una broma, encanto. Sigue comiendo.

Le hizo caso. La verdad era que estaba hambrienta, y eso que no era cierto que hubiera desayunado solo un yogur. Victoria comía bastante, y, aunque procuraba hacerlo de forma equilibrada, ni con mucho era estricta en su alimentación. Tanto ella como Magda disfrutaban de la comida y de la bebida, pero eso en el ámbito privado, nunca en el trabajo, al menos ella.

—Volvamos, ya llevamos demasiado tiempo fuera.

—Tranquila, nadie te va a recriminar que una vez en la vida hayas salido a desayunar. *Miscelánea* se va a publicar igualmente.

Ambos se levantaron y se dirigieron de nuevo a la editorial. Cuando entraron en el vestíbulo, Elisa les siguió con la mirada con una expresión extraña en el rostro.

—¡Cuánta expectación por una simple salida a desayunar! —dijo Julio—. Vamos a tener que hacerlo más veces para que se acostumbren.

—Ni lo sueñes, Luján.

7

Cotilleos

Al día siguiente Julio llegó puntual, como era ya habitual. Al pasar por recepción, Elisa le miró muy atentamente, bastante más que de costumbre. Él le dedicó su mejor sonrisa y un saludo alegre.

—Buenos días, guapísima.

—Buenos días, Julio. ¿Qué tal?

—Pues ya ves, aquí dispuesto a ganarme las habichuelas un día más.

—Tú no necesitas ganarte las habichuelas, tienes asegurado el solomillo de por vida.

—Eso díselo a mi padre. Él me obliga a venir aquí cada día y a ganarme el pan con el sudor de mi frente —bromeó.

—No exageres, aquí tenemos un estupendo sistema de acondicionamiento de aire. Nadie suda.

—Eso depende del trabajo que tengas que realizar, cariño. El mío es muy duro, a veces.

Elisa soltó una carcajada.

—Sí, es posible.

El teléfono empezó a sonar y la chica respondió. Julio continuó su camino hasta su despacho. Se cruzó con varias chicas en el pasillo que se lo quedaron mirando con fijeza. Cuando pasaron se miró de arriba abajo con la sensación de que tenía algo raro. Incluso se miró furtivamente si llevaba abierta la bragueta porque, por un momento, le pareció que la mirada de una de ellas se había posado allí. Todo estaba en orden. Se encogió de hombros y siguió adelante.

En su despacho Juan también le miró de forma extraña.

—Debo estar paranoico hoy —se dijo—. O tengo monos en la cara.

Marta llegó poco después y a Julio también le pareció que lo miraba con más fijeza de la habitual.

—Buenas, Julio.

—Hola, Marta.

Ella se sentó sin dejar de mirarle.

—¿Pasa algo?

—No, ¿qué va a pasar?

—No sé, parece que hoy tenga monos en la cara. Todo el mundo me mira.

—Es que tienes aspecto de cansado.

—¿Yo? Pues no sé. No estoy más cansado de lo habitual.

—Quizás estresado sea la palabra.

—Tampoco me siento estresado especialmente, Marta.

—Hum, bueno, serán imaginaciones mías.

Julio abrió el cajón de su escritorio y encendiendo

el ordenador portátil se dispuso a trabajar. Minutos después, el teléfono interno empezó a sonar.

—¿Sí? Ah, hola Victoria, buenos días.

—¿Ya estás ahí? Pensaba que te habías retrasado.

—No me he retrasado, he llegado puntual, siempre lo hago.

—Pero no me has llamado para confirmármelo.

Julio suspiró. Aquella mañana no estaba de humor para tonterías. La noche anterior Teresa le había estado lanzando indirectas sobre el tiempo que ya llevaban juntos y él intuía que deseaba avanzar un paso en su relación. Algo que no iba a suceder. Sacudió la cabeza y volvió a la realidad y a Victoria Páez.

—¿Voy a tener que estar pasando el control hasta el final de los tiempos?

—Simplemente me extrañó.

—Bien, pues para que te quede claro, tengo muchísimos defectos, pero la impuntualidad no es uno de ellos, y nunca lo ha sido. Y a partir de ahora no voy a llamarte para anunciarte mi llegada. No eres mi jefa ni tengo que darte cuentas de mi tiempo.

—Caramba, Luján, ¿estamos de mal humor esta mañana?

—¿Tú también? ¿Qué le pasa a todo el mundo hoy, joder? No estoy de mal humor, simplemente quiero trabajar en paz.

—Vaaale, trabaja y espero que merezca la pena.

Julio colgó un poco más bruscamente de lo que pretendía. Marta y Juan le miraban fijamente de nuevo. Desistió de hacer ningún comentario y se dedicó a buscar información para su nuevo artículo.

Inexplicablemente, a lo largo de la mañana, varias empleadas de la redacción pasaron por el despacho; unas para saludar a Marta, otras con excusas tontas y todas sin excepción le dedicaron a Julio un saludo y alguna sonrisita que no supo identificar.

A la hora del desayuno, acudió como de costumbre a la antesala del despacho de Victoria. Normalmente él llevaba la comida, mientras que las chicas se ocupaban del café, pero en esa ocasión vio sobre la mesa de Celia un cuenco con nueces y unas magdalenas. Él colocó también su caja de donuts y preguntó:

—¿Es el cumpleaños de alguien?

—No, pero hemos pensado que es bueno incluir ciertos alimentos en la dieta habitual, alimentos que proporcionan energía, como las nueces.

—Y las magdalenas son de arándanos —añadió Rosa recalcando la palabra.

—Ah, de arándanos. Vale.

—Los arándanos son buenos para... para la circulación sanguínea —añadió enrojeciendo levemente.

Julio enarcó una ceja y Magda tuvo que morderse los labios para no echarse a reír.

—Estupendo. Seguro que nuestra circulación sanguínea lo agradecerá.

—Ya verás como sí.

Julio se sirvió un café y cogió una magdalena. Estaba buena, parecía casera y el sabor a arándanos era muy intenso, como si quien la hubiera preparado hubiera sido muy generoso con el fruto.

—¿Te gustan? Las he hecho yo —dijo Rosa muy complacida.

—Sí, están muy buenas.

—Si quieres te paso la receta, así las puedes tomar siempre que quieras.

—De acuerdo, se agradece.

—He utilizado arándanos desecados para que la concentración fuera más intensa. Coge otra.

—Y unas nueces...

Julio intuía que todo aquello tenía un motivo oculto que se le escapaba. No obstante, cogió otra magdalena y un buen puñado de nueces. Después regresó a su despacho.

Cuando llegó, Marta había salido a desayunar y Juan estaba solo.

—Bueno, a ver si me dejan trabajar. Hoy todo el mundo está muy raro.

—Que quede entre nosotros, pero se ha corrido la voz de tu problema con las mujeres.

Julio suspiró.

—Yo no tengo ningún problema con las mujeres en general... Solo con una. Con Victoria.

Juan se lo quedó mirando estupefacto.

—¿Victoria Páez?

—Ajá.

—Pero... Ella y tú os lleváis fatal... No sabía que las cosas habían cambiado.

—Nada ha cambiado, ha sido idea de Martín.

—¿De Martín?

—Sí, él piensa que, para sacar adelante la revista, Victoria y yo debemos colaborar más estrechamente.

—¿Y ella está de acuerdo?

—No hay nada que Victoria no haga para salvar *Miscelánea*. Parece que le vaya la vida en ello.

—¿Tanto?

—No te lo puedes imaginar. Vive para esa revista.

—¿Y... colabora?

—Hace lo que puede... ya sabes cómo es.

—Sí, ya... No tiene que ser fácil para ti.

—No lo es, pero qué se le va a hacer. Yo soy un profesional y donde hay patrón no manda marinero. Mantener *Miscelánea* en el mercado también se ha convertido en una cuestión de orgullo para mí.

—Ahora entiendo que necesites una pequeña ayuda.

—Necesito «toda» la ayuda que pueda conseguir. Cada vez que la señorita Páez lo considera oportuno, me llama al despacho y yo cojo mis bártulos, me armo de valor y acudo a cumplir con mi deber.

—A colaborar.

—Exacto.

—En el despacho.

—Sí, normalmente utilizamos su despacho. Aquí estáis Marta y tú.

—Claro, claro.

—Pero ayer salisteis juntos a desayunar.

—Lo de ayer fue una excepción, se dieron unas circunstancias especiales. Y joder... ¿Todo el mundo se ha enterado de que fuimos a desayunar juntos? ¿No se puede respirar en esta editorial sin que se entere hasta el gato?

—Me temo que no.

Los tacones de Marta se dejaron oír en el pasillo y la conversación se dio por finalizada.

Durante varios días la redacción fue un hervidero de rumores. Cada vez que Victoria llamaba a Julio a su despacho, Juan levantaba el pulgar en un gesto de ánimo.

Un día Marta buscó en el cajón la famosa caja de Viagra y no la encontró.

—Ya no está —susurró.

—¿Qué no está?

—La caja... ya sabes.

—La habrá gastado.

—O se ha dado cuenta de que la hemos visto y se la ha llevado a su casa.

—No lo creo, Marta, usa las pastillas aquí.

—¡¿Aquí?!

—No se lo digas a nadie, pero Martín lo obliga a follar con Victoria. Por eso necesita las pastillas. Dice que con el resto de las mujeres no tiene problema. Pero imagino que con ella le cueste que se le levante. A mí me costaría.

—Estás de coña, Juan. No sé quién te ha podido venir con ese cuento.

—Me lo dijo él mismo. Que Martín se lo impuso para mejorar el rendimiento de la revista y que ellos aceptaron. Así que, de vez en cuando, Victoria lo llama al despacho y... Julio acude.

—¿Pero en el despacho? Magda, Celia y Rosa trabajan en la habitación contigua.

—Serán silenciosos, mujer. No creo que se trate de encuentros pasionales, más bien algo así como cubrir un expediente. Un polvo de compromiso. La verdad es que no me imagino a la señorita estirada desmelenándose y retorciéndose de placer.

—Ni yo... pero si han gastado ya la caja... Hace cuatro días quedaban siete pastillas.

Los pasos de alguien que se acercaba les hizo callar y enfrascarse en su trabajo.

Julio entró y se dejó caer en su sillón.

—¿Qué tal ha ido? —le preguntó Juan.

—Difícil. Es agotadora esta mujer, nunca está satisfecha. Me lo ha hecho repetir tres veces.

—¿Tres?

—Sí, tres. ¿Y crees que al final estaba contenta? Pues no, me ha dicho que soy un mediocre. Joder, yo un mediocre...

—Lo has repetido tres veces, ¿en cuánto tiempo?

Julio miró con hastío su reloj de pulsera.

—Aproximadamente en una hora y cuarto.

—No eres un mediocre, tío —exclamó Marta—, te lo aseguro yo, que sé bastante de eso.

—Gracias, Marta. Es un consuelo, pero por desgracia no es a ti a quien debo tener contenta.

—A mí me tendrías más que contenta, Julio, te lo aseguro.

—En fin, volvamos al trabajo, que mañana toca dar el callo de nuevo.

—¿Mañana?

—Eso ha dicho, que mañana quiere ver algo realmente espectacular.

—Vaya con la señorita Páez.

8

¿En tu casa o en la mía?

Durante varios días, cada vez que Julio entraba en el despacho de Victoria, se encontraba con la mirada de Rosa y Celia clavada en su espalda como dardos, hasta el punto de que notaba un cosquilleo en la nuca que conseguía ponerle nervioso, algo bastante raro en él.

También ella se sentía observada por todo el personal de la editorial, e incluso un día en el ascensor, un redactor ya entrado en los cuarenta le guiñó un ojo y le dijo que contara con él para cualquier cosa que pudiera necesitar. Ella le respondió que ya tenía un buen equipo y siguió su camino.

Por eso, cuando Magda entró en el despacho un día de la semana siguiente y le dijo:

—Siéntate, que tengo que contarte una cosa...

Victoria supo que iba por fin a enterarse de lo que su instinto la advertía que estaba ocurriendo.

—Estoy sentada.

—Pero afiánzate bien porque te vas a caer de espaldas. Julio es un rival formidable, ha conseguido darle la vuelta a la tortilla.

—¿Qué quieres decir?

—Que de alguna forma se ha enterado del asunto de la Viagra y lo ha vuelto en tu contra.

—No puede probar que he sido yo quien ha puesto allí la caja, de hecho tú la recuperaste sin que él ni siquiera la viera, ¿no?

—Sí, la recuperé sin que la viera, pero de alguna forma se ha enterado y ha esparcido otro rumor.

Magda calló por un momento pensando en cómo decirlo de forma suave.

—Suéltalo. Por tu cara ya sé que no me va a gustar, así que desembucha.

—Bueno, por la redacción se dice que necesita la Viagra para follarte a ti. Solo a ti.

—¿Para follarme a mí?

—Cálmate, no des tú también tres cuartos al pregonero. Debes ser consciente de que este despacho es ahora el punto de mira de toda la redacción, y Celia es muy buena periodista y te es fiel hasta la muerte, pero no se resiste a un cotilleo y para ella esto no es más que una noticia jugosa que nada tiene que ver con el trabajo.

—Cuéntame los detalles. ¿Qué se dice?

—Que Julio y tú os lo montáis aquí en el despacho cada vez que os reunís para asuntos de la revista.

—¿Aquí en el despacho? No me lo puedo creer. ¿Cómo puede la gente creerse eso? Si es de dominio público que no nos podemos tragar el uno al otro.

Magda se echó a reír suavemente.

—Se dice que ha sido idea de Martín. Y parece ser

que todo el que se quiere tirar a alguien del personal ha ido a Martín a explicarle cómo mejoraría su trabajo si pudiera «colaborar más estrechamente» con esa persona. Y el pobre no sabe de qué va y les ha dicho que hagan lo que sea necesario para mejorar el rendimiento, así que en breve nos vamos a encontrar a gente follando hasta en los armarios.

—Joder... Ahora entiendo que un redactor de la tercera planta la semana pasada me guiñara un ojo en el ascensor y se ofreciera para cualquier cosa que pudiera necesitar.

Magda se puso seria de repente.

—¿Qué ocurre? ¿Hay más?

—Es que no solo va diciendo que folláis en el despacho, sino que eres una especie de ninfómana insaciable y lo obligas a hacerlo varias veces seguidas, que por eso debe recurrir a la Viagra. Por eso y porque no le pones.

—¡Será cabrón! —dijo cogiendo el teléfono dispuesta a llamarlo inmediatamente a su despacho para decirle lo que pensaba. Magda le detuvo la mano sobre el auricular.

—¿Qué vas a hacer? ¿Dejarte llevar por la indignación y montar un espectáculo en el despacho? En un cuarto de hora sabrá hasta el botones del edificio de enfrente que habéis tenido una «riña de enamorados».

—¿Enamorados? ¿Enamorarme yo de semejante tipejo? ¿Cómo puede pensar nadie que yo caiga tan bajo? No voy a dejar pasar esto, Magda, voy a decirle a la cara al señor Luján lo que pienso de él y de sus rumores.

—Pues cítalo en otro sitio y le sueltas lo que quieras, pero aquí solo darías pie a que los rumores continúen, agrandados además.

—De acuerdo.

Respiró hondo varias veces y cogió de nuevo el auricular.

—Luján.

—No he terminado el artículo, dijimos que era para mañana.

—No te llamo por el artículo. Tú y yo tenemos que tener una conversación.

—Ah... Pues me paso por tu despacho después del desayuno.

—¡No te pases por mi despacho ni loco! Quiero verte fuera de aquí.

—Bueno, si lo prefieres vamos a desayunar fuera.

—No. Esta tarde. Y para lo que tengo que decirte no me vale una cafetería ni un sitio público. Elige: en tu casa o en la mía.

Julio levantó una ceja divertido y asombrado.

—¿Me estás pidiendo una cita, encanto?

—Te estoy pidiendo un carajo. —Su voz era tan fría y amenazadora que Julio se irguió en el asiento.

—Bueno, a mí me da lo mismo. En la tuya si lo prefieres.

—A las siete. Y no te traigas la Viagra, no te va a hacer falta.

Colgó bruscamente y Julio se quedó mirando fijamente el auricular. ¿Había dicho Viagra? ¿Tenía tintes sexuales la cita, al fin y al cabo? Vio las miradas de Juan y Marta clavadas en él y se encogió de hombros.

—Está muy rara —dijo, y los otros asintieron. Luego intentó concentrarse en el trabajo sin conseguirlo.

Cuando aquella tarde Victoria y Magda llegaron a su casa, esta última se preparó para salir de compras y dejar a su amiga que se las viera con Julio a solas. Victoria no se cambió de ropa como solía, sino que solamente se desabrochó la chaqueta y se descalzó, colocando los pies sobre la mesa de centro para relajarse un poco.

—¿Vas a recibirle así?

—Pues claro, ¿cómo si no?

—Pues con ropa normal, como vistes siempre. Ya no estás en el trabajo.

—¿Pretendes que saque a Mariví?

—No, solo a Victoria. La de los vaqueros y las camisetas.

—Me siento más cómoda hablando con él vestida de Señorita Páez.

—¿Y no te gustaría demostrarle que no necesitaría Viagra para excitarse estando contigo? ¿Que tienes un cuerpo precioso y que simplemente lo escondes cuando vas a trabajar?

—Ya conoce a Mariví, sabe qué cuerpo tengo.

—No, lo de Mariví cree que es otro disfraz. Ropa interior trucada y esas cosas. Hoy preséntate como lo que eres en realidad. Como Victoria, una mujer muy cabreada por lo que se va diciendo de ella, sin ese maquillaje que usas para endurecer tus facciones, sin el sujetador camiseta con que aplanas tus pechos, sin el moño que esconde tu pelo. Haz que se empalme con solo mirarte y que esa imagen tuya le acuda a la cabeza cada vez que repita por ahí que necesita Viagra para follar contigo. Victoria, las mujeres tenemos armas que los hombres no poseen. Úsalas hoy.

—No me apetece mostrar mis encantos a Julio Luján.

—¿Prefieres que todo el mundo le tenga lástima por tener que acostarse contigo?

—No, eso tampoco.

—Entonces... Él jugó contigo con la carta, intentó hacerte parecer ante todo el mundo colada por él, ahora pretende hacerse la víctima porque «tiene» que follarte. Aunque sea solo por un momento, haz que desee hacerlo. Y luego mándalo al diablo.

—¿Sabes? Creo que me estás convenciendo.

—Pues adelante. Pasa al dormitorio y cámbiate de ropa.

Victoria dio un salto del sofá. Realmente necesitaba ya librarse de la opresión que suponía la ropa de trabajo. Se metió en la ducha y se enjabonó con un gel de frambuesa cuyo aroma permanecía en la piel durante mucho tiempo.

Luego simplemente se vistió cómoda, con la ropa que solía usar para estar por casa. Y esperó.

Media hora más tarde, Julio llamó a la puerta, puntual al minuto. Victoria salió a abrir descalza, vistiendo un pantalón vaquero muy desgastado, cortado casi a la altura de la ingle y una camiseta roja de tirantes finos, muy ajustada, y el pelo recogido en una trenza floja de la que se escapaban algunos mechones cayéndole a un lado de la cara y sobre el pecho.

Julio tuvo que volver a enfocar la vista para asimilar lo que estaba viendo.

—Llegas puntual, Luján.

—Vaya, por un momento he estado a punto de preguntar si estaba Victoria.

—Estoy. No tengo por costumbre dar plantón cuando quedo con alguien. Pasa.

Se dio la vuelta y lo precedió conduciéndolo a un salón claro y luminoso, amueblado con sencillez y comodidad. Él no pudo evitar fijar la vista en el trasero apenas cubierto que se balanceaba delante de él con ese movimiento cadencioso y sensual que producía el andar descalzo. Ella se volvió.

—Soy consciente de que no estoy vestida para recibir visitas, pero cuando llego a casa lo único que me apetece es ponerme cómoda. Y, después de todo, tú no eres una visita de cumplido. Ni esto es un asunto de trabajo.

—¿Qué es entonces?

—Hay un tema que tenemos que aclarar.

—Y no es de trabajo...

—No, no lo es.

—¿Tiene que ver con algo que dijiste sobre Viagra?

—En efecto. Mírame bien, Luján —dijo dándose media vuelta muy despacio para que pudiera verla desde todos los ángulos posibles.

Julio no se hizo rogar y recreó la mirada por todo

su cuerpo: las piernas largas y torneadas, el trasero firme, la cintura estrecha y los pechos redondeados y evidentemente sin sujetador que asomaban ligeramente por encima del borde de la camiseta. Una Victoria completamente distinta de la que veía a diario.

Cuando se volvió de nuevo hacia él, le preguntó con tono desafiante:

—¿Crees que la necesitas?

Él sintió que se le secaba la boca y que la pregunta tenía trampa.

—Si necesito, ¿qué?

—Si necesitas la Viagra para follarme.

La cruda frase de Victoria, unida a la visión y al análisis de su cuerpo que acababa de hacer, hizo que sintiera agitarse su entrepierna con una erección repentina. Respiró hondo intentando calmarse.

—¿Me has hecho venir para... follar?

—No, Luján, no te confundas, solo te estoy preguntando si necesitarías la Viagra para hacerlo. —Una rápida mirada a la bragueta de Julio le hizo sonreír satisfecha—. Ya veo que no. De todas formas, me gustaría que me respondieras, oírlo de tu boca.

—¿A qué juegas, Victoria? No entiendo nada.

—Responde.

—No, no necesito Viagra para follar contigo. Eres lo suficientemente atractiva para poner a un hombre como una moto solo con contemplarte. Cuando no vas disfrazada de espantapájaros, claro.

—¿Y a ti, Luján? ¿Te pongo como una moto con solo contemplarme?

—Es evidente que sí.

Clavó en él unos ojos duros como el granito.

—Es lo que quería saber.

—Joder, Victoria, no entiendo nada. ¿A qué viene esto?

—No te hagas el inocente. Todo esto viene del rumor que has esparcido por toda la redacción de que necesitas Viagra para acostarte conmigo.

—¿Que yo he esparcido un rumor sobre...? ¿Estás loca o qué?

—Y además que soy una ninfómana, que cada vez que nos reunimos en el despacho follamos como conejos... y con el beneplácito de Martín además.

—Ay, joder... que ya me estoy imaginando qué ha pasado. Hace unos días Juan me dijo algo sobre mi problema con las mujeres y yo le dije que solo tenía problemas contigo, que Martín nos obligaba a trabajar muy estrechamente y que eras muy exigente, que nunca estabas satisfecha... Pero yo me refería al trabajo, no sé por qué se ha imaginado otra cosa. Ha dado la vuelta a todo lo que dije. Y lo que no entiendo es lo de la Viagra. Yo en ningún momento he dicho nada sobre eso. No la he necesitado en mi vida.

—Bueno, puestos a aclarar cosas... Lo de la Viagra es cosa mía. Me enfadé tanto cuando publicaste la carta firmada por Mariví A. que, en el cajón de tu escritorio, puse una caja de Viagra para que se corriera el rumor de que no se te levanta.

Julio se echó a reír a carcajadas

—De modo que así empezó todo...

—¿No te enfadas?

—No... me parece divertido. Si tuviera problemas

de erección entonces sería otra cosa, pero no los tengo. En realidad me has hecho un favor, las mujeres de la redacción han hecho causa común para ayudarme con mi «problema», incluidas las de tu equipo. Aunque hay que reconocer, señorita Páez, que eres una enemiga de armas tomar. Tendré que tener cuidado contigo en el futuro.

—Simplemente me defiendo. Fue muy bajo por tu parte publicar esa carta, sobre todo porque es mentira. Ni yo soy lesbiana ni muchísimo menos me siento atraída por ti. Menos mal que nadie asoció esa carta conmigo.

—No digas que no eres lesbiana, di que no has salido del armario. Os vi a Magda y a ti.

—¿Que nos viste? ¿Qué coño viste? Magda y yo somos amigas desde hace muchos años, y sí, ella es lesbiana y hace mucho que salió del armario, pero no tiene una relación conmigo. Si crees haber visto algo, debe ser fruto de tu imaginación calenturienta.

—¿Seguro? Yo soy muy liberal, no juzgo a nadie por su sexualidad.

Victoria volvió a clavar su mirada dura en Julio.

—¿Me crees el tipo de mujer que no es capaz de enfrentarse a algo de ese tipo y que prefiere vivir una mentira?

—Quizá por tu familia.

—Rompí con mi familia hace mucho tiempo, y no por mi sexualidad.

—¿Por qué entonces?

—No es asunto tuyo, Luján.

—Está bien, no eres lesbiana. No eres un palo de

escoba... tampoco eres una muñeca de salón llamada Mariví Alcántara. ¿Quién coño eres?

—Una mujer. Una mujer a la que tú no vas a conocer. Para ti seguiré siendo un palo de escoba con el que tendrás que lidiar cada día para sacar adelante *Miscelánea*. Como hasta ahora. Y mañana quiero que dediques toda tu energía a desmentir ese rumor que corre por la oficina o yo esparciré uno, que además es la pura verdad, sobre que llevas media hora empalmado solo por haberme visto las piernas.

Julio tuvo que reconocer que era cierto.

—De acuerdo. ¿Y no me vas a invitar ni siquiera a un café?

—No te he hecho venir para invitarte a café.

—Ya. Solo me has hecho venir para hacer que me empalmara.

—Exacto.

—Y me mandas a casa así.

—Señor Luján, ese es un problema que tendrá que resolver a solas.

Julio no pudo evitar sonreír.

—Hasta mañana entonces, señorita Páez.

—Hasta mañana. Sé puntual —dijo abriéndole la puerta.

—Maldita arpía... —dijo sonriendo a su pesar mientras entraba en el coche.

9

¿Follamos?

Cuando Julio entró en la redacción la mañana siguiente, iba decidido a aclarar las cosas. Aunque por primera vez en su vida no sabía cómo hacerlo. También, por primera vez en su vida, se sentía desconcertado por una mujer. ¿Quién era realmente Victoria Páez? ¿O Victoria Alcántara, o como diablos se llamase? ¿La mujer de acero del despacho, la sofisticada de la fiesta, la sencilla mujer descalza y sexi de su casa, o una mezcla de todas ellas? Tenía que reconocer que lo tenía intrigado. Él, que siempre se vanagloriaba de conocer a las mujeres de una sola ojeada, con esta no acababa de acertar.

Entró en su despacho y lo primero que hizo fue dirigirse a Juan dispuesto a aclarar el enredo.

—Juan, tengo que hablar contigo de un asunto. Parece que ha habido un malentendido.

Su compañero lo miro socarronamente.

—¿Qué tipo de malentendido?

—Respecto a Victoria y yo. Creo que interpretaste erróneamente lo que te dije sobre nosotros. Cuando hablé de colaborar estrechamente no me refería a nada sexual, sino a trabajo.

—Comprendo... te han leído la cartilla, ¿eh? La jefa se ha enterado de que lo vuestro es de dominio público y te ha tirado de las orejas.

—No, no es eso. En serio, todo ha sido un error.

—De acuerdo, ya me lo has dicho. Has cumplido.

—Que no, Juan. Entre Victoria y yo no hay nada, tío. ¿Crees que estoy loco? Hay que tener mucho estómago para follarse a una mujer como esa.

—Ya... pero para eso está la Viagra. Y además lo haces por orden del jefe, por el bien de la publicación.

Julio suspiró recordando a la preciosa mujer que lo había recibido la tarde anterior y su reacción ante ella. Mierda, tenía que quitarse esa imagen de la cabeza o iba a tener un problema cada vez que se reunieran para trabajar.

—Juan...

—Vale, vale... No hay nada entre la señorita Páez y tú. No te la follas como una mala bestia en el despacho; tu aire de agotamiento cada vez que tienes que trabajar con ella es solo fruto del estrés verbal producido por los artículos. Tú lo dices y yo me lo creo.

Julio comprendió que iba a ser inútil. Nadie se lo creería, era una historia demasiado jugosa para que la soltaran una vez que le habían hincado el diente.

—De acuerdo. Solo intenta que no se extienda demasiado, ayúdame a parar los rumores o cada vez que entre en ese maldito despacho voy a ser analizado con lupa.

—Cuenta conmigo.

A la hora del desayuno, Julio se reunió con las chicas. Ahora que ya sabía de qué iba el tema, seguro que iba a divertirse. Celia le ofreció un cuenco de nueces en cuanto apareció.

—Gracias, Celia. ¿Sabes? Creo que desde que tomo las nueces me noto más energía.

—¿En serio? Pues me alegro.

—Yo también. Trabajar con tu jefa resulta agotador. Bueno, ¿qué os voy a decir a vosotras? Trabajáis con ella hace más tiempo que yo.

—No es lo mismo.

—¿Cómo que no?

—Porque tú trabajas a «otro nivel».

—¿Otro nivel, Rosa? ¿Te refieres a que somos codirectores Victoria y yo?

—No, no me refiero a eso. Y me entiendes perfectamente, no te hagas el tonto. Por supuesto que de aquí no va a salir ni una palabra, pero trabajamos aquí fuera y bueno... se oyen cosas.

Julio sonrió.

—De modo que se oyen cosas... ¿Qué cosas exactamente?

Magda se mordió el labio para no soltar la carcajada. Realmente Celia era increíble, sería capaz de jurar que los había visto enrollarse porque hasta ella misma se creía sus fantasías cuando se trataba de un cotilleo.

—Ya sabes... gemidos, susurros. Nada significativo si no sabes lo que ocurre, pero cuando lo sabes, atas cabos.

—Claro, claro... ¿Y si te digo que no hay nada de lo que pensáis? ¿Que Victoria y yo solo trabajamos, que los susurros y suspiros son solo imaginaciones vuestras?

—No cuela, Julio.

—De acuerdo —dijo encogiéndose de hombros—, dejaré de intentarlo. Dame más nueces, anda, dentro de un momento tengo que enfrentarme al dragón.

Terminaron de desayunar en silencio y luego Julio cogió el teléfono de la mesa de Magda y marcó la extensión de Victoria.

—¿Sí, Magda?

—Soy yo. ¿Me puedes dedicar un momento?

—Claro.

Colgó el auricular y guiñando un ojo con picardía, entró en el despacho ante la sonrisita de Celia y Rosa.

Victoria estaba sentada tras la mesa, como solía estar, con el pelo recogido en su habitual moño, la chaqueta abotonada y la camisa blanca también cerrada hasta el cuello. No pudo evitar que la vista le bajara un poco más para preguntarse dónde demonios escondía unos pechos como los que había entrevisto la tarde anterior.

«Calma, Julio», se dijo mentalmente. «La de las tetas es otra mujer. Esta es tu compañera de dirección y no tiene tetas, ni culo, ni unas piernas fabulosas. Esta solo tiene mala leche y estaría encantada de cortarte los huevos si le das la oportunidad.»

—¿Querías algo? —preguntó Victoria al ver que se quedaba parado en mitad el despacho.

—Estoy... mirando el despacho —respondió girando la cabeza a uno y otro lado.

—¿Para...? ¡No estarás pensando en mudarte aquí!

—No, no. ¡No soy ningún suicida! Tú y yo solo podemos trabajar juntos si nos vemos con cuentagotas. Si compartiéramos despacho habría un baño de sangre. Suponiendo que tú tengas sangre, claro.

Ella frunció ligeramente el ceño.

—Bien, Luján, ¿vas a decirme de una vez a qué has venido?

—A decirte que llevo toda la mañana intentando aclarar el malentendido de nuestra supuesta relación.

—La gente no piensa que tengamos una relación, solo que follamos.

—Vale, pues el malentendido de los supuestos polvos apoteósicos que echamos en el despacho.

—¿Apoteósicos? ¿No te estás atribuyendo un mérito excesivo como amante?

Julio sonrió.

—Es lo que circula por ahí, pero no sería mérito mío, sino de la Viagra, según dicen.

—¿Humilde?

—No, solo realista. Aunque nunca se me ha quejado ninguna mujer de que la dejara insatisfecha, no soy ningún Supermán. Tres polvos en una hora supera mi marca habitual.

—¿Y cuál es tu marca habitual?

—Ay, encanto, eso depende mucho de la dama.

—¿De la dama?

—Sí. Si realmente es una dama, uno bien echado y punto.

—¿Y si no lo es?

—Si es una fiera o una ninfómana como dicen que

eres tú, entonces las posibilidades son muchas, pero no en una hora. Con el tiempo y la compañía necesarios puedo llegar a ser muy bueno... y muy creativo.

Victoria soltó una carcajada, al parecer estaba de buen humor esa mañana.

—No tienes abuela.

—Siempre intento dejar a mi abuela fuera de mis aventuras sexuales. Y ahora hablemos del tema que me ha traído aquí. Victoria, nadie se cree que no estamos liados aunque lo jure sobre la Biblia. Llevo toda la mañana intentando deshacer el malentendido inútilmente. Piensan que ha llegado a tus oídos que todos lo saben y que me estás obligando a desmentirlo. Y he pensado que lo mejor es asumir el refrán de que, si no puedes vencerlos, únete a ellos.

Ella abrió mucho los ojos.

—No estarás tratando de decirme que follemos. Si piensas eso es que estás como una cabra, Luján. Además, te devoraría al primer mordisco.

—¿Entonces es cierto lo que dicen? ¿Eres una ninfómana de las de verdad?

—No me refería al sexo. Te devoraría a mordiscos antes de que te acercaras a mí. No sueñes con ponerme una mano encima, señor Luján y de la Torre. Ni muerta echaría un polvo contigo. Lo que pasó anoche en mi casa no fue una invitación, no te confundas.

—Pues claro que no vamos a follar, joder. ¿Crees que estoy loco? Aunque anoche no necesitara Viagra para empalmarme, ahora mismo repelerías al mismísimo Casanova, señorita Páez —dijo lanzándole una mirada despectiva y tratando de controlar la nueva erección que estaba empezando a sentir con la conversación. Afortunadamente la camisa negra que llevaba por fuera de los pantalones disimulaba el problema.

—Entonces aclárate.

—No vamos a follar, solo lo vamos a fingir. Si todos están convencidos de que lo hacemos, simplemente dejemos que lo crean; es más, démosles un poco de morbo. Tus chicas dicen que oyen gemidos y suspiros cuando estamos juntos en el despacho.

—¿Gemidos y suspiros? ¡Por Dios! Te lo estás inventando, Luján.

—Pregúntale a Magda, ella lo ha oído igual que yo. Bueno, pues les damos un poco de acción. Luego, dentro de un par de días, tenemos una bronca fenomenal y ponemos fin al rollete. Y seguimos trabajando como si nada hubiera pasado.

—¿Y qué tiene que ver mi despacho en todo eso?

—Estoy buscando el mejor sitio para hacerlo. El escenario.

—¿El escenario?

—Mira, Victoria, tus chicas acaban de darme alimentos energéticos para levantársela a un elefante. Cuando he entrado me han mirado como si fuera el héroe del año y estoy seguro de que están ahí fuera con las orejas puestas esperando escuchar un suspiro o un gemido. Vamos a «descontrolarnos» hoy. Hagamos que nos escuchen.

—Ni de coña, Luján.

—Venga, Victoria, diviértete; hagámosles creer lo que quieren creer. Sepamos nosotros algo que ellos no saben. Por Dios que sería enormemente divertido. Luego, o mañana o pasado, hasta me dejo que me des una hostia en público para «romper».

—¿Una hostia en público? Eso me encantaría.

—Decidido entonces. Veamos... ¿El sillón? No... ¿De pie contra el archivador, que probablemente haría mucho ruido? ¿O quizá sobre el escritorio? ¿Tú que prefieres, encanto?

Victoria siguió la mirada de él y decidió que sería divertido fingir que se lo follaba.

—De acuerdo, pero con una condición. Que la hostia y la ruptura sean hoy mismo y que nunca, ¿me entiendes?, «nunca», volvamos a hablar sobre ello.

—Me parece bien. Elige, ¿sillón, archivador o escritorio?

—Escritorio.

Él sonrió y le guiñó un ojo.

—Yo habría escogido lo mismo.

Julio dio unos pasos y se acercó a ella. Se colocó a su espalda y empezó a hurgar en el apretado moño que contenía su pelo. Victoria se sobresaltó y dijo en un tono más alto de lo normal:

—¿Qué haces, Julio? Deja de...

La mano de él le cubrió la boca para evitar que siguiera hablando y lo hizo de forma que pareció que era su boca la que contenía la protesta posándose sobre la de ella. Agachó la cabeza susurrándole al oído:

—Muy bien, encanto, sígueme el juego...

Ella se liberó de la mano que cubría su boca y dijo bajito, también susurrando:

—No me deshagas el moño, luego me será imposible dejarlo como estaba sin el fijador que uso habitualmente.

—Es la idea. Luego, cuando alguien te vea, sabrá que te has desmelenado.

El susurro de la voz de Julio en su oído y el jugueteo de sus manos deshaciéndole el moño provocaron en Victoria un escalofrío por todo el cuerpo. Apretó los dientes y trató de controlarlo. A él no le pasó desapercibido y su cuerpo también reaccionó haciendo más intensa la erección que desde hacía rato llevaba oculta bajo la camisa. Se dejó llevar y cerrando los ojos se demoró soltando el pelo de Victoria y esparciéndolo sobre sus hombros. Luego rodeó la silla y, haciendo un barrido leve con la mano, dejó caer al suelo con estrépito el portalápices de metal que había en una esquina del escritorio. Victoria lo interrogó con la mirada.

—Has elegido la mesa... No se puede hacer una tortilla sin romper los huevos, nena.

—De acuerdo. Ven aquí, señor Luján. Si jugamos, jugamos los dos.

Julio abrió mucho los ojos. En los de ella brillaba una chispa divertida que nunca había visto antes.

—Agáchate.

Se agachó delante de ella y las manos de Victoria se alzaron hasta su pelo engominado y lo revolvieron con fuerza dejando en su cabeza un caos de puntas levantadas y tiesas a su paso.

Después, colocó las manos a ambos lados de la camisa y tiró con fuerza, con lo que saltaron algunos botones. Las manos de Julio la detuvieron justo en la cintura.

—Ah, ah... hasta aquí, nena. No tengo camisa de repuesto y no puedo pasarme el día con el pecho desnudo por la redacción.

Victoria no pudo evitar mirar el suave vello que le cubría el pecho y tuvo que contener las ganas de pasar la mano sobre él. Cerró los ojos con fuerza. Sin duda llevaba demasiado tiempo sin echar un polvo. El vibrador que tenía guardado en la mesilla de noche no tenía un pecho que acariciar.

—Ahora gime —le susurró Julio desde muy cerca.

Abrió los ojos de golpe.

—¿Qué?

—Que gimas...

La voz de él, aunque cargada de sensualidad, rompió el hechizo.

—¿Cómo podemos salir ahí fuera en este estado y sin haber lanzado un solo gemido? ¿Sabrás hacerlo, no? No irás a decirme que no has follado nunca...

—Por supuesto que he follado, pero no soy escandalosa. Sé guardar las formas.

Julio sonrió con picardía.

—Entonces no has follado, nena. No de verdad. Búscate un tío que te haga gritar y entonces hablamos.

Julio se levantó y, apoyando las caderas contra la mesa, empezó a moverse dando fuertes empujones que hicieron vibrar el escritorio con un sonido rítmico y continuo a la vez que lanzaba fuertes suspiros capaces de traspasar las puertas del despacho. Se estaba metiendo tanto en su papel que cuando saliera de allí iba a tener que meterse en el baño para solucionar su problema, si no quería pasarse la mañana con una erección de caballo, pensó mientas embestía la mesa una y otra vez.

De reojo se fijó en los dedos de Victoria aferrados al borde de la mesa con tanta fuerza que tenía los nudillos blancos. Y estaba seguro de que no se había dado cuenta de que su respiración se había vuelto agitada, casi tanto como si de verdad estuviera tirada sobre la mesa recibiendo sus embestidas.

Después de un buen rato, lanzó un hondo suspiro y dejó de empujar. Se volvió hacia Victoria y la miró. Los ojos brillantes de la mujer le dijeron que no se había equivocado.

Decidió dar un paso más.

—Bueno, ahora solo falta un detalle.

Victoria pareció volver a la realidad.

—¿Qué detalle? Yo creo que ha sido muy completo. ¿Cuánto tiempo te has llevado empujando la mesa? ¿Veinte minutos?

—No sé... he calculado más o menos mi tiempo habitual, no suelo mirar el reloj, encanto. Pero si tú dices que han sido veinte minutos, pues será. ¿Nunca te han echado un polvo tan largo?

—No, me temo que no han llegado a tanto.

—Entonces has estado con el hombre equivocado.

—Hombres.

—Pues deberías escoger mejor a tus amantes. Ni te hacen gemir, ni se toman su tiempo. La próxima vez asegúrate de buscar al tío adecuado —dijo dándose cuenta de que su respiración también era algo agitada—. Ahora el detalle final. ¿Me dejas que te dé un chupetón en el cuello?

Victoria apretó los dedos con más fuerza contra la mesa.

—¡Ni lo sueñes, Luján! No voy a aparecer ahí fuera con un chupetón tuyo en el cuello.

Él suspiró.

—Bueno, entonces seré yo quien lo haga.

Se abrió más la camisa para dejar el cuello al descubierto.

—Muerde.

—¿Pretendes que yo...?

—No hay polvo salvaje sin un buen mordisco. Vamos, nena, solo tienes que acercar la boca a mi cuello y dar un chupetón de esos que dejan marca para varios días.

—No.

—¿No quieres o no sabes? Mira, es muy fácil...

Él acercó su propia mano a la boca y succionó.

—¿Ves? No hay ninguna implicación sexual en esto, Victoria, solo tienes que succionar.

—No.

—Colabora, mujer. No puedo chuparme el cuello yo solo.

—Pues tendrás que pasar sin el mordisco.

—Antes dijiste que íbamos a jugar los dos. Hasta ahora lo único que has hecho es despeinarme y arruinar una de mis camisas. No has lanzado ni un solo gemido. Venga... puedes morder todo lo fuerte que quieras y demostrar cuánto me odias, clava los dientes si te apetece.

Victoria aún dudaba.

—¿Qué pasa? Nunca le has dado un chupetón a un tío, ¿no?

—Claro que sí, pero no a tíos que me caen mal.

—No me lo creo.

—Está bien. Vamos allá.

Victoria se levantó del sillón y se acercó hasta Julio. El olor de una loción cara para después del afeitado la envolvió. Aplicó su boca al costado de su cuello cuidando que fuera por encima de la camisa para que se viera bien y succionó. Se separó rápidamente.

—¿Ya está? ¿Eso es todo lo que sabes hacer? ¿No pensarás dejar marca con eso? —Sonrió burlón.

—¿No dejará marca?

—Claro que no. Tienes que dejar la boca puesta ahí más tiempo y chupar con fuerza. Vamos, repítelo.

Victoria suspiró con fuerza y resignación.

—Vamos, otra vez —dijo con desgana, para calmar los latidos del corazón que se le habían desbocado con el breve contacto.

Volvió a aplicar la boca al cuello de Julio y succionó con fuerza, moviendo los labios a la vez. Cerró los ojos y perdió la noción del tiempo que estuvo así.

Cuando se separó, su corazón iba a mil por hora y notó humedad en las bragas, algo que hacía mucho que no le sucedía.

El cuello de Julio mostraba una zona rojiza que en poco tiempo se volvería amoratada.

—Ahora hay una bonita marca sobre tu cuello, Julio.

—No me cabe la menor duda, encanto. Esta vez has hecho bien los deberes.

Victoria se separó más de él apartando la vista. Se volvió a sentar detrás del escritorio y extendió las manos hacia Julio.

—Mis horquillas —pidió.

Él le entregó el manojo de horquillas que había ido guardando en el bolsillo de la camisa y ella empezó muy seria a recogerse el pelo detrás de la nuca con movimientos mecánicos. Indudablemente tenía mucha práctica, pero el resultado no fue el habitual, teniendo en cuenta que no disponía de fijador. Todo el mundo se daría cuenta de que se había deshecho el peinado.

—¿Qué tal?

—Pasable. Has conseguido el efecto que pretendíamos.

—Que tú pretendías —dijo seca. Estaba enfadada consigo misma por el efecto que la falsa sesión de sexo había tenido sobre ella. Le había hecho recordar el tiempo que hacía que no estaba con un hombre. Y no se perdonaba el haberse excitado con Julio Luján.

Este intuyó que era mejor no replicar y se dedicó también a pasarse las manos por el pelo tratando de acomodarlo como estaba antes.

—¿Qué tal mi pelo?

—Un desastre —mascculló.

—Bueno, si quieres puedes darme la hostia ahora. Veo que te mueres de ganas.

—Sí, creo que es lo mejor, terminar este desagradable asunto cuanto antes. Y Julio... nunca, nunca vamos a hablar sobre esto.

—De acuerdo, jefa. Ahora yo salgo ahí, me pavoneo un poco y tú finges estar enterándote. Sales, me das una buena hostia y aquí se acabó todo. ¿Te parece?

Victoria asintió. No le iba a costar ningún esfuerzo darle una buena bofetada. Estaba furiosa, aunque no con él.

Antes de salir Julio se agachó y recogió el portalápices que había tirado y lo volvió a colocar sobre la esquina del escritorio. Luego, acomodándose la camisa lo mejor que pudo y asegurándose de que el chupetón era bien visible, salió del despacho.

Tres pares de ojos lo miraban y, como si fuera un imán, se posaron en su cuello. Los de Celia y Rosa, asombrados; incrédulos los de Magda. Se dejó caer en una silla.

—¡Uf, chicas! Hoy ha sido brutal. Cualquier día va a matarme ahí dentro. Espero haberla dejado lo bastante calmada como para que podáis trabajar con ella el resto del día. Gracias por las nueces, Celia.

Cuando ella iba a decirle que no necesitaba agradecerle nada, la puerta del despacho se abrió y una Victoria con los ojos brillantes de furia y el pelo mal colocado apareció en el umbral. A grandes pasos se dirigió a Julio y le dio dos sonoras bofetadas a derecha e izquierda que le hicieron volver la cara a uno y otro lado por la intensidad del impacto.

—La próxima vez que abras la boca, Luján, asegúrate de que la tecla del teléfono interno está desconectada —dijo dirigiendo hacia él un dedo amenazante—. Ni se te ocurra volver a acercarte a mí como no sea para trabajar, y me importa un carajo lo que diga Martín. Se acabó. ¿Me entiendes? No voy a dejarme convencer de nuevo para follar contigo, tendrás que buscarte a otra para satisfacer tus necesidades Y si Martín insiste, te lo follas a él.

Se giró levemente y se dirigió a Celia.

—Y vosotras calladitas. Ni media palabra sobre lo que acaba de ocurrir aquí.

—Claro... claro, Victoria.

Dio media vuelta y se encerró en el despacho dando un portazo. En la antesala reinaba un silencio sepulcral. Las mejillas enrojecidas de Julio demostraban la fuerza de los golpes. Rosa reaccionó y se acercó a él.

—¿Quieres un poco de hielo?

—No... gracias. No es necesario. Creo que lo mejor es que me vaya. Si vuelve a aparecer dudo que salga vivo de la redacción hoy.

—¿Pero qué ha pasado ahí dentro?

—No preguntes.

Y dando media vuelta se marchó desesperado por encerrarse en el baño y hacerse una paja para calmar la fuerte excitación que sentía. Los golpes de Victoria, la expresión enfurecida de sus ojos, le habían excitado aún más, si eso era posible, hasta un punto que no recordaba desde la adolescencia.

10

Vuelta a la normalidad

Victoria se encerró en el despacho y nadie tuvo el valor de llamar a su puerta el resto del día. Un rato después, el teléfono se iluminó con la tecla correspondiente al despacho de Julio, pero ni siquiera descolgó. Pasados unos pocos minutos un mensaje interno le llegó al correo electrónico.

El trato era una. La segunda sobraba.

JULIO

Se apresuró a responder.

Considérala una propina.

VICTORIA

Aquella tarde en el coche, mientras conducía hacia su casa, Victoria se dirigió a Magda con una pregunta inesperada tratando de distraer a su amiga del interrogatorio que sabía que estaba deseando hacerle.

—¿Has tenido noticias de Silvia? ¿Os habéis reconciliado?

Su amiga la miró extrañada. Victoria sabía perfectamente que seguían separadas.

—¿Por qué me preguntas ahora eso?

—No sé, pensé que quizás habías tenido noticias suyas.

—Hemos hablado por teléfono un par de veces, pero no voy a volver con ella si no acepta mis condiciones. No sirve de nada intentarlo de nuevo si el problema sigue ahí. Ya sufrí mucho teniendo que esconderme en la adolescencia para seguir igual ahora a los treinta y dos.

—Haces bien. Las cosas hay que tenerlas claras.

—Y hablando de tener las cosas claras...

—¡Magda, no!

—¿Cómo qué no? ¿Crees que no te voy a preguntar por lo que ha pasado hoy en el despacho?

—No ha pasado nada.

—Por supuesto que ha pasado algo, pero no tengo ni la menor idea de qué. Porque se supone que tú también tienes las cosas claras, ¿no?

—Clarísimas.

—Entonces empieza a hablar.

Victoria suspiró.

—Pues que Julio ha intentado desmentir nuestra «relación» y no lo ha conseguido, y al señor listo se le ha ocurrido fingir que echábamos un polvazo para acallar las habladurías.

—¿Fingir? Pues os merecéis un Oscar, porque desde fuera parecía que estabais revolcándoos como fieras.

—Sí, Julio se metió de lleno en el papel. Se pasó un buen rato empujando contra la mesa con las caderas.

—¿Y tú qué?

—Yo lo miraba sentada en el sillón, desde el otro lado del escritorio.

—¿Seguro?

—Pues claro que seguro.

—¿Y tu pelo?

—Me deshizo el moño, para dar credibilidad.

—¿Y cl suyo?

—¿Esto qué es, un interrogatorio?

—En toda regla.

—Yo también revolví su pelo, a dos manos. Y le arranqué los botones de la camisa. ¿Satisfecha?

—Ni por asomo. Sigue.

—Bueno... sí... también le di un chupetón en el cuello con todas mis fuerzas. Quería que le dejara marca y por mis ovarios que la va a tener durante una temporada.

Magda soltó una sonora carcajada.

—¿En serio? ¿Y qué más?

—Nada más, Magda. Nada más.

—Algo más debió de haber, porque le diste dos hostias.

—Eso también estaba planeado. Para romper delante de todos.

—Puede que estuviera planeado, pero la mala leche que llevaban las bofetadas era auténtica.

—Tengo que reconocer que estaba un poco cabreada, sí.

—¿Un poco? Si no llega a tener la cabeza firmemente sujeta al cuello, se la arrancas con la fuerza de los golpes.

—No es para tanto, solo me metí en el papel.

—Igual que con la mesa...

—¡Vale ya! Julio lo planeó y yo le di lo que quería. Nada más.

—¿Y te gustó?

—¿Qué coño me va a gustar? Entérate de una vez, lo hicimos solo para dar un poco de morbo a las tres cotillas que estaban fuera esperando oír «gemidos y susurros».

—Yo no lo esperaba, y la verdad es que me sorprendió muchísimo. Y mucho más cuando vi salir a Julio en el estado que iba.

—Él empezó deshaciendo mi peinado, de modo que hice lo mismo.

—No me refería al pelo.

—¿Ah, no?

Magda se echó a reír.

—No, me refería al bulto de sus pantalones, que a duras penas podía cubrir la camisa.

—En eso no me fijé.

—¿De verdad?

—De verdad.

Esta vez Magda la creyó. Victoria parecía sinceramente sorprendida.

—¿Y qué vas a hacer ahora?

—Pues nada. Oficialmente «hemos roto» y ahora

podremos trabajar en paz otra vez. O en guerra, como siempre.

Aquella noche Julio se encontraba en su casa preparándose la cena, cuando sonó el timbre de la puerta. Se sintió contrariado, no tenía ganas de visita. Cuando abrió, se encontró a Teresa en el umbral con una botella de vino en la mano.

—¡Sorpresa!

Se sintió irritado. Normalmente le telefoneaba antes de presentarse en su casa, pero en los últimos tiempos se estaba tomando unas libertades que sobrepasaban el tipo de relación que tenían.

—No te esperaba.

—Por eso es sorpresa.

—Ya...

—¿No me invitas a pasar?

—Claro... pasa. Estaba preparándome la cena.

—¿Puedo autoinvitarme?

—Creo que ya lo has hecho. Traes hasta el vino.

—Fue un impulso.

—La próxima vez llama antes. Y no podrás quedarte mucho rato, tengo trabajo.

—Seguro que puedes dejarlo para otro momento.

—No, me temo que no puedo. Debo entregar un artículo mañana por la mañana —mintió.

—No irás a decirme que te tomas ese trabajo en serio.

—Muy en serio.

—¡Por Dios, Julio, ni que lo necesitaras para vivir!

—No lo necesito para vivir, pero es mi trabajo. Y el

trabajo de una serie de personas depende de que yo haga el mío, somos un equipo.

Julio se giró hacia la encimera y la luz de la cocina le dio de lleno en el cuello. Teresa paró en seco la frase que estaba a punto de decir.

—¿Qué demonios significa eso?

—¿Qué?

—La marca que tienes en el cuello. ¿Qué es?

—Ah, no me acordaba. Pues creo que es evidente.

—¿Me has puesto los cuernos?

Julio respiró hondo.

—No, Teresa, no te he puesto lo cuernos puesto que tú y yo no estamos saliendo juntos. Nos acompañamos a veces el uno al otro a alguna fiesta o acto social, nos acostamos de vez en cuando y nada más. Te lo dejé claro al principio y tú estuviste de acuerdo. Ni te prometí fidelidad ni te la exigí nunca.

—Pero de eso hace ya dos años.

—Para mí nada ha cambiado. Y no creo haberte dado a entender lo contrario. Esto es lo que hay, lo tomas o lo dejas.

—De acuerdo. Abriré el vino y cenaremos tranquilamente. Y luego... prometo no entretenerte mucho, pero te he echado de menos.

Julio cogió la botella de la encimera donde Teresa la había colocado y se dispuso a abrirla. No le apetecía que se quedara a dormir, pero reconoció que no le vendría mal un polvo rápido para quitarse de la cabeza lo ocurrido en el despacho aquella mañana. Y había que reconocer que Teresa era buena en la cama.

A la mañana siguiente, Julio se presentó en la redacción luciendo dos moratones, uno a cada lado del cuello. Teresa también había querido dejar su huella.

Después de desayunar, cuando regresó a su despacho sin pasar por el de Victoria, Rosa dijo a Magda:

—¿Ayer tenía un chupetón o dos?

—Creo que uno, pero tampoco lo podría jurar.

—¿Lo habrá hecho para vengarse de las bofetadas de ayer?

—No lo sé. Pero, sea como sea, a la jefa no le va a gustar.

—Eso me parece.

—Por Dios que daría algo por verle la cara cuando se dé cuenta.

—Y yo.

Sin embargo, durante dos días, Victoria y Julio estuvieron trabajando cada uno por su lado sin encontrarse, como si se evitaran mutuamente. Pero, al fin, tuvieron que reunirse para poner en común el contenido del siguiente número.

Cuando Julio traspasó el umbral, la voz de Victoria sonó fría.

—Deja la puerta abierta, Luján.

—Como quieras, encanto.

Él se sentó frente a ella y abrió el ordenador. La mirada de Victoria se posó en su cuello como atraída por un imán y sintió revolvérsele la bilis en su interior. Sin embargo no dijo nada, aunque su voz sonó más brusca aún cuando se dirigió a él.

—¿Qué tienes para esta semana?

Él le mostró sus artículos.

—Esto es una mierda.

—¿Perdona?

—Lo que oyes. No sé dónde tienes la cabeza, pero esto no es más que relleno.

—No estoy de acuerdo, Victoria. Son buenos artículos.

—No lo son. No podemos publicar esto, tráeme algo medianamente interesante.

—¿Como qué? ¿El contenido del subsuelo? ¿La regeneración de la capa de ozono? Eso no vende, señorita remilgada.

Julio estaba empezando a enfadarse. Los artículos que había presentado no eran muy diferentes de otros que se habían publicado con anterioridad. No sabía si Victoria seguía fingiendo enfado para que se enterasen desde la sala exterior o realmente estaba enfadada. La dura mirada que le dirigió le hizo suponer lo segundo, aunque no comprendía el motivo. Además, le molestaba sobremanera que le hablase así con la puerta abierta.

—¿Qué te pasa hoy, encanto? ¿Olvidaste tomar los All-Bran anoche?

—Deja de decir ordinarieces y céntrate en el trabajo o estarás fuera de *Miscelánea* antes de que te des cuenta.

—Eso es lo que tú quisieras, pero te equivocas. Si se hiciera una votación de los lectores, seguro que tus artículos no los leería nadie.

—Y los tuyos solo los leen los incultos y los desesperados sexualmente.

Julio cogió una hoja de papel y, después de garabatear unas palabras, se la pasó.

«Victoria, modérate. La puerta está abierta. ¿Quieres que a mediodía esta conversación corra de boca en boca por toda la redacción?»

Ella le dio la vuelta al folio y escribió a su vez:

«Francamente, me importa una mierda. Lo que has escrito es basura.»

Julio retomó la conversación, comprendiendo que Victoria no estaba fingiendo enfado, sino que por algún motivo lo sentía realmente.

—Victoria, tú tienes tu estilo y yo el mío. Por eso *Miscelánea* funciona, ¿recuerdas?

—No estoy hablando de estilos, sino de calidad. Dame algo bueno y lo aceptaré, sea el tema que sea.

—¿Qué consideras tú algo bueno?

—Algo interesante. Un buen artículo, una entrevista... Si eres capaz de hacerla, claro.

—¿Una entrevista?

—Sí, pero a alguien interesante, no a algún amiguete tuyo. A alguien que tenga en la cabeza algo más que serrín.

Julio tuvo que hacer un gran esfuerzo para no responder con una grosería. Realmente Victoria se estaba pasando mucho aquella mañana y no estaba dispuesto a consentírselo.

—De acuerdo, tendrás tu entrevista. Y si es buena la tendrás que publicar.

—Por supuesto, Luján.

Se levantó bruscamente y cogiendo el ordenador salió del despacho sumamente irritado.

Magda, Rosa y Celia fingieron enfrascarse en su trabajo para disimular que no se habían perdido ni una sola de las palabras que habían intercambiado.

Julio se dirigió a su despacho y se puso a buscar información, mientras mascullaba.

—Si quieres una entrevista la vas a tener. Vaya si la vas a tener, señorita tocapelotas.

11

La entrevista

Después de cómo Victoria lo había tratado en el despacho el día anterior, Julio no sentía ni pizca de mala conciencia por lo que estaba a punto de hacer. Cuando la puerta corredera que cerraba la verja de la impresionante mansión de Santiago Alcántara se abrió para él, se sentía muy satisfecho de sí mismo por haber conseguido una entrevista con apenas unas horas de antelación. Había tenido que usar su apellido y sus contactos, pero el escritor había accedido a recibirle.

Antes de que se acercara a la puerta de la casa, esta se abrió y una mujer uniformada de mediana edad apareció en el umbral.

—Soy Julio Luján. El señor Alcántara me está esperando.

—Pase por aquí, por favor.

La mujer lo precedió a través de un amplio vestíbulo con las paredes llenas de cuadros y objetos que evidentemente habían sido comprados en distintos lugares del mundo. Una especie de museo recargado y pintoresco, que a pesar de todo no causaba mal efecto. Los objetos estaban colocados con buen gusto, y, aunque eran muy distintos, parecían complementarse unos con otros. El señor Alcántara debía ser o bien un gran viajero o un importante cliente de anticuarios y tiendas de recuerdos, evidentemente caras. Al recibidor siguió un largo corredor estrecho y oscuro, decorado con algunas fotografías familiares, pero, por mucho que se esforzó por mirar mientras caminaba entre ellos, no vio ni rastro de la niña que Victoria había debido ser.

Al fin la mujer se detuvo ante una puerta y la abrió cediéndole el paso.

Julio no conocía en persona a Santiago Alcántara, tan solo por las fotos de las contraportadas de sus libros, pero estas no le hacían justicia. Era alto y corpulento, y, aunque sus rasgos faciales no se parecían en absoluto a su hija, tanto el porte como la barbilla erguida y la mirada fría y penetrante eran idénticos.

Julio le tendió la mano, que Santiago estrechó con fuerza.

—Soy Julio Luján. Le agradezco mucho que me haya concedido la entrevista con tan poco tiempo de antelación.

—No ha sido ningún problema, tenía la tarde libre hoy. Siéntese, por favor. ¿Le apetece un café?

—Por mí no se moleste.

—No es molestia. Yo sí tomaré uno, soy muy cafetero y cuando me entrevistan me siento más cómodo con una taza delante.

—En ese caso, le acompaño.

Descolgó el teléfono y encargo café. Julio, mientras, preparó la grabadora.

—¿Le importa si lo grabo? No soy un buen taquígrafo.

—Adelante.

Con solo una ojeada Julio supo que al hombre que tenía delante le encantaba hablar de sí mismo. Aunque la primera pregunta la hizo el padre de Victoria.

—Me ha dicho que es el codirector de *Miscelánea*. ¿Puede aclararme por qué quiere entrevistarme exactamente?

—¿Conoce la revista?

—Sí, intento mantenerme al día de todas las publicaciones del mercado. No es el tipo de revista que yo compraría, pero me parece lo suficientemente seria como para permitir que publique sobre mí.

Julio sintió que el engreimiento de aquel hombre empezaba a molestarle.

—*Miscelánea* es una buena publicación. Aunque tiene algunas secciones más ligeras y de entretenimiento, cada número publica buenos artículos de temas muy variados, sobre ciencia, tecnología y otros muchos.

—Lo sé.

—Y el motivo por el que quiero publicar una entrevista suya es que me parece uno de los escritores más representativos de esta época.

Santiago asintió complacido.

—Bien. Pues empiece a preguntar.

Julio empezó por lo obvio.

—¿Hace muchos años que se dedica al periodismo?

—Toda la vida. Tuve la suerte de empezar a trabajar

muy pronto, en cuanto terminé la carrera. Conseguí un puesto de ayudante de redactor y en muy poco tiempo ascendí a cargos más importantes.

El orgullo latente en sus palabras hizo que Julio no tuviera dudas de que lo había conseguido cortando muchas cabezas a su paso.

—Pero el espaldarazo definitivo de su carrera fue sin duda haber conseguido un importante premio periodístico ya en su madurez.

Santiago Alcántara apretó ligeramente los labios antes de responder.

—Un premio siempre es bienvenido, pero para mí solo significó el reconocimiento a muchos años de profesión.

—Si no estoy mal informado, el tema del reportaje ganador se sale un poco de su trayectoria habitual.

Alcántara clavó en Julio una mirada cargada de dureza.

—Un buen periodista no puede encasillarse, debe estar abierto a cualquier tema que le pueda ayudar a consolidarse en su profesión. Usted también es del gremio, supongo que comparte mi opinión.

—Sí, por supuesto. Pero después no ha vuelto a escribir sobre ciencia y tecnología.

—Sí lo he hecho, solo que no he conseguido ningún premio. Nuestra labor a menudo permanece en la sombra, sin el menor atisbo de reconocimiento.

—¿Cambió en algo su vida el premio?

—Sirvió para abrirme las puertas a la publicación de mi primera novela de ficción. En la portada se leía con letra destacada que había sido el ganador del premio, y aunque la novela era algo completamente diferente, ya sabe cómo funciona esto. Basta que hayas ganado algo para que un libro se venda como rosquillas.

—Y desde entonces el éxito le sonríe...

—Así es.

—Podría decirse, pues, que hay un antes y un después.

—Sí, podría decirse. Pero lo hubiera conseguido de todos modos, aunque tal vez me hubiera llevado más tiempo.

—Sin duda. ¿Cuántos libros ha publicado desde entonces?

—En total, cuatro.

—¿Y sigue compaginando el periodismo con la literatura de ficción?

—En realidad, no. Los libros son mucho más rentables económicamente. En la actualidad es mi hijo Miguel quien ha tomado el relevo periodístico de la familia. Se dedica al periodismo de investigación. Y es muy bueno.

—Sí, he oído hablar de él.

Julio decidió arriesgar un poco.

—¿Es el único miembro de su familia que ha seguido sus pasos?

—Mi otro hijo, Rafael, es profesor de periodismo en la Universidad Complutense. No se dedica al periodismo propiamente dicho.

Julio siguió indagando.

—¿No tiene más hijos?

—Mi hija Mariví hace años que decidió por voluntad propia dejar de pertenecer a la familia Alcántara, de modo que no, no tengo más hijos que se dediquen al periodismo.

—Pero...

Santiago se inclinó levemente y presionó la tecla de apagado de la grabación. Y mirando fijamente a Julio le advirtió:

—Señor Luján, sabe perfectamente quién es mi hija y a qué se dedica. Si ha venido aquí buscando una historia jugosa, puede marcharse por donde ha venido. Quien le ha concedido una entrevista es Santiago Alcántara, el escritor. A mi familia déjela en paz. Ya le he dicho que tengo dos hijos y a qué se dedican. Si quiere publicar eso, me parece bien. Si añade una sola coma, se encontrará con una bonita querella. Aparte de que dudo mucho de que ella le permita publicar el artículo.

—¿Sabe que Victoria es la codirectora de *Miscelánea*?

—Por supuesto. Sé todo lo que hay que saber.

—De acuerdo, continuemos entonces.

Durante media hora más, Julio escuchó a Santiago Alcántara hablar de sí mismo, de sus libros, de sus logros y de su éxito, mientras bebía una taza de café tras otra.

Cuando se despidieron, llevaba una idea muy clara del tipo de persona que era el padre de Victoria, y no le gustaba lo más mínimo.

Llegó a su casa y se puso inmediatamente a transcribir el contenido de la grabación. Trabajó en ello toda la noche, ignorando las llamadas de Teresa y de su hermano para cenar juntos. Si no terminaba el trabajo antes del amanecer no aparecería en el siguiente número de *Miscelánea* y Victoria habría ganado aquella batalla. Y era importante, muy importante para él, que la guerra con Victoria volviera al punto en que estaba al principio. Por su propia salud mental.

Cuando llegó a la redacción a la mañana siguiente, después de una ducha apresurada y otra taza de café, y sabiendo de antemano cuál sería la reacción de Victoria frente a la entrevista, envió una copia por el correo interno a Martín y otra a ella. Sabía que Martín sería su aliado, no podía dejar sin publicar un artículo de la calidad que le ofrecía. Sin duda era una de las mejores cosas que había escrito nunca. Había conseguido mostrar al hombre de éxito, al escritor de fama reconocida, sin dejar traslucir la aversión que sentía por él.

La reacción de Victoria no se hizo esperar. El teléfono de su mesa comenzó a sonar de inmediato, seguro que ni siquiera le había dado tiempo a leer la entrevista entera.

—La entrevista a Santiago Alcántara tiene mi veto.

—¿Por qué? ¿Tampoco tiene la calidad suficiente?

—Es posible que la calidad literaria la tenga, pero el tema no lo voy a autorizar, te pongas como te pongas.

—Voy a tu despacho y lo hablamos.

—No hay nada que hablar.

—No tienes la última palabra en esto, señorita Páez.

—Yo creo que sí. Martín dijo que deberíamos aprobar ambos lo que se publicase y te aseguro que no me vas a convencer de esto, Luján.

—Como ya me lo imaginaba, le he enviado una copia a Martín. Que él decida.

—Eso es jugar sucio.

—¿Alguna vez hemos jugado limpio tú y yo?

—Esto es más sucio de lo habitual.

—No vas a ser tú quien diga siempre la última palabra. Además, no tienes otra cosa que poner para rellenar la revista de esta semana, ni tiempo para improvisar.

—Eres un hijo de puta arrogante y engreído. ¿De qué te quieres vengar?

—¿De qué te querías vengar tú anteayer cuando rechazaste todos mis artículos? Vamos, Victoria, compórtate como una profesional y deja tus asuntos personales al margen. No sé qué demonios tienes contra tu padre, pero, sea lo que sea, no permitas que interfiera en el trabajo. *Miscelánea* está por encima de tus rencillas familiares.

Victoria no respondió, sino que colgó violentamente el auricular y se sentó furiosa en el sillón. Volvió a abrir el correo de Julio, que había cerrado violentamente nada más ver quién era el personaje entrevistado. Trató de leerlo objetivamente y tuvo que reconocer que era una buena entrevista, que se merecía un lugar de honor en la publicación. De hecho, era lo mejor que había leído de Julio. Si no se tratara de su padre, estaría encantada de publicarla.

Pero desde su revista no iba a contribuir a ensalzar el fraude que era Santiago Alcántara. Y Julio podía pensar que era un asunto personal, pero no lo era.

Aquella tarde, después de terminar de elaborar el sumario de la revista previsto para la siguiente semana, llamó a Martín para preguntarle sobre la entrevista. Este le dijo que el artículo era bueno, pero que se mantendría al margen dejando que fueran ellos los que decidieran qué hacer.

Llamó al teléfono de Julio dispuesta a convencerle como fuera para que desistiera de publicarlo, aunque tuviera que contarle la verdad.

Fue Juan quien respondió comentándole que Julio se había marchado a su casa y que no volvería aquella tarde.

Cuando terminó la jornada laboral, dijo a Magda que se marchara sola a casa, que tenía un asunto que resolver, y se dirigió a la dirección de Julio que había conseguido en administración. Hubiera podido llamarle, pero lo que iba a contarle era demasiado personal para ni siquiera darle una pista por teléfono.

Subió despacio los dos tramos de escaleras, ignorando el lujoso ascensor, y llamó a la única puerta del rellano.

Julio dormitaba en el sofá tras la larga noche de trabajo, mientras la televisión emitía una película de acción. El timbre de la puerta le sobresaltó y se sintió irritado ante la interrupción. Le había dicho al portero unos días antes que no permitiera subir a Teresa sin antes avisarle.

Se levantó de mala gana y fue a abrir. Se quedó paralizado cuando vio a Victoria en el umbral. Todavía llevaba la ropa de trabajo y una expresión decidida en el rostro.

—¿Puedo pasar? Hay algo que quiero decirte.

—Claro.

La precedió hasta un salón amplio con un gran ventanal que dejaba ver una vista espectacular de la ciudad.

—Siéntate. ¿Te apetece tomar algo?

—No, no se trata de una visita social.

Victoria se acomodó en un extremo del gran sofá rinconero y Julio se sentó a una prudencial distancia.

—Vienes a convencerme para que no publique la entrevista de tu padre.

—No exactamente. Vengo a decirte por qué no deseo publicar nada suyo en una revista que yo dirijo en parte. La entrevista la has escrito tú y por lo tanto la decisión es tuya. Pero esta mañana me tachaste de ser poco profesional y creo que, antes de juzgarme, deberías saber mis motivos.

—Soy todo oídos.

—Solo te voy a pedir una cosa, y es que lo que te voy a contar se quede en la más estricta confidencialidad. Sé que, a pesar de todas nuestras jugarretas, puedo confiar en ti para esto.

—Te aseguro que puedes.

—Bien. Mi nombre de pila es María Victoria Alcántara Salcedo. El Páez es el segundo apellido de mi madre. Mi familia siempre me llamó Mariví. Como suele pasar en algunas familias, cuando vives una profesión desde la infancia, la mayor parte de los hijos suele seguir la tradición familiar. Ese es el caso de mi hermano Miguel, e incluso Rafael, el más pequeño, que se sintió atraído por la enseñanza, es catedrático de periodismo en la universidad. Pero en mi caso no fue la tradición familiar lo que me llevó a estudiar periodismo. La escritura me apasiona, comunicarme con los demás a través de las palabras, expresar mi opinión es algo que por mi carácter me resulta difícil hacer mediante el lenguaje hablado, pero las palabras fluyen a través de mí sin ningún esfuerzo. Bueno, me estoy enrollando demasiado, no quiero hacerte perder más tiempo del necesario. El caso es que estudié periodismo con mis cinco sentidos, disfrutando con ello. Quería ser la mejor, no solo de mi promoción, sino de mi familia. Debo decir que mi padre es bastante machista y, aunque se sintió halagado cuando elegí mi carrera, no pensaba que mis calificaciones sobrepasarían con mucho las de mis hermanos e incluso las suyas propias en su época de estudiante. Me gradué *cum laude* y dediqué un gran esfuerzo a mi tesis doctoral. Trabajé muy duro, para mi propia satisfacción y para la de mi padre. Quería que se sintiera orgulloso de mí, no quería ver las trabas que intentaba ponerme ni cómo me pretendía desanimar. Yo confiaba en él, le permitía aconsejarme y dirigir mi tesis. Y apenas una semana antes de entregarla, él la presentó como obra suya al certamen de periodismo. Y ganó. Yo, con apenas una semana, no pude más que hacer una chapuza con mi tesis, lo que bajó considerablemente mi nota media. Me enfrenté a él, le recriminé lo que había hecho y ¿sabes qué me dijo? Que con el cuerpo y la belleza que la naturaleza me había dado no tenía más que vestirme adecuadamente y agitar un poco las pestañas para conseguir una nota incluso mejor que la que hubiera obtenido con mi trabajo.

Había hablado de un tirón, soltando lo que probablemente llevaba guardado mucho tiempo y Julio supo que había sido objeto de una confidencia que muy pocas personas conocían.

—¿Y nadie de tu familia hizo nada al respecto?

—Mi hermano Miguel es una sombra de mi padre y Rafael estaba en la universidad estudiando, no se enteró de la verdad hasta mucho tiempo después. Mi padre aceptó los honores del premio y generosamente y en compensación me consiguió una columna de belleza en el dominical del periódico donde trabajaba, la cual rechacé. Hice las maletas, me marché de casa y durante un año y medio trabajé de chica para todo en una editorial de mala muerte. Empleé el poco dinero que ganaba en eliminar el apellido Alcántara de mi documentación y en sobrevivir, y después cambié mi *look* y reaparecí en el mundo editorial como Victoria Páez. Nadie sabe mi parentesco con la familia Alcántara. Poco a poco fui consiguiendo el puesto que tengo ahora, a base de mucho trabajo y mucha mala leche. Nadie me ha regalado nada, Julio. Y mientras yo pueda evitarlo, la revista que dirijo no va a hacerle publicidad gratuita a Santiago Alcántara. Ahora ya sabes mis motivos, la decisión está en tus manos.

—No sé qué decir, Victoria.

—No tienes que decir nada, solo consúltalo con la almohada y actúa según tu criterio. Como profesional del periodismo aceptaré lo que decidas. Tienes razón en una cosa: es poco profesional dejar que mis asuntos personales interfieran en el trabajo.

—No hay nada que consultar, no voy a publicar esa entrevista. Pero me temo que tendrás que aceptar la «mierda» de artículos que te presenté el otro día; no hay tiempo para preparar otra cosa.

Victoria respiró hondo.

—No son tan malos, solo estaba cabreada.

—¿Puedo preguntar por qué?

—No, no puedes. Asuntos personales.

—De acuerdo. Te los mandaré por correo electrónico a tiempo para que los incluyas en el sumario.

—Gracias, Luján.

—No me las des... voy a pedirte algo a cambio.

Ella sonrió.

—Eso está bien. No me gusta deber nada a nadie. ¿Qué quieres? ¿La portada durante un tiempo?

—No, no te va a resultar tan sencillo.

—Dime entonces.

—Que dejes de llamarme Luján, al menos cuando estemos a solas. Y una cena.

—¿Quieres que te prepare una cena?

—No, quiero que salgas conmigo a cenar y que durante esc rato seas simplemente Victoria. Ni Mariví, ni la señorita Páez, solo Victoria, la auténtica. Que te relajes y disfrutes de una buena comida, de una charla amigable sin que tengas que estar en guardia y que dejes de verme como a un enemigo. Solo dos colegas disfrutando de un buen rato. Podemos irnos todo lo lejos que quieras para que nadie nos vea si no quieres aparecer en público conmigo. Y solo por una velada, al día siguiente volveremos a pelearnos como el perro y el gato. ¿Qué dices?

—Bueno, no me va a resultar fácil, pero de acuerdo.

Julio sonrió.

—¿Te parece bien el sábado de la próxima semana?

—Me parece bien.

—Y por si te sirve de algo, Santiago Alcántara no me gusta. Ya desde antes de que me contaras hoy todo esto.

—Hasta mañana, Lu... Julio.

—Hasta mañana, Victoria.

12

Velada familiar

Julio aparcó el coche en la puerta de la casa de su hermano. Como era habitual, nada más cerrar la puerta del coche, su sobrina salió corriendo a su encuentro. La levantó en brazos y giró con ella haciéndola reír a carcajadas.

—Hola, tito.

—¿Cómo está mi princesa?

Ella frunció el ceño.

—No soy una princesa, soy una niña.

—Pero todas las niñas quieren ser unas princesas, ¿no?

—Yo no. Te voy a decir un secreto: las princesas son tontas.

—¿Y por qué piensas eso?

—Porque no hacen nada y eso es muy aburrido. Todo el día esperando que llegue el príncipe. Y hacen una cosa con una rueca para hacer hilos. Si ya los hilos los venden hechos. Son tontas.

—Y si no quieres ser princesa, ¿qué quieres ser?

—Pirata.

—Veo que lo tienes claro.

Adriana asintió.

—¿Te vas a quedar a cenar, tito?

—Si tu madre me invita, claro que sí.

Con la niña todavía en brazos entró en el salón. Noelia salió de la cocina y le besó con cariño. También quería mucho a su cuñada, era como una hermana para él. Una hermana demasiado perspicaz y que lo conocía mejor incluso que su propia familia.

—Hola. ¡Qué caro te vendes últimamente!

—Estoy muy ocupado. El mundo del trabajo es muy absorbente.

Noelia sonrió.

—¿Sigues peleando con la señorita Rottenmeier?

—Eso no cambia.

—¿Y quién va ganando?

—Vamos a dejarlo en tablas.

—O sea, que todavía ninguno ha logrado expulsar al otro de la revista.

—Al contrario. Ahora nos vemos obligados a trabajar juntos en el ejemplar de cada semana.

—Bueno, si todavía no ha llegado la sangre al río, es que no es tan malo.

Julio sonrió.

—Es divertido y estimulante.

—Me alegro de que te guste el trabajo.

—Me encanta. Y como sé que sabes guardar un secreto, te confesaré que mi padre puede olvidarse de mí si piensa que voy a ingresar en la dirección del negocio familiar. Me ha picado el gusanillo editorial y pienso continuar en él. Me temo que mi hermano tendrá que lidiar con los hoteles él solito. Y hablando de Andrés, ¿dónde anda?

—De reunión «de hoteles» con tu padre. Cena de negocios. Quédate a cenar y lo esperas, le gustará verte.

—Si no es molestia...

—No lo es, puesto que voy a ponerte a pelar patatas para hacer una tortilla. Aquí nadie come gratis.

Le largó un cuchillo y una bolsa de patatas, así como un delantal para evitar que se manchara los vaqueros de marca que llevaba.

—Eso es lo que más me gusta de tu casa, Noe. Que a pesar de que mi hermano y tú estáis forrados de billetes, tu casa es una casa normal, y se comen tortillas de patatas y lentejas, y las cocinas tú misma después de venir de trabajar. Si yo encontrara una mujer así, probablemente estaría dispuesto a dejar la soltería.

—No la encuentras porque no la buscas en el sitio adecuado. Las modelos como Teresa solo comen lechuga y tofu. ¿Me equivoco?

—A veces también comen yogur desnatado. Pero no son las únicas que no saben disfrutar de una comida.

—Ya imagino por quién lo dices.

Julio se echó a reír mientras cortaba las patatas en cuadraditos pequeños.

—Y hablando de comida... Tengo que llevarla a cenar y no sé muy bien dónde.

—¿A Teresa?

—No, a Victoria.

—Otra apuesta.

—No, le hice un favor y a cambio le pedí una cena. Y no la pienso llevar a un vegetariano.

—Tampoco seas un animal y te vayas al otro extremo. Si es vegetariana no la lleves a comer costillas de cerdo.

—No pienso hacerlo, por eso te estoy pidiendo consejo.

—Algo de pescado, quizás... o tal vez un restaurante griego. Suele haber mucha variedad y es comida mediterránea. Conozco uno bastante bueno, pero queda un poco lejos del centro.

—Entonces es perfecto. No queremos encontrarnos con conocidos.

Noelia levantó la vista de los huevos que estaba batiendo y miró a su cuñado fijamente.

—¿Me estoy perdiendo algo?

—Claro que no, Noe. Es una cena entre colegas, nada más. Siento curiosidad por ver a la señorita Páez fuera de su uniforme de trabajo.

—Ya la viste, en la velada de promoción.

—Esa tampoco era la auténtica Victoria. Representaba un papel igual que lo hace en el trabajo. Le pedí que en la cena mostrara a la auténtica Victoria.

—¿Y crees que lo hará?

—Le hice un favor muy grande. Sí, creo que lo hará.

—¿Y puedo preguntarte por qué quieres conocer a la auténtica Victoria?

—Noe... deja de jugar a la psicóloga conmigo. No hay segundas intenciones y si piensas que tengo algún interés en la señorita Páez te equivocas. Me gusta confraternizar con los compañeros de trabajo; de hecho, desayuno todos los días con las otras chicas del equipo, Magda, Rosa y Celia.

—¿Y con Victoria no?

—La invité el primer día, pero se negó porque al parecer solo toma infusiones diuréticas. Y nosotros tomamos tarta de chocolate, donuts y... magdalenas de arándanos —añadió con una sonrisa.

—¿Las magdalenas de arándanos tiene algún significado especial? Porque las has mencionado con un tono de voz diferente.

—No se te escapa nada, ¿eh? Prefiero no hablar de eso, seguramente te harías una idea equivocada.

—Como quieras. Anda, cuaja tú la tortilla, eres mejor cocinero que yo.

Julio compartió la cena con su cuñada y su sobrina, que inmediatamente se fue a la cama. Un rato después llegó Andrés y estuvieron comentando los pormenores del negocio en expansión de su padre.

Este tenía una cadena de hoteles de lujo en la costa Brava y quería ampliar el negocio a pequeños hoteles con encanto para cubrir un sector de turismo de invierno. Le había propuesto a Andrés que hiciera un recorrido por el interior para localizar pensiones y pequeños hoteles dispuestos a vender para añadir a la cadena. Su hermano no se encontraba muy feliz de dejar a su familia y dedicarse durante un par de semanas a recorrer pueblos en solitario.

—¿Por qué no le acompañas tú, Julio? —le propuso Noe—. Cuatro ojos siempre ven más que dos. Y así no se siente tan solo.

—¿No será que le quieres tener vigilado?

—Cuando un miembro de la pareja quiere poner los cuernos al otro, no hace falta que salga de viaje. Solo tiene que proponérselo. No, no es eso, pero pienso que os vendría bien hacer un viaje juntos. Últimamente no tenéis muchas ocasiones para pasar un rato de «hermanos». ¿Cuándo fue la última vez que hicisteis un viaje juntos?

Julio y Andrés se miraron y se echaron a reír.

—A los veinte años, cuando supuestamente nos fuimos de crucero y cambiamos los billetes sin que mi padre lo supiera y nos fuimos de Interrail por Europa. Fue genial.

—Pues podéis repetirlo. Solo que por los pueblos de Cataluña y Navarra.

—Pues la verdad es que me apetece, aunque el trabajo...

—Vamos, Julio, la señorita Páez no va a cargarse *Miscelánea* en un par de semanas. Parece bastante competente.

—Lo es, de eso no hay duda. Bien, lo hablaré con ella. Siempre puedo dejarle una buena cantidad de artículos para que los publique en mi ausencia.

—Julio... no se te ocurra invitar a Teresa —advirtió Andrés.

—¿Teresa en un hotel rural? No, por Dios. Ella no se alojaría en algo inferior a un cinco estrellas. Además, las cosas no van bien, se está creyendo con derechos que no tiene. La otra noche tuve que aclararle algunos puntos que parece haber olvidado.

Noelia enarcó las cejas, interrogativa.

—Me pidió explicaciones sobre esto —dijo Julio

señalando la marca del cuello que le había hecho Victoria, ya bastante desvaída—. Y no tiene ningún derecho a hacerlo. Desde el primer momento le dejé claro que lo nuestro no era una relación y que ambos éramos libres de vernos con otras personas.

—¿Y cómo reaccionó?

Julio soltó una sonora carcajada.

—Me echó un polvazo y me marcó el otro lado del cuello —dijo mostrando la otra señal.

—Muy típico de una mujer, hermano.

—No sé, Andrés. Cada vez me apetece menos quedar con ella.

—Porque hay otra... la de la otra marca.

—No, no tiene nada que ver. Es que Teresa cada vez me aporta menos.

—Pero te echa polvazos.

—Sí, y eso se valora mucho a los veinte años, pero yo voy a cumplir treinta y seis en unas semanas y ya no es suficiente. He tenido muchos buenos polvos a lo largo de mi vida, pero te aseguro que no recuerdo ninguno de ellos de forma especial.

—¿Te estás haciendo viejo? ¿Planeas sentar la cabeza?

—No tengo ningún inconveniente en sentar la cabeza o al menos en iniciar una relación estable, pero me temo que la única mujer que conozco con la cabeza bien amueblada te la llevaste tú.

—Hay más, Julio —dijo Noelia—, pero, como te dije antes, buscas en el lugar equivocado.

—Es posible que tengas razón, Noe, pero me da pereza buscar. No estoy desesperado; si llega, llega, y si no, estoy bien así. Echo de menos un crío, pero mientras me prestéis a Adriana de vez en cuando para ejercer de tío todo está bien.

—Pues te la prestamos cuando quieras. Hace mucho que no tenemos un fin de semana para nosotros.

—Quizá cuando volvamos del recorrido rural, para compensar la ausencia.

—No cantes victoria antes de que hable con la señorita Páez. Es muy estricta en lo que se refiere a faltar al trabajo.

—Pero en todos los trabajos se cogen vacaciones.

—Ella no.

—Bueno, pues tendrás que ingeniártelas para convencerla. Quizá sí debas llevarla a un vegetariano.

—No; me gusta la idea del griego. Ya veré. Y ahora me marcho, ya sabéis que entro a trabajar temprano.

—Tennos informados.

Julio se despidió y se marchó y Andrés se enfrentó a su mujer.

—Está raro, ¿no?

Ella asintió.

—Ha hablado de sentar la cabeza y al parecer ha sustituido a Teresa. ¿Tienes idea de por quién?

—No, creo que está confuso y dando palos de ciego. Ya se aclarará. Es posible que ahora pase por una etapa de «me follo todo lo que se mueve», hasta que se aclare.

Andrés pasó un brazo por los hombros de su mujer.

—Cuando hablas como una psicóloga me pones muy cachondo. Vamos a dejar a mi hermanito que solucione su vida y aprovechemos nosotros, que si

Dios no lo remedia vamos a estar sin vernos un par de semanas.

Noelia sonrió y rezó mentalmente para que Adriana no se despertara apenas se hubieran metido en la cama, como sucedía a menudo.

13

La cena

—De modo que vas a salir con él —dijo Magda mientras veía a Victoria sacar del armario un conjunto de ropa tras otro, contemplarlo largamente y volverlo a colgar. En un principio, y cuando su amiga le dijo que tenía planes para la noche del sábado, se había extrañado. Desde que ella y Silvia habían dejado de verse, los fines de semana salían juntas y Victoria se había mostrado un poco remisa a decirle con quién iba a salir. Pero Magda era muy insistente y al fin había conseguido que le dijera la verdad, aquella misma tarde.

—No voy a salir con él. Por eso no quería decírtelo, sabía que no lo ibas a entender.

Magda soltó una carcajada.

—¿Qué hay que entender en que vas a salir a cenar con Julio?

—Que no voy a salir, solo voy a cenar con él.

—¿En un restaurante?

—Supongo. No creo que me lleve al Retiro a sentarnos en un banco con un bocata. El señor Luján puede permitirse algo mejor.

—Entonces vas a salir. Si fueras solo a cenar lo traerías aquí y lo sentaríamos en la mesa de la cocina, entre las dos. Y tú te pondrías los vaqueros viejos de siempre y una camiseta cualquiera, y no estarías revolviendo el armario desde hace media hora sin decidirte por nada.

Victoria suspiró ruidosamente. Magda era muy obtusa a veces. Le había explicado con detalles lo de la entrevista de Julio a su padre y la petición que él le había hecho a cambio de no publicarla, y que ella no había tenido más remedio que aceptar. Que no se trataba de ninguna cita, pero seguía en sus trece, mirándola socarronamente mientras desechaba un conjunto de ropa tras otro.

—¿Me permites que te aconseje?

—No. Porque como estás empeñada en que esto es una velada «romántica», vas a decirme que me ponga algo sexi, y no es mi intención.

—Entonces ponte unos vaqueros y cualquier cosa encima.

—Tampoco, joder. No sé dónde va a llevarme Julio, no puedo avergonzarle y avergonzarme a mí misma llevando una ropa inapropiada.

—Pues llámale y pregúntaselo.

—¿Y admitir que me estoy quebrando la cabeza pensando en qué ponerme? Ni hablar. El ego del señor Luján y de la Torre ya es demasiado grande para aumentárselo más.

Magda se levantó del borde de la cama de su amiga, donde se había sentado, y se acercó al armario. Cogió un vestido malva con un escote cuadrado y discreto y un corte que realzaba el cuerpo de Victoria a pesar de no ser demasiado ajustado, un pantalón negro de corte clásico, y que Victoria ignoraba que le hacía un culo fabuloso, y los extendió sobre la cama. Luego abrió uno de los cajones y sacó una camiseta turquesa ajustada y amarrada al cuello con una tira de pequeñas cuentas de bisutería de un tono más oscuro que le dejaba al descubierto la mayor parte de la espalda y un top que apenas le cubría el ombligo de un tono burdeos con un escote que sin ser excesivo daba mucho juego a la imaginación. Magda escogió las prendas con ojos de hombre, pero sin que a Victoria le diera la impresión de que iba especialmente sexi. Pero lo iría con cada una de ellas.

—Cualquiera de estas cosas es lo suficientemente adecuada para no desentonar en ningún sitio donde Julio te lleve. Y no dan la impresión de que te lo quieres tirar.

—Sí. Creo que tienes razón. ¿El vestido? Aunque quizá sea un poco corto...

—Julio ya te ha visto las piernas hasta la mismísima ingle.

—Sí, y se empalmó como un adolescente salido.

—Este vestido te cubre hasta la mitad del muslo. Estoy segura de que no va a pasar nada de eso. Venga, termina de arreglarte o incumplirás tu norma número uno de ser puntual.

Victoria miró el reloj y se dio cuenta de que había perdido mucho tiempo con la elección de ropa. Se maquilló muy discretamente y se planchó la melena, alisándola completamente y dejándola suelta sobre la espalda. Cogió una chaqueta ligera color marfil y se plantó ante Magda.

—¿Voy bien para una cena de colegas?

—Vas perfecta para una cena de colegas.

El móvil le sonó en aquel momento.

—Estoy aquí —dijo Julio.

—Ya bajo. Me marcho —añadió dirigiéndose a Magda—. Hubiera preferido ir en mi coche, pero Julio insistió en ir juntos, así que... hasta luego.

—Diviértete.

—Magda, esto es lo que es...

—Pero eso no significa que no puedas divertirte, ¿no? Olvida por un rato que es un «enemigo» en el trabajo, ahora no estáis en la redacción. Ahora solamente es un tío atractivo y simpático que te invita a cenar.

—Hasta luego.

Bajó en el ascensor y cuando salió al portal no divisó el coche de Julio. Miró a ambos lados de la calle y vio que descendía de un taxi y le hacía señas. Se dirigió hacia él. Julio vestía un pantalón negro y una camisa gris clara con las mangas largas ligeramente subidas en los antebrazos, y no se había echado gomina en el pelo. La suave brisa de la tarde se lo agitaba levemente dándole un aspecto travieso. Iba perfectamente afeitado, a pesar de que Victoria había podido comprobar en más de una ocasión que al final de la tarde la barba comenzaba a asomar de nuevo en su cara. Le sostuvo la puerta para que entrase.

—Soy perfectamente capaz de abrir la puerta de un coche, Luján.

—Julio. Hoy Julio. Y mi madre me enseñó a ser educado con las mujeres. Se moriría si supiera que he olvidado los buenos modales que me inculcó.

Victoria subió al taxi y Julio se acomodó junto a ella. Dio una dirección de las afueras al taxista.

—Creía que íbamos a ir en tu coche. Si no, hubiera cogido el mío.

—Una buena cena no está completa si no va acompañada de un buen vino y no estoy dispuesto a pagar una multa ni a perder puntos en el carnet de conducir. Puedo costear un taxi, no te preocupes. ¿Aunque tal vez hubieras preferido que le pidiera la limusina a mi padre?

—¡Por Dios, no, qué horterada! El taxi está bien. Pero si piensas emborracharme, lo llevas crudo.

—¿Tampoco bebes alcohol?

—Fuera del trabajo, sí lo bebo, pero no es fácil que se me suba a la cabeza, lo aguanto bien. De adolescente solía hacer competiciones con mis hermanos y siempre ganaba yo.

—¿Y cómo lo llevaban ellos?

—Miguel muy mal, porque es muy machista y muy competitivo. Rafa se lo tomaba a broma y decía que algún día conseguiría ganarme.

—¿Y lo consiguió?

—A partir de los veinte dejamos de hacer competiciones estúpidas.

—Seguro que vuestro hígado os lo agradeció.

—Seguro que sí. ¿Y tú, aguantas bien el alcohol?

—Me gusta disfrutar de una bebida, y, si te pasas, ya no la disfrutas. Además, aunque no te lo creas, tengo mucho sentido del ridículo y siendo mi padre quien es, si me emborrachara hasta caer redondo, al día siguiente mi foto aparecería en todas las portadas de las revistas del corazón. Ya sabes cómo son los periodistas... ¡No me fío de ellos!

Victoria soltó una carcajada. Julio la miró complacido, era la primera vez que la escuchaba reír de esa manera. Sus rasgos se suavizaron sin que ella ni siquiera lo notara.

—Te voy a confesar una cosa... ¡yo tampoco!

—Entonces estamos de acuerdo. Esta noche mantengamos lejos a los periodistas.

—Me parece bien. ¿Y puedo saber dónde me llevas?

—A un restaurante griego que me han recomendado. Algo a medio camino entre la comida vegetariana que tú tomas y el chuletón que me gusta a mí.

—¿Quién te ha dicho que yo sea vegetariana?

—Tú. ¿No lo eres?

—No. Me gusta comer sano, pero también sé apreciar un buen chuletón cuando se da el caso.

—Bueno, la próxima vez te llevaré a Ávila a un restaurante donde se comen los mejores chuletones de ternera del país.

Victoria lo miró con el ceño levemente fruncido.

—¿Piensas que lo de hoy se va a repetir?

—¿Quién sabe? Todavía podemos hacernos muchos favores el uno al otro o hacer nuevas apuestas. ¿Si hace un mes te hubieran dicho que hoy estarías aquí para cenar conmigo te lo habrías creído?

—No, la verdad es que no.

—Entonces... ¡Quién sabe si habrá una próxima vez!

—¿En Ávila?

—¿Por qué no? ¿No te gusta hacer ese tipo de locuras?

—No sé si me gusta. No me las puedo permitir normalmente.

—Yo sí —dijo guiñándole un ojo—. La próxima vez te haré probar el subidón de adrenalina que producen.

Victoria recordó a su pesar el simulacro de sexo en el despacho y no tuvo dudas de que las locuras de Julio producían un subidón. Afortunadamente el taxi se detuvo ante la puerta de un restaurante de aspecto discreto y su mente se distrajo.

Bajaron del taxi y entraron. Julio dio su nombre al *maître* e inmediatamente les llevaron hasta una mesa situada en un rincón algo apartado.

La decoración del restaurante no era ni especialmente elegante ni sofisticada, sino más bien sencilla, pero tenía algo que Victoria apreció inmediatamente. Había pocas mesas y la distancia entre ellas era lo suficientemente grande como para mantener una conversación sin que la oyeran los comensales de la mesa de al lado.

Un camarero se les acercó con las cartas. Victoria echó una ojeada a la suya y levantó la vista hasta Julio, que también la observaba atentamente.

—Entonces tú no has comido aquí nunca.

—No. Pero me lo ha recomendado alguien en cuyo gusto culinario confío.

—¿Y ese alguien te ha recomendado algún plato que preparen especialmente bien?

—No.

—Yo es que de comida griega conozco solo lo típico. Musaca, queso feta y el famoso yogur.

Julio rio.

—*¿Joroña que joroña?*

Victoria volvió a reír a carcajadas.

—¿Sabes qué significa?

Él asintió.

—Literalmente, años y años. Es decir, que es una receta muy antigua.

—Habrá que tomarlo entonces.

—¿Has decidido ya qué vas a comer?

—Estoy dudando, la verdad.

—¿Eres de las que piden lo que ya conoce o te gusta probar cosas nuevas?

—Depende... La musaca me gusta mucho y seguramente en un restaurante como este la prepararán exquisita, pero también me atrae probar algo diferente. Y de entre todo lo que no conozco de la carta, no sé por qué decidirme.

Julio llamó al camarero con un gesto discreto de la mano.

—¿Sería posible que nos preparasen un menú degustación para dos con los platos más típicos de la cocina griega?

—No tenemos menús degustación en la carta, señor.

—Lo sé, pero la señorita no conoce la comida griega y me gustaría que empezara a apreciarla. Tal vez la lleve a Grecia más adelante.

—No sé si en la cocina querrán prepararlo. Como ve, el restaurante está bastante lleno.

—Dígale al cocinero que es una noche muy especial para nosotros...

La cara del camarero se suavizó y dijo:

—Lo intentaré, señor.

—Y traiga un buen vino griego con el que brindar.

El hombre se alejó en dirección a la cocina.

Victoria sacudió la cabeza mientras decía.

—Creo que ese hombre espera que a los postres saques un anillo de algún lado y me pidas en matrimonio.

—Siempre llevo uno para emergencias.

—¡No estarás hablando en serio!

—Claro que no. Nada más lejos de mis planes que el matrimonio. Solo de pensarlo me da urticaria. Pero no le he dicho ninguna mentira al camarero, aunque se lo haya tomado de forma equivocada. Esta es una noche especial para nosotros.

—Creía que era una cena entre colegas.

—Pero llevamos juntos —miró el reloj que llevaba en la muñeca— más de una hora y no nos hemos peleado. Si eso no es especial...

—Tienes razón.

El camarero se acercó con una botella de vino que descorchó mientras decía.

—En la cocina han aceptado, señor, y me preguntan si la degustación la quieren ligera o abundante.

—Ligera —dijo ella.

—Abundante —dijo él.

—Dejémoslo en un término medio —añadió Julio—. Que nos queden ganas para el postre.

—¿También una degustación de postres?

—Sí, por favor.

Cuando se marchó, dejando servidas las dos copas de vino, Julio levantó la suya y propuso un brindis.

—Por Ávila.

Victoria chocó su copa contra la de él.

—No te va a resultar tan fácil, Julio. Solo *chin-chin*.

Julio torció ligeramente la boca.

—*Chin-chin* entonces.

El camarero se acercó con una fuente que colocó entre ambos. Victoria se sirvió una cantidad moderada de cada uno de los distintos entrantes que había en ella y comenzó a comer con apetito. Julio hizo lo propio y la contempló complacido. Había temido verla probar apenas la comida, siempre había pensado que Victoria era melindrosa e incapaz de disfrutar de un buen plato.

—¿Qué miras? —dijo ella bebiendo un sorbo de vino.

—Nada... es que pensaba que te iba a tener que obligar a comer. No sé por qué tenía la impresión de que eras medio anoréxica o algo así.

—Que un día te dijera que no como dulces significa que no lo hago de forma habitual, no que no coma. Pero si los tomara como vosotros todos los días para desayunar, me pondría como una foca. Tengo la tendencia de la familia de mi madre de acumular grasa en el trasero.

—Te aseguro por lo que he podido comprobar en un par de ocasiones que tu trasero no tiene un gramo de grasa.

—Porque como de forma saludable y porque salgo

a correr media hora cada día. Pero hoy, Lu... Julio, voy a hacer los honores a esta comida exquisita.

—Celebro que te guste. Yo también la estoy disfrutando.

Después de los entrantes, el camarero les llevó una segunda bandeja con porciones de primeros y segundos platos, mucho más abundante.

—Creo que esta semana voy a tener que correr una hora en vez de media —dijo Victoria sirviéndose generosamente. La botella de vino estaba llegando a su fin y Julio encargó otra.

—No vas a tumbarme —añadió Victoria con un brillo travieso en los ojos.

—No pretendo hacerlo. No estoy compitiendo contigo esta noche, Victoria.

—¿Qué estás haciendo entonces?

—Cenando.

—¿Y por qué? ¿Por qué de entre todas las cosas que podías pedirme en compensación por no haber publicado la entrevista de mi padre, has elegido llevarme a cenar?

«Buena pregunta», pensó Julio, puesto que ni él mismo lo sabía. Pero su mente pensó rápido.

—Porque quiero pedirte un favor.

—Para eso no tenías que haberme traído a cenar; podías haberlo pedido directamente. Ya sabes, favor por favor. Es lo que suele hacer la gente.

—Yo no soy la gente. Y me gusta hacer las cosas a mi manera.

—¿Y cuál es ese favor?

—¿Por qué no esperamos a los postres... o mejor a estar de camino a casa?

—¿Temes que me levante de la mesa a medio cenar? ¿Tan terrible es lo que me vas a pedir?

—No; no es para tanto. Pero es un asunto de trabajo y tengo por norma no hablar de trabajo mientras como.

—De acuerdo. Cenemos.

Julio volvió a llenar la copa de Victoria y a ella ya no le cupo duda de que pretendía, si no emborracharla, al menos aturdirla con el vino para conseguir lo que fuese que quería pedirle. Al saber que aquella cena tenía un motivo de trabajo, se relajó del todo y disfrutó de cada bocado y de cada sorbo del magnífico vino griego que les habían servido.

Cuando levantaba la mirada y lo veía observándola, ya no se le pasaba por la cabeza que hubiera en ello ninguna intención de índole sexual ni de interés personal, algo que por un momento había temido cuando le había propuesto la cena. Estaba convencida de que si la miraba era para comprobar si estaba lo suficientemente achispada para aceptar su petición. Y Victoria pensó que si no era algo demasiado descabellado lo haría. Por la cena, y también, ¿por qué no?, por la compañía. Como bien decía Magda, Julio era un hombre muy atractivo y también muy simpático, aunque se dejaría matar antes que admitirlo ante nadie. Ni siquiera ante ella misma sin cuatro o cinco copas de vino encima. Por primera vez aquella noche se había fijado en el color de sus ojos, de un marrón muy claro; ojos de gato, los calificaría ella. Ojos que no dejaban de contemplarla, y que si no supiera su intención, la estarían poniendo muy nerviosa.

Y, en efecto, Julio apenas apartaba la mirada de ella. Le parecía casi imposible que la mujer que estaba comiendo frente a él fuera la que encontraba cada día en la redacción. Tampoco la que lo citó en su casa vestida para hacerle pasar un rato incómodo, ni la Mariví de la fiesta a la que habían acudido para promocionar *Miscelánea*. Esta era una mujer diferente y empezó a pensar que se encontraba ante la auténtica Victoria, con su llamativa melena rubia que se movía a la vez que ella y sin la menor expresión de dureza en su cara. Sería a causa del vino; quizá debería achisparla más a menudo, porque, aunque ella tenía razón y no estaba borracha, era evidente que el brillo de sus ojos no era natural.

Cuando terminaron con la última bandeja llena de postres, se sentían tan llenos que rechazaron cualquier otra cosa que les ofrecieron.

—¿Pido un taxi o prefieres caminar un poco hasta encontrar uno?

—Prefiero dar un paseo, la verdad. He comido tanto que necesito bajar la comida antes de llegar a casa. Además, la noche está muy agradable.

Echaron a andar uno junto al otro. Apenas transcurridos unos minutos, Victoria no pudo contener más la impaciencia y le preguntó:

—¿Vas a decirme de una vez de qué se trata?

Él sonrió. Sabía que apenas salieran a la calle ella iba a abordar el tema. Y aunque no era ese el motivo de la cena, ya que había sido un impulso, decidió aprovechar para hablarle del viaje con Andrés.

—¿Crees que podrías apañártelas sin mí un par de semanas?

Ella se paró en seco.

—¿Tienes dudas sobre eso, Luján?

—Julio...

—Bueno, cuando tocas temas de trabajo, olvido llamarte Julio. Pues claro que puedo.

—Necesito cogerme quince días libres. Tengo un asunto familiar que resolver.

—Puedes cogerte los días que quieras y no me tienes que explicar el motivo. Es lo que siempre he querido, dirigir *Miscelánea* yo sola, aunque sea por quince días.

—Te dejaría escritos artículos suficientes para que los publiques en mi ausencia.

—¿Entonces ahí está la trampa? ¿No la voy a dirigir yo sola?

—Ahora que está funcionando bien, no creo que sea conveniente cambiar nada del formato.

—¿Y qué vamos a hacer con «Julio responde»? A eso me niego.

Él soltó una sonora carcajada.

—Puedo imaginármelo. A la pregunta: «¿Qué puedo hacer para gustarle a mi vecino?» Tú responderías: «No tienes que gustarle al vecino. Que se esfuerce él en gustarte a ti.»

—Pues sí, respondería eso, sí.

—Puedo dejarte respondidas cartas de semanas anteriores, o puedes pedirle a Celia que se ocupe de ello.

—Celia estaría encantada, la verdad, pero prefiero que lo hagas tú.

—Bueno, entonces, ¿no hay problema en que me vaya?

—No.

—Gracias.

—Pero insisto en que no tenías que invitarme a cenar para eso.

Julio se encogió de hombros.

—De todas formas, no me arrepiento. Ha sido un rato muy agradable. Al menos para mí.

—La comida estaba deliciosa —admitió Victoria.

Un taxi se acercaba.

—¿Lo cogemos? Quizá no encontremos otro en un buen rato.

—De acuerdo.

Subieron al taxi y en poco rato estaban ante la puerta de Victoria. Antes de bajarse, ella se giró levemente y le dijo:

—No hace falta que te bajes.

—Pues claro que sí.

Salió detrás de ella y, antes de entrar en el portal, Victoria lo miró y le dijo:

—¿Sabes una cosa, Luján? No eres tan engreído como pareces.

Julio sonrió.

—Ni tú tan tocapelotas.

—Pero si esperas que lo admita mañana vas listo.

—Lo mismo digo, encanto.

Victoria entró y Julio se dirigió de nuevo al taxi.

14

La fiesta sorpresa

Victoria estaba corrigiendo el último artículo del ejemplar que se publicaría la semana siguiente, cuando le sonó el teléfono desde el exterior.

—¿Diga?

—¿Victoria?

—Sí, soy yo.

—No sé si me recuerda. Soy Noelia Beltrán, estuve en su despacho buscando a Julio.

—Sí, la recuerdo. Ya le dije que no trabaja aquí exactamente. La extensión de su teléfono es la dieciocho.

—No quiero hablar con él sino contigo, si me permites que te tutee.

—Estoy trabajando, señorita, no dispongo de tiempo para charlar.

—Señora. Señora Luján.

—¿Señora? ¿Es su mujer? ¿Julio está casado? Mire, si lo que quiere es que le aclare lo del cuello, que se lo explique él. Fue idea suya y no es en absoluto lo que parece.

Noelia tuvo que hacer un esfuerzo para no soltar una carcajada. De modo que la señorita Páez había sido la responsable del estado del cuello de Julio.

—Creo que está en un error no soy la mujer de Julio, sino su cuñada. Estoy casada con su hermano. Y por supuesto no me tiene que dar ninguna explicación de nada —dijo volviendo al usted, puesto que Victoria le hablaba en los mismos términos.

Esta sintió que se relajaba. Por un momento temió haber sido la causante de una riña doméstica.

—Bien, entonces usted dirá.

—Quisiera pedirle un favor. La próxima semana es el cumpleaños de Julio y quisiera prepararle una pequeña fiesta sorpresa. Nada muy ostentoso, solo una pequeña reunión de amigos íntimos.

Victoria no dijo nada, pero enarcó una ceja preguntándose por qué aquella mujer la consideraba una amiga íntima de Julio.

—Me gustaría invitar a su equipo de trabajo, usted y las redactoras de *Miscelánea*. Ya sabe, las chicas con las que desayuna habitualmente.

—Bien, se lo transmitiré. Pero quizá quiera excluirme a mí de la invitación. Le aseguro que no me sentiré ofendida.

—¿No quiere venir? ¿Por algún motivo?

—No, en absoluto, salvo que no me considero amiga íntima del señor Luján. Ni siquiera amiga.

—Bueno, las enemigas íntimas también están invitadas.

Victoria no pudo menos que reír.

—En ese caso acudiré. Y se lo diré a las chicas.

—Es sorpresa.

—No se lo diré hasta el último momento. Celia es incapaz de guardar un secreto.

—Bien, las espero entonces el próximo sábado a las ocho. Anote mi dirección. Será una reunión informal, no es necesario vestirse de etiqueta.

—De acuerdo. Hasta el sábado.

Noelia colgó el teléfono y miró satisfecha a su marido, que se estaba preparando para ir al trabajo.

—¿Se puede saber qué estás tramando?

—Nada, solo le estoy preparando una fiesta sorpresa de cumpleaños a Julio.

—¿No es un poquito mayor para esas cosas?

—Nadie es lo bastante mayor para eso.

—¿Y cómo vas a conseguir que venga sin saberlo? Probablemente tenga sus propios planes.

—Hum, sé cómo conseguirlo. Adriana le dirá que le ha preparado una tarta ella misma y ya sabes que tiene debilidad por nuestra hija. No le hará un desaire.

—No, en eso tienes razón. ¿Y a quién piensas invitar?

—A sus compañeras de trabajo. Victoria ya ha aceptado en nombre de todas. Que, por cierto, se ha creído que yo era la mujer de Julio y me ha intentado dar explicaciones por el chupetón del cuello.

—¿El...? ¿Victoria, la tocapelotas...?

—Esa misma.

—Joooder.

—También invitaré a algunos de sus amigos, Marcos, Daniel, Luis... Y a Teresa.

—¿A Teresa? Pero si Julio dijo el otro día que las cosas entre ellos se iban enfriando, que no le apetecía quedar con ella.

—Sé lo que dijo. Pero Teresa no puede faltar, la ecuación no estaría completa sin ella.

—¿Qué estás tramando, Noe?

—Nada, solo intento hacerle una fiesta de cumpleaños a tu hermano.

—¡Y una mierda! Eso díselo a quien no te conozca.

—Tú déjame, que nos vamos a divertir mucho el sábado.

—Te divertirás tú, yo me parece que voy a sudar sangre.

—No será para tanto, maridito. Ya verás.

—¡Miedo me das!

—Anda, ve al trabajo que yo me ocuparé de todo.

—De acuerdo. Ocúpate tú, yo no quiero saber nada de nada.

Noelia besó a su marido en la boca.

—No sigas por ese camino que no me voy.

—Sí, te vas. Tengo mucho que hacer esta mañana. Hasta luego.

Andrés cogió el maletín con el ordenador y salió sintiendo lástima por su hermano, fuera lo que fuera lo que Noelia tenía en mente.

El viernes a última hora, Victoria pidió a las chicas de su equipo que se quedasen un rato más. A pesar de que todas tenían planes, ninguna se negó.

Cuando se reunieron en su despacho, comentó:

—Tengo que deciros una cosa.

—¿Julio no viene?

—No, él no puede saberlo.

Magda frunció el ceño.

—¿Qué pasa? ¿Qué ha hecho ahora?

—Nada, no es un asunto de trabajo.

Todas se relajaron. Julio les caía bien y, aunque se divertían mucho con la guerra abierta entre su jefa y él, intentaban ser neutrales y no meterse en medio.

—Hace un par de días me llamó la cuñada de Julio, aquella señora que vino buscándolo una vez y a la que tú acompañaste a su despacho ¿Te acuerdas, Magda?

—¿Era su cuñada?

—Eso me ha dicho. Bien, pues mañana estamos invitadas en su casa a una fiesta de cumpleaños en honor del señor Luján.

—¿En serio?

—Sí, Rosa.

—¿Y cómo nos lo dices ahora? ¡No tengo nada que ponerme!

—Me ha recalcado que será una reunión informal, que no hace falta ir vestidas de gala. Una reunión de amigos.

—¿Y tú vas a ir? —preguntó Celia recordando las dos bofetadas y la ruptura de las que habían sido testigos unas semanas atrás y de la frialdad con que se trataban desde entonces. Magda reprimió una sonrisita.

—He intentado excusarme, pero no lo he conseguido. Esa señora estaba muy decidida a que fuéramos todas, de modo que sí, yo también iré.

—¿Y qué te vas a poner tú? ¡No irás a ir así!

—Tranquila, Rosa, yo me ocupo de que vaya bien vestida —dijo Magda.

—La fiesta es sorpresa, así que a nadie se le ocurra llamar al señor Luján para preguntarle nada.

—¿Y qué le vamos a regalar? Tiene tanta pasta que seguro que tiene de todo.

—Una corbata —dijo Victoria.

—¿Una corbata? Si no las usa.

—A lo mejor es porque no tiene...

—Por Dios, Victoria, no bromees con esto. Algo le tenemos que regalar.

—No te agobies, Celia, ya se nos ocurrirá algo.

—Es que es mañana. No hay tiempo.

—Quizás una camisa, seguro que las tías se las rompen en su prisa por...

Celia se encontró con la mirada de Victoria y recordó los botones saltados de la camisa de Julio la última vez que se reunieron en el despacho a puerta cerrada.

—No he dicho nada.

—Ya lo tengo: una caja regalo de esas en las que puedes elegir entre una cena, un spa o cualquier otra cosa que venga dentro.

—Es buena idea. Con eso acertamos siempre.

—Yo me encargo —dijo Magda—. Compraré una de las caras y la pagamos entre todas, ¿de acuerdo?

—De acuerdo.

El sábado a las ocho menos diez, Julio aparcó en la puerta de la casa de su hermano. Se extrañó de qué Adriana no saliera a recibirlo como siempre y pensó que quizás estaría terminando la tarta que había prometido hacerle, indudablemente con la ayuda de su madre.

Cuando Andrés le abrió la puerta, le dio un abrazo y le susurró:

—Feliz cumpleaños... Y yo no tengo la culpa de nada.

—¿Tan mala ha salido la tarta? Sé que Noe no es una gran cocinera, pero normalmente sus platos se pueden comer.

—Anda, pasa.

Al entrar en el salón, lo primero que vio fue a su amigo de la infancia, Luis, hablando con Teresa. Se volvió a su hermano, que se encogió de hombros.

—Yo no he sido.

Adriana se abalanzó sobre él y se abrazó a sus rodillas.

—¡Felicidades, tito! Te hemos hecho una tarta de chocolate.

—Qué bien, mi favorita.

—Y la mía.

Teresa dejó la conversación y, apartando con cuidado a la niña, le echó los brazos al cuello efusivamente.

—Julio, querido. Felicidades, los años te sientan como al buen vino.

«Qué cursi, por Dios», fue lo único que se le ocurrió pensar a él antes de decir:

—Gracias.

El timbre de la puerta volvió a sonar y aparecieron sus dos mejores amigos de la Facultad de Derecho: Tomás y Daniel.

Esta vez se encaró con Noelia.

—Creía que iba a ser una reunión familiar. ¿Cuánta gente más va a venir?

—Poca, tres o cuatro personas más.

—Vale, pero ya sabes que no me gustan estas cosas.

—A la niña le hacía ilusión hacerte una fiesta, hombre. No iba a negarme. Unos cuantos amigos y ya está.

Andrés le sirvió una copa y se sentaron en el amplio sofá rinconera a charlar mientras Noelia empezaba a sacar bandejas con canapés, que indudablemente no había preparado ella, y a colocarlas sobre la gran mesa del comedor situada estratégicamente en un rincón.

A las ocho en punto, y cuando se estaba llevando a la boca un pequeño aperitivo de salmón, volvió a sonar el timbre de la puerta. Se volvió intrigado y casi se atraganta al ver entrar a Victoria, seguida de Magda, Rosa y Celia.

Victoria llevaba un pantalón negro muy ajustado y un top rojo con un llamativo escote en V tanto delante como detrás. Se le secó la boca al verla, y agradeció que no se hubiera vestido así el día que habían cenado juntos porque le hubiera costado mantener la compostura. Al ver entrar a las cuatro mujeres, todas guapas y sexis, Julio se levantó para saludarlas y sus tres amigos también se levantaron inmediatamente del sofá y se acercaron a ellas con la intención de ser presentados.

Mientras, las chicas fueron besando al homenajeado una a una, y Victoria se quedó la última. Sus miradas se encontraron por un momento, ambos conscientes de que tanto Rosa como Celia estaban muy pendientes de su saludo.

—¿Tú no me das un beso?

—Claro que sí, pero solo porque es tu cumpleaños y sin que sirva de precedente, Luján.

Se alzó ligeramente y lo besó en la mejilla. Era casi tan alta como él y la melena rubia le rozó la cara.

—¿No presentas a tus amigas, Julio?

—Son compañeras de trabajo, Daniel.

—Y amigas, si no, no estarían aquí, ¿verdad?

Julio hizo las presentaciones e inmediatamente Teresa se acercó a él con un canapé de hojaldre que le metió en la boca con coquetería y lo arrastró hacia el otro extremo del salón.

—Prueba esto, querido. Está exquisito.

Julio abrió la boca y aceptó el bocado.

—De modo que vosotras trabajáis con Julio —dijo Luis, un hombre bajito y con bigote.

—Sí.

—¡Qué suerte tiene el cabrón!

Victoria le lanzó una mirada seria.

—En mi... nuestro departamento se va a trabajar, no a ligar.

—Pero Julio es Julio. Es como es y no puede cambiar. Seguro que alguna de vosotras... Y antes que nada quisiera saber quién de vosotras es. No me gustaría birlarle la chica a un amigo, y menos si es campeón de boxeo.

—¿Julio es campeón de boxeo? —preguntó Rosa, asombrada.

—Bueno, ahora no, pero lo fue en la universidad, y ya sabes el dicho: «el que tuvo, retuvo». Seguro que su derechazo sigue haciendo estragos todavía. Y no quisiera encontrármelo yo.

—Ninguna de nosotras es la chica del señor Luján —recalcó Victoria y Celia desvió la vista discreta.

Magda aceptó una copa de vino de la bandeja que Andrés se acercó a ofrecerles y puntualizó.

—Yo soy lesbiana, así que ni tengo nada que ver con Julio ni soy terreno propicio para que ligues conmigo, Luis.

—Yo no he venido aquí a ligar —aclaró también Victoria—. Ni siquiera debería haber venido, pero... En fin, aquí estoy.

Un chico muy alto, guapo, con el pelo largo y una barba cuidadosamente estudiada para que pareciera incipiente y sexi, le preguntó:

—¿Y por qué no deberías haber venido?

Victoria se encogió de hombros.

—Pues porque Julio y yo no nos llevamos especialmente bien.

—¿En el trabajo?

—Sí, en el trabajo. No tenemos ningún tipo de relación fuera de él. Ni siquiera me reúno con ellos en el desayuno. Por eso dije que no debería estar aquí, pero su cuñada invitó a todo el equipo y la verdad, no supe cómo negarme sin hacer un desaire.

El chico la cogió suavemente por el codo y la condujo hacia el sofá.

—¿Tú eres...?

—Daniel, compañero de Julio de la Facultad de Derecho.

—¿Derecho? ¿Julio no estudió entonces en la Facultad de Periodismo?

—También, pero yo solo soy abogado.

—Ah...

—Pues si no os lleváis bien no tienes por qué ser especialmente cortés con él, ¿no? Puedes sentarte a charlar aquí conmigo un rato. Eso de trabajar en una revista tiene que ser muy interesante. ¿Y qué haces en ella exactamente?

—La dirijo.

—Creía que eso lo hacía Julio.

—Ambos lo hacemos, de ahí los problemas.

—Comprendo.

Se habían sentado ambos a un extremo del sofá. A través de la habitación, Victoria sintió sobre ellos la mirada ceñuda de Julio, de pie junto al bufé. Aquella chica rubia se colgaba de su brazo con aires de propietaria y le sonreía afectadamente. Julio se dejaba hacer, y, al verle así, el poco respeto que empezaba a sentir por él desapareció. Le gustaba más Noelia como pareja de Julio que aquella insulsa con sonrisa y mirada vacía. Se volvió hacia el guapísimo hombre que tenía al lado y se dejó llevar. Siempre le habían gustado los hombres mucho más altos que ella, algo difícil puesto que Victoria medía sus buenos 180 centímetros de estatura.

—¿Qué quieres beber? —le preguntó Daniel.

—Una copa de vino estaría bien.

—Te la traigo —se ofreció y Victoria reprimió la frase de que podía ir sola a por una copa y le dejó hacer. Si Daniel quería mimarla, se lo permitiría, con él no tenía ningún contencioso abierto y podía comportarse como una mujer, ser un poco Mariví. Le sonrió.

—Gracias.

Daniel se levantó y regresó poco después con una

copa de vino y un *gin-tonic* para él. Desde el otro extremo del salón Julio les observaba charlar amigablemente, y apenas escuchaba a Teresa que parloteaba sin cesar a su lado.

—No me habías dicho que trabajabas con unas mujeres tan guapas.

Julio se encogió de hombros.

—Nunca te cuento cosas de mi trabajo, no veo por qué tenía que hablarte de las compañeras.

—Dime, Julio, no es por nada, pero... ¿Alguna de ellas es la responsable de... ya sabes... la marca que tenías en el cuello?

—Tengo por norma no mezclar el sexo con el trabajo. Si te lías con una compañera, cuando aquello acaba, y siempre acaba, Teresa, la relación y el buen rollo en el trabajo se jode. Si quieres saber si estoy liado con alguna de ellas, la respuesta es no. Pero vuelvo a repetirte lo mismo de la otra noche: no eres la única mujer con la que salgo. Las cosas son así y así van a seguir. Lo tomas o lo dejas.

—Pero... no hay ninguna otra mujer en esta fiesta aparte de tus compañeras y yo. ¿Eso significa que soy algo especial?

—Eso significa que Noelia no las conoce; si no, te aseguro que tendrías aquí a todo mi harén de amiguitas pasadas, presentes y futuras. A Noelia le gusta hacer experimentos con la gente, es psicóloga.

—¿Yo soy un experimento?

—No, tú eres mi amante en este momento y por eso estás aquí. El experimento creo que está ahí entre mis amigos y mis compañeras de trabajo.

Teresa se relajó.

—¿Te traigo otro canapé?

—No hace falta, iré yo mismo. Y también sé el camino hasta mi boca, no tienes que metérmelo en ella.

—En la cama te gusta que te dé de comer.

Julio sonrió con picardía.

—Eso es en la cama, y esto es una reunión social.

—Bueno, entonces lo dejaremos para más tarde.

Él se encogió de hombros.

—Quizás. Ahora deja que dedique un poco de tiempo a mi sobrina, es ella quien ha preparado esta fiesta para mí —dijo soltándose del brazo de Teresa, que en ningún momento había abandonado el suyo, y acercándose a Adriana. Ella le siguió. Julio reprimió las ganas de decirle que lo dejara respirar un poco, pero no era ni el momento ni el lugar.

Se sentó junto a su sobrina, no muy lejos de donde estaban Victoria y Daniel y pudo escuchar retazos de conversación. Hablaban de temas que nada tenían que ver con el periodismo. De cine, concretamente. De vez en cuando le llegaba el nombre de algún director o de alguna película.

Julio se dedicó a su sobrina, y Teresa se sentó junto a ellos, manteniendo todo el tiempo una sonrisa de anuncio de dentífrico. Victoria la observaba de vez en cuando por el rabillo del ojo y no dejaba de preguntarse qué demonios veía Julio en ella. ¿Cómo podía estar con alguien así? Parecía una muñeca de porcelana que al menor gesto no estudiado podría romperse. Y la sonrisa...

—¿Entonces a ti también te gusta Tarantino? —le preguntó en aquel momento Daniel.

—¿Qué? —respondió al darse cuenta de que se había distraído observando a Teresa.

—Que si te gusta Tarantino.

—No demasiado. Lo considero un director interesante, pero cuando termino un duro día de trabajo lo que me apetece es relajarme y ver algo menos complicado.

—¿Entonces qué tipo de cine te gusta?

—Hummmm, cualquiera que me distraiga. Depende de mi estado de ánimo.

En aquel momento, Noelia trajo una hermosa tarta de chocolate con muchas velas. La colocó sobre una mesa de centro y todos se agruparon alrededor. Julio se sintió un poco ridículo teniendo que soplar como si fuera un crío, pero la cara ilusionada de su sobrina le hizo cambiar de idea.

—Tienes que apagarlas todas, tito, y pedir un deseo.

Teresa respondió tratando de ser graciosa.

—Tu tío tiene de todo, pequeña. ¿Qué puede desear?

Victoria no pudo evitar responder a semejante estupidez, que había hecho ensombrecer la cara de la niña.

—Pues claro que hay muchas cosas que tu tío puede desear. Cosas que no se compran con dinero, por ejemplo, tener algún día una niña como tú.

Julio posó en ella una mirada agradecida y apuntó mentalmente hablar muy seriamente con Teresa... O, quizá mejor, dejar de hablar con Teresa. Últimamente le irritaba cada vez más. Se inclinó sobre la tarta y en el momento de soplar su mirada se encontró con el escote de Victoria, pero no formuló ningún deseo. Simplemente sopló con todas sus fuerzas y apagó de una sola vez las treinta y seis velas.

—¡Lo has conseguido, tito! Ahora tu deseo se cumplirá.

—Seguro que sí —dijo, y cogiéndola en brazos le puso en la mano un cuchillo romo y le guio la manita.

—Ahora, entre los dos, vamos a cortar esta tarta que tan buena pinta tiene.

—La hemos hecho mamá y yo.

—Tiene que estar riquísima.

Cortaron pequeñas porciones y las fueron repartiendo. Teresa rehusó la suya.

—Los dulces engordan, una modelo no se los puede permitir.

«Así que es modelo», pensó Victoria alargando su plato. Julio la miró fijamente, consciente de su anterior negativa a tomar pasteles.

—Pues yo no suelo comer dulces tampoco, pero esta tarta tiene una pinta tan estupenda que no me puedo resistir. Un buen trozo, por favor, Julio.

Él le tendió el plato con un buen pedazo de tarta, ante la sonrisa complacida de Adriana, y ella y Daniel se volvieron a sentar en el sofá a comer y a charlar. Esta vez, Magda, Rosa y Tomás se unieron a la conversación. También Julio se acercó al grupo y se integró en la misma. Teresa permaneció a su lado, marcando territorio, y Julio empezó a sentirse cada vez más irritado, no sabía si por el comportamiento de Teresa o por el de Victoria, que estaba mostrando su lado más encantador y sociable. Parecía hasta humana.

Noelia se llevó a su hija para acostarla y la conversación en el salón se generalizó.

Un par de horas después, Victoria se despidió.

—Yo me marcho ya, mañana tengo que hacer.

—Mañana es domingo —protestó Daniel.

—Las mujeres trabajadoras también tenemos cosas que hacer los domingos.

—¿Como qué?

—La colada, cocinar para toda la semana y cosas así.

—¿Tú haces ese tipo de cosas? ¿No puedes pagar para que te las hagan?

—No es cuestión de dinero, prefiero hacerlas yo.

—Te acompaño entonces.

Julio contuvo el aliento esperando la respuesta.

—No, no hace falta, he traído mi coche.

—Yo me marcho contigo, Victoria, si no te molesta acercarme —dijo Rosa—. Estoy cansada.

Magda y Celia se unieron a la despedida.

—Gracias por venir —les dijo Noelia al marcharse. Y en un aparte se dirigió a Victoria—. Sé que no te apetecía.

—Lo he pasado bien —admitió.

Y al acercarse finalmente a Julio y despedirse, este le dijo en tono seco y molesto:

—Supongo que el lunes no habrá quien te aguante. Esta noche has derrochado toda tu simpatía de al menos seis meses.

Victoria sonrió.

—Mi simpatía la sacó a relucir cuándo y dónde me

apetece. Y mira por dónde, hoy me apetecía. Que disfrutes de lo que te queda de cumpleaños —añadió mirando a Teresa con ironía—. Aunque dudo que nada pueda superar esa magnífica tarta de chocolate. Hasta el lunes, Luján.

—Hasta el lunes, chicas.

15

Después de la fiesta

Julio se levantó temprano el domingo siguiente a su cumpleaños. Quería escribir algunos artículos para entregárselos a Victoria antes de emprender el viaje con su hermano. Tenía que reconocer que le apetecía hacerlo; hacía mucho tiempo, desde que Andrés se había casado, que no habían hecho nada juntos. Y siempre se habían llevado bien pese a ser muy diferentes. Habían salido juntos a menudo. La noche en que Andrés y Noelia se conocieron en una discoteca, ambos hermanos habían estado juntos, y fue Julio quien rompió el hielo al ver el interés de su hermano en aquella jovencita que bailaba en la pista.

Y a Noe la quería entrañablemente, como a una hermana, y antes de que naciera Adriana habían compartido algún que otro viaje de fin de semana los tres.

Y pensando en Noelia, no terminaba de ver muy claro su propósito de la noche anterior, la extraña mezcla de personas que había elegido para invitar a su fiesta, de entre sus muchas amistades. A quien menos esperaba era a Magda, Victoria, Celia y Rosa. Y tampoco entendía la presencia de Daniel, al que hacía tiempo que no veía. Pero estaba seguro de que Noelia no había invitado a ninguno de ellos al azar.

La velada se le había antojado extraña, pero al menos había servido para algo, y ese algo era tener la seguridad de que debía cortar con Teresa del todo. Su presencia constante a su lado no había hecho más que irritarle y en varios momentos de la noche había estado a punto de decirle que le dejara atender a sus otros invitados y no le acosara con su actitud, pero ese era un asunto que debía resolver en privado, no en una fiesta.

Al final de la velada, cuando ella insinuó una celebración de cumpleaños en la cama, estuvo tentado por un momento de aceptar, pero se dio cuenta de que no le apetecía pasar la noche con ella, y, excusándose en el trabajo que tenía que entregar, rehusó la invitación.

Se levantó temprano, se preparó un suculento desayuno y se puso a trabajar. Alrededor de las doce y media, el teléfono le cortó la concentración.

—¿Diga?

—Hola, colega, soy Daniel.

—Ah, hola. ¿Qué haces levantado tan temprano?

—¿Y tú, viejo zorro?

—Trabajar.

—Veo que te han metido en vereda, aunque no me extraña con semejantes monadas a tu alrededor.

—Mi padre se empeñó, ya sabes. Pero me ha hecho un favor, porque he descubierto que prefiero mil veces el periodismo a la abogacía.

—Está bien tener las cosas claras. Y, bueno, te estarás preguntando a qué viene esta llamada.

—La verdad es que sí, hace tiempo que no nos llamábamos ni quedábamos.

—Es que ayer con las prisas se me olvidó pedirle a Victoria su número de teléfono, y me gustaría que me lo dieras.

Julio sintió como si le pegaran un puñetazo en el estómago.

—¿Quieres el número de Victoria? ¿Precisamente el suyo?

—Sí.

—¿Para qué?

—Pues para quedar con ella, claro está.

—No creo que a Victoria le interese salir contigo, Daniel. Ni a ti con ella, te lo aseguro.

—¿Y por qué no?

—Pues porque es una borde y una estúpida, por eso.

—Anoche no me lo pareció; al contrario, fue muy simpática y agradable.

Julio bufó.

—Pues no lo es, Daniel. Es un cardo borriquero, insoportable y prepotente.

—Bueno, amigo, a lo mejor lo es en el trabajo, ya me contó que tenéis algunos problemas con el tema de la dirección conjunta.

Julio apretó los dientes con fuerza.

—¿Te habló de eso?

—Solo de pasada. Ayer no era día para hablar de trabajo.

—¿Y de qué era día, me lo puedes decir?

—Pues no sé, de hablar de temas más agradables, Julio. ¿Qué te pasa? ¿Estás de mal humor? ¿Quizás el bomboncito que tenías al lado no quiso terminar la noche contigo?

Julio reconoció que le estaba hablando con bastante brusquedad.

—No, no se trata de eso. Es que, bueno, es domingo y tengo que trabajar. Y me he tenido que levantar temprano.

—Y la culpable es Victoria, claro.

—En efecto. Tengo que salir de viaje a mediados de semana y le tengo que dejar entregados unos cuantos artículos para que los publique en mi ausencia.

—¿Vacaciones?

—Digamos que asuntos personales.

—Comprendo.

«Y una mierda comprendes, pero no te interesa.»

—Bueno, si me das el teléfono, te dejo trabajar.

—No puedo darte el número de Victoria sin su permiso, Daniel.

—¿No? Por Dios, solo es un número, no te estoy pidiendo ni su dirección ni su filiación política.

—No, lo siento. Lo más que puedo hacer es preguntárselo el lunes cuando la vea, y, si me dice que sí, te llamo.

—Joder tío, que no te va a comer, seguro que a ella también le apetece quedar conmigo. Pasamos un buen rato de charla.

—No, Daniel.

—Bueno, de acuerdo. Tú sabrás cómo están las cosas entre vosotros. Te llamo el lunes. No te olvides de preguntárselo.

—No lo haré.

Julio colgó con brusquedad. ¿Cómo coño se le ocurría a Daniel querer quedar con Victoria, si no pegaban ni con cola?

Haciendo un esfuerzo por superar su malhumor se puso de nuevo a trabajar.

Aquella mañana, en cambio, Victoria se levantó tarde. Los domingos le gustaba remolonear un poco en la cama, prepararse el desayuno con calma y tomarlo todavía en pijama. Todo lo que no se podía permitir un día de trabajo normal.

Estaba terminando el café cuando una Magda, también somnolienta, se le unió.

—Buenos días.

—Buenas.

—¿Queda café?

—Claro, sírvete.

Mientras compartían un suculento desayuno, la conversación derivó hacia la fiesta de la noche anterior.

—Parece maja la familia de Julio, ¿verdad?

Victoria asintió.

—La familia sí, pero la amiguita... menuda imbécil.

—Es muy guapa; preciosa, diría yo.

—Eso no te lo discuto. Una preciosidad, pero imbécil. No sé qué pueden ver los tíos en mujeres así. «Toma Julio, está exquisito», «Julio... Julio... Julio...» —dijo imitando a la perfección el tono afectado y coqueto—. Por favor, no sabía decir otra cosa. Te aseguro que el señor Luján ha bajado varios puntos en mi consideración ahora que sé la clase de mujer con la que está saliendo.

Magda soltó una carcajada.

—Estás hablando conmigo, puedes llamarle Julio.

—Pues eso... Julio es tan superficial como el resto de su género. Reconozco que he llegado a pensar que me había equivocado con él, pero no es así.

—No creo que tenga nada serio con ella.

—Ni con ella ni con ninguna otra. Es de ese tipo de hombres que creen que con tener dinero es suficiente para que las mujeres bailen a su alrededor.

—No creo que las mujeres revoloteen alrededor de Julio solo por su dinero. Es muy atractivo.

Victoria miró divertida a su amiga.

—¿Y tú qué sabes? A ti te gustan las mujeres.

—A ti te gustan los hombres y has reconocido que Teresa es muy guapa.

—Vale, tocada.

—¡No irás a decirme que Julio no te parece atractivo! Olvidando lo mal que os lleváis y que es del tipo de hombre que bla, bla, bla...

Victoria arrugó el ceño levemente.

—No es para tanto... Bajito para mi gusto.

—Es más alto que tú.

—Pero a mí me gustan muuucho más altos.

—Entonces te gusta Daniel.

—No especialmente. Está cañón, la verdad, pero... un poco soso.

—Sí, opino lo mismo.

En aquel momento sonó el timbre de la puerta. Victoria se levantó y fue a abrir, intrigada porque no era frecuente recibir visitas un domingo por la mañana.

Silvia estaba en el umbral.

—Hola, Victoria. ¿Está Magda?

—Sí, pasa.

Silvia entró un poco recelosa hasta el comedor.

—Hola, Magda. ¿Podríamos hablar un momento?

Victoria se disculpó.

—Yo voy a darme una ducha, si me lo permitís —dijo desapareciendo de la cocina.

—Siéntate. ¿Quieres un café?

—No, gracias, ya he tomado uno.

—Entonces tú dirás.

Silvia la miró a los ojos y dijo bajito:

—Te he echado de menos.

Magda asintió a su vez.

—Yo también a ti.

—He hablado con mi hermano. Se lo he dicho.

—¿Qué le has dicho exactamente?

—Que soy lesbiana... y que he tenido una relación contigo que se jodió porque yo no era capaz de confesárselo a la familia.

—¿Y cómo se lo ha tomado?

—Más o menos bien. Se ha extrañado mucho. Ya sabes, estas cosas pasan, pero no en mi familia. Pero le he explicado cómo me siento y al final lo ha comprendido. Me ha prometido ayudarme a contárselo a nuestros padres. Y a apoyarme... apoyarnos si todavía quieres estar conmigo.

—¡Claro que quiero! —dijo Magda levantándose de la silla y abrazándola—. Yo te quiero muchísimo, Silvia. Estos meses han sido muy duros para mí.

Se besaron.

—Ya acabó, Magda. Ahora todo va a ser diferente, te lo prometo.

Esta asintió.

—No sabes cuánto he deseado oírte decir eso.

—¿Te... te vienes a casa a pasar el día conmigo?

—Pues claro. En cuanto Victoria salga de la ducha y se lo cuente.

—Sírveme entonces ese café. Me hace falta —dijo Silvia sentándose en la silla que acababa de dejar Victoria.

El lunes se presentó cargado de trabajo. Victoria tendría que ocuparse de todo durante un par de semanas; en dos días Julio se marcharía y ella disfrutaría del placer de dirigir *Miscelánea* sola. Esperaba que los artículos que le presentara fueran aceptables y no tuvieran que enfrentarse a causa de ellos, ya tenía suficiente trabajo si estaban de acuerdo. Aunque la noche anterior él no parecía demasiado cooperador, sino más bien irritado con ella. Quizás había cometido un error al aceptar la invitación de Noelia y a Julio no le había gustado que fuera. Ya nada podía hacer por evitarlo, aunque a ella también le hubiera gustado no asistir, no haber conocido a Julio en la intimidad de su familia ni de su relación con Teresa. Que siguiera siendo el señor Luján y de la Torre, alguien con quien discutía temas de trabajo, y no entrever al hombre que había detrás.

Cuando sintió el alboroto que habitualmente se producía en la antesala a la hora del desayuno, se preparó para recibirle después como solía, para que le entregase el trabajo que el viernes anterior le había prometido. Esperaba que cumpliera su palabra y que no se hubiera enredado con la rubia escultural hasta el punto de no escribir los artículos, o al menos parte de ellos, que tenía que presentarle. Aunque si ese era el caso, ella los supliría con lo que le pareciera bien y el señor Luján tendría que aguantarse.

Al finalizar el desayuno, Julio llamó su puerta.

—Pasa, Luján.

—Aquí te traigo lo que te prometí —dijo alargándole un *pendrive* con la información y sentándose frente a ella. En esta ocasión no había llegado a cerrar la puerta del despacho, pero tampoco la dejó abierta del todo, como solía hacer después de su supuesta «ruptura». Victoria pinchó el dispositivo en su ordenador y empezó a leer el contenido, pero antes no pudo evitar echar un vistazo al cuello de Julio en busca de una nueva marca, que no encontró.

—Bien, Luján, veo que has hecho los deberes.

—¿Acaso esperabas lo contrario?

—No lo esperaba, lo temía. Tu amiguita estaba muy cariñosa la otra noche y podía haberte distraído más de la cuenta apartándote del deber.

—¿Y arriesgarme a que me pusieras trabas para irme el miércoles? No, el deber es el deber. Es algo que mi padre y tú os encargáis de recordarme a menudo.

—Comprendo, te vas con ella y por eso ha colaborado, ¿no? —dijo con un tono de voz un poco más seco que el anterior.

—Me voy por motivos personales. Punto.

—Por supuesto, no es algo que me interese. Esto es lo que me importa y está terminado —dijo señalando el ordenador—. Cómo ocupes el resto de tu tiempo, es cosa tuya.

—Entonces... ¿te parecen bien los artículos? ¿Quieres que haga alguna modificación?

—No es necesario, los publicaré tal cual están.

—Bien, pasemos a otro tema. Hay un asunto personal que quisiera comentarte.

—¿Personal?

—Sí, un poco. ¿Te acuerdas de mi amigo Daniel?

—¿El buenorro?

Julio se sintió irritado ante el comentario. De Victoria no esperaba algo semejante.

—El que estuvo toda la noche metiéndote cuello —dijo seco.

—Sí. ¿Qué pasa con él?

—Me ha pedido que le dé tu teléfono.

—¿Y se lo has dado?

—No he querido hacerlo sin tu autorización. Imagino que no querrás salir con él.

Victoria se sintió también molesta por la presunción.

—¿Y por qué te lo has imaginado?

—Pues porque es el tipo de hombre del que me acusaste ser a mí el primer día que nos conocimos, por eso.

—No recuerdo bien mis palabras. ¿Podrías refrescarme la memoria?

—Yo tampoco recuerdo las palabras exactas, pero más o menos dijiste que era un *gigolo* y un inútil al que su padre le tenía que comprar un puesto de trabajo.

—¿Y Daniel es todo eso?

—Sí, lo es. Aprovecha su físico para llevarse a la cama a las mujeres, y, respecto al trabajo, su padre también es abogado y le ha dado un despacho en su bufete, pero que yo sepa Daniel lo único que hace allí es follarse tanto a las secretarias como a las clientes.

—Ajá. Bien, un dato positivo a tener en cuenta.

Julio sintió revolvérsele la bilis.

—¿Cómo que un dato positivo a tener en cuenta?

—Si, como dices, lo único que hace es follar, debe hacerlo muy bien.

Julio respiró hondo y, apoyando ambas manos en el borde del escritorio de Victoria, le preguntó echando fuego por los ojos:

—¿Entonces piensas salir con él? ¿Quieres que le pase tu teléfono?

—Sí, ¿por qué no?

—¿A pesar de todo lo que te he dicho?

Julio estaba realmente enfadado, Victoria nunca lo había visto así.

—A lo mejor por todo lo que me has dicho.

—Bien, como quieras. Veo que me he equivocado contigo. Pensé que eras diferente, que buscabas en un hombre algo más que el resto de las mujeres, pero ya veo que lo único que quieres es un *gigolo* que llevarte a la cama, como cualquier otra.

Ante el enfado de Julio, Victoria no sabía si enfadarse o reírse, lo que sí tenía muy claro era que iba a salir con Daniel aunque solo fuera para fastidiar al señor Luján.

—Lo llamaré ahora mismo y le pasaré tu número.

—Gracias.

Julio se dirigió hacia la puerta del despacho, pero, antes de que saliera, Victoria lo llamó:

—Luján...

Se volvió, con expresión ceñuda.

—¿Sí?

—¿Tú no eres todo eso que dije el primer día... todo eso que es Daniel?

—Creo que ya me conoces lo suficiente como para juzgar por ti misma.

—Entonces, puedes explicarme por qué te estás follando a una tía, guapísima, eso sí, pero tonta de remate y que solo sabe decir: «¿Quieres otro canapé, Julio?»

Él giró sobre sus talones sin replicar y salió bruscamente del despacho dando un portazo a sus espaldas. Las tres chicas, que escuchaban con la boca abierta, volvieron inmediatamente a sus quehaceres mientras Julio cruzaba como una tromba la antesala en dirección a su propio puesto de trabajo.

16

Daniel

El miércoles muy temprano, Julio recogió a su hermano en la puerta de su casa. Una Noelia mimosa se colgó de su cuello y le dio un último beso.

—Chicos, que no nos vamos al fin del mundo ni vamos a estar fuera más que diez o quince días.

—Tú no lo entiendes. Lo voy a echar mucho de menos.

—Y yo a ti, preciosa.

—No te preocupes, Noe, no lo voy a dejar acercarse a una mujer a menos de diez metros.

—¿Te las vas a quedar tú todas, no?

—No, nada de eso. Vamos a ser buenos, de verdad.

—Más os vale. Resolved prontito los asuntos y volved cuanto antes.

Andrés se separó de su mujer a duras penas y Julio sintió una profunda envidia de la relación que tenían su hermano y su cuñada. Si él hubiera encontrado a una mujer así, no andaría dando tumbos de cama en cama a sus treinta y seis años. Pero en su vida solo había habido mujeres superficiales, atraídas en su mayoría por su dinero y por la fama que pudiera ofrecerles una relación con el hijo menor de Adolfo Luján.

—¿Hacia dónde, hermano?

—Hacia el norte. Dirección Barcelona, y luego iremos bajando por la Rioja. ¿Te parece?

—Tú mandas, yo solo soy el chófer. ¿O prefieres conducir tú?

—No, hoy no. Estoy muerto.

—¿Una despedida movidita, eh?

Andrés se echó a reír.

—Bastante. Y tú, ¿no te has despedido de Teresa?

—No le he dicho que me iba.

—Ah...

—No la he visto desde la fiesta de cumpleaños.

—Ah...

—Deja de decir eso, ¿quieres? Teresa se está creyendo una cosa que no es, y cuando vuelva tengo que hablar seriamente con ella. Pero necesito estos días de calma para pensar cómo hacerlo, cómo decirle que no quiero que volvamos a vernos.

—A pesar de los... ¿Cómo los llamaste? ¿Polvazos?

—Sí, a pesar de eso. Creo que ha llegado el momento de buscar algo más que sexo en una mujer.

—Ya era hora, macho. Como diría mamá, se te está «pasando el arroz».

—Creo que eso les pasa solo a las mujeres.

—Da lo mismo. Adriana necesita primos.

—Eh, para el carro... Primero tengo que encontrar a la mujer adecuada y eso no es tan fácil. Soy muy exigente.

—A lo mejor ella te encuentra a ti.

—¿Quién sabe? Aunque lo veo difícil.

—No, es muy fácil, solo tienes que dejar de salir corriendo cuando la veas venir, como has hecho siempre. O simplemente buscar en el lugar adecuado.

—¿Y, según tú, cual es el lugar adecuado?

—Ni las pasarelas, ni las fiestas de sociedad. Quizá tu entorno, tus vecinas, tus colegas, el gimnasio... Una mujer normal, que no se cuelgue de tu brazo porque eres Julio Luján.

—Y de la Torre —dijo riendo.

—¿Te estás cachondeando de mí?

—No, es que Victoria, cuando alguien hace alusión a mi nombre, siempre añade con sorna: «Y de la Torre.»

—Ah...

—¿Se puede saber a qué viene tanto «Ah...»?

—A nada, solo es una costumbre.

Julio miró a su hermano sin estar seguro de creerle. Para no seguir la conversación, se inclinó y puso música. De lo último que quería hablar era de Victoria, todavía estaba enfadado por las últimas palabras que habían intercambiado el lunes anterior. Después no habían vuelto a verse.

El primer día sin Julio en la redacción se le antojó muy raro a Victoria. Las chicas desayunaron sin el habitual alboroto de risas que acostumbraba a acompañar ese rato cuando él estaba presente. Y, a ella, la mañana se le hizo muy larga sin la reunión diaria para hablar sobre la revista.

Revisó los artículos que le había dejado, material más que suficiente para cubrir las dos semanas que iba a estar de vacaciones. No podía dejar de preguntarse dónde había ido y si lo acompañaría Teresa. Si sería un viaje especial para ellos, un aniversario o algo así. La sola idea la irritó, y se sorprendió pensando en que ya podía haberlo dejado para una época en que hubiera menos trabajo, en vez de dejarla a ella con todo. Luego se dijo que eso era lo que quería, dirigir *Miscelánea* ella sola, demostrar a todos que podía hacerlo mejor que con la colaboración de Julio.

Cuando se dio cuenta de sus pensamientos contradictorios, trató de sacar a Julio Luján de su cabeza y concentrarse en el trabajo.

Leyó de nuevo los artículos que le había dejado, tratando de decidir cuál publicaría primero. Él le había dado carta blanca, pero no se decidía. Eran buenos; tenía que reconocer contra su voluntad que era un gran articulista, cuando se decidía a hacer algo serio en vez de patochadas de consultorios sentimentales. Y era aún mejor con las entrevistas. La que le había hecho a su padre era genial, le había hecho decir cosas que jamás pensó pudiera reconocer Sebastián Alcántara.

Escogió tres al azar y empezó a dar formato al ejemplar de la semana.

El día se le hizo muy largo, y, cuando al fin dieron las cinco, se apresuró a apagar el ordenador y a recoger el despacho para marcharse a casa.

Cuando Magda entró para preguntarle si se marchaban, ya lo tenía todo recogido y la chaqueta puesta.

—Vaya, parece que tienes prisa por marcharte hoy.

—Prisa no, simplemente lo tengo ya todo listo.

En ese momento le sonó el móvil. Dio un respingo y se apresuró a responder. Era un número desconocido.

—¿Diga?

—Hola, Victoria. Soy Daniel.

—Ah, hola.

—¿Es muy pronto? Julio insistió mucho cuando me dio tu número en que no te llamara en horas de trabajo. Dijo que no atendías llamadas antes de las cinco.

—¿Eso te dijo?

—¿No es verdad?

—En realidad sí lo es, no mezclo mi vida privada con el trabajo —dijo, pero se sintió molesta porque se hubiera tomado la libertad de hablar en su nombre.

—Bueno, puesto que ya son las cinco y cinco, supongo que te imaginas para qué te he llamado.

—Pues no, la verdad. Julio solo me preguntó si te podía dar mi número y le dije que sí.

—Bueno, en vista de que lo pasamos bien el sábado, había pensado que quizá te apetecería salir conmigo el fin de semana. Quizás a ver una película, ya que a ambos nos gusta el cine, o a cenar, o a tomar una copa... Si te apetece, el plan lo eliges tú.

Victoria se lo pensó unos segundos. Hacía mucho que no tenía una cita.

—Por qué no.

—Estupendo. ¿Qué quieres hacer?

—El cine está bien.

—¿Y tomar algo después?

—De acuerdo.

—¿Viernes, sábado o domingo?

—Mejor el sábado.

—Ya, el domingo tienes que hacer la colada, ¿no?

Victoria rio.

—Entre otras cosas.

—¿A qué hora te recojo?

—No me recoges, iré en mi coche. Dime el cine y allí estaré.

—¿Cenamos antes o después?

—Si no te importa prefiero cenar algo en casa antes de salir —dijo pensando en que si la velada no era de su agrado, una copa era fácil de tomar en poco tiempo, mientras que una cena requería al menos una hora. Siempre lo hacía así cuando quedaba con alguien por primera vez—. ¿Te parece bien que nos veamos a las nueve y media o a las diez?

—De acuerdo. Ya te he dicho que tú mandas.

—Ya me dirás el sitio.

—Elígelo tú también.

—Entonces ya te llamaré.

—Hasta el sábado entonces.

—Hasta el sábado.

Colgó y se enfrentó a una Magda que la miraba divertida.

—¿He oído mal o acabas de concertar una cita para el sábado?

—Has oído bien.

—¿Y puedo preguntar con quién?

—Con Daniel.

—¿El bombón del amigo de Julio?

—Ajá.

Victoria salió del despacho seguida de su amiga. Bajaron al aparcamiento y subieron al coche.

Una vez en él, Magda preguntó:

—¿Lo sabe Julio?

—Supongo, fue él quien le ha pasado mi teléfono a Daniel para que me llamara. Pero, vamos, al señor Luján no le importa con quién salgo, aunque sea amigo suyo. Pero se tomó muchas molestias para que no lo hiciera.

—¿En serio? ¿Y por eso has decidido aceptar su invitación?

—Claro que no. La verdad es que ya hace mucho que no tengo una cita con un hombre.

—Desde Lorenzo.

—Sí. Y de eso hace ya casi un año. Ya toca divertirme un poco.

—Lorenzo no te rompió el corazón.

—Claro que no, ni siquiera llegó a él. Ese fue el problema, que no me llenaba ni fuera ni dentro de la cama, que me aburría soberanamente con él en todos los sentidos.

—¿Y crees que con Daniel puede ser diferente? No lo veo tu tipo.

—Solo voy a salir al cine y a tomar algo. Nada más.

—¿Y si quiere algo más?

—No sé, Magda. Estás muy preguntona. Si quiere algo más, lo decidiré en el momento. Aunque también va siendo hora de que eche un polvo, coño, ya casi ni me acuerdo de lo que era. Y si hay que hacerlo con un tío por el que no siento nada, mejor uno que esté cañón, ¿no?

—Por supuesto. Solo quería asegurarme de que si te acuestas con él es porque te apetece y no para fastidiar a Julio Luján.

—Mis historias con Julio se quedan dentro de la redacción, no traspasan a mi vida privada.

—Vale.

Victoria maniobró para entrar en el aparcamiento mientras pensaba: «Y si lo hago no es para fastidiarle, sino para olvidar el sabor de su cuello, que no puedo quitar de mi boca, por mucho que lo intente. Si la cosa se pone a tiro, será al sabor del cuello de Daniel el que recuerde de ahora en adelante.»

Julio y Andrés subieron hasta los alrededores de Gerona y, después de pasar la noche en un pequeño hotel, al día siguiente fueron bajando según un plano que Andrés ya tenía confeccionado. Visitaron un hotel tras otro; el aspecto de algunos les hizo desistir de indagar más a fondo. El de otros les invitó a entrar y probar una comida, dar una vuelta por el interior. En otros decidieron quedarse a pasar una noche y experimentar los servicios que pudiera ofrecer.

El sábado por la mañana, estaban terminando de desayunar cuando Julio recibió una llamada de Daniel. Casi escupió el sorbo de zumo de naranja que tenía en la boca cuando vio el nombre en la pantalla.

—¿Sí, Daniel? —preguntó seco.

—Hola, espero no haber interrumpido nada.

—No, estábamos desayunando. Dime.

—Bueno, quería decirte que estabas equivocado

con respecto a Victoria. Ha aceptado salir conmigo esta noche.

—Genial —dijo como si se hubiera tragado un trozo de iceberg.

—Me gustaría preguntarte si hay algo que deba o no deba hacer. Ya sabes, como tú la conoces mejor...

—Yo solo trato con Victoria en el trabajo, no hay ningún consejo que te pueda dar, salvo que odia los recetarios de cocina. Y tú eres lo suficientemente experto en mujeres como para no necesitar consejos de nadie como si fueras un principiante. Con la señorita Páez te las tendrás que apañar solo.

—Bueno, sí, algún problema con la comida debe tener porque no ha querido cenar conmigo. Hemos quedado más tarde para ir al cine y a tomar algo después.

—¿Pues entonces qué consejo quieres? ¿Saber si le metes mano en el cine o esperas a después?

—No, tío, no es eso. Bueno, ya veo que no es buen momento. Hablamos en otra ocasión. Y disculpa la interrupción.

Julio apagó el móvil con fuerza y masculló:

—¡Que te jodan!

Andrés le miraba fijamente.

—¿Era Daniel?

—Sí.

—¿Y va a salir con Victoria?

—Eso parece —dijo apartando lo que le quedaba del desayuno.

—Y a ti no te gusta que lo haga.

—A mí me importa un carajo.

—Ya veo...

—Déjalo, Andrés. Simplemente estoy molesto porque me ha utilizado como intermediario para llegar hasta ella. Ya no estamos en la facultad, tiene mi edad y me jode que me siga utilizando para que le arrime tías. Y seguro que si algo sale mal la señorita Páez me echará las culpas a mí y el trabajo se resentirá.

Andrés soltó una carcajada.

—¡Vamos, Julio, compórtate como un adulto! Lo que tienes no es un enfado motivado por eso que has dicho, lo que tienes es otra cosa. Reconócelo.

—Está bien. Lo que tengo son celos. Putos y endemoniados celos de que vaya a salir con él y de que se acueste con él. ¿Ya estás contento?

—¿Y qué piensas hacer al respecto?

—¿Hacer? Nada. La señorita Páez se dejaría clavar miles de alfileres envenenados antes que permitir que yo le pusiera una mano encima, lo cual no quita que me esté muriendo por hacerlo.

—¿Te has enamorado de ella?

—¿Amor? No lo creo, pero me excita como hace mucho tiempo que no me excitaba ninguna mujer. Me paso la mayor parte del tiempo que estoy cerca de ella empalmado como un quinceañero lleno de hormonas. He empezado a usar pantalones una talla mayor para que no se me note.

Andrés soltó una sonora carcajada.

—No te rías, coño, que maldita la gracia que tiene.

—Claro que la tiene, hermano, claro que la tiene.

—Oye, ni se te ocurra comentarle nada de esto a tu mujer. ¡Que Dios nos asista si Noe se entera!

«Noe ya lo sabe», pensó, entendiendo la extraña mezcla de gente de la noche del cumpleaños. Pero Julio estaba demasiado alterado para decírselo, así que lo tranquilizó.

—Por supuesto que no; esto se queda entre nosotros.

—Gracias. Y ahora será mejor que sigamos con lo nuestro.

Victoria aparcó el coche delante del centro comercial donde había quedado con Daniel. Él ya la esperaba delante de las taquillas del cine. La besó en la cara para saludarla.

Estaba muy guapo con su pantalón vaquero de marca y su jersey negro ajustado. Un *look* cuidadosamente estudiado para ser informal, pero que indudablemente le había costado sus buenos euros. Victoria pensó que en Daniel todo parecía estudiado.

Ella no se había esmerado tanto en vestirse. Unas mallas marrones y un jersey largo color caramelo, con un pañuelo a juego anudado al cuello con desenfado le había parecido suficiente. Lo que sí había cuidado más era la ropa interior, y había elegido un conjunto de sujetador y braguitas malva que la favorecían mucho. Si iba a haber algo después de la copa, quería estar preparada.

La película no le gustó, le pareció demasiado existencial y excesivamente larga, aunque, cuando finalizó y miró el reloj, solo habían pasado ochenta y cinco minutos.

Salieron a la calle y Daniel la condujo hasta un bar

de copas cercano. Se sentaron y pidieron las bebidas. Un *whisky* él y un licor sin alcohol ella.

—¿No bebes alcohol?

—Tengo que conducir después.

—El otro día bebiste una copa de vino.

—Eso fue el otro día.

—¿Eres de las que pierden la cabeza con el alcohol?

—En absoluto. Solo pierdo la cabeza cuando la quiero perder.

—Me gustan las mujeres con las ideas claras.

—Yo siempre las tengo.

—Eso me dio a entender Julio esta mañana.

—¿Has hablado hoy con él?

—Sí, y debí interrumpir algún momento romántico, porque estuvo un poco desagradable. Y eso que esperé a las doce de la mañana para llamarle. Creí que sería buen momento, pero en vacaciones ya se sabe... Me dijo que estaban desayunando, pero no le sentó bien mi llamada, así que intuyo que el desayuno sería en la cama.

—Probablemente.

Durante un rato charlaron de naderías, se tomaron una segunda copa y, a la hora de marcharse, Daniel le preguntó:

—¿Te apetece tomar la última en mi casa?

Victoria fue más directa.

—Si lo que quieres es echar un polvo, dímelo claramente.

—De acuerdo. ¿Quieres echar un polvo?

—Sí, vale. Pero no en tu casa. Ni tampoco en la mía. Nunca llevo hombres a mi casa ni voy a la de ellos. Si te parece bien un hotel...

—Me parece perfecto. Aquí cerca hay uno que está bastante bien.

—Vamos.

Fueron caminando. Daniel intentó cogerla de la mano, pero Victoria rehusó.

—Vamos a follar, Daniel. No somos novios.

—Vale, como quieras.

Entraron en el hotel y Daniel se registró por una noche. Subieron a la habitación y nada más cerrar la puerta Daniel la abrazó y comenzó a besarla. A Victoria le costaba concentrarse. La verdad era que nunca se había visto anteriormente en esa situación y le pareció muy frío. A pesar de todo, intentó concentrarse y respondió al beso de forma mecánica.

Sintió las manos de él desnudarla prenda a prenda, luego se desnudó él sin que Victoria consiguiera siquiera alzar las manos para ayudarle.

El pecho de Daniel no tenía un solo vello, y Victoria no pudo evitar recordar el de Julio, cubierto por una leve capa de pelo castaño y suave y el deseo que había sentido de acariciarlo cuando le arrancó los botones de la camisa en el despacho.

Al ver que su mente se desviaba hacia Julio, se irritó, sobre todo porque imaginó que en aquel momento era Teresa quien probablemente lo estuviera acariciando. Alargó las manos y las pasó por el pecho de Daniel con las palmas abiertas. Él se excitó de inmediato y la arrastró hasta la cama.

Le quitó la ropa interior que le quedaba y se terminó de desnudar también.

Se tendió a su lado y empezó a acariciarla por todo

el cuerpo, sin que Victoria consiguiera excitarse lo más mínimo. Intentó concentrarse en el cuerpo hermoso y escultural que tenía delante, y pensó que si fuera un hombre no iba a dar la talla. Daniel la acarició con la mano y consiguió humedecerse lo suficiente, pero cuando la penetró solo pensaba en que acabara cuanto antes.

Daniel lo intentó, se esforzó en ir despacio, en darle tiempo, pero cuando Victoria tuvo claro que él ya no podía aguantar más, fingió un orgasmo para que él también terminara. Y se juró a sí misma que nunca más iba a irse con un tío simplemente a follar. Todavía estaba Daniel dentro de ella y su pensamiento fue que se había excitado mucho más con Julio en el despacho sin haber hecho nada, que aquella noche. Y que el cuello de Daniel, donde había depositado un fuerte chupetón, le había sabido a loción de afeitar y no a piel. Y que maldita fuera, todavía tenía el sabor del cuello de Julio Luján en su boca.

Cuando transcurrió el tiempo suficiente para no parecer que huía, se levantó, se vistió, y, ante las protestas de Daniel para que se quedase, murmuró una excusa y se marchó.

Mientras conducía hasta su casa, se dijo a sí misma que de la única cosa de la que se arrepentía en su vida era de aquel polvo estúpido e insatisfactorio.

17

Fin del viaje

La noche del sábado, Julio la pasó inquieto e irritado. Andrés, consciente de los sentimientos de su hermano, respetó su malhumor, su mutismo y se limitó a tratar de distraerle con una conversación banal durante la cena, que casi se convirtió en un monólogo.

Cuando terminaron de comer, Julio se disculpó.

—Me temo que esta noche no soy una compañía muy divertida. Creo que me voy a ir a la habitación a leer un rato.

—¿Estás seguro? Estoy dispuesto a seguir parloteando para tratar de distraerte todo el tiempo que haga falta.

Julio trató de forzar una sonrisa.

—Lo sé y te lo agradezco, pero me temo que tus esfuerzos están resultando inútiles. Lo intentaré con un libro.

—Como quieras. Yo voy a salir a dar una vuelta por el pueblo y llamaré a Noe para charlar un rato con ella.

—Dale recuerdos de mi parte.

Julio se retiró a la habitación que compartía con su hermano, cogió un libro que sabía que no iba a leer, y trató de concentrarse en él. Esfuerzo inútil. Primero se colaron en su mente las imágenes de Victoria y Daniel sentados en el sofá de su hermano charlando amigablemente. Luego llegaron otras que quizá se estuvieran produciendo en aquel momento, de ambos compartiendo una película al amparo de la oscuridad de un cine. Y luego las más terribles, las que su mente trataba de evitar a toda costa y su subconsciente le traía una y otra vez: Victoria y Daniel en una cama, besándose, abrazándose, tocándose. Victoria riendo feliz con la melena rubia y revuelta sobre la almohada. Victoria con la mirada encendida de pasión. Victoria mordiendo el cuello de su amigo. Victoria gritando de placer al llegar al orgasmo. Ese orgasmo que él quería proporcionarle.

Nunca en su vida había experimentado algo así, unos celos tan desgarradores, un deseo tan intenso. Un deseo que temía que jamás podría satisfacer. Como bien le había dicho a su hermano, estaba seguro de que él sería el último hombre sobre la tierra al que Victoria admitiría en su cama.

Una parte de su mente le decía que tal vez se estaba equivocando, que tal vez se limitaran a ir al cine, a tomar una copa y después cada uno se marcharía a su casa. Pero sus entrañas le decían que no, que no se equivocaba. Que Victoria y Daniel iban a pasar la noche juntos.

Se levantó, fue al baño y se miró al espejo; la cara descompuesta que le devolvió el azogue le hizo enfrentarse al hombre desconocido que estaba creciendo dentro de él.

«¿Qué estás haciendo conmigo, señorita Páez?», pensó.

Luego volvió a la habitación. Abrió el minibar y sacó una botellita de *whisky* y una de ron que había en él, consciente de que esa noche iba a necesitar una pequeña ayuda para dormir.

A pesar de todo, pasó la noche en un duermevela agotador, lleno de sueños entrecortados donde las imágenes de Daniel y Victoria se mezclaban con otras en las que él y no su amigo era quien acariciaba, quien besaba... Que era su cuello el que Victoria mordía una y otra vez.

La mañana lo encontró agotado, pero ansioso por levantarse para empezar el día y conjurar los fantasmas de la noche.

Andrés, consciente de las ojeras y del mal aspecto de su hermano aquella mañana, se abstuvo de hacer ningún comentario. Se limitó a coger el volante y a seguir su ruta.

La semana siguiente fue larga para ambos. En la redacción, Victoria se encontró con problemas inesperados que tuvo que ir solucionando poco a poco, y se dio cuenta de cuánto la aliviaba en otras ocasiones coger el teléfono y compartirlos con Julio. Él casi nunca aportaba una ayuda eficaz, pero el solo hecho de discutirlos con él le hacía tener las ideas más claras sobre lo que debía hacer.

Un par de veces se sorprendió con el teléfono en la mano y el número del móvil de él en la pantalla, a punto de llamarle. Pero luego pensaba en el terrible ego de Julio regodeándose de que no podía hacer nada sin él, lo cual no era cierto. Solo se había acostumbrado a que discutir con él afianzara sus ideas y su postura, pero eso no lo entendería nunca el señor Luján, de modo que apagaba el móvil sin realizar la llamada.

Y lo que más extraño le resultaba era el terrible silencio que reinaba en la antesala a la hora del desayuno. Sin duda, Julio tenía que resultar muy divertido a las chicas, puesto que su ausencia provocaba un desayuno silencioso, algo de lo que nunca había sido consciente antes.

El viernes, a última hora de la tarde, cuando estaban recogiendo para marcharse, preguntó a Magda:

—¿Sabes cuándo se incorpora Julio?

—Esta semana, pero no sé exactamente el día. ¿Por qué?

—Porque me dejó los artículos justos para la edición de la semana pasada y la de esta, y, si no llega a tiempo para hacer algunos más, para el próximo número tendré que improvisar.

—Bueno, es tu oportunidad, ¿no? Estarás contenta.

—Estoy cabreada. No me gusta que me dejen tirada. Espero que el señor Luján se haya hartado de follar ya y vuelva con las pilas cargadas y dispuesto a trabajar duro.

—¿Se ha ido a follar? —preguntó Magda divertida ante el comentario agrio de su amiga.

—Al parecer, sí. Daniel lo llamó el sábado pasado y

parece ser que interrumpió algo. O al menos le dijo que «estaban desayunando».

—¿Crees que se ha ido con Teresa?

Victoria se encogió de hombros.

—Probablemente. O con cualquier otra, ¿qué más da? Julio es un mujeriego y lo será siempre. Para él follar siempre estará antes que el deber. En caso contrario no se hubiera ido en estos momentos en que tanto trabajo hay, ahora que *Miscelánea* empieza a funcionar mejor.

—Y hablando de follar... ¿Vas a quedar con Daniel de nuevo este fin de semana?

—No me ha llamado, pero, aunque lo haga, no, no voy a quedar con él.

Magda no había preguntado a Victoria por el sábado anterior cuando se habían visto el domingo por la noche. Esperaba que fuera su amiga quien hiciera algún comentario, pero ante el mutismo de Victoria, decidió no indagar.

—¿No fue bien la cosa?

—No. Me fui a la cama con él y fue el peor polvo de mi vida. Ahora no sería capaz ni de sentarme a tomar un café con Daniel.

—¿Tan mal amante es?

—No, no es eso, tengo que reconocer que se esforzó. Quizás el problema estuvo en mí. No estoy acostumbrada a follar con gente a la que apenas conozco. Y mi libido se vino completamente abajo cuando se quitó la camisa y vi que no tenía un solo pelo en el pecho.

Magda se echó a reír.

—No sabía que te ponían los hombres «de pelo en

pecho». De hecho, tu gran amor de la facultad, Gonzalo, era bastante lampiño.

—Gonzalo era un crío... y los gustos cambian.

—Ya veo.

—Anda, vamos, tenemos el fin de semana por delante y seguro que estás deseando irte a casa de Silvia.

—Solo esta noche y el sábado, el domingo tiene comida familiar.

—¿Todavía siguen así las cosas?

—No, las cosas van avanzando. Su hermano está de viaje y cuando vuelva vamos a quedar con él para que me conozca, y luego Silvia hablará con sus padres y después llegará él para aliviar las cosas. Poco a poco.

—Me alegro.

—¿Y tú, qué planes tienes para el fin de semana?

—Escribiré algunos artículos por si el señor Luján sigue abducido bajo las faldas de alguna de sus amiguitas también esta semana. Y veré películas en la tele.

—Si quieres, el domingo podemos hacernos alguna excursión, ir a comer fuera de Madrid.

—Me parece un buen plan. Necesito un poco de naturaleza.

El martes siguiente, cuando volvían hacia Madrid, Julio y Andrés comentaban el resultado de su viaje.

Llevaban una lista de posibles hoteles para comprar, para presentar a su padre. Luego tendrían que tratar de negociar con los dueños una posible venta. El viaje había sido bastante satisfactorio. Aunque Noelia les había planteado por teléfono un punto de vista que no habían contemplado antes. Les había dicho que ambos iban buscando «cosas positivas» en los hoteles y eso es lo que habían encontrado. Que necesitaban también un «abogado del diablo» que buscase lo negativo en los mismos para poder valorar. Que quizá deberían pedir a alguien quisquilloso que se alojara en ellos para poder presentar un informe más completo. La única persona que le vino a Julio a la cabeza capaz de interpretar ese papel fue Victoria, pero lo rechazó de inmediato. Ella nunca aceptaría colaborar con él en nada.

Había disfrutado del viaje con su hermano, eso no podía negarlo, pero también había echado de menos la redacción y el trabajo. Y el punto negro, por supuesto, lo había puesto la salida de Daniel con Victoria, de la cual no sabía nada, ni si se había repetido el fin de semana siguiente.

Cuando llegó a su casa, después de varias horas de viaje, se dio una ducha larga y reconfortante y decidió llamar a Victoria a su casa para decirle que se incorporaría al trabajo al día siguiente.

Esta estaba preparando la cena con Magda cuando sonó el móvil. Miró el número.

—Vaya... El señor perdido y hallado —dijo antes de contestar—. Hola, Luján.

La respuesta áspera le sonó a Julio como música celestial después de dos semanas sin oír su voz

—Señorita Páez.

—¿Ya estás de vuelta? ¿O llamas para decir que estás de puta madre de vacaciones y renuncias?

Él soltó una sonora carcajada. Ya estaba en casa. ¡Dios, cómo había echado de menos sus pullas!

—No tendrás esa suerte. Me temo que lo que voy a decirte es que me incorporo mañana al trabajo. Que si tienes que esconder algo debajo de la alfombra, lo hagas antes.

—¿Estás insinuando que aquí todo está manga por hombro y ha dejado de funcionar porque no estabas TÚ?

—Dímelo tú.

—Pues para que lo sepas, Luján, aquí todo ha ido a las mil maravillas desde que te fuiste. Incluso mejor que antes.

—Eso ya lo veré mañana.

Julio no pudo evitar hacer una pregunta que se había jurado no formular.

—¿Y, aparte del trabajo, qué tal todo?

—Muy bien.

—¿Te llamó Daniel? Porque estaba de un pesado...

—Sí, quedé con él una noche.

—¿Y... todo bien?

—Sí, me lo pasé genial. Es un tío muy majo.

Magda picaba lechuga para la ensalada y tuvo que reprimir una carcajada.

—Bien. Me alegro.

—¿Y tus «asuntos personales»? ¿Se solucionaron con el viaje?

—Podría decirse que sí.

—Pues también me alegro. Bueno, Luján, no tengo toda la noche. Nos vemos mañana.

—Hasta mañana.

—Recuerda. A las ocho en punto.

—Como un clavo.

—¿Con que te lo pasaste genial, eh?

—Julio no tiene por qué saberlo. Bueno, mañana vuelta a la normalidad. Se acabó la tranquilidad en la antesala y el poder hacer y deshacer a mi antojo. Lo bueno dura poco.

—Pues no te veo deprimida precisamente. Más bien pareces contenta.

—No me queda otra. Sigo el refrán de «a mal tiempo, buena cara».

—Ya...

Cuando colgó sin haber obtenido la respuesta que buscaba, Julio decidió llamar a Daniel. Seguro que él le contaba hasta lo que no quería saber. Pero necesitaba respuestas, no podía seguir dándole vueltas a la cabeza imaginando algo que tal vez no había sucedido. Y, si había sucedido, quería saber a qué atenerse. De todas formas ya había sufrido por ello.

Marcó el número, pero primero se sirvió un *whisky* generoso. A veces ayudaba.

—Hola, Daniel.

—Julio, tío, ¿ya estás de vuelta?

—Sí, he llegado hace un rato.

—¿El viaje bien?

—Sí, muy bien. ¿Y tú qué tal?

—Bien, bien, pero, oye, tenías razón. Victoria es un poco rara.

—Ya te lo dije.

—¿Es frígida?

Julio sintió un momentáneo alivio.

—Ni idea.

—Es que después de la copa le insinué que viniera a mi casa a tomar la última, ya sabes... tanteando el terreno. Y me soltó de sopetón que, si lo que quería era echar un polvo, lo dijera claramente. Y nos fuimos a un hotel.

Sintió la bilis subirle por la garganta.

—¿Entonces? ¿Os fuisteis? ¿Follasteis?

—Digamos que follé yo. Es un témpano, tío. Me acarició el pecho con la misma pasión con que limpiaría los cristales.

Julio respiró hondo. No quería detalles, pero ahora no podía dar marcha atrás. Y Daniel estaba disparado.

—No podía excitarla de ninguna manera, ya no sabía qué hacer. Ni siquiera conseguí que los pezones se le pusieran duros.

Julio cerró los ojos imaginando los pezones de Victoria y lo que le gustaría hacerles.

—Y cuando me mordió el cuello...

Julio cerró los ojos con fuerza. El cuello dolía.

—¿Eso hizo?

—Sí, pero, joder... En la vida me habían dado un chupetón más desvaído.

Sonrió.

—Sí, no es muy buena en eso... imagino. Supongo que será falta de práctica.

—Y al final... no conseguí que se corriera. Ya era una cuestión de orgullo para mí, pero qué va, tío. Fingió un orgasmo y se largó en apenas un cuarto de hora.

—¿Estás seguro de que lo fingió?

—Pues claro. Ya soy mayorcito para que me la peguen con eso. Si ni siquiera es buena fingiendo, fue la peor representación que me han hecho nunca.

Julio asintió. No se imaginaba a Victoria fingiendo nada.

—¿Entonces no has vuelto a quedar con ella?

—No, no la he llamado más. Ni creo que ella aceptara.

—Bueno, no puedes decir que no te avisé. La próxima vez hazme más caso.

—Desde luego.

—Te voy a dejar, estoy cansado del viaje.

—Buenas noches, entonces. Hasta la próxima. A ver si quedamos un día.

—Vale. Ya nos llamamos.

Julio cortó la llamada. No sabía cómo se sentía. Si no había disfrutado era casi como si no hubiera sucedido, ¿verdad?

«Si un día llegas a estar en mi cama te vas a correr de verdad, señorita Páez. Vas a gritar como una loca, y los pezones se te van a poner como piedras. Palabra de Luján y de la Torre.»

18

El regreso

El miércoles Victoria llegó al despacho un poco antes de lo habitual, incluso. Quería comprobar que Julio llegaba puntual, como había prometido. Estaba segura de que no iría directo a su despacho y le anunciaría que estaba allí por teléfono, sino que se pasaría por el de ella para hacerlo en persona. Y supo exactamente el momento en que él apareció en la antesala, porque el silencio cesó. Un alegre parloteo femenino le hizo mirar el reloj de pulsera que solía llevar para trabajar.

—Puntual, señor Luján —murmuró para sí.

Después de apenas unos segundos, un discreto golpe en la puerta le arrancó una sonrisa involuntaria y un jovial:

—Pasa.

La puerta se abrió y la imagen de Julio vestido con un pantalón chino de color tabaco y una camisa blanca con las mangas ligeramente remangadas, única concesión al tiempo algo más cálido que estaba haciendo, la impactó con fuerza. Magda tenía razón, era tremendamente atractivo, de una forma muy diferente a Daniel. En Julio nada parecía controlado, sino más bien al contrario, como a punto de saltar por los aires. No sabía si siempre había sido así o solo lo veía ahora que lo conocía mejor. Tragó saliva para disimular el efecto que había causado en ella y fingió indiferencia. Estaba más bronceado que cuando se fue y Victoria se preguntó si había estado en la costa, tendido desnudo en la arena con su belleza rubia al lado. Parecía como revitalizado.

—Buenos días, encanto —la saludó con una amplia sonrisa.

—Llegas un minuto y medio tarde, Luján.

Él estalló en una sonora carcajada.

—Veo que sigues tan tocapelotas como siempre. Te aseguro que he cruzado el umbral de la antesala a las ocho en punto, pero no podía dejar de saludar a las chicas. Te prometo que esta tarde saldré un minuto y medio después de mi hora para recuperar el tiempo perdido.

Se sentó en el brazo del sillón que había frente a la mesa y observó atentamente a la mujer que le había estado robando el sueño durante todo el viaje, buscando alguna huella tanto física como emocional de su salida con Daniel. No la encontró. Victoria era la de siempre, con su pulcro moño apretado en la nuca, su camisa blanca abotonada hasta el cuello y su expresión habitual de «voy a tocarte los cojones a conciencia ahora que estás aquí». Se relajó y se dispuso a disfrutar de su trabajo. Lo pasado, pasado.

—¿Cómo ha ido todo por aquí? ¿Alguna novedad?

—Todo perfectamente, como te dije anoche. ¿Has traído algo de trabajo para publicar?

—Tengo algunas ideas, me pondré a trabajar enseguida. Sé que vamos cortos de tiempo para el ejemplar de la próxima semana, así que en cinco minutos estaré en mi escritorio a toda marcha.

—Más te vale.

—Solo quería saludarte.

—¡Qué detalle!

—Y decirte que he traído unos dulces de La Rioja muy buenos para el desayuno. Quizá como algo excepcional quieras unirte hoy a nosotros. Y no me digas que no tomas dulces, porque sé que no es verdad. El día de mi cumpleaños te zampaste un trozo enorme de tarta de chocolate.

—El día de tu cumpleaños, tu amiguita hizo un desaire tremendo a tu sobrina y traté de enmendarlo. Y, de acuerdo, como algo excepcional y puesto que has venido cargado con los dulces desde La Rioja, me uniré a vosotros en el desayuno. Pero no te acostumbres, será solo hoy.

—A las diez y media en punto, encanto. En la antesala.

—Allí estaré, Luján.

Él se levantó y se dirigió a la puerta, contento de haber vuelto al trabajo.

Aquella tarde, cuando llegó a su casa, Julio se dijo que no iba a seguir posponiendo el asunto de Teresa por más tiempo. Se puso cómodo y cogió el teléfono.

—Holaaaa —le saludó alegre la voz de la chica al otro lado—. ¡Qué sorpresa! Últimamente soy yo la que llama siempre.

—Bueno, hoy te llamo yo.

—¿Ocurre algo?

—¿Podemos quedar esta noche? O cuando mejor te venga, si tienes otros planes.

—Esta noche está bien. ¿En tu casa o en la mía?

Julio iba a decir que prefería un sitio público, pero se lo pensó mejor. Ciertas cosas había que decirlas en privado, y, aunque no temía una escena por parte de Teresa, nunca se podía estar seguro. Ella tenía derecho a que cortaran con ella en la intimidad.

—Yo me acerco a tu casa. ¿A qué hora te viene bien?

—¿A las ocho?

—De acuerdo. Hasta luego.

Julio colgó y miró la hora. Eran las seis y media, tenía tiempo para darse una ducha tranquilamente y conducir sin prisas hasta las afueras de Madrid, donde vivía Teresa.

Faltaban seis minutos para la hora cuando pulsó el timbre del portal. No se había arreglado para la cita, se había limitado a coger unos vaqueros y una camiseta de manga larga, la primera que había encontrado. La puerta se abrió sin que mediara entre ellos una palabra. Teresa era demasiado confiada, pensó. Subió a grandes zancadas los dos pisos ignorando el ascensor y, en cuanto se acercó a la puerta del piso, esta se abrió.

Teresa le esperaba sonriente y Julio sintió cierto remordimiento de conciencia al pensar que le iba a estropear la fiesta.

—Hummmm, qué guapo estás. ¿Has estado tomando el sol?

—He ido con mi hermano a buscar hoteles para que mi padre amplíe su negocio. He estado por el campo.

—Ah... No sabía que habías salido de Madrid.

—Fue un poco de improviso.

Teresa le miró fijamente y preguntó:

—¿Preparo cena? ¿O pedimos algo?

—No, por mí no prepares nada. No voy a quedarme mucho rato.

—No has venido simplemente a verme, ¿verdad?

—No. Tengo que hablar contigo.

—Bien, siéntate entonces. ¿O lo que vienes a decirme es tan corto que ni siquiera merece la pena tomar asiento?

—No es muy largo, pero me sentaré.

—¿Una copa?

—No, gracias.

—Bien, pues tú dirás.

—Voy a ir al grano, Teresa. Quiero que dejemos de vernos.

—¿Y eso por qué? Ya me has dejado claro que follar es lo único que haces conmigo y que no soy la única. Y he aceptado tus condiciones. ¿Por qué quieres dejarlo?

—En parte porque pienso que, a pesar de lo que dices, tú sigues pensando que hay algo más entre nosotros y que los dos años de follar te da algún tipo de derecho, y no es así. El día de mi cumpleaños te comportaste como si fueras mi dueña y señora, algo que me molestó mucho. No pude atender al resto de mis invitados porque estuviste colgada de mi brazo marcando territorio toda la noche, y por educación no te dije esto allí mismo, delante de todos. Pero creo que ha llegado el momento de poner fin a lo nuestro.

—Tienes otra a la vista, ¿no?

—Ya te dije que me veo con otras mujeres, además de ti.

—Pero hay una de especial... Una que va a coger el puesto de «amiga con derecho a roce» que voy a dejar yo. Y estaba en tu fiesta, por eso te molestó mi actitud.

—No es eso. No hay nadie esperando tu puesto; es simplemente que creo que debemos dejarlo. La atracción que sentía por ti ha desaparecido, eso es todo.

—Y no te faltan mujeres con las que echar un polvo, ¿no, Julio? Está bien, como quieras. ¿Piensas compensarme de alguna forma?

—¿Compensarte? No entiendo.

—Pues claro que entiendes. No pensarás que estaba contigo solo por lo bueno que eres en la cama, ¿verdad? No niego que lo seas, he disfrutado mucho contigo, pero también está mi carrera. Ir del brazo de Julio Luján me aporta unas ventajas que perderé de ahora en adelante.

—¿Estás hablando de dinero?

—Estoy hablando de «compensación». Dinero, alguna joya... O mejor aún, una recomendación para alguna agencia de publicidad. Quizá la que lleva los hoteles de tu padre.

Julio lanzó un hondo suspiro.

—De acuerdo. No intervengo en los asuntos de mi padre, y, como el dinero me parece algo muy sórdido, tendrás tu joya. Acorde a los servicios prestados, no lo dudes. Y ahora, ya no queda nada más que decirnos. Adiós, Teresa.

—Adiós, Julio. Un placer haberte conocido.

Él sacudió la cabeza.

—Lo mismo digo.

Se levantó y salió de la casa sintiendo un regusto amargo en la boca del estómago. ¿Alguna vez una mujer se acercaría a él por sí mismo? ¿Sin que mediara el dinero, la publicidad o las influencias? ¿Alguna lo había visto como un hombre, como el hombre que era?

Asqueado entró en el coche y condujo hasta la ciudad. Se detuvo en una joyería del centro y compró unos carísimos pendientes, mucho más caros de lo que Teresa se merecía. Dio la dirección de la chica para que se los enviaran y rehusó incluir ninguna tarjeta en ellos. Ya se habían dicho más que suficiente.

Después decidió autoinvitarse a cenar en casa de su hermano.

19

Nuevos cambios en *Miscelánea*

Victoria estaba a punto de salir cuando Martín la llamó a su despacho. Era extraño, su jefe solía respetar tanto como ella misma la hora de salida, de modo que se preparó mentalmente para algo, al menos, inusual.

Al llegar se sorprendió de no encontrar allí a Julio, últimamente solía llamarlos a ambos a la vez cuando tenía que notificarles cualquier cosa. Y la cara de Martín tampoco auguraba nada bueno.

—Siéntate, Victoria, tengo que hablar contigo.

—¿Qué ocurre? ¿Es sobre *Miscelánea*?

—Sí.

—¿Y no esperamos a Julio?

—Esto quiero decírtelo a ti primero y luego tú decides si lo llamamos. Creo que te lo debo.

—Habla, me estás preocupando.

—Los accionistas quieren cambios en la revista.

—¿Qué tipo de cambios? Ahora se vende bastante bien.

—Sí, lo sé, pero piensan que se vendería mejor si se eliminaran los artículos científicos y serios.

Victoria apretó los dientes.

—O sea, los que escribo yo.

Martín asintió.

—¿Es cosa de Julio? ¿Ha movido los hilos en las altas esferas para que me quiten de en medio?

—No, que yo sepa.

—Si eliminamos los artículos serios, *Miscelánea* se convertirá en una revista como muchas otras.

—Lo sé, y he intentado convencerles, pero, Victoria, son ellos los que ponen el dinero y podrían eliminarla y retirarla del mercado. Lo más que he conseguido es que te dejen publicar tus artículos en un suplemento aparte que se vendería junto con la revista original con un pequeño incremento de precio. Pero *Miscelánea* se podrá comprar también sin el suplemento.

—Y si no se vende yo seré eliminada de la publicación, ¿no?

—No tiene por qué ser así. Busca algunos artículos nuevos de tipo más ligero y pon tu granito de arena también en el nuevo formato.

—Para las recetas de cocina y los consultorios sentimentales ya está Julio, que al parecer es lo único que interesa.

—No seas drástica, las cosas nos son blancas o negras. Está el gris, y el verde, y el rojo.

—Ya... Lo intentaré.

—Necesito el nuevo formato para el lunes.

—El lunes. Estamos a viernes.

—Lo sé. Acaban de comunicármelo, no he podido avisarte con más tiempo. Lo siento.

—Esto es una caza de brujas, Martín, lo sabes tan bien como yo.

—Puedes conseguirlo. No sería la primera vez que trabajas duro el fin de semana.

—Esta vez no estoy segura de querer hacerlo. Además, en mi casa no tengo las herramientas informáticas necesarias para editar los artículos, podría escribirlos, pero luego tendría que darles aquí el formato necesario.

—Puedes quedarte aquí y editarlos directamente. Quédate hoy o ven el domingo a terminarlos. No tienes por qué quedarte solo con el suplemento, Victoria.

—Está bien, lo intentaré.

—¿Quieres que llame a Julio para decírselo?

—Todavía no. Espera a que tenga las cosas claras y algo concreto que ofrecer. Se lo diremos el lunes. Todavía no estoy segura de que no tenga algo que ver con esto.

—No lo creo. Pero lo que sí quiero que sepas es que no es cosa mía.

—Eso lo sé, Martín. Gracias.

—Puedes hacerlo, eres la mejor.

Victoria asintió y se marchó. Al llegar a su despacho, Magda la esperaba con la chaqueta puesta.

—¿Nos vamos?

—No, yo no. Hay que hacer algunos cambios antes del lunes y me quedaré un rato más.

—No puedo quedarme hoy a echarte una mano, ya sabes que Silvia va a presentarme por fin a su hermano.

—Pues claro que no te vas a quedar. Puedo apañármelas sola.

—¿Seguro?

—Seguro. Anda, vete ya o llegarás tarde, y no es buena cosa ser impuntual en una ocasión semejante.

—Bien, como seguramente no apareceré por casa en todo el fin de semana, nos vemos el lunes.

—Hasta el lunes.

Magda se fue y Victoria se quedó sola. Se recostó en el sillón preparándose para asimilar lo que Martín acababa de decirle. No sabía qué hacer, estaba muy tentada de mandarlo todo a la mierda. No quería dirigir una revista en la que no creía, una revista al estilo de Julio Luján. Aunque, tal vez, si aceptaba publicar sus artículos en un anexo serviría para que los accionistas y Martín comprendieran que había un público que se interesaba por otros temas fuera de las recetas de cocina y los consultorios sentimentales. ¿Pero a quién quería engañar? El anexo no iba a generar beneficios suficientes para cubrir sus costes y la iban a eliminar de la publicación. Y eso sí que no iba a consentirlo. Si la iban a echar, y había muchas posibilidades de ello, ella se iría antes: el lunes, Martín, en vez de una nueva revista, iba a tener sobre su mesa una carta de dimisión. Y Julio una publicación toda suya para hacer con ella lo que quisiera.

Abrió el correo electrónico y le mandó un mensaje:

«Has ganado. *Miscelánea* es toda tuya. Que la disfrutes, señor Luján.»

Le dio a enviar. Julio lo leería cuando llegara el lunes por la mañana.

Abrió un documento de texto y comenzó a escribir

su carta de dimisión. Estaba a la mitad cuando dos sonoros golpes en la puerta del despacho le hicieron levantar la cabeza.

—Adelante.

Julio entró en el despacho con ímpetu.

—¿Qué cojones significa ese correo?

—Creía que ya te habías ido.

—No eres la única que prolonga la jornada cuando se le acumula el trabajo. Explícame —dijo sentándose en el borde del escritorio.

—Significa que me voy de *Miscelánea* y creo que también de la editorial.

Julio frunció el ceño.

—¿Te has buscado algo mejor?

—Eso no es asunto tuyo.

—Sí que lo es. Ya que me dejas en la estacada, tengo derecho a saber por qué.

Victoria posó las manos sobre el escritorio.

—Yo no te dejo en la estacada, te estoy dando lo que siempre has querido: dirigir *Miscelánea*.

—Eso no es verdad. Eres tú la que siempre deseó ser la única directora.

—¿No irás a decirme que te gusta compartir la dirección conmigo?

—Pues claro que sí. Sería muy aburrido hacerlo solo.

—No me lo creo.

—Mira, encanto... No es por alardear, pero tengo dinero suficiente como para crear no una, sino diez revistas a mi medida, si quisiera. Pero no sería lo mismo. Levantarme de la cama y preguntarme qué me deparará el día cuando entre en este despacho da un aliciente especial a mi vida. Es muy divertido trabajar contigo, señorita Páez.

Victoria suspiró ruidosamente.

—¡Por Dios que no me lo puedo creer! ¿Entonces tú no tienes nada que ver con esto?

Julio frunció el ceño.

—¿Con qué?

—Martín me ha dicho que los accionistas quieren suprimir mis artículos de la publicación. Quieren que los edite en un anexo que se pagaría aparte y que en su lugar se incluirán artículos del tipo de los que tú escribes.

—Comprendo. La señorita «palo metido por el culo» se siente ofendida y lo manda todo al carajo. ¿No es eso?

—No me siento ofendida, pero no voy a dirigir una revista de recetas de cocina y consultorios sentimentales.

—Ya lo estás haciendo.

—Pero porque además hay otro tipo de artículos.

—No tienes que renunciar a ellos. Sigue escribiéndolos y publícalos en el anexo. Y además puedes buscar algunos que sean algo intermedio entre lo que haces ahora y lo que escribo yo. Yo también soy capaz de escribir sobre temas científicos o hacer entrevistas.

—Ya lo sé, pero no lo haces.

—Porque eso te lo dejo a ti, pero te empeñas en escribir sobre las profundidades marinas o la capa de ozono. ¡Joder, Victoria! Hay miles de artículos que pueden interesar a la gente —a gente que no son científicos— aparte de las recetas de cocina. Yo puedo darte ideas, si me lo permites, claro.

—Deja de ser un puto prepotente, Luján. No quiero dirigir «tu revista».

Julio le agarró las manos.

—No es mi revista, Victoria, es nuestra revista, joder, de los dos. La hemos levantado de la nada, si no a fuerza de sudor y lágrimas, sí de broncas, zancadillas y jugarretas, Y eso tiene mucho más valor, encanto. No abandones, no seas una puta cobarde que se larga con el rabo entre las piernas como una niña caprichosa en cuanto no consigue lo que quiere. Saca los ovarios que sé que tienes e inténtalo. Siempre tienes tiempo de renunciar si no funciona. Demuéstrales lo que vales, Victoria, demuéstrales a Martín y a los accionistas que eres capaz de reciclarte, de aceptar cambios. Demuéstrales que eres capaz de hacer cualquier cosa que te propongas. Venga, nena... Di que sí.

—No soy tu nena.

—De acuerdo, no lo eres, y nunca he pensado que lo fueras. Eres una tocapelotas del carajo y lo vas a seguir siendo. ¡Sentémonos aquí, hostias! Y reestructuremos *Miscelánea* entre los dos. Peleémonos un poco, pongámonos de acuerdo otro poco y el lunes echemos sobre la mesa de Martín un proyecto que no pueda rechazar. Si te empeñas, renunciaré a «Julio responde».

Victoria frunció el ceño.

—¿Lo harías?

Él asintió muy serio.

—Lo haría. A mí tampoco es que me guste, pero

vende ejemplares. Y bueno, tengo que confesártelo... solo lo ideé para tocarte los ovarios.

Julio apretó con más fuerza sus manos, que no había soltado.

—¿Sí?

—De acuerdo. Trabajemos en ello y presentemos un nuevo proyecto. Si Martín lo rechaza presentaré mi carta de dimisión y será irrevocable. Podrás hacer con *Miscelánea* lo que quieras.

—¿Empezamos ahora mismo?

—Es viernes por la tarde. ¿No tienes planes?

—Ninguno que no pueda cancelar. ¿Y tú?

—No, yo tampoco.

—Bien, voy a mi despacho a por mi ordenador y enseguida vuelvo. Ponte cómoda, colega.

Victoria sonrió. Era la primera vez que la llamaba así.

Julio salió y regresó pocos minutos después con su ordenador portátil y la chaqueta en el brazo. La colgó en el perchero donde Victoria tenía el bolso y plantó el ordenador sobre la mesa.

—Lo primero es quitarte el disfraz de señorita estirada. Para sacar algo bueno tienes que estar cómoda. Hace calor, quítate esa chaqueta.

—Lo soporto. Para mí la máxima comodidad pasa por los pies, me encanta estar descalza.

—Pues quítate también los zapatos y desabróchate ese cuello de la camisa. ¿No te ahoga?

Victoria sonrió.

—A veces.

—Yo no puedo soportar nada en el cuello. Aquí

estoy solo yo, la redacción está vacía, ya no queda nadie. Ponte todo lo cómoda que quieras. Yo también lo haré.

Se desabrochó otro botón de la camisa y también se quitó los zapatos. Cogió una silla y la colocó junto a Victoria, al otro lado del escritorio, y abrió un nuevo documento de texto en su ordenador.

—Empecemos.

—¿Por dónde?

—Pues por hacer una lista de temas que puedan tener interés para mucha gente. Hay muchos, Victoria, aunque tú te empeñes en ignorarlos. Hay uno que se me está ocurriendo que podría funcionar. Y creo que te gustaría.

—¿Cuál?

—Llevar nuestro antagonismo hasta el público —dijo recordando lo que les había dicho Noelia sobre los hoteles—. Cuando estuve de viaje con mi hermano buscando hoteles rurales para ampliar la cadena de mi familia, mi cuñada dijo que nosotros íbamos buscando puntos favorables en ellos, pero que para que el informe fuera completo deberíamos encontrar alguien que hiciera lo contrario, buscar lo malo. Y la primera persona que se me ocurrió para hacerlo fuiste tú.

—¿Yo? ¿Cuándo fue eso?

—El mes pasado, cuando me cogí vacaciones.

—¿Fuiste a buscar hoteles con tu hermano?

—Sí.

—¿No te fuiste con Teresa?

—No. Y Teresa y yo ya no nos vemos, lo hemos dejado.

—Vaya... ¿Debo decirte que lo siento aunque sea por educación? No pareces muy afectado.

—No lo estoy. Y no debes decir nada.

—Mejor, porque no lo siento. Teresa no te pegaba.

—Nunca fue nada serio. Y tampoco Daniel te pegaba a ti.

—Tampoco ha sido nada serio. Una cita de una noche y nada más.

—¿No vas a volver a verle?

—No, no lo creo. Tengo que confesarte que me aburrí mucho.

—¿Entonces la idea de los hoteles te parece bien? Nos alojaríamos en un hotel y yo describiría lo positivo y tú lo negativo. Y lo discutiríamos en la revista.

—¿Estás hablando de ir juntos?

—O por separado, como tú quieras.

—Bueno, ya veremos. No lo descarto, podría funcionar. Sigamos.

Durante horas trabajaron como nunca antes lo habían hecho. Pasadas las nueve de la noche, el estómago de Julio dio un rugido, lo que provocó una carcajada en Victoria.

—¿Tienes un dragón ahí dentro?

—Tengo un agujero negro capaz de tragarse un dragón, más bien.

—Si quieres lo dejamos.

—¿Ahora que estábamos empezando a ponernos de acuerdo? Yo voto por pedir algo de comer y que nos lo traigan, y terminar.

—De acuerdo.

—¿Pizza? O si sabes de algún restaurante vegetariano que sirva a domicilio...

—Pizza está bien.

—¿Alguna en especial?

—Sin cebolla. El resto me da igual.

Julio cogió su móvil y buscó en él un número. Llamó para hacer un pedido, mientras Victoria echaba un vistazo a la lista de artículos que habían confeccionado juntos y de la cual solo había tachado una pequeña parte. Tenía que reconocer que eran mucho mejor trabajando juntos que enfrentándose el uno al otro. Pero él tenía razón: renunciar a sus discusiones restaría una buena parte de diversión al trabajo. Julio colocó el móvil sobre la mesa, y, antes de que la apantalla se apagara, Victoria pudo ver la foto de Adriana como fondo de pantalla.

—No te imaginaba llevando la foto de tu sobrina como fondo de pantalla.

—Hay muchas cosas de mí que no te imaginas. No soy el hombre que piensas. Al principio de conocerme me etiquetaste como el tío insustancial y mujeriego que muestran las revistas, pero ese no soy yo.

Victoria guardó silencio admitiendo sus palabras.

—Tengo que confesar que también yo te juzgué según la primera impresión que me diste en el despacho de Martín y que tampoco eres así. De modo que estamos en paz.

—Sí, supongo que sí.

Victoria alargó la mano hacia el teclado para seguir con el trabajo, pero Julio se la agarró impidiéndoselo.

—Descansemos un rato, la pizza solo tardará quince o veinte minutos, según me han dicho. Despejemos un poco la mesa y continuaremos después de comer. No me gusta trabajar a intervalos de tiempo pequeños, funciono mejor cuando sé que no tendré que dejarlo en un buen rato.

—De acuerdo.

Victoria se quitó la chaqueta que se había desabrochado.

—Me quitaré esto, no sea que se manche. Me cuesta mucho dinero que me las hagan a medida.

—¿Y querrías decirme por qué usas esa ropa que tan poco te favorece y que supongo que tan incómoda resulta?

—Me escondo tras ella, Julio —admitió—. Cuando empecé a trabajar nadie me tomaba en serio. Querían darme reportajes de moda, de peluquería... ese tipo de cosas. También me insinuaron que pasara por alguna cama para conseguir buenos artículos.

—¿Y lo hiciste?

Ella clavó en sus ojos una mirada dura.

—¿Tú que crees?

Julio sonrió.

—No, no lo hiciste.

—También hubo quien me ofreció trabajo por pertenecer a la familia Alcántara, de modo que decidí «matar» a Victoria Alcántara definitivamente.

—A Mariví.

—Sí, a Mariví. Cogí el apellido de mi abuela materna, me presenté aquí a buscar trabajo para un puesto de redactora con mi actual caracterización y lo conseguí entre varias candidatas. Y aquí sigo.

—Pero no de redactora.

—No, estuve haciendo ese trabajo un año, luego pasé a jefe de edición y luego Martín empezó a planear la publicación de *Miscelánea* y aquí estoy.

—Estamos.

—¿Y tú cómo te metiste en esto?

—Me metieron. Me encanta estudiar; tengo que confesar que si pudiera dedicar mi vida a hacerlo sería feliz. Después de estudiar periodismo me dediqué a hacer cursos de perfeccionamiento y diversos másters.

Victoria frunció el ceño.

—¿Llevas años y años haciendo cursos de perfeccionamiento? Porque no eres ningún chaval, Julio.

—Tengo treinta y seis recién cumplidos. Y no soy ningún chaval, pero periodismo es la tercera carrera que estudio.

—Sé que también hiciste derecho con Daniel. ¿Cuál es la tercera?

—En realidad, la primera. Gestión y administración de empresas. Esa para complacer a mi padre. Luego derecho, también por el bien de la empresa familiar, y periodismo por vocación. Y ninguna la he aprobado a base de jamones regalados por mi padre, como pareces pensar. Por eso tuve serias dudas desde el principio sobre *Miscelánea*; la revista, tal como tú la planteabas, no iba a funcionar. Ya sabes, los estudios de mercado y todo eso. No hay público para ese tipo de publicaciones si lo que quieres es ganar dinero, y, habiendo accionistas por medio, lo que les interesa es ganar cuanto más mejor. Y volviendo a tu pregunta, hubo un momento en que mi padre me dijo que ya estaba bien de estudiar y que debía empezar a «ganarme el pan». No es que lo necesite, tengo mi propio dinero, porque al cumplir los veintiuno recibimos una generosa cantidad tanto mi hermano como yo, que sabiamente invertida ha ido generando beneficios suficientes para mantener mi tren de vida con relativa holgura. No dependo económicamente de mi padre desde hace mucho tiempo. Pero él cree seriamente en el trabajo, se ha hecho a sí mismo y considera que una persona no madura hasta que se enfrenta diariamente al mundo laboral. Y decidí darle el gusto.

—Y te enchufó aquí.

—No es tan simple.

—¿No?

—Su intención es que trabaje en el negocio familiar, pero como tenía sus dudas de que yo pudiera cumplir una rutina de trabajo, quiso que probara en otro sitio «para irme adiestrando» antes de ocupar el lugar que me está esperando en la dirección de la cadena de hoteles, como mi hermano. Fui yo el que pidió trabajar en una publicación.

—¿Y por qué *Miscelánea*?

—Porque estaba a punto de lanzarse al mercado, era algo que todavía no había empezado... y porque mi padre es el accionista mayoritario del periódico.

Victoria frunció el ceño.

—Entonces... ¿lo de quitar mis artículos de la revista y esconderlos en un anexo es cosa suya?

Julio se encogió de hombros.

—Podría ser. Quizá quiera dejarme la dirección a mí solo.

Victoria endureció la mirada.

—¿Y tú estás ayudándome para llevarle la contraria a tu padre?

Julio se puso serio y la miró fijamente a los ojos, esos ojos verde oscuro que podían lanzar chispas cuando se enfadaba y que ahora le pedían una respuesta sincera.

—No, no lo estoy haciendo por eso. Te estoy ayudando porque *Miscelánea* es «nuestra», no mía, y porque pienso que eres una periodista estupenda, mucho mejor que yo. Pero yo tengo más visión de mercado que tú. Somos un equipo y no me apetece dirigirla solo.

La mirada de Julio se había clavado en la de ella con intensidad antes de pronunciar la última frase. Victoria sintió que se le aceleraba el corazón. Carraspeó y dijo.

—¿Porque te divierte pelearte conmigo?

—Entre otros motivos.

—¿Qué motivos?

—Cosas mías.

El móvil de Julio se agitó sobe la mesa antes de empezar a sonar. Él comprobó la llamada.

—Nuestra cena. Bajo un momento a recogerla a la puerta —dijo levantándose.

Victoria lo vio salir del despacho. A lo largo del día Julio había ido perdiendo algo del aspecto pulcro que presentaba por las mañanas. Mientras trabajaban, él mismo se había ido pasando las manos por el pelo despeinándose ligeramente. Un mechón le caía sobre la frente y otro, de punta, sobresalía a un costado de la cabeza.

De pronto se dio cuenta de que ya no soportaba más

la rigidez de su propio peinado y se quitó las horquillas, masajeando el cuero cabelludo para aliviar la opresión. Uno de los mejores momentos del día era cuando llegaba a casa, se deshacía el moño y se desprendía de los zapatos. Esos hacía ya rato que reposaban fuera de sus pies junto a una pata de la mesa de despacho. Sacudió la melena haciendo que tomase su propia forma y se dispuso a disfrutar de la pizza y el vino que Julio había pedido para acompañarla.

Despejó la mesa mientras él subía, colocó el portátil de él sobre el archivador y desplazó las sillas hasta la esquina que había dejado libre. Salió a la antesala y cogió dos vasos de los que tenía Magda para los desayunos, y, sacando unos clínex de su propio bolso, los dobló como si fueran servilletas. Y sintió una especie de cosquilleo por dentro mientras preparaba la mesa para la cena.

Julio empujó con el hombro la puerta del despacho. En una mano llevaba la pizza y en la otra la botella de vino. Se detuvo al ver a Victoria colocando las servilletas con la cabeza baja y el pelo cayéndole sobre los hombros. Con el cabello suelto, la expresión de su cara se suavizaba hasta perder el rictus de rudeza que la caracterizaba.

«Cálmate, Julio», pensó. «No lo estropees. Esta noche amistad, colegueo y trabajar juntos codo con codo. No la cagues.»

Colocó la pizza sobre la mesa y con mano experta abrió la botella de vino. Vertió un poco en cada vaso mientras Victoria abrió la caja de pizza y el olor se extendió por todo el despacho.

Julio cogió un vaso y lo alzó para brindar.

—¡Por *Miscelánea*!

Victoria chocó el suyo y bebió un sorbo. No era una experta, pero sabía apreciar un buen vino cuando lo tomaba.

De repente se dio cuenta de lo hambrienta que estaba.

«Y no solo de comida», se dijo. Porque la presencia de Julio, ahora que habían dejado de trabajar, le estaba haciendo desear cosas que no debía. Y sentir cosas que hacía tiempo no sentía. Nada ni remotamente parecido a su salida con Daniel unas semanas atrás. Pero no era una buena idea. No con él.

Se esforzó en comer y en distraer su atención.

—Está muy buena la pizza —dijo—. Y el vino.

—Cuando estuve en Roma tomé este vino en una pizzería y no he parado hasta encontrar un lugar donde lo sirvieran también aquí. Toma otro poco —dijo Julio sirviéndole más.

—No olvides que estamos trabajando y tenemos que terminar esto.

—Lo terminaremos, no te preocupes, pero más relajados.

—Yo me siento muy relajada, la verdad. No pensé que pudiera trabajar contigo de esta forma.

Él la miró a los ojos con intensidad.

—Es solo cuestión de un poco de buena voluntad, Victoria. Y de no ver un enemigo en quien no lo es. Un competidor, un antagonista en el trabajo quizá, pero también un colega o un amigo fuera de él.

Victoria siguió comiendo y tomando su vino a pequeños sorbos. Julio quizá tuviera razón, no había motivo para que no fueran amigos fuera del trabajo. Se encontraba realmente a gusto aquella noche trabajando codo con codo con él. Su sonrisa, en vez de irónica, hoy le parecía franca y sincera, sus ojos brillaban y su voz era cálida y amistosa. Más cálida a cada sorbo de vino que tomaba.

—Julio, ¿puedo hacerte una pregunta un poco personal?

—Claro.

—Si de verdad tienes dinero para comprar esta y diez revistas más, ¿por qué sigues trabajando aquí?

Él se encogió de hombros.

—¿Quieres la verdad?

—Sí, por supuesto.

—La culpa es tuya. Desde el primer momento en que te vi supusiste un reto... y a mí me gustan los retos. Me ofendiste el primer día cuando dijiste que yo era un *gigolo* y un inútil, que mi padre me había comprado el título y el trabajo. Ese día me juré que haría que te tragaras tus palabras y que te echaría de *Miscelánea*.

—Y hoy que al fin tienes la oportunidad de hacerlo estás aquí a las diez y media de la noche de un viernes ayudándome para que no me vaya. ¿Por qué?

—Porque ya no quiero que te vayas.

—¿Y el reto?

Él le lanzó una sonrisa enigmática.

—Sigues siendo un reto, señorita Páez. Eso no va a cambiar —dijo mirándola con una intensidad que la hizo arder por dentro. Bebió otro sorbo de vino aunque su sentido común le decía que no lo hiciera, que dejara el vaso sobre la mesa, se terminara la pizza y se marchara a su casa y continuaran el trabajo al día siguiente. Pero no lo hizo; aquella noche no quería hacer caso a su sentido común. En lugar de eso se dejó envolver más por la mirada de Julio, que continuaba hablándole con tono bajito e íntimo.

—¿Quieres saber cuál es mi segundo reto contigo?

Ella asintió con la cabeza.

—Pues conseguir que vengas al trabajo vestida de persona y dejes respirar ese precioso pelo que tienes.

Alargó una mano y acarició un mechón que caía sobre el hombro.

—Que dejes de aplastar esos pechos gloriosos que la naturaleza te ha dado...

Le lanzó una mirada a los pechos casi planos, ocultos bajo la tela rígida de la camisa blanca. Alargó un dedo y deslizó unos centímetros la tela hacia el hombro hasta mostrar el borde ancho de la tiranta del sujetador tipo camiseta que llevaba puesto.

—Es un pecado que te pongas eso.

—Lo uso solo para trabajar.

—Aunque sea para trabajar. Aquí ya has demostrado de sobra tu valía y tu profesionalidad. Nadie te va a negar el reconocimiento que te mereces porque dejes salir a la mujer que hay en ti, Victoria.

Ella parpadeó. Debería responderle con una grosería, darle una de sus respuestas bruscas y desagradables. Debería apartarse y darle una bofetada por decirle aquellas cosas... pero no lo hizo. En lugar de eso alargó las manos hasta su cara, en la que empezaba a aparecer un asomo de barba, y, agarrándola con fuerza, la acercó hasta la suya con brusquedad. Antes de que se diera cuenta, Julio se había apoderado de su boca con ansiedad y ella respondía a su beso con una pasión y un deseo que ni siquiera sabía que sentía. Sus lenguas se encontraron, se retorcieron una contra otra, sus bocas giraron para tener mejor acceso a la del otro. Julio hundió las manos en su pelo y le agarró la cabeza para evitar que se separara y siguió besándola separándose solo cuando necesitaba respirar unos segundos.

Sin saber muy bien cómo, Victoria se encontró de pie y apretada entre el cuerpo de Julio y el borde del escritorio. Él apartó una mano de su cabeza y, agarrando con fuerza el borde del sujetador, lo rasgó, haciendo saltar a su vez varios botones de la rígida camisa. De un manotazo apartó lo que quedaba de la pizza y tiró la botella vacía de vino al suelo y sentándola en el borde enterró la cara entre aquellos pechos que lo estaban volviendo loco desde que los entrevió por primera vez. Victoria hundió también las manos en el pelo de él y dirigió la cabeza hacia uno de los pezones. Julio lo agarró con la boca y empezó a succionarlo.

—Más fuerte —gimió ella y esas dos palabras lo hicieron enloquecer. Chupó, lamió, mordió, desplazando la cabeza de un pecho al otro. Como pudo, Victoria deslizó las manos bajo la cabeza de Julio y tiró con fuerza de los botones de la camisa de él, arrancando en esta ocasión todos y cada uno de ellos, y paseó las manos sobre el vello suave que cubría su pecho, pellizcándole y retorciéndole los pezones a su vez.

Julio se abrió los pantalones y, sacando el pene, cogió una mano de Victoria y la colocó sobre él. Ella lo agarró con fuerza acariciándolo de arriba abajo, mientras él seguía besándole los pechos. La mano de Victoria iba cogiendo un ritmo cada vez más impetuoso, y Julio, colocando una de las suyas encima, la frenó.

—Para... —susurró separando la boca de su pecho—. Para o no me podré contener.

Con manos expertas abrió los pantalones de ella y de una sacudida se los quitó, tirándolos al suelo, y sacó un preservativo de la cartera que llevaba en el bolsillo. Mientras se lo colocaba con rapidez, la miró fijamente. La mirada brillante, la respiración entrecortada, los pechos temblorosos asomando entre los bordes de la camisa abierta, le hizo desear tener media docena de condones en vez de uno.

—Solo tengo un preservativo, nena... Habrá que aprovecharlo.

Arrancó con furia las bragas de algodón que ella llevaba puestas y se excitó aún más al comprobar que su pelo rubio era natural. Había estado con muchas mujeres, pero no recordaba haberse sentido tan excitado en su vida.

Tampoco Victoria entendía qué le estaba pasando. Una pequeña parte de su cerebro le decía que debía parar aquello, pero otra le decía que preferiría morirse antes que dar marcha atrás. Lo agarró por los hombros y lo acercó a ella, besándolo con furia de nuevo y susurró sobre su boca:

—Vamos, Luján... Demuéstrale lo que sabes hacer a la mujer que hay en mí.

Él no pudo aguantar más. La penetró con un solo empujón, haciéndola lanzar un gemido estremecedor.

La empujó hacia atrás sobre la mesa para entrar más profundamente y tener acceso a sus pechos. Victoria le rodeó las caderas con las piernas facilitándole el acceso y arqueaba la espalda y las caderas saliéndole al encuentro en cada embestida. Se mordió los labios hasta hacerse sangre para no gritar.

Julio pensó que si seguían a ese ritmo no iba a tardar en correrse. Redujo el ritmo. Victoria lo apremió.

—No pares, Julio, por Dios, ahora no.

—Calma, preciosa. Ya te he dicho que solo tengo un condón y hay que aprovecharlo. Déjame darte algo que nunca te ha dado nadie antes.

En aquel momento Victoria estalló en un orgasmo abrasador, mucho más intenso de lo que había experimentado jamás. Apretó las manos contra el borde del escritorio y se dejó llevar. Apenas estaban cesando las sacudidas cuando Julio incrementó el ritmo de nuevo. Victoria esperó verlo terminar, pero él se limitó a seguir empujando manteniendo un ritmo rápido a veces, lento después hasta hacerla enloquecer.

—Ya he llegado —susurró—. Puedes terminar tú.

—No, nena... Todavía no vamos a terminar ninguno de los dos.

Siguió empujando hasta que sintió crecer de nuevo la tensión en Victoria y se permitió ir más rápido.

Alargó las manos y le pellizcó los pezones hasta que se corrió por segunda vez. En esa ocasión los ojos de Victoria se desorbitaron y sus gemidos alcanzaron un tono de voz que se hubiera escuchado desde fuera del despacho si hubiera habido alguien allí. Julio cerró los ojos y trató de aguantar un poco más.

«No es suficiente», pensó. «Tengo que hacerla gritar; tengo que hacerle sentir algo que no haya sentido antes.»

Victoria se sentía lacia y desmadejada sobre la superficie de la mesa. Pero Julio siguió moviéndose dentro de ella. La pausa para Victoria esta vez fue de apenas unos pocos minutos; enseguida él aumentó el ritmo, esta vez con una fuerza e intensidad apremiantes. Alargó la mano y le masajeó el clítoris con rapidez, y cuando Victoria alcanzó el tercer orgasmo y gritó y se retorció sobre la mesa, se permitió dejarse ir él también en uno de los orgasmos más brutales que había tenido nunca.

Apoyó las manos sobre el borde de la mesa para no dejarse caer y trató de recobrar el aliento. Cuando abrió los ojos, vio a Victoria recostada sobre la mesa con la vista perdida en el techo.

Julio se retiró con cuidado y se quitó el preservativo. Ella clavó la mirada en él, tan condenadamente atractivo con el pelo revuelto, la camisa abierta e intentando recolocarse los pantalones.

—¿Siempre follas así, señor Luján?

—La verdad es que no... no siempre. Solo cuando la ocasión y la compañía lo merecen.

—¿Eso es un cumplido?

—Lo es.

Victoria asintió. No sabía qué decir. Tampoco sabía qué hacer. Julio le tendió la mano para ayudarla a incorporarse, pero le costó trabajo, le temblaban las piernas y se sentía desmadejada. Trató de bromear.

—Creo... que no me apetece seguir trabajando.

—Tampoco a mí. Ya lo terminaremos en otro momento del fin de semana. Voy al baño a deshacerme de esto —dijo señalando el preservativo que tenía en la mano—. Prométeme que cuando vuelva todavía estarás aquí, Victoria.

—No podría ir muy lejos aunque quisiera. Las piernas todavía no me sostienen.

Julio salió del despacho y ella trató de acomodarse la ropa que había acabado hecha jirones. Las bragas desgarradas, la camisa sin botones, el sujetador rasgado en dos por la parte delantera. No había mucho que pudiera hacer salvo ponerse los pantalones, anudar la camisa a la cintura y abrochar la chaqueta sobre ella para cubrirse los pechos. Desistió de volver a recogerse el pelo y también de tratar de averiguar qué le había pasado. Nunca se había comportado así con un hombre, ni tampoco había sentido un deseo tan feroz por nadie. Probablemente aquello había sido una pésima idea, pero en aquel momento su cuerpo gritaba eufórico y se encontraba incapaz de arrepentirse de lo ocurrido. Ya lo analizaría en otro momento.

Julio entró en el despacho con un aspecto medianamente presentable. Se había peinado con los dedos y se puso también la chaqueta sobre la camisa abierta. Después se paró frente a la mesa y mirando fijamente a Victoria le preguntó:

—¿Vas a darme una hostia?

Ella negó con la cabeza.

—No creo que te la merezcas. Esto ha sido cosa de los dos, Julio. Probablemente haya sido una malísima idea, pero lo hecho, hecho está. Ya veremos mañana cómo lo solucionamos. Ahora, creo que lo mejor es que nos vayamos a casa.

—¿Cada uno a la suya? —preguntó esperanzado.

—Sí, cada uno a la suya. Ya he tenido suficiente por esta noche; estoy muy cansada y necesito dormir. Pensaré en esto mañana.

—¿Como Escarlata O'Hara?

—Sí, algo así.

—Espero al menos que mañana no me digas que te arrepientes.

—No creo que nunca me arrepienta de lo que acaba de pasar. Ha sido... glorioso.

Julio se acercó titubeante y le acarició la mejilla.

—También para mí. No soy un adolescente inexperto, pero lo que acabo de vivir esta noche... no lo había vivido nunca antes.

Se inclinó y le rozó los labios muy suavemente, separándose de inmediato, diciéndose que no debía tentar su suerte. Luego se puso a recoger el despacho. La caja de pizza y la botella tiradas en el suelo, los papeles desparramados y arrugados encima de la mesa, los botones de ambos también desperdigados por la habitación. Entre los dos borraron las huellas de lo que había sucedido y, apagando los ordenadores y la luz, bajaron juntos en el ascensor y se separaron en el garaje.

—Buenas noches, Julio.

—Buenas noches. Llámame si quieres que sigamos trabajando mañana; estaré en casa. Y si prefieres terminarlo tú sola, lo entenderé. Aunque me gustaría hacerlo juntos.

—Te llamo mañana, decida lo que decida.
—Gracias.
Julio la vio alejarse con el paso algo menos seguro de lo habitual. Despeinada. Preciosa.
—Tú eres mi reto, señorita Páez. Voy a por ti.

20

El día después

Victoria llegó a su casa y se preparó un largo baño, de esos que se disfrutan sin prisas. Tenía la piel sensible, los pezones irritados y enrojecidos, el sexo dolorido... pero jamás se había sentido mejor en toda su vida. Julio Luján sabía lo que hacía en cuestiones de sexo. Y ocurriera lo que ocurriera y viviera lo que viviera en el futuro, sabía que nunca iba a olvidar lo que había pasado en aquel despacho.

No sabía qué iba a hacer al día siguiente, si podría volver a mirar a Julio a la cara... Ni siquiera sabía si podría volver a llamarle Luján o si se convertiría en Julio para ella. Tampoco sabía ni le importaba qué la había llevado a arrojarse en sus brazos, si había sido el vino, la decepción que había sufrido con Daniel, el hecho de que él hubiera evitado que siguiera adelante con su carta de dimisión. Lo único que sabía era que el listón en cuestión de sexo había subido muchos puntos y a cualquier hombre con el que estuviera en el futuro iba a serle muy difícil, si no imposible, superarlo.

Cerró los ojos y disfrutó del baño. Luego se secó y se acostó desnuda, apreciando la sensualidad de las sábanas contra su cuerpo. Tardó en dormirse, todavía sentía la adrenalina de lo vivido. Cuando al fin sus ojos se cerraron, soñó con él. Julio se introdujo subrepticiamente en sus sueños y permaneció allí la mayor parte de la noche. Al despertarse no recordaba exactamente qué había soñado, solo que él había estado allí.

Se puso una bata sobre la piel desnuda, cubierta apenas con unas braguitas, y se preparó un desayuno copioso. Echó de menos a Magda, le hubiera gustado hablar con ella de lo sucedido la noche anterior. Magda siempre conseguía poner sus ideas en su sitio cuando estaba confusa. Y estaba muy confusa, se dijo mientras bebía lentamente su café. Era consciente de que tenía que llamar a Julio, pero no sabía qué iba a decirle. No sabía si quería verlo para seguir trabajando juntos o poner distancia durante el fin de semana.

El móvil vibró y pegó un respingo. Era Magda, seguramente deseosa de contarle su experiencia con el hermano de Silvia.

—Hola, Magda.

—Hola. ¿No te he despertado, verdad?

—No, no, ya estoy desayunando. ¿Qué tal fue todo anoche?

—Bastante bien. Pedro es un hombre encantador. Me ha caído muy bien y no me ha tratado como a un bicho raro.

—Por esa regla de tres también debería mirar a su hermana como un bicho raro.

—Tú ya me entiendes.

—Sí, mujer, claro.

—Dice que cuando Silvia hable con sus padres, él irá después para minimizar un poco el impacto.

—Estupendo.

—¿Y tú, te tuviste que quedar mucho rato anoche en la redacción?

—Sí, me quedé bastante.

—¿Pudiste terminar?

—No, todavía no.

—¿Quieres que vaya y te eche una mano? Silvia lo entenderá.

—No, no te preocupes. Tengo que solucionar esto yo sola.

—Victoria, ¿qué ocurre? ¿Es *Miscelánea*? No la van a dejar de publicar, ¿verdad?

—No, pero hay que hacer cambios y presentarlos antes del lunes. Estoy en ello. Estamos en ello Julio y yo.

—¿Julio y tú trabajando juntos?

—Es complicado. Te lo cuento mañana cuando vengas.

—Victoria, ¿qué te pasa? ¡Estás rarísima!

—Dímelo a mí.

—Voy para allá inmediatamente.

—No, Magda... no es necesario.

—¡Cómo que no!

—Vale... te lo digo por teléfono. Hay un problema con *Miscelánea*, quieren sacar mis artículos de ella y publicarlos en un anexo aparte. Martín me ha pedido que prepare un nuevo diseño para el lunes.

—¿Crees que Julio tiene algo que ver?

—No, él me está ayudando con el nuevo formato.

Evitó que presentara mi carta de dimisión y se quedó conmigo anoche.

—¿Estáis trabajando juntos?

—Sí.

—¿De buen rollo?

—Sí.

—Bueno, yo siempre pensé que era buena gente, a pesar de vuestras diferencias.

—Magda... tengo un problema con Julio que no sé cómo resolver.

—¿Quieres hablar de ello?

—Anoche... no solo trabajamos juntos. Echamos el polvo del siglo sobre la mesa de mi escritorio.

—¿Y el problema es...?

—Que no sé qué hacer ahora. No hemos terminado el trabajo, deberíamos quedar para hacerlo, pero no sé si es buena idea. Quedé que lo llamaría para decirle si prefería acabarlo yo sola o para que viniera a ayudarme.

—La respuesta es muy sencilla. ¿Qué quieres hacer? No lo que crees que debes hacer, ni lo más conveniente, sino lo que de verdad quieres.

Victoria lanzó una breve carcajada. No podía mentirle a Magda, nunca lo había hecho, y las pocas veces que lo había intentado su amiga la había descubierto en cuestión de segundos.

—Lo que de verdad quiero poco tiene que ver con el trabajo. Pero no es buena idea... lo de anoche no debe volver a repetirse.

—¿Porque es un *gigolo*, un niño de papá que vive del cuento, un inútil que no sirve más que para pasearse del brazo de mujeres despampanantes?

—No, de hecho no debe repetirse porque no es nada de eso.

—Vaya, al fin reconoces que te equivocaste con él.

—Ambos reconocimos anoche que nos equivocamos el uno con el otro. Estamos en paz. No; el problema es que fue tan jodidamente bueno que si se repite podría hacerme adicta. Hacía mucho tiempo que no disfrutaba tanto de un polvo, ni me había excitado tanto con que solo me tocaran un mechón de pelo. Fui yo la que se lanzó sobre él como una fiera hambrienta, Magda. Y la respuesta de Julio fue inmediata. Creo que si se repite se me puede ir de las manos.

—¿Sientes algo por él?

—¡No, no! Solo follamos, no hubo sentimientos por medio. Pero lo hicimos de una forma... Creo que podría acostumbrarme y no es bueno para el trabajo. Cuando follas habitualmente con alguien, tarde o temprano acaba y entonces hay que poner distancia. Si es alguien con quien trabajas, luego es imposible volver a la situación anterior. No, lo de ayer no debe volver a repetirse. *Miscelánea* es importante para mí y si logro salvar este nuevo bache... No, no quiero joderlo por un par de polvos, por muy apoteósicos que sean.

—De acuerdo, lo del sexo lo tienes claro. Y respecto al trabajo, ¿quieres acabarlo con él o sola?

—Quisiera acabarlo con él. Fue agradable trabajar juntos por una vez, y sin que sirva de precedente, claro. Pero no sé si se lo va a tomar como una invitación para algo más. Y si le digo que no, puede pensar que estoy enfadada por lo que pasó, y no es así.

—Bueno, hay una solución para eso. Llámale, dile

que vaya a casa, y yo estaré allí también para echar una mano. Trabajaremos los tres y así le dejarás claro que es solo cuestión de trabajo. Y que lo de ayer no fue tan importante.

—Es una buena solución, pero no quiero joderte un fin de semana con Silvia.

—Yo he renunciado a muchos fines de semana con ella por culpa de su familia. Ahora tú me necesitas y ahí estaré.

—Bien; le llamaré y quedaré con él después de almorzar. Así disfrutas de la mañana. O de lo que queda de ella.

—Estaré ahí sobre la cuatro.

—De acuerdo.

Cuando sonó el móvil, Julio dio un respingo, aunque llevaba toda la mañana esperando la llamada. Pero no estaba seguro de que se fuera a producir, a pesar de que Victoria le había prometido telefonearle.

—Hola, Victoria. Buenos días.

—Buenos días. Espero no haberte despertado.

—No, hace ya mucho rato que me levanté.

Por un segundo ambos se quedaron callados, sin saber qué decir. Victoria se decidió a hablar.

—Ayer dijiste que no tenías planes para hoy, y, si es así, me gustaría que me ayudaras a terminar el nuevo formato de *Miscelánea*.

Julio dejó escapar el suspiro de alivio que llevaba conteniendo desde que sonó el teléfono.

—Estaré encantado.

—Estupendo. ¿Te parece si quedamos esta tarde, en mi casa?

—Sí, muy bien.

—Sobre las cinco. Terminaremos el diseño y yo mañana escribiré algunos artículos y me acercaré por la redacción para dar formato a los textos. En casa no tengo el programa necesario para hacerlo.

—¿No tienes el programa para trabajar en casa?

—No suelo trabajar en mi tiempo libre.

—Bien, yo sí lo tengo. Te lo llevaré y lo instalas y así no tienes que desplazarte a la redacción mañana.

—Gracias.

—De nada.

Volvió a hacerse un breve silencio en la línea.

—Julio, respecto a lo que pasó anoche...

Él contuvo de nuevo la respiración.

—¿Sí?

—Creo que deberíamos olvidarlo. No darle más importancia de la que tiene. Solo fue un polvo.

—Por supuesto. Nunca pensé que fuera otra cosa.

—Somos adultos, con una vida sexual sana y activa. Y estas cosas pasan, aunque no sea muy aconsejable que sucedan entre personas que trabajan juntos.

—Me alegra que pienses así tú también. No somos críos que se suben a las nubes por un polvo, por muy bueno que fuera. Lo que pasó no va a afectar al trabajo. Esta tarde vamos a terminar de diseñar juntos el ejemplar de la próxima semana y el lunes volveremos a pelearnos por cada página a publicar, como lo hemos hecho siempre. Yo volveré a ser el señor Luján.

—Y de la Torre.

—Eso, y tú serás otra vez la señorita tocapelotas del moño apretado.

—De acuerdo. Y Julio... no me arrepiento.

—Yo tampoco, encanto.

—Hasta luego, entonces.

—Hasta luego.

Colgó.

«Somos adultos con una vida sexual sana y activa», pensó. «Yo la tenía, hasta que pusiste tu boca en mi cuello, encanto. Desde entonces la mayor actividad tiene lugar a solas en mi cama, con tu imagen en mi mente. Creo que no me masturbaba tanto desde que tenía quince años. Y tú... creo que hace mucho tiempo que no te dabas un buen revolcón. Y si piensas que voy a dejar que se quede en un polvo, estás muy equivocada, preciosa. Jugaré todo lo sucio que haga falta para que seas mía, no te quepa duda, señorita remilgada. Y no me voy a conformar solo con sexo.»

Aquella tarde, a las cinco en punto, Julio llamaba al timbre de Victoria. Llevaba ropa informal, unos vaqueros y una camiseta que marcaba ligeramente sus músculos, sin que se le ajustara demasiado.

También Victoria salió a abrirle la puerta vestida con vaqueros y una recatada camiseta de manga corta y escote a un par de centímetros del cuello. Sin embargo, no llevaba el odioso sujetador que le aplastaba el pecho y el pelo le caía sobre la espalda, suelto y libre. Y descalza.

—Buenas tardes, Victoria.

—Hola, Julio. Puntual.

—No podía arriesgarme a que no me dejaras entrar. Me juego mucho en esto.

—Tú no te juegas nada.

—Claro que sí, la diversión en el trabajo. ¿Te parece poco? Ya te dije que me resultaría muy aburrido dirigir *Miscelánea* solo.

—De todas formas no puedo dejar que te vayas, aunque hubieras llegado tarde. Traes un programa que necesito.

Julio metió la mano en un bolsillo y sacó un *pendrive*.

—Aquí está.

—Pasa. Magda está preparando café. ¿Te apetece?

—Sí, me vendría bien una taza.

Lo precedió hasta una habitación amueblada como sala de estar y despacho. En una mesa situada en una esquina había instalado un ordenador con una enorme pantalla y su correspondiente impresora. Un cómodo sillón giratorio colocado delante daba la espalda a la puerta.

Al otro extremo de la habitación, una mesa cuadrada y un pequeño sofá tapizado igual que el sillón daban un toque menos frío al despacho.

Magda apareció en aquel momento con una bandeja cargada con un servicio de café y galletas de chocolate.

—Hola, Julio. Hoy la merienda es cosa nuestra —dijo colocándola sobre la mesa.

—Estupendo.

Mientras tomaban el café y las galletas, pusieron en

antecedentes a Magda sobre lo que habían estado trabajando la noche anterior. Después, los tres se acercaron hasta el ordenador y estuvieron puliendo la lista de posibles temas. A Magda le encantó la idea de hablar sobre un hotel, si no cada semana al menos de forma quincenal, y explotar de cara al público la diferencia de opiniones que tenían Victoria y Julio sobre cualquier tema.

—¿Vais a ir juntos? —preguntó con aire de inocencia. Sería fantástico que aquellos dos empezaran a tratarse un poco más fuera del trabajo. Desde un extremo de la mesa los observaba con ojo crítico. Indudablemente algo había cambiado entre ellos desde la tarde anterior. Victoria había perdido la rigidez que siempre mostraba cuando estaba cerca de Julio; era ella misma. Y él... Él la había perdido hacía ya tiempo, de eso sí se había percatado, y se la comía con los ojos cuando Victoria no lo miraba.

—No, será mejor que vayamos por separado. Así cada uno asumirá su papel con más libertad —se apresuró a explicar Victoria. No era buena idea irse de viaje con Julio Luján después de lo que había pasado.

—¿Y luego vais a escribir un artículo cada uno o en común?

—No sé... todavía no lo he decidido.

—Podríais hacerlo en forma de diálogo. Uno expresa una opinión y el otro la rebate. Resultaría algo innovador.

—Sí, podría funcionar.

—Pero deberéis tener mucho cuidado, sobre todo tú, Victoria. Los dueños de los hoteles podrían sentirse ofendidos y demandarte por difamación o mala publicidad, o algo así.

—No te preocupes, Magda. Soy abogado y sé perfectamente lo que podemos o no publicar. No voy a correr ningún riesgo —la tranquilizó Julio.

—Bien, espero que Martín lo apruebe. Creo que va a ser muy divertido hacer ese artículo contigo, Luján.

—Opino lo mismo, encanto.

Julio instaló el programa con el que trabajaban habitualmente en la redacción y Victoria seleccionó el resto de artículos a presentar el lunes. Sin darse cuenta, se les había pasado la tarde en un abrir y cerrar de ojos.

Cuando ya estaban terminando, Magda salió de la habitación. Casi inmediatamente, a Victoria le entró un mensaje de wasap en el móvil. Lo miró, apartándose un poco de Julio.

Era de Magda.

«¿Lo invitamos a cenar? Creo que se lo ha ganado.»

«¿Crees que es buena idea?»

«Es un compañero de trabajo que ha venido a echar una mano. No le busques tres pies al gato. A menos que no te apetezca tenerlo cerca, pero te he visto muy relajada esta tarde.»

«De acuerdo, invítalo.»

«¿Yo? No, creo que te corresponde a ti hacerlo.»

«Vale.»

Victoria apagó el móvil. Durante diez minutos observó como él terminaba la instalación y probaba el funcionamiento del programa.

—Bueno, esto ya está listo.

—Muchas gracias, Julio. Te debo una.

—Bueno, ya me lo cobraré de alguna manera. Seguro que hay algún favor que tú puedas hacer por mí en alguna ocasión.

—Para empezar... Magda y yo vamos a preparar la cena. Quizá te apetecería quedarte y compartirla con nosotras.

Julio frunció el ceño levemente.

—¿Me estás invitando a cenar, señorita Páez?

—Sí, creo que eso es lo que estoy haciendo. Si no tienes ningún otro plan y te apetece, claro.

—Acepto encantado. No tengo planes, no sabía cuánto nos iba a llevar terminar el trabajo; pero, aunque los tuviera, los cancelaría encantado. Me mata la curiosidad por saber qué eres capaz de hacer con una sartén.

—¡Serás gilipollas! —dijo ella riendo—. No soy ningún chef, pero cocino de forma aceptable.

—Eso lo tendrás que demostrar.

Magda entró en la habitación.

—Julio se queda a cenar con nosotras, Magda.

—Estupendo.

—¿Puedo preguntar el menú?

—Victoria y yo íbamos a tomar una ensalada, pero como imagino que tú comes como una lima sorda, añadiremos unos filetes.

—Si puedo echar una mano...

Victoria alzó una ceja.

—¿Sabes cocinar?

—Me defiendo. A una ensalada y unos filetes, llego.

—A la cocina, entonces. Magda, abre unas cervezas mientras cocinamos —dijo mirando a Julio—. Lo siento, no tengo vino.

—La cerveza irá perfectamente.

Los tres entraron en la cocina, y se demoraron preparando la cena en un ambiente de camaradería nunca vivido antes. Entre bromas y sorbo y sorbo de cerveza bebida directamente de las botellas, Julio y Victoria parecían más dos amigos que los rivales que habían sido hasta ese momento. Y Magda esperaba sinceramente que su amiga no se cerrase en banda y se negara a ver lo que estaba empezando a pasar entre ellos.

El lunes llegó y [illegible]

proyecto bien [illegible]

ya escritos y [illegible]

disminuido [illegible]

Como siempre [illegible]

ocho y preparada [illegible]

le viniera encima [illegible]

Al entrar [illegible]

genes de los [illegible]

mente [illegible]

enseguida se repas[illegible]

resultar muy [illegible]

mente, esperanzo[illegible]

cho tiempo Julia [illegible]

semana para conse[illegible]

La noche del [illegible]

amigable cena [illegible]

encontraba pensando [illegible]

te; por primera vez [illegible]

21

La nueva *Miscelánea*

El lunes llegó y Victoria entró en la redacción con un proyecto bien documentado en la cartera y tres artículos ya escritos y listos para publicar. También una carta de dimisión como plan B, por si el proyecto era rechazado.

Como siempre, había llegado un poco antes de las ocho y preparada mentalmente para afrontar lo que se le viniera encima, fuera lo que fuera.

Al entrar en el despacho, por un momento, las imágenes de lo sucedido el viernes anterior llenaron su mente y su cuerpo respondió involuntariamente, pero enseguida se repuso. Sabía que, de no hacerlo, le iba a resultar muy difícil seguir trabajando allí y, sinceramente, esperaba continuar en *Miscelánea* durante mucho tiempo. Julio y ella habían trabajado duro el fin de semana para conseguirlo.

La noche del sábado los tres habían compartido una amigable cena y una charla agradable. Quizá porque se encontraban en su casa, o porque Magda estaba presente, por primera vez se había podido comportar con Julio como ella misma, abiertamente, sin fingir que era una persona que no era, sin dureza, sin estar en guardia. A lo largo del fin de semana habían ido cayendo todas sus defensas, el muro que había construido a su alrededor para protegerse del mundo, y había vuelto a ser Victoria, ni Alcántara ni Páez. Simplemente Victoria, una mujer a la que solo Magda conocía bien. Y a la que Julio Luján estaba empezando a vislumbrar.

Pero eso había sido durante el fin de semana. En cuanto entró en su despacho, se volvió a poner la coraza. Se había vuelto a colocar el uniforme de tía dura y se había hecho el moño más apretado y tirante que nunca. Y esperó a que Julio llegara.

Él no la avisó cuando llegó a la redacción, pero Victoria no tuvo duda de que había sido puntual, y a las ocho y cinco lo llamó al teléfono de su mesa.

—Buenos días, Victoria.

La voz de él también sonó impersonal.

—Buenos días, Luján.

Estuvo tentada de decir Julio, casi se le escapó, pero se contuvo a tiempo. Tenía que volver a ser Luján si no quería que la situación se le escapase de las manos. Quizá fuese Julio fuera del trabajo, pero allí debía ser Luján.

—En media hora me pasaré por el despacho de Martín para presentarle el nuevo proyecto. Me gustaría que me acompañaras.

Él ocultó una sonrisa de satisfacción y dijo, consciente de que Juan escuchaba la conversación:

—¿Tienes miedo de Martín, encanto? ¿Necesitas que te proteja?

—No necesito protección de nadie, pero estos cambios no son solo míos, por primera vez tenemos un proyecto común y quiero que lo presentemos juntos. Creo que funcionará mejor si convencemos a Martín de que estamos colaborando de verdad.

—De acuerdo, señorita Páez. Allí estaré a las ocho y media en punto; ni un minuto antes ni uno después. Defenderemos *Miscelánea* en un frente común.

—Deja de hacer el payaso y ponte a trabajar de una vez.

—¡A la orden!

Victoria colgó. Todo volvía a estar como siempre.

A las ocho y media Julio y ella entraban en el despacho de Martín. Si este se extrañó de verlos aparecer juntos, no dijo nada. Comprobó cuidadosamente el nuevo proyecto tanto de la revista como del anexo que escribiría exclusivamente Victoria, y sonrió satisfecho.

—Sabía que lo lograrías.

—No lo he hecho sola, ha sido cosa de los dos.

—Me alegro de que al fin hayáis comprendido que, si no trabajáis juntos en vez de uno contra el otro, esto no va a funcionar.

—Ya. Bueno, más vale tarde que nunca.

—Creo que uno de los artículos con más peso es el de los hoteles. ¿De quién ha sido la idea?

—De Julio. Pero a mí también me gustó inmediatamente.

—Supongo que eres consciente de que tienes que ir con mucho cuidado con lo negativo que dices en el artículo.

—Por supuesto, no te vas a enfrentar a una demanda, te lo prometo.

—Lo tenemos controlado. Haremos que el artículo se convierta en un reclamo de publicidad a pesar de las críticas; la gente sentirá curiosidad por saber quién de los dos tiene razón.

—Bien. Haré que os paguen como dietas el alojamiento de una noche, una cena y un desayuno. ¿Tendréis suficiente para recabar la información necesaria?

—Sí, será suficiente.

—¿Lo haréis entre semana o en fin de semana? ¿Iréis juntos o por separado?

—Mejor por separado, pienso que uno de los dos debe permanecer en la redacción para ocuparse de todo —se apresuró a aclarar Victoria

—Magda y el resto de tu equipo es perfectamente capaz de hacerlo por un día.

—Lo sé, pero a pesar de todo creo que es mejor ir cada uno por su lado y en días diferentes.

—Bien, como queráis. ¿Por dónde vais a empezar? ¿Tenéis ya algún hotel pensado para el primer ejemplar?

—Que decida Victoria. Lo que sí te puedo decir es que, si en algún momento incluimos uno de los hoteles de mi padre, la revista se ahorrará las dietas y la publicidad calmará al principal accionista de *Miscelánea*. Pero el proyecto es de Victoria, si quiere excluir los hoteles de mi familia, yo aceptaré su decisión.

—Julio tiene razón. ¿Tú qué opinas?

Victoria lo pensó un momento. Sabía que solo un mes antes se habría negado en redondo y habría creído que todo era un movimiento solapado para hacer publicidad a la empresa familiar; pero ahora estaba segura de que Julio solo trataba de hacerle ganar puntos en las altas esferas.

—De acuerdo. Es más, creo que deberíamos empezar por uno de ellos para ver la aceptación del público. Probaríamos sin coste económico para la redacción.

—Bien. ¿Qué días iríais?

—Mejor a principios de semana, puesto que lo tenemos que entregar todo los viernes.

—¿Lunes y martes?

—Sí, me parece bien.

—Julio los lunes y yo los martes; así estaré aquí si hay algún problema con la edición.

—Tú mandas, encanto.

—Y por esta vez elige el hotel tú, que los conoces mejor. Los demás los decidiremos juntos.

—De acuerdo. Saldré esta tarde —dijo mirándola burlón—. Y espero que mañana me permitas llegar más tarde de las ocho. Si tengo que apreciar un desayuno a muchos kilómetros de aquí, me resultará imposible llegar puntual. Soy un tío cojonudo, pero todavía no domino bien el teletransporte.

—Solo los martes, Luján. No vayas a acostumbrarte.

—Bueno, chicos, pues manos a la obra.

Se levantaron y salieron del despacho. Mientras caminaban, Julio extendió la mano y le pidió:

—Dámela.

—¿El qué?

—La carta de dimisión que sé que tienes escondida en alguna parte.

—¿Cómo...?

—Dámela.

Victoria hurgó entre los papeles y se la tendió.

—Tengo el borrador en el ordenador, puedo volver a imprimirla cuando quiera.

—Ya lo sé; es simbólico —dijo él rasgándola en dos pedazos, y luego en cuatro.

—Listo. Y ahora a trabajar, que tengo que salir de viaje esta tarde. Haré las reservas y te mandaré la tuya por correo electrónico.

—De acuerdo. Y recuerda, Luján, que no vas de viaje de placer sino a trabajar. Deja a tus amiguitas aquí.

—Tú también a Daniel.

—Por supuesto. En ningún momento he pensado en llevármelo.

Se separaron, dirigiéndose cada uno a su despacho.

Julio se fue a media tarde. Tenía doscientos cincuenta kilómetros hasta el hotel que había escogido. Uno que no tuviera problemas a la hora de hacer una reserva con tan poco tiempo de antelación. Y con algún que otro tipo de reclamaciones habituales para que tanto Victoria como él pudieran realizar un primer artículo presentando la nueva sección.

Se alojó en él y pidió que le dieran una habitación estándar, no una de las suites donde habitualmente alojaban a los miembros de la familia. Aun así, la habitación era espaciosa, con un amplio ventanal y contaba con un cuarto de baño moderno y completo. Ahí Victoria no iba a tener nada que objetar.

Bajó a cenar, pidió varios platos de la carta y comprobó que eran aceptables, aunque no valían el precio que había que pagar por ellos.

Después, dio un paseo por las instalaciones y entró en un bar a tomar una copa en una mesa apartada, y luego regresó a la habitación.

Mientras se desvestía, pensó en cuánto le gustaría que Victoria le acompañase en los viajes. Para conocerla mejor, porque cuanto más la trataba fuera del ámbito de trabajo y más a fondo la conocía, más le gustaba. Había descubierto a una mujer fuerte, que no dura, inteligente e incluso divertida. Capaz de disfrutar de una comida o unas cervezas y de un rato de charla distendida. Quizás algún día quisiera acompañarle y disfrutar con él de un viaje, aunque fuese de trabajo.

Pensar en Victoria le excitó, y, sin saber cómo, se encontró marcando su número y pulsando un botón para grabar la conversación.

La voz de ella, extrañada, respondió inmediatamente.

—¿Sí, Julio?

—Buenas noches, señorita Páez.

—¿Ocurre algo? —preguntó consciente de que jamás la había llamado al móvil y mucho menos fuera de las horas de trabajo.

—No, solo quería hablar contigo.

—¿Conmigo? ¿Sabes qué hora es?

Él miró el reloj.

—Las once y cuarto de la noche.

—¿Y se puede saber qué quieres?

—¿Te he pillado en un mal momento?

—Me has pillado en un momento «fuera de las horas de trabajo».

—Yo, en cambio, estoy trabajando en estos momentos. Estoy aburrido y puesto que no me dejaste traer a ninguna amiguita para distraerme, he estado pensando en alguien a quien dar la lata un rato... y la única persona que se me ocurre eres tú.

—¿Me has llamado para darme la lata?

—Básicamente, sí.

—Joder, Luján, eso es fuerte.

—El aburrimiento es muy malo, encanto.

—¿Pues sabes una cosa? Estaré en mi derecho si mañana te llamo yo con la misma intención.

—Sí, estarás en tu derecho de hacerlo.

«Hazlo», pensó.

—Porque el trato es que tú también te vengas sola.

—Luján... yo no mezclo el trabajo con...

Se interrumpió al recordar el viernes anterior y se mordió la lengua.

—Continúa... ¿No mezclas el trabajo con...?

—Nada, olvídalo.

Julio rio bajito y Victoria supo que ambos pensaban en lo mismo.

—¿Y durante cuánto tiempo piensas darme la lata?

—Pensaba hacerlo durante un rato. ¿Por qué? ¿Acaso estás acompañada?

—Eso no es asunto tuyo. Yo hoy no estoy trabajando.

Julio trató de aguzar el oído por si escuchaba alguna voz masculina, sintiendo el aguijón de los celos pincharlo despiadado. Pero no se escuchaba nada más que el murmullo lejano de la televisión.

—Bueno, no te entretendré demasiado. Solo quería decirte que cuando vengas mañana pidas la wifi y tendrás para empezar a poner pegas.

—¿Por qué? ¿Qué le pasa a la wifi?

—No voy a hacer tu trabajo, señorita Páez. Cúrratelo.

—Oye, Julio, ¿quién está siendo «tocapelotas» ahora?

—Supongo que yo. Y ahora entiendo por qué te gusta tanto. Estoy disfrutando como un enano.

—¡Que te follen, Luján!

—Ojalá, encanto, pero hoy tú me lo has negado. Tendré que juguetear solo...

La mente de Victoria formó inmediatamente la imagen de él tocándose en la soledad de la habitación y se excitó hasta el punto de sentir húmeda la ropa interior.

—Pues adelante, no te prives. Y déjame a mí ver la tele.

—Hasta mañana, Victoria.

—Que duermas bien, Luján. Y no te retrases más de lo necesario.

Julio apagó el móvil y le dio al botón de reproducir la conversación, mientras introducía la mano por debajo de las sábanas y empezaba acariciarse, acunado por la voz irritada de Victoria.

Ella también colgó. Se quedó mirando el móvil, pensando en si lo que Julio había dicho sería cierto, si iba a masturbarse. Algo le dijo que sí, y, despidiéndose de Magda sin terminar de ver la película, se fue a su habitación para calmar ella también la repentina excitación que se había apoderado de su cuerpo. La idea de hacerlo, mientras también él lo estaba haciendo a muchos kilómetros de distancia, le produjo un morbo increíble. Por primera vez en su vida se masturbó pensando en un hombre determinado, en Julio Luján, en sus manos, en su boca y en su cuerpo, que tres noches atrás la había llevado a un orgasmo estremecedor y esa noche había conseguido excitarla con una simple insinuación, hasta el punto de no poder esperar a que terminase la película. Hasta el punto de querer compartirlo con él en la distancia.

Julio llegó a media mañana, antes de lo que Victoria había imaginado. Se presentó inmediatamente en el despacho de ella para anunciarle su presencia en la redacción.

Presentaba un aspecto fresco y descansado, a pesar de llevar ya muchos kilómetros encima a aquella hora de la mañana.

—Buenos días, Victoria.

—Buenos días, Julio. ¿Qué tal el viaje?

—Bien. Traigo buen material para el artículo. A ver qué tal te va a ti.

—Saldré esta tarde, después de comer. Y seguro que encuentro puntos suficientes para rebatir los tuyos.

—No lo dudo. El hotel es muy agradable, aunque les he advertido de tu llegada y les he dicho que te den la peor habitación que tengan.

—¿Has sido capaz?

—Bromeaba, mujer. No te he mencionado para nada, tendrás que buscarte la vida tú solita.

—Estupendo. Ponte a trabajar para que cuando yo llegue mañana podamos empezar el artículo.

—De acuerdo. Que tengas buen viaje.

—Gracias.

Se dio media vuelta para salir, pero la voz de Victoria lo detuvo.

—Ah, Luján... No hagas muchos planes para esta noche, no sea que yo también me aburra y decida tocarte las pelotas un rato por teléfono.

Él lanzó una carcajada.

—No dudo que lo harás, encanto. Lo soportaré.

También Victoria disfrutó de una agradable cena en el hotel aquella noche. Después se dirigió al mostrador de recepción a solicitar la wifi, tal como le había recomendado Julio, y comprobó que le pedían una cantidad desorbitada de dinero por el acceso a Internet. Aun así, la pidió y después de mucho rato consiguió una conexión lenta y bastante deficiente. Lo anotó en su lista para su puesta en común del día siguiente. Ya tenía un par de puntos negativos respecto a la comida. A la habitación no podía ponerle ninguna pega.

Se metió en la cama y se puso a leer un rato. A las once y cuarto en punto, llamó a Julio.

—Buenas noches, Luján. ¿Interrumpo?

—Sí, encanto, pero no lo que esperas. Estoy cenando en casa de mi hermano. Como estaba seguro de que llamarías, no he hecho otro tipo de planes.

—¿Tan previsible soy?

—No, pero me advertiste ayer.

Victoria lanzó una carcajada.

—Saluda por ahí de mi parte.

Julio apartó el móvil de su oído por un momento.

—Victoria os manda recuerdos.

Noelia levantó una ceja, divertida.

—Devuélveselos de nuestra parte.

—Lo he escuchado —dijo Victoria.

—Bien, entonces ya sabes que aquí te aprecian. Supongo que porque no te tienen que aguantar todo el tiempo.

—Eso será. Pero te aguantan a ti, así que deben ser masoquistas. Bueno, puesto que ya te he fastidiado un poco, yo vuelvo a mi libro.

—Que lo disfrutes, encanto.

—Hasta mañana, Luján.

Julio colgó. Y se encontró con las miradas cómplice de su hermano y divertida de su cuñada.

—¿La señorita tocapelotas te ha llamado?

—Sí. Para tocarme las pelotas. Intentaba fastidiarme un polvo, pero yo me lo esperaba, así que no he hecho ningún plan de ese tipo.

—¿Tú esperabas que te llamara?

—Sí, porque yo le hice ayer lo mismo a ella.

—De modo que las cosas han cambiado. Ahora no os fastidiáis en el trabajo, sino fuera de él.

—Sí, eso parece.

—Bueno, es un paso.

—¿Un paso para qué, Noe?

—Tú sabrás, cuñado. Pero indudablemente es un paso.

Julio se echó a reír.

—Sin comentarios.

—¿Puedo decirte una cosa, Julio?

—Claro. La vas a decir de todas formas...

—Victoria me gusta... más que Teresa.

—¿Puedo decirte yo otra, Noe? A mí también.

22

El nuevo dueño

Martín llamó al teléfono de Victoria y esta empezó a preocuparse. Cada vez que lo hacía era sinónimo de problemas, y ya estaba empezando a cansarse.

—¿Podéis venir a mi despacho un momento Julio y tú?

—¿Problemas?

—No lo sé.

—Julio no ha llegado todavía, estará de camino. Ha pasado la noche en un hotel de Ávila ¿Puedes esperar a que llegue o voy yo sola?

—Esperaré, no corre prisa.

Cuando Julio llegó a media mañana, lo primero que le dijo fue:

—Martín quiere vernos inmediatamente.

Él sacudió la cabeza.

—Vaya, pensaba descansar y relajarme un poco.

Victoria se lo quedó mirando muy seria.

—Tú también intuyes problemas, ¿no?

Julio se encogió de hombros. Se le veía algo macilento y cansado.

—Vamos; cuanto antes nos enfrentemos a ello, mejor.

—No tienes buen aspecto. ¿No has dormido bien?

—No demasiado.

—¿Te has ido con alguien que te ha tenido ocupado toda la noche?

—No es eso.

—Si tienes algún problema y puedo ayudarte...

—Podrías, pero no vas a querer, así que dejémoslo.

Victoria le siguió hasta el despacho de Martín. Después de que se sentaran, este dijo sin preámbulos:

—Lo que voy a deciros no es nada oficial, pero os afecta y creo que deberíais saberlo. Me ha llegado el rumor de que un particular está haciendo los trámites para comprar los derechos de *Miscelánea*.

—¿Qué?

—Es solo un rumor, Victoria. Pero no quiero que os llevéis una sorpresa si se convierte en realidad.

—¿Y tienes idea de quién?

—No.

—¡Ahora que todo iba bien! La revista se vende y el anexo también tiene su público, y, aunque no da grandes beneficios, tampoco genera pérdidas. No hay motivos para eliminarlo.

Dirigió la mirada hacia Julio, que no había dicho ni una palabra.

—¿Crees que tu padre puede estar detrás de todo?

—No.

—Joder. ¿Querrá despedirnos? ¿Hacer cambios? ¿Otra vez habrá que ponerlo todo patas arriba para contentar a alguien?

—Victoria, no te pongas así. Vuelvo a repetirte que es un rumor, que...

—No es un rumor —dijo Julio—. Yo he comprado *Miscelánea*.

Victoria saltó en el sillón y se enfrentó a él con una furia que hacía muchos meses que no sentía.

—¡¿Que tú qué?!

—Que yo he comprado *Miscelánea*... Bueno, estoy en trámites, pero prácticamente es cosa hecha... y no tendrás que hacer ningún cambio que no quieras hacer.

—¿Y se puede saber a qué estabas esperando para decírmelo?

—A que el papeleo estuviera terminado. Lamento que se haya filtrado la noticia, quería que fueras la primera en saberlo. Quería decírtelo yo.

—Tenías que habérmelo dicho antes de empezar, joder.

Julio miró al redactor jefe, que los observaba desde el otro lado del escritorio.

—Martín, si no te importa, me gustaría hablar esto con Victoria en privado.

—Por supuesto.

—Más tarde me pondré en contacto contigo para ver la forma de utilizar vuestras rotativas. De momento no tengo infraestructura para poner *Miscelánea* en la calle yo solo.

—No habrá problema con eso, llegaremos a un acuerdo. Y sí, es mejor que esto lo arregléis entre vosotros.

Victoria se levantó con brusquedad y salió del despacho de Martín a grandes zancadas, furiosa. Julio la siguió hasta su despacho. Al pasar por la antesala, Rosa y Celia les miraron cruzarla sin decir palabra. Magda estaba sentada ante el ordenador de Victoria y levantó la cabeza al verles entrar. No tuvo ninguna duda de que algo grave había sucedido entre ellos.

—Por favor, Magda, ¿te importaría salir un momento? —preguntó Julio.

Miró a su amiga, pidiéndole su parecer, y Victoria asintió con la cabeza en silencio. Cerró la puerta cuidadosamente al salir, a pesar de que hacía varios meses que esta permanecía abierta cuando ambos estaban juntos en el despacho.

—¿Desde cuándo lo tenías planeado?

—No estaba planeado. Ha surgido sobre la marcha.

—No te creo.

—Estás en tu derecho; pero te estoy diciendo la verdad. Es largo de explicar y me hubiera gustado hacerlo tranquilamente, fuera de aquí y delante de una taza de café o una copa. Explicarte mis motivos desde el principio, pero debía haber supuesto que es imposible mantener nada en secreto en esta editorial de cotillas.

—Hazlo ahora. Tienes diez minutos, y recuerda que todavía guardo el borrador de una carta de dimisión, que no dudaré en utilizar. Estoy hasta los ovarios de *Miscelánea*, de ti, de mentiras y de traiciones.

—No serán suficientes diez minutos. No, con el enfado que tienes. Cálmate un poco y déjame explicártelo con calma luego, fuera de aquí. Dame la oportunidad de recoger del notario la documentación de la compra, que probablemente ya esté lista a última hora de la tarde.

—Tienes diez minutos. Ahora.

—Está bien, resumiré. A mediados de semana hablé con mi padre sobre asuntos personales que no tengo tiempo de explicarte en diez minutos y me dio a entender que tenía planes para mí y para *Miscelánea*. Sentí que de nuevo la revista se nos escapaba de las manos y decidí hacer algo al respecto. Si la compraba, los dos podríamos hacer con ella lo que quisiéramos, publicar lo que nos diera la gana. Hablé con mi abogado y le consulté sobre la compra. Me dijo que era posible y le di carta blanca. Creo en *Miscelánea*, en nuestro proyecto en común... y sí, tal vez debí decírtelo, pero no quería hacerlo hasta estar seguro de que era viable, de que mi padre no iba a poner pegas. No quería que te hicieras ilusiones que después se quedaran en nada. Sé lo importante que es *Miscelánea* para ti.

—¿Lo estás intentando disfrazar de generosidad hacia mí? ¿De caridad? ¿Tratas de decirme que has comprado *Miscelánea* para mí?

—Para ti no, para nosotros. Y para entenderlo y no juzgarme como lo estás haciendo, deberás leer la documentación de la compra.

—No quiero tu generosidad, siempre tendría que estarte agradecida y no pienso hacerlo. ¡No vas a comprarme con este gesto! Ni quiero trabajar con alguien que actúa a mis espaldas, que miente y traiciona con la misma facilidad con que respira.

—No pretendo comprarte, pero ya sé que es inútil que intente explicártelo en estos momentos... No voy a decir nada más, no ahora. Solo te pido que no presentes la carta de dimisión hasta que te haga llegar la documentación de la compra. Y todavía no he firmado nada, no iba a hacerlo hasta hablar contigo. Llamaré al notario y trataré de hacerlo lo antes posible. Espera hasta entonces, por favor.

—Tus diez minutos han terminado. Pero haré lo que me pides, esperaré. Aunque no creo que sirva de mucho.

—Gracias. Y quiero que sepas que yo no soy tu padre; no juzgues a todos los hombres por el mismo rasero.

Julio salió del despacho y Victoria enterró la cara entre las manos. Se sentía fatal: traicionada, enfadada, dolida. Sabía que no era mala idea lo de comprar *Miscelánea*, que era la forma de poder hacer las cosas a su modo, al de ambos, pero ¿por qué en secreto? ¿Por qué no se lo había dicho? Y ella, ¿por qué se sentía más dolida que enfadada?

Tal como había previsto, Magda entró a los pocos minutos.

—¿Qué ocurre, Victoria? Tanto Julio como tú estáis descompuestos.

—Ha comprado *Miscelánea*.

—¿Quién?

—Julio.

—Pues yo diría que es una buena noticia. ¿Acaso quiere que te vayas de ella? No lo creo.

—No, pero yo... creo que me voy a ir.

—¿Por qué?

—Porque lo ha hecho a mis espaldas, porque me ha

mentido... Porque no quiero trabajar para él. Ser su obra de caridad, permitirle que me deje publicar lo que quiero para que yo cumpla mi sueño. Entiéndelo Magda. Ahora estamos los dos en el mismo plano, luchamos contra los accionistas codo con codo... y está funcionando. Podemos trabajar juntos, pero, si Julio se convierte en el dueño, yo sentiré que está siendo condescendiente y generoso conmigo. Y no estoy segura de querer hacerlo. Trabajar con él, sí; para él, no.

—Joder, Victoria, qué complicada eres.

—¿Ahora te das cuenta? Me ha pedido que no haga nada hasta que me dé la documentación de la compra para que le eche un vistazo, y le he prometido hacerlo.

—Me alegro. Y voy a darte un consejo, que espero escuches. Tener *Miscelánea* para vosotros, aunque sea trabajando para Julio Luján, es bueno. No permitas que tus sentimientos hacia él lo estropeen y te hagan cometer el error más grande de tu vida.

—Yo no tengo sentimientos hacia Julio.

—Claro que los tienes, desde el primer momento en que lo conociste; lo que ocurre es que esos sentimientos han ido cambiando. Al principio lo aborrecías, lo despreciabas; luego empezaste a respetarle como periodista y al final has llegado a apreciarle como persona. Si no fuera así, no te habría molestado que comprase *Miscelánea* sin decírtelo, sino que le estarías besando los pies por hacerlo, por quitarte a los accionistas de la chepa. Piensa en todo esto con calma y no te precipites. Dale una oportunidad. Lee lo que te mande y luego consúltalo con la almohada.

—Mi almohada no me da buenos consejos últimamente. Es una cabrona traidora.

Magda se echó a reír.

—Entonces, déjala al margen y piensa con la cabeza.

A las cuatro y media de la tarde, Victoria empezó a recoger para marcharse al hotel que tenía programado esa semana. Con toda la movida de la mañana ni siquiera le había preguntado a Julio su impresión, como solía hacer.

La sección había funcionado bien desde el primer momento, y en el mes y medio que llevaba publicándose se había abierto una especie de foro de opinión de clientes que se habían alojado en ellos facilitando su opinión sobre las distintas versiones que daban Victoria y Julio. Y ella disfrutaba alojándose una vez en semana en un sitio nuevo, descubriendo paisajes y entornos que nunca antes había apreciado.

Había echado un vistazo por Internet al que iba esa noche, y le había parecido especialmente bonito y no demasiado lejos de Madrid. Pero aun así iba a salir con tiempo para dar un paseo por los alrededores antes de la cena.

Como siempre, aquella mañana se había llevado el equipaje en un bolso de fin de semana, y, cuando terminó, entró en el baño a cambiarse de ropa. Había cogido la costumbre de quitarse la de trabajo y ponerse algo cómodo para conducir.

Cuando entró de nuevo en el despacho, vistiendo unos vaqueros azul oscuro, una camiseta holgada color salmón y una sudadera también azul, en previsión del frío de la noche en la sierra de Ávila, Julio la esperaba en él. Tenía un fajo de documentos en la mano.

—Llamé al notario y me dijo que la documentación para la compra estaba terminada. He pasado a recogerla en la hora del almuerzo y me gustaría que te la llevaras y le echaras un vistazo si tienes tiempo esta noche.

—¿No has almorzado?

—Desayuné fuerte. Esto es más importante.

—Me marcho ahora, podías haber esperado a mi vuelta.

—No; no quiero que pienses que he tenido tiempo de amañar la compra para convencerte. Quiero que te quede claro que es así como lo planeé desde el principio. Por favor, échale un vistazo y me llamas cuando lo hayas hecho. Quiero aclarar las cosas cuanto antes.

—De acuerdo. Yo también.

—Y el hotel... es precioso. Vas a tenerlo difícil para ponerle pegas.

—Algo encontraré. Y ahora me marcho. Hasta mañana.

—No olvides llamarme, no importa lo tarde que sea.

—Vale.

Cogió su bolsa de viaje y salió de la redacción. Condujo tranquila por la carretera secundaria hasta el hotel de montaña que debía ser objeto de sus críticas esa semana. Julio tenía razón. Era precioso.

Se registró y se asomó a la ventana de su habitación. Dudó si coger los documentos que tenía en la maleta o dar ese paseo que había pretendido. El sol estaba todavía alto, aunque no le quedaba mucho tiempo en el cielo. Decidió que el paseo era ahora o nunca, y los papeles podían esperar un rato, por muy ansiosa que estuviera de saber su contenido.

Cogió la llave de la habitación y un reproductor de mp4 y salió del hotel.

El paseo le sentó muy bien. Fue relajante y le sirvió para pensar en lo sucedido aquel día, en las palabras de Magda y en su propia reacción. Estaba hecha un lío, quizá leer aquellos malditos papeles la ayudaría a pensar con claridad.

Regresó cuando las primeras sombras de la noche caían sobre la sierra. Subió a la habitación y, sentándose cómodamente en la cama, cogió el fajo de documentos y comenzó a leer.

El primero era una solicitud de compra dirigida a la junta de accionistas de *Miscelánea*. El segundo, una respuesta por parte de la misma, fijando el precio. Un precio razonable. El tercero, la aceptación por parte de Julio de ese precio y el inicio de la compra-venta. Documentos bancarios, forma de pago, etc. Y el último documento la dejó perpleja. Era la formación de una sociedad al cincuenta por ciento por la propiedad de *Miscelánea* entre Julio Luján y Victoria Páez. Según el documento, él le vendía la mitad de *Miscelánea* justo por la mitad del precio que él pagaría por ella, y la forma de pago quedaba a la elección de Victoria.

Lo leyó dos, tres veces, hasta estar completamente segura del contenido, hasta que no hubo ni una coma que no hubiera desmenuzado. Julio había comprado *Miscelánea* para ellos, no para él. Ni generosidad ni favores, solo la propiedad compartida y pagada por ambos. Igualdad de condiciones.

Todo el enfado que le quedaba se desvaneció y sintió la apremiante necesidad de llamarle, de escuchar su voz y disculparse. Siempre le había costado trabajo pedir disculpas, pero en ese momento sentía la urgente necesidad de hacerlo, aunque hubiera preferido que fuese en persona y no por teléfono. Además, Julio había insistido en que lo llamase y ahora entendía la razón.

Cogió el móvil y marcó el número. Como si lo hubiese tenido en la mano, Julio respondió al instante.

—Lo has leído.

—Sí.

—¿Y...?

—No sé qué decir. Lo único que se me ocurre es pedirte disculpas.

—No son necesarias; solo di que sí, que aceptas.

—Acepto... pero tenías razón, esto no es para hablarlo por teléfono, ni con prisas, sino cara a cara. ¿Debo entender que has tenido tus motivos para no decírmelo antes?

—Así es.

—Bien, entonces tendrás que contármelo despacio.

—En el momento que quieras.

—Podríamos quedar mañana por la tarde después del trabajo.

—¿Y por qué no ahora?

—Porque estás en Madrid y yo en Ávila.

—No estoy en Madrid, sino tres habitaciones más allá de la tuya.

—¿Aquí? ¿En el hotel?

—Sí.

—Pero...

—Te dije que quería solucionar esto cuanto antes. Y sabía que querrías hablarlo en cuanto leyeras los documentos. Apenas media hora después de que te vinieras, salí yo. Te he visto regresar de tu paseo desde mi ventana.

—¿Te has hecho otro montón de kilómetros para hablar conmigo?

—Sí.

—Joder... No sé qué decir.

—No digas nada ahora. Hazlo delante de una buena cena, mientras te lo cuento todo desde el principio. Estoy hambriento.

—¿Sigues sin comer?

—Tomé un café y un sándwich antes de venir.

—Bien, te invito a la cena más abundante que seas capaz de tragar, señor Luján.

—Si vas a compartir conmigo la propiedad de *Miscelánea*, tendrás que aprender a llamarme Julio.

—¿Por qué? Me gusta llamarte Luján.

—Hagamos un trato. Luján para el trabajo y Julio fuera de él.

—De acuerdo.

—A cambio, tú vendrás a trabajar vestida de persona.

—Eso tengo que pensarlo... Y sin duda pediré algo a cambio.

—Bien, estoy dispuesto a aceptar lo que sea.

—¿En diez minutos en el comedor?

—Perfecto.

Victoria se cambió de ropa. Si iba a cenar con Julio no le apetecía hacerlo con un vaquero y una sudadera. Se dio una ducha rápida y se puso un jersey fino y ajustado encima del vaquero. Se cepilló el pelo dejándolo suelto y bajó al comedor, con casi cinco minutos de retraso.

Julio ya la esperaba en la puerta, vistiendo la ropa de la mañana y un jersey de cremallera encima. Su aspecto cansado había aumentado desde la última vez que le vio.

—¿Mesa para dos? —les peguntó el *maître*.

—Sí, por favor.

Les acomodaron junto a una ventana. Julio pidió una cena abundante y Victoria se limitó a algo más ligero.

—¿Vino? Hay que brindar.

Ella asintió.

Guardaron silencio mientras les sirvieron y cuando ya los primeros entrantes estaban sobre la mesa, Julio empezó a hablar.

—La semana pasada fui a cenar con mis padres. Lo hago a menudo, igual que con mi hermano y su familia. Mi padre empezó a hablar del día en que me incorporase al negocio familiar, y me pareció el momento idóneo para decirle que no lo iba a hacer. Que el negocio familiar estaba perfectamente llevado por mi hermano y que yo quería dedicarme al periodismo.

»Al principio intentó convencerme, pero luego, sabiendo lo terco que soy, se pasó al extremo opuesto y decidió ayudarme. Dijo que me financiaría mi propia editorial, que dejase de jugar a publicar una revista de segunda y que fuera a algo grande. Que *Miscelánea* no tenía futuro, que probablemente se iba a dejar de publicar por no ser lo bastante rentable y que te la dejase a ti mientras todavía estuviese en el mercado. Que me saliera de un barco que iban a hundir los accionistas.

—¿Piensan dejar de publicarla?

—Eso parece, aunque no inmediatamente. No genera los beneficios espectaculares de otras publicaciones.

Julio bebió un sorbo de vino para acompañar el sabroso revuelto de productos de la tierra que estaba tomando de primer plato.

—Cuando llegué a casa, me puse a hacer un estudio de mercado, pedí «confidencialmente» un índice de gastos y beneficios de *Miscelánea* desde que empezó a publicarse, y comprendí que era viable, que generaba los beneficios suficientes para cubrir nuestros salarios y los de Magda, Celia y Rosa, si quieren venirse con nosotros, y el alquiler de un local pequeño donde establecer nuestra editorial. Tendríamos que pagar por el alquiler de las rotativas para la publicación, pero aun así era posible. *Miscelánea* es nuestra, Victoria. Tuya, mía y de las chicas, y no pienso dejar que la manden al carajo una panda de avariciosos, entre ellos mi padre. Al día siguiente lo llamé y le dije que quería comprarla, que quería empezar por mi cuenta, con mi propio dinero y mis propios medios, y eso mi padre lo entiende y lo respeta. Accedió a hablar con el resto de accionistas y vendérmela. No sé cuál es tu situación económica, de modo que decidí poner yo el dinero y luego arreglar las cosas entre nosotros, pero en ningún momento pensé en que fuera solo mía. Puedes pagarme tu mitad como quieras, del tirón, en dos veces, a plazos...

—Dispongo de buena parte del dinero y puedo pedir un préstamo por el resto. No hay problema con eso.

—Todo sucedió muy rápido. Pilló por medio el fin de semana, pero algo me decía que debía darme prisa porque el precio podía subir, de modo que preparé la documentación y se la envié al notario para que terminara los arreglos. Pensaba decírtelo mañana por la tarde, cuando volvieras de tu viaje, pero alguien se fue de la lengua antes. Lamento tu enfado y que te enterases así.

—Bueno, bien está lo que bien acaba. Yo te vuelvo a pedir disculpas por no haberte dado la oportunidad de explicarte y por haber pensado que me estabas traicionando sin darte la opción a defenderte.

—No importa. Como bien dices, bien está lo que bien acaba. Ahora, cuando terminemos de cenar, iremos a tu habitación y ambos firmaremos la sociedad de una revista cojonuda en la que podremos hacer y deshacer a nuestro antojo por fin. Y por la que espero seguir teniendo contigo buenas y divertidas broncas laborales, aunque me gustaría que fuéramos amigos cuando saliéramos del trabajo. Ya sabes, un café, una copa y un rato de charla. O una amigable cena como esta.

—Tengo que reconocer que te lo estás ganando a pulso, Lu... Julio. De acuerdo, amigos fuera del trabajo.

Él volvió a llenar las copas con el resto del vino.

—Por nosotros y por nuestra sociedad.

Ella aceptó el brindis y bebieron.

Después recorrieron el hotel, tomaron una copa y

continuaron charlando sobre su proyecto. Victoria empezó a sentirse achispada, el vino y los dos rones con cola que se había tomado después le empezaron a hacer desear algo que no era oportuno ni aconsejable en aquel momento. Julio y ella estaban estableciendo una relación profesional seria en aquel momento y no era buena idea meter el sexo por medio. Tenía que controlar la atracción que Julio Luján ejercía sobre ella en cuanto se tomaba dos copas. Quizá tendría que volverse abstemia para hacer funcionar *Miscelánea*.

—Estoy cansada, Julio. Y tú debes estar agotado. Creo que es hora de irnos a la cama.

—¿No vamos a firmar la sociedad antes?

—Puede esperar a mañana por la mañana —dijo temerosa de que, si Julio pisaba su habitación, no lo dejara salir de ella en toda la noche. Que era lo que deseaba hacer.

—Está bien; como quieras.

Subieron hasta la planta que compartían y se despidieron en la puerta de la habitación de Victoria.

—¿Estás segura de que no quieres que entre a firmar? Sería solo un momento...

Pero sus ojos desmentían sus palabras.

—Sí, estoy segura —dijo, y también los suyos mentían.

—Buenas noches entonces, encanto.

—Hasta mañana, Luján.

23

De turismo

Victoria y Julio se encontraron en el comedor para saborear el magnífico desayuno bufé que ofrecía el hotel. Ambos habían dormido poco, sumidos en sus pensamientos. Julio había luchado consigo mismo durante horas, para no levantarse y llamar a la puerta de Victoria, a veces pensando en suplicarle que le dejara pasar la noche con ella, a veces diciéndose que lo mejor era abalanzarse sobre ella apenas abriera la puerta y besarla hasta que no pudiera resistirse. Sabía que Victoria lo deseaba tanto como él a ella, lo había leído en sus ojos cuando se dieron las buenas noches; pero luego volvía a pensar con la cabeza y no con los genitales y decidía quedarse donde estaba. Ella había entendido perfectamente sus insinuaciones y las había rechazado, y no era en absoluto buena idea forzar la situación ahora que iban a dar un paso tan importante como compartir la propiedad de la revista. Se iban a atar el uno al otro y no quería asustarla, mezclando sentimientos con trabajo. Porque él tenía sentimientos respecto a Victoria, no era solo sexo o atracción lo que le inspiraba. Tenía treinta y seis años, y estaba cansado de amigas con derecho a roce. Cada vez le apetecía más disfrutar de lo que tenían su hermano y Noelia, y, cuando pensaba en ello, era a Victoria Páez a quien veía a su lado. Con su melena rubia suelta sobre los hombros, sus pies descalzos y su lengua mordaz que le excitaba con solo pronunciar una frase... cualquier frase. Esperaría. Debía esperar si quería tenerla. Se resignó a calmar su erección a solas de nuevo, con el agravante de que ella estaba a pocos metros de distancia.

Victoria, por su parte, tendida en la cama, miraba al techo tratando de analizar sus sentimientos. Estaba muy confusa. Cuando leyó los documentos de la compra conjunta de *Miscelánea* y supo que Julio estaba allí, al alcance de su mano y no en Madrid, sintió el impulso de buscarle y abrazarle para darle las gracias, pero no por darle la oportunidad de compartir la propiedad, no por ponerle *Miscelánea* en las manos, sino por no haberla defraudado, ni traicionado como había pensado en el primer momento. Por seguir siendo el hombre que ella había empezado a apreciar, además de desear. Y eso era algo con lo que tenía que lidiar a diario: su deseo por Julio Luján. Había estado a punto de ceder cuando él insistió en firmar el documento de compra ante la puerta de su habitación. No estaban hablando del documento y ambos lo sabían. Hubiera sido fantástico pasar la noche con Julio, hacía mucho que no dormía con un hombre, años; porque las últimas veces que había tenido sexo, se había marchado a continuación, incluida la noche que lo había hecho con él en el despacho. Sí, deseaba hacer el amor con él hasta el agotamiento y luego dormirse sobre aquel vello castaño y suave que cubría su pecho. Y despertar cuando el cuerpo hubiera decidido que había descansado lo suficiente, con esa languidez que proporciona una buena noche de sexo y que no había disfrutado desde hacía mucho. Y premiarse con un buen y generoso desayuno para reponer fuerzas.

Pero no era buena idea hacer eso con Julio Luján, porque probablemente la llevaría a desear más cosas, cosas que un hombre como él no podía darle. Era cierto que Julio no era como había pensado cuando lo conoció, que era un hombre inteligente y trabajador, íntegro y de fiar... Pero una cosa seguía siendo cierta: era un mujeriego que iba de cama en cama, de mujer en mujer, y, aunque hubiera cortado con Teresa, eso no significaba que no tuviera a otra u otras en su vida. Sexo, aunque sexo genial, era lo único que Julio Luján podía ofrecerle, y aunque de momento era lo único que deseaba de él, no estaba segura de que en el futuro siguiera siendo así. Si era sincera consigo misma, Julio la atraía demasiado para controlar la situación si seguía acostándose con él. Era mejor mantenerle en otra habitación aquella noche... y todas las noches de su vida. Aunque llevara horas dando vueltas en la cama pensando en él y luchando consigo misma por no cruzar los pocos metros que los separaban.

Se reunieron en el comedor; tampoco él había pasado una buena noche, se le notaban las ojeras que la ducha matutina no había conseguido eliminar del todo.

Se sirvieron un generoso desayuno y charlaron sobre *Miscelánea*. Decidieron hablar con las chicas cuando llegaran y proponerles que dejaran la redacción y trabajasen para ellos. Julio estaba seguro de que aceptarían; Victoria sabía que contaba con Magda, pero tenía sus dudas sobre Rosa y Celia. También tenían que encontrar un local donde instalarse y negociar con Martín la impresión de la revista mientras no tuvieran rotativa propia. Porque Julio no pensaba quedarse ahí, *Miscelánea* sería solo el principio. Habló con entusiasmo durante el desayuno sobre la futura ampliación de la sociedad, animando a Victoria a exponer sus opiniones, sus proyectos. Cuando se dieron cuenta, eran los únicos que quedaban en el comedor y los camareros recogían los servicios de desayuno y preparaban las mesas para el almuerzo, pero ambos intentaban retrasar el momento de marcharse, alargando aquel rato de camaradería todo lo posible.

—Creo que deberíamos marcharnos —dijo Victoria—, antes de que nos echen.

—Sí, será mejor.

Se levantaron y, mirando el reloj, Julio propuso:

—¿Firmamos ahora los documentos? Antes de que te arrepientas.

—No me arrepentiré, Luján. No tendrás esa suerte. Pero sí, creo que es momento de sellar nuestra relación laboral.

Subieron hasta la habitación de Victoria. Julio lanzó una mirada a la cama, revuelta y desordenada, y contuvo las ganas de desordenarla aún más.

Victoria sacó el documento de la sociedad y lo firmó. Luego se lo pasó a Julio, que hizo lo mismo.

—Bueno, ahora somos socios. *Miscelánea* ya es nuestra, tuya y mía. Somos nuestros propios jefes.

—Sí, soy consciente de ello, y no sabes cuánto me alegro. Pero voy a seguir teniéndote a raya, Luján.

—No tengo la menor duda. Aunque tienes que reconocer que me debes una.

Victoria lo miró fijamente a los ojos.

—¿Qué pretendes?

Él sonrió con picardía.

—Cobrarme el favor, por supuesto.

Victoria sintió que el corazón empezaba a latirle con fuerza y un cosquilleo se instaló en su estómago y su vientre.

—¿Nunca haces nada gratis?

—No, encanto. Tendrás que aprender a vivir con eso; no soy un hombre desinteresado.

—Bien, ¿qué pides? ¿La portada durante un mes? ¿Otra cena?

—No, esta vez el favor es mucho mayor. Quiero todo un día.

Imágenes de ellos dos juntos en la cama por la mañana, desayunando, haciendo el amor más tarde, durmiendo la siesta, se colaron sin permiso en la mente de Victoria.

—¿Todo un día? —preguntó con voz ligeramente ronca.

—Sí. De hecho, el día de hoy. Ya somos nuestros propios jefes, podemos decidir en qué momento redactamos los artículos, siempre que lo hagamos antes del viernes. Hoy es miércoles, y yo propongo que no regresemos aún, que pasemos el día haciendo turismo por la zona. Que volvamos esta tarde a última hora. Son apenas doscientos kilómetros hasta Madrid y la comarca merece la pena ser explorada.

Victoria sintió una extraña mezcla de alivio y decepción.

—¿En serio quieres hacer turismo conmigo?

—Sí. Pienso que ahora que vamos a trabajar más estrechamente, deberíamos conocernos mejor, también fuera del ámbito de trabajo. ¿Qué dices, señorita Páez?

—De acuerdo. Pero durante el día de hoy, Victoria. Ni señorita Páez, ni encanto.

—Y tú...

—Yo prometo llamarte Julio todo el tiempo.

—Perfecto. ¿Llamas tú a la redacción para decirles a las chicas que se ocupen de todo o lo hago yo?

—Creo que será mejor que lo haga yo. En caso contrario no se lo van a creer —dijo cogiendo el móvil y marcando el número de Magda.

—Hola, Victoria. ¿Cómo va todo?

—Bueno, raro... pero ya te contaré. Me gustaría pedirte que te ocupes hoy de *Miscelánea*, no regresaré hasta la noche. Diles a Rosa y Celia que tú estás hoy al mando.

—¿Ocurre algo? ¿Has tenido algún problema?

—No, es que voy a hacer turismo.

—¿Turismo? ¿En día de trabajo?

—Es largo de contar... Mejor lo hablamos luego.

—Si Julio quiere ocuparse de todo ¿qué le digo?

—Él tampoco va a ir a trabajar hoy... Está aquí y va a hacer turismo conmigo.

—¿Qué Julio...? Oye... ¿Qué coño está pasando ahí? ¿Os habéis fugado para casaros?

Victoria soltó una sonora carcajada. Qué ideas se le ocurrían a Magda.

—Te advierto que si has hecho algo así sin mí, no te lo perdonaré jamás.

—Claro que no, Magda. ¿Casarnos Julio y yo? ¡Por Dios, cómo se te ocurre pensar algo así!

—¿Que por qué lo pienso? ¿Y tú lo preguntas? Pues porque...

—Calla, anda, no digas nada más. No; simplemente vamos a tomarnos el día libre y ver la comarca, que es muy bonita.

—Una sola pregunta más: ¿habéis pasado la noche juntos?

—No.

—¿Seguro?

—Pues claro que seguro. Anda, ya te cuento luego, ahora ocúpate de *Miscelánea*, ¿vale?

—Vale. Y disfruta de tu día libre.

—Pienso hacerlo.

Apagó el móvil. Julio la miraba divertido.

—¿Magda cree que nos hemos casado?

—Eso ha preguntado. No sé cómo se le ha ocurrido semejante cosa.

—Tampoco es normal que nos vayamos a hacer turismo juntos.

—No, pero, ¿casarnos? ¿Tú y yo?

—¿Tienes algo contra el matrimonio?

—Como institución no, pero...

—Pero tú no te casarías.

—No he dicho eso; tendría que encontrar a un hombre muy especial. ¿Y tú?

—Opino lo mismo. Lo haría si encontrase a la mujer adecuada. Y ahora... es el momento de salir. ¿Tu coche o el mío?

—El mío. Me gusta conducir.

—Di mejor que te gusta tener las cosas controladas.

—Podría ser. De todas formas, prefiero ir en mi coche.

—Sin problema. Dejaré el mío aquí y lo recogemos por la tarde.

Pidieron un plano de la zona en el hotel y, después de guardar en el maletero las bolsas de viaje, subieron al coche de Victoria.

El sol de la mañana primaveral daba un aspecto apacible a la carretera secundaria que tomaron. Victoria puso música suave en un tono bajo que permitía la conversación. Siguieron hablando sobre *Miscelánea*, sobre los planes de futuro de su nueva editorial. Julio expuso los cálculos económicos que había estado haciendo, barajó cifras y porcentajes de ganancia y, mientras hablaba, miraba el perfil de Victoria, que conducía atenta a las curvas cerradas de la carretera. Se sentía feliz y eufórico como un niño de excursión, como si le hubieran dado un regalo inesperado, y pensaba disfrutarlo.

Llegaron a un pueblo pintoresco y bajaron del coche. Recorrieron las calles empinadas, tomaron fotos, entraron en la iglesia, cruzaron un pequeño parque. Charlaron, rieron, bromearon, y, sin que se dieran cuenta, se fue creando un lazo de camaradería que antes nunca había existido entre ellos. Algo que iba más allá de un polvo salvaje o de una cena compartida.

Volvieron al coche, continuaron el camino hasta encontrar otro pueblo que les gustó y volvieron a bajar. Se detuvieron a comer en un pequeño restaurante, degustaron los productos típicos de la zona. Compraron chacina y dulces para compartir en el desayuno del día siguiente, y siguieron la ruta en círculo para volver al hotel donde habían pasado la noche y recoger el coche de Julio.

Después de almorzar él había cogido el volante para que Victoria descansara un rato y luego, y a su pesar, regresaron al hotel. Al bajarse en la puerta, Julio se volvió hacia Victoria.

—¿Sabes que eres una compañera de viaje fantástica?

—Lo mismo digo. Me encanta hacer esto; Magda y yo a veces nos escapamos los domingos y pasamos el día por ahí.

—¿Podría unirme a vosotras alguna vez?

—No creo que a Magda le importe.

—¿Y a ti?

—No, no me importa. Me lo he pasado genial hoy.

—Yo también; ha sido un día... mágico.

—Sí.

—Bueno, supongo que es hora de regresar. Mañana nos espera un duro día de trabajo.

—Cierto.

Julio se inclinó y la besó en la mejilla.

—Conduce con cuidado.

—Tú también.

Condujeron de regreso con calma. Durante todo el trayecto, Victoria veía las luces del coche de Julio detrás del suyo, como si ambos vehículos estuvieran unidos por un hilo invisible. Se sentía extraña después de la experiencia del día. Siempre le había gustado viajar, pero en la mayoría de ocasiones lo había hecho con Magda. Era la primera vez que otra persona se amoldaba tan bien y de forma tan natural a su idea de una excursión. Julio Luján estaba resultando ser una caja de sorpresas. De sorpresas agradables.

24

Una de piratas

La vuelta a la realidad fue frenética. Nada más llegar a su casa, y tras evitar las preguntas de una Magda medio dormida, Victoria se fue a la cama, agotada tanto física como emocionalmente.

A la mañana siguiente, se dio una larga ducha caliente, porque se sintió incapaz de soportar el agua fría como solía hacer, y se volvió a poner su ropa de trabajo.

También le costó volver a embutirse en ella, el apretado sujetador la molestaba más que nunca, encontraba la camisa más áspera de lo habitual y se dijo que el comportamiento de la mente era muy particular. Había bastado una firma en un papel que la convertía en su propia jefa, para que su habitual uniforme la molestara más de lo debido. Tendría que hacerle caso a Julio y empezar a vestirse de otra forma para ir al trabajo. Dudó si recogerse el pelo, pero al final lo hizo. Cambiaría cuando se mudaran a sus nuevas oficinas. Mientras, seguiría siendo la Victoria de siempre, al menos en apariencia.

En el coche, Magda la interrogó tal como esperaba.
—Bueno ¿me lo vas a contar o no?
—Sin muchos detalles, lo hablaremos más tranquilamente en el despacho con Rosa y Celia.
Magda soltó una risita.
—¡De modo que sí os habéis casado!
Victoria desvió por un momento la vista del tráfico.
—¡No, joder! ¡Qué manía!
—Pero estáis juntos.
—Sí, aunque no de la forma que crees. Julio y yo hemos comprado *Miscelánea*. Bueno, la ha comprado él y me ha ofrecido la mitad. He aceptado y ahora Julio y yo somos socios al cincuenta por ciento. Y tenemos que hablar con todas porque queremos que os vengáis a trabajar con nosotros. Somos un equipo los cinco.
Magda volvió a reír.
—Puedes contar conmigo, lo sabes. Y con las chicas creo que también.
—Cuando lleguemos, hablaremos con ellas y luego se lo comunicaremos a Martín.
—Se te ve radiante. Tienes algo... distinto en la cara. Yo pensé...
—Sí, que había estado follando como una loca toda la noche, ¿no?
—Más o menos.
—Pues no hay nada de eso, aunque no ha sido por falta de ganas. A ti no puedo engañarte. Pero no voy a negarte que me siento... distinta... eufórica. Eso de ser tu propio jefe, de no tener que preocuparte por las decisiones de señores que solo buscan dinero, es genial. Julio y yo haremos de *Miscelánea* una gran revista.

—Estoy segura de ello. Y me gusta que pienses en vosotros como Julio y tú.

—En el terreno laboral, Magda. No va a ir más allá.

—Por supuesto que no —dijo esta con tono fingidamente rotundo. Victoria no quiso replicar, necesitaba todos sus argumentos para convencer a Celia y Rosa de que abandonaran sus seguros puestos de trabajo y se embarcaran con ellos en la aventura de *Miscelánea*.

Al llegar a la redacción, Julio ya se encontraba en ella. Reunieron a las chicas en el despacho de Victoria y ambas se mostraron entusiasmadas ante la idea de participar en el proyecto. Dijeron a Victoria que irían con ella donde fuera; no dudaron en renunciar a un puesto de trabajo estable para seguir a su jefa en su nueva etapa. Victoria, a su pesar, sintió la emoción instalarse en su garganta y parpadeó un par de veces para evitar que sus ojos se humedecieran. ¡Dios, se estaba volviendo una blanda! Ni a Julio ni a Magda se les escapó la emoción de Victoria ante la reacción de su equipo. Julio, de pie junto a ella, le apretó ligeramente el hombro en señal de comprensión.

—Bueno... —carraspeó—, creo que es el momento de ir a hablar con Martín. Magda, empieza a buscar un local donde instalarnos. Algo pequeño para empezar.

—¿Tres despachos? —preguntó la chica.

Julio miró a Victoria, haciéndole la misma pregunta con la mirada.

—Creo que con dos nos podríamos apañar. Si no te asusta trabajar en la misma habitación que yo, Luján.

—Sobreviviré, encanto. Si lo he logrado hasta ahora...

—Dos habitaciones nos harán ahorrar dinero en el alquiler. Hay que pensar con la cabeza —explicó.

—Por supuesto.

—Ponte a ello, Magda. Y vosotras id redactando los artículos para esta semana, salvo el del hotel. De ese nos ocuparemos Victoria y yo en cuanto terminemos con Martín.

—De acuerdo.

Martín suspiró aliviado cuando supo que Victoria estaba en el proyecto de *Miscelánea* y les felicitó sinceramente. Sabía cuánto suponía la revista para ella, lo duro que había trabajado para llegar hasta allí. Les deseó lo mejor y aceptó cobrar una cantidad de dinero razonable por seguir imprimiendo la revista hasta que ellos pudieran ampliar su editorial, cosa que no dudaba que sucedería más pronto que tarde. Ni Julio ni Victoria temían el trabajo duro, y era consciente de que él poseía el capital necesario para la ampliación y que encontraría el modo de que Victoria aceptara la inversión sin sentirse menospreciada. Julio sabía hacer las cosas con estilo.

Magda empezó su búsqueda y el ritmo de trabajo adquirió una ilusión nueva. Un cosquilleo interno que Victoria hacía mucho tiempo que no sentía se apoderó de ella. Magda observaba divertida el cambio que poco a poco se iba operando en su amiga, sin que ella misma fuera consciente de ello. Volvía a ser la que era antes de alejarse de su familia. Sus accesos de malhumor se limitaban a sus habituales encontronazos con Julio por la publicación de determinados artículos, pero ahora estaban teñidos de humor y no de rabia como antes.

Tenían un par de locales para visitar, y Victoria propuso que lo hicieran el sábado por la mañana, pero Julio se excusó aduciendo un compromiso que le ocuparía todo el fin de semana. Ella suspiró pensando que la gente no cambiaba y que Julio sería un mujeriego hasta el fin de sus días. Que Teresa ya había sido sustituida y que el señor Luján y de la Torre pensaba disfrutar a tope de su nueva amiguita, fuese quien fuese. Se alegró enormemente de no haber cedido a la tentación de acudir a su habitación en el hotel.

El sábado hizo un día desagradable y lluvioso, perfecto para pasarlo en la cama, en compañía. Como probablemente estaría Julio. Ella se sentía extrañamente deprimida, tristona, a pesar del subidón de adrenalina que había tenido durante toda la semana. Con el cambio de titularidad de *Miscelánea*, sentía sus emociones como en una montaña rusa, y aquella tarde gris se notaba deprimida y sola. Magda estaba en casa de Silvia desde la noche anterior, y ella había hecho acopio de palomitas y de películas y se proponía pasar la tarde del sábado acurrucada en el sofá y comiendo como una lima todas las porquerías que tuviera en el frigorífico, desde palomitas a chocolate o helado. La tarde era larga.

Se sorprendió cuando sobre las cinco recibió en el móvil una llamada de Julio.

—Hola, Luján. ¿Te dieron plantón y estás libre para ver oficinas?

—No, nada de eso, pero estoy en un pequeño apuro y no sé a quién acudir.

—Vaya... ¿Necesitas mi ayuda?

—Es posible. ¿Qué tal se te dan los niños?

—Pues no sé... No tengo mucha experiencia con ellos, la verdad.

—Es que estoy ejerciendo de niñero desde anoche. Andrés y Noelia se han ido a pasar un fin de semana romántico y me he quedado con Adriana. Llevamos toda la tarde jugando al parchís y creo que está un poco aburrida ya. El tiempo está horrible, no puedo llevarla al parque ni a ningún sitio. Si se resfría me cortarán la cabeza, seguro. No sé qué más hacer para entretenerla... Y pensé que a lo mejor tú tenías alguna idea. Puedo llamar a mi madre, pero querrá que se la lleve a su casa y yo quedaré como un desastre de niñero incompetente. Además, a Adriana le apetecía quedarse con el tío Julio y no con la abuela. Y si llamo a alguna amiga lo único que se le ocurrirá será enseñarla a maquillarse o a vestirse de princesa, algo que no le va a mi sobrina.

—De modo que esos eran tus planes para el fin de semana —dijo sintiéndose eufórica de golpe.

—Pues, sí. ¿Qué pensabas?

—No sé, hacer de canguro desde luego que no.

—Malpensada.

—Dice el refrán «piensa mal y acertarás».

—Bueno, ¿entonces...?

—Cuenta conmigo. Si quieres, me acerco y te echo una mano. Seguro que entre los dos encontramos el modo de distraerla sin maquillarla ni vestirla de princesa. Yo de niña también odiaba ese tipo de tópicos.

—Gracias, Victoria, te deberé una. Y puedes cobrarte de la forma que quieras. Cena, día... Incluso la portada de la revista. Lo que quieras.

—Me lo pensaré. Estaré ahí lo antes posible.

Se cambió el chándal que llevaba puesto por unos vaqueros ceñidos y un blusón cómodo y se fue a casa de Julio tratando de recordar qué le divertía a ella cuando era pequeña.

Él vivía en un piso grande y luminoso a las afueras de Madrid, en una urbanización con piscina e instalaciones deportivas. Pero aquello estaba descartado en aquella tarde desapacible; Julio tenía razón, era muy probable pillar un resfriado con aquellas condiciones atmosféricas.

Él abrió la puerta vestido con un vaquero viejo y muy desgastado, una camiseta y sin zapatos.

«También le gusta estar descalzo», tomó nota mentalmente.

—Hola, Victoria —la saludó Adriana.

—Hola, Adriana. ¿Qué? ¿Algún problema con tu tío?

—No, hemos jugado al parchís y esta mañana hicimos tarta de chocolate. Como sabemos que te gusta, hemos pensado invitarte a merendar.

—Tarta de chocolate, ¿eh? —dijo mirando a Julio,

que no le había dicho nada, limitándose a mirarla complacido—. ¿Es comestible?

—Por supuesto que es comestible. Está mucho más buena que la de Noelia.

—Tendrás que demostrarlo.

—Pasa y merendamos, es la hora justa, si te apetece.

—De acuerdo.

Se deshizo del paraguas y de la ligera chaqueta impermeable que llevaba y los siguió al interior.

La cocina estaba impecable, ni rastro de que nadie hubiera cocinado una tarta de chocolate en ella. En una esquina había una mesa de cristal rodeada de cuatro sillas que hacían juego con los armarios.

—¿Qué prefieres? ¿Café, té verde, infusión diurética, Colacao...? Tengo de todo.

—Yo Colacao, tito —dijo Adriana volviéndose hacia Victoria—. A él no le gusta, prefiere el café.

—Yo también tomaré un café.

Julio se volvió hacia la encimera y empezó a preparar la merienda con la soltura de quien se desenvuelve bien entre fogones. Victoria lo observaba desde la mesa, de espaldas. Sus ojos vagaron desde el trasero hasta los hombros anchos y recordó la sensación de sus manos deslizándose por su espalda. Y se dijo que era buena cosa que Adriana estuviera allí.

Julio colocó una bandeja con tazas y platos sobre la mesa. Y una enorme y esponjosa tarta de chocolate.

—¿Estás seguro de que eso lo has hecho tú?

—Entre los dos —dijo Adriana.

—¿Y la cocinera de tu madre no ha ayudado?

—No, ella no. Y te voy a confesar una cosa, ¿te

acuerdas de las recetas que te llevé al despacho para la primera revista? También las hice yo, así que puedes comerte la tarta sin miedo a ser intoxicada. La cocina se me da bien; de hecho, me encanta.

—Vaya, entonces tendremos que probarla.

La tarta estaba tan buena como parecía.

—Eres toda una caja de sorpresa, Luján. Dame otro trozo, por favor.

—A mí también —pidió la niña.

Terminaron de merendar y Victoria y Adriana ayudaron a Julio a meter los platos y las tazas en el lavavajillas.

—Esta niña es un encanto —dijo Victoria.

—Sí, lo es. Noelia la educa muy bien. Es de las que piensan que por mucho dinero que tengas y puedas pagar por las cosas, siempre debes saber hacerlas por ti mismo. Adriana quita la mesa en su casa, se hace su cama «con ayuda» porque es pequeña, pero tiene sus obligaciones.

—Me cae muy bien tu cuñada.

—Y tú a ella también.

—¿Habláis de mí?

—A veces.

—Vaya... Supongo que no puedo preguntar sobre qué.

—No, no puedes.

—En ese caso, será mejor que inventemos algo para distraer a esta señorita. Porque supongo que no quieres seguir jugando al parchís con tu tío...

Adriana negó con la cabeza.

—¿Y qué te parece jugar a los piratas?

Los ojos de Adriana se agrandaron por la sorpresa. Julio frunció el ceño, asombrado también.

—¿Piratas? —preguntó.

—¿Alguna objeción, Luján?

—No, ninguna si a Adriana le parece bien. Aunque nada de espadas de verdad, ¿eh? Ni cuchillos.

—No hace falta nada de eso para divertirnos.

—Nunca he jugado, pero parece guay —dijo la niña.

—Bien, te explico. Yo jugaba mucho con mis hermanos cuando era pequeña. Tú y yo vamos a ser los piratas y tenemos que hacer prisionero a tu tío...

—¡Sííííí!

—Y una vez que me hayáis apresado, ¿qué pensáis hacer conmigo?

—Bueno, Adriana es la capitana y ella decidirá, aunque lo habitual es hacerte confesar dónde escondes el tesoro.

—¿Cómo?

—Ya se nos ocurrirá algo —dijo Victoria sintiéndose un poco perversa. La idea de tener a Julio a su merced, aunque fuera en un juego infantil, le gustaba. Le gustaba mucho.

Se agachó y cuchicheó con la niña:

—Tú rodéale por ese lado del sofá, yo por este, nos tiramos encima y lo tumbamos. ¿De acuerdo?

—De acuerdo.

Ambas se precipitaron sobre él, cada una por un lado, y acabaron los tres rodando por el suelo. Las caras de Julio y Victoria muy cerca, ella tumbada sobre él. Con la erección muy evidente bajo su estómago, no pudo evitar pensar: «Cómo coño se me ocurriría pensar que este hombre necesitara Viagra para nada... Joder, se empalma al menor roce.»

Se levantó rápidamente y agarró a Julio por un brazo mientras Adriana lo hacía por el otro. Él se dejó apresar sin resistencia y lo sentaron en una silla.

—¿Qué hacemos con él, capitán?

—A los prisioneros se les desnuda para que no puedan escapar.

Victoria lanzó una ojeada a la entrepierna de Julio y negó.

—Le quitaremos la camiseta y nos haremos a la idea de que se lo hemos quitado todo. No queremos que se resfríe, ¿verdad?

—Vale.

—Tú, prisionero, estás desnudo y no puedes escapar.

—De acuerdo —admitió él, agradecido.

—Vamos a atarlo a una silla para torturarlo —propuso la niña.

—Bien, capitán. Yo lo sujeto y tú ve a buscar una cuerda.

—En el cajón de debajo de la cocina hay una.

—El prisionero está colaborando. Eso está bien.

Adriana desapareció mientras Victoria colocaba una silla para que Julio se sentara en ella.

—¿Te gusta jugar a los piratas, encanto? ¿Y atar a los prisioneros? —susurró él muy cerca de su oído. La respiración de Victoria se aceleró.

—Estamos entreteniendo a tu sobrina. Nada más.

—Bien...

La niña regresó con una cuerda, sentaron a Julio en la silla y le ataron las manos a la espalda.

—Y ahora ¿qué se hace? —preguntó.

—Tenemos que preguntarle por el tesoro.

—¿Dónde guardas el tesoro, prisionero?

—Nunca lo confesaré —dijo él mirando desafiante a Victoria.

«Bajo los pantalones», pensó ella. Luego se recordó a sí misma que estaban jugando con una niña.

—Responde al capitán.

—Nunca lo diré. Tendréis que torturarme —dijo levantando una ceja y una sonrisa pícara asomó a sus labios.

—No dudes que lo haremos.

—Victoria, yo no quiero pegarle con el látigo, es mi tío y no quiero hacerle daño.

—No le vamos a pegar, hay otras muchas formas de tortura sin hacerle daño, no te preocupes.

«No lo dudes», pensó Julio. «Tenerte a medio metro y no poder tocarte es una de ellas.»

—Tú lo conoces mejor, capitán. ¿Hay algo que no le guste?

—El Colacao.

—Bien, le daremos Colacao hasta que confiese.

—¡No, no, por favor! ¡Colacao no! —dijo Julio en un fingido acento lastimero.

—Pues dinos dónde está el tesoro.

—No diré nada.

—Entonces vamos a la cocina a preparar una jarra bien grande.

Adriana palmoteó encantada.

Volvieron poco después con una gran jarra y un vaso.

—Para que sea más tortura, hemos decidido vendarte los ojos.

Victoria se acercó por detrás y cubrió la parte superior del rostro de Julio con un paño que había encontrado en la cocina. Desde el momento en que dejó de ver, el resto de los sentidos de él se agudizaron y fue consciente de la respiración entrecortada de Victoria, de su olor, de la suave respiración contra su cuello y agradeció tener las manos atadas porque de no ser así las habría alargado hasta tocarla a pesar de la presencia de su sobrina.

—Ya está, capitán. Puedes darle el Colacao.

Adriana se encaramó sobre las piernas de su tío y acercó a su boca un vaso medio lleno. Él empezó a tragar, moviendo la cabeza, fingiendo resistencia. El líquido empezó a resbalar por su barbilla y a deslizarse por su pecho. Victoria contuvo las ganas de acercarse y lamer los regueros de líquido marrón que caían cada vez más abajo. Nunca había sido mujer de juegos eróticos, pero en aquel momento habría dado cualquier cosa por sentarse sobre la erección que no había bajado y tomar Colacao directamente de su pecho.

—¿Lo estoy haciendo bien, Victoria?

—Muy bien —dijo con voz entrecortada. Julio sonrió y no tuvo ninguna duda de que, a pesar de tener los ojos tapados, sabía perfectamente lo que le estaba ocurriendo.

Un inocente juego infantil de piratas se estaba convirtiendo en algo muy erótico para ambos.

La ropa de la niña también empezaba a estar sucia de lo que Victoria temía que fueran manchas imposibles de quitar. Esperaba que su madre no se enfadara, pero en aquel momento se sintió incapaz de parar.

Sintió un cosquilleo en el estómago y las ganas de jugar pudieron más que el sentido común de que siempre hacía gala.

—Deja que lo intente yo, capitán —dijo traviesa.

Julio dejó de tragar por un momento y el líquido salió a borbotones de su boca. Victoria levantó a Adriana y ocupó su lugar sobre las piernas de su tío. Tomó el vaso y lo acercó a la boca del «prisionero».

—Ahora confesaré aún menos. Estoy empezando a disfrutar la tortura —susurró entre sorbo y sorbo, y ella sintió la erección hacerse aún más potente bajo su trasero.

Se acomodó mejor y lo obligó a beber. El líquido seguía goteando, manchándola también a ella, pero pocas veces había vivido algo más erótico que ver el pecho de Julio goteando Colacao sentada sobre su regazo. Volvió a moverse ligeramente sobre él.

—Señorita Páez, para o vas a conseguir que... confiese.

Ella se acercó a su oído y le susurró:

—Hazlo. Ya tienes todo el pantalón mojado, no se notará.

—¿Quieres....? —preguntó en un susurro.

—Sí... Confiesa, prisionero... —dijo moviéndose ligeramente sobre él.

Julio apartó la boca del vaso y se dejó ir en un orgasmo que trató de disimular lo mejor que pudo.

Después, agachó la cabeza tratando de recuperarse y dijo:

—Me rindo... confesaré... El tesoro está enterrado en el jardín... al lado de la piscina.

—¡Bien! ¡Hemos conseguido que confiese! —dijo Adriana palmoteando.

—Desatadme, por favor, tengo que darme una ducha. Esto que habéis hecho conmigo es inhumano.

—Te hemos torturado, tito. El juego de los piratas es así.

—Todos necesitamos una ducha, creo —dijo quitándole la venda de los ojos y desatándole las manos. Por un momento sus ojos se encontraron, cómplices. Luego se miró: el pecho pegajoso, los pantalones mojados y manchados hasta medio muslo. Tampoco Adriana y Victoria presentaban mejor aspecto.

—Tu madre nos va a matar cuando vea la ropa.

—La culpa ha sido tuya, tito, que no te tragabas el Colacao.

—La niña tiene razón —dijo Victoria para calmar un poco la tensión sexual que todavía flotaba en la habitación—. La culpa es tuya.

—Esta me las pagarás, señorita Páez... La próxima vez que juguemos a los piratas, yo seré el capitán y tú la prisionera.

—Sí, tito, sí. ¿Mañana?

—No, mañana vienen tus padres. En otra ocasión. —Miró a Victoria—. Voy a duchar a Adriana y luego lo haré yo. Tengo Colacao hasta en... las uñas de los pies.

—Si tienes dos baños, yo me ocuparé de ella. A ti te hace más falta.

—De acuerdo. Te traeré ropa limpia para ella. Y algo para ti, también tienes Colacao en la blusa.

—Gracias.

Se repartieron en los baños. Victoria no había bañado a un niño jamás, pero se encontró haciéndolo con una naturalidad que la sorprendió. Enjabonó el pelo de Adriana y lo enjuagó, mientras su mente jugueteaba con la idea de Julio desnudo bajo el caño de la otra ducha, con la idea de enjabonarle a él, de ver todo su cuerpo mojado.

Aquella tarde, que prometía ser triste y aburrida, se había convertido en algo excitante y especial, pero le había dejado ver un poco más de Julio Luján, el hombre, y un mucho más del amante juguetón y divertido que podría ser si se lo permitiera. Y también había descubierto una faceta de ella misma completamente desconocida.

—Victoria, el pelo ya me lo has enjabonado.

Se dio cuenta de que estaba a punto de volver a lavarle la cabeza.

—Perdona, me había distraído.

Terminó de ducharla, la envolvió en la toalla grande y esponjosa y la sacó de la bañera. Un golpe en la puerta y la voz de Julio la hicieron volver a la realidad.

—¿Puedo?

—Sí, pasa.

—Yo termino con Adriana, pasa tú al baño de mi dormitorio y date una ducha también —dijo alargándole una de sus camisas—. Creo que te cubrirá lo suficiente. Luego pondré una lavadora con todo esto y en un rato podrás volver a ponerte tu ropa. Salvo que tengas prisa.

Victoria se regocijó pensando en que todavía pasaría allí un buen rato.

—Ninguna prisa.

—Bien. Entonces, ve. Y si no te queda bien —dijo señalando la camisa—, rebusca en mi armario hasta que encuentres algo que te vaya.

—¿Me estás diciendo que puedo hurgar en tu armario?

—No tengo nada que ocultar, encanto. Tú misma. Sobre la cama tienes toallas.

Victoria entró en el dormitorio. Pulcramente dobladas sobre la enorme cama había un juego de toallas blancas. Entró en el baño, decorado en blanco y negro, en el que compartían espacio una ducha funcional con chorros de masaje y una enorme bañera negra.

Entró en la ducha, conteniendo las ganas de darse un largo baño. Usó el gel que le recordó el olor de Julio, cuidando de no mojarse el pelo. Quería pasar el menor tiempo posible en sus dominios personales, prefería regresar a las zonas comunes de la cocina y el salón. Aunque iba a echar un vistazo al armario antes de irse, ya que tenía el permiso explícito para hacerlo.

Se envolvió en la toalla y salió al dormitorio, hurgando entre las camisas. En un lateral encontró dos sin botones. La que le había arrancado la noche que follaron en el despacho y la que había destrozado a medias cuando solo lo fingieron. Pensaba que las habría tirado o mandado arreglar. Bastaba con ponerles botones nuevos, no entendía por qué seguían allí, medio escondidas en un rincón.

La mayor parte de la ropa la conocía, y la que no había visto nunca se parecía al resto. No encontró nada especial en el armario.

Se quitó la toalla y se puso la camisa sobre la ropa interior que ya llevaba. Le quedaba grande, cubría sus muslos hasta la mitad, a pesar de que Julio no era mucho más alto que ella. Se sacudió el pelo y salió a reunirse con Adriana y Julio, llevando la ropa manchada en la mano.

Este la recogió, la metió en la lavadora junto con la de ellos y la puso en marcha.

—Eres todo un amo de casa.

—Vivo solo, no tengo más remedio. Una mujer viene a hacer limpieza a fondo un día a la semana, pero el resto lo hago yo. Los *gigolo* tenemos esas manías, qué le vamos a hacer

—¿Qué es un *gigolo*, tito? ¿Un hombre que hace la comida y pone la lavadora? ¿Tú eres uno?

—Victoria dice que sí.

—Entonces lo eres, porque Victoria no se equivoca nunca. Dijo que confesarías donde estaba el tesoro y lo has hecho.

—Victoria es muy persuasiva torturando a la gente. Bueno, señorita, es hora de cenar y luego irte a la cama —dijo mirando el reloj.

—No tengo hambre ni sueño.

—Pero hay que hacerlo o tus padres no volverán a dejarte conmigo cuando se vayan de viaje y tendrás que quedarte con la abuela.

—Bueno, cenaré. Pero no me pongas mucho, he tomado dos trozos de tarta de chocolate.

—¿Un poco de sopa?

—Vale.

—¿Tú también quieres sopa o preparo algo más consistente?

—¿Vas a invitarme a cenar?

—Claro. Tienes que esperar a que termine la lavadora y la secadora. Todavía llevará un rato. He tenido que poner un programa largo, había manchas difíciles.

Victoria soltó una carcajada.

—Pareces un anuncio, Luján. De acuerdo, un poco de sopa estará bien. Si me queda hambre puedo volver a tomar tarta de chocolate.

Se sentaron a comer. Adriana hablaba sin parar, pero ellos se habían quedado extrañamente silenciosos. Se limitaban a mirarse y a seguir la conversación de la niña.

A Victoria se le antojó una escena tan íntima, tan hogareña, que de golpe fue consciente de sus treinta y tres años y de que su reloj biológico ya iba cuesta abajo. Nunca se había planteado la idea de tener pareja estable ni hijos, pero aquella noche, sentada a la mesa de Julio Luján, tomando sopa con una niña sentada entre ellos, se dijo que tener una familia no debía ser tan malo como siempre había pensado. Encontrar a alguien al llegar a casa, recostar su cabeza en un hombro mientras veía la tele y preparar sopa y encontrar juguetes esparcidos por el suelo de la casa.

Levantó la vista y se encontró los ojos de él mirándola escrutadores.

—¿En qué pensabas, señorita Páez?

—En muchas tonterías, Luján. Muchas.

—¿Más sopa?

—No, gracias.

—¿Tarta?

—Tampoco.

—Pues si no te importa, ponte cómoda mientras acuesto a Adriana.

Victoria se levantó, recogió la mesa, colocó los platos en el lavavajillas y se sentó en el amplio sofá, recostándose contra el respaldo y cerrando los ojos.

—Cien euros por tus pensamientos.

Victoria abrió los ojos perezosamente.

—No valen tanto.

—Yo creo que sí. ¿Lo hacemos?

—¿Qué hacemos?

—Yo te doy cien euros y tú me dices lo que pensabas. La verdad.

—Te repito que no valen cien euros, pero prefiero guardármelos.

—Lo suponía. ¿Una copa?

—De acuerdo, pero no muy cargada. Tengo que conducir.

—Si te pasas, coges un taxi o te quedas a dormir. La habitación de Adriana tiene dos camas.

—Prefiero irme a casa.

Julio puso sobre la mesa un par de botellas y vasos.

—Sírvete tú.

—Tu sobrina te quiere mucho.

—Y yo a ella. Disfruto mucho con Adriana.

—Te gustan los niños —dijo ella y no era una pregunta sino una afirmación.

—Sí, me gustan.

—Pero has llegado a los treinta y seis años sin hijos. O quizá te gustan los de los demás y no los propios.

—Me gustaría tener los míos, pero para eso primero hay que encontrar a la madre adecuada.

—Quizá no has buscado en el sitio idóneo.

—Eso dice mi hermano. Y me recomendó que buscara en el gimnasio.

—¿En el gimnasio? —dijo soltando una carcajada—. ¿Buscas una atleta?

—No. A mí también me hizo gracia. Pero donde seguro que no la encontraré es en las pasarelas ni en las fiestas de sociedad. Al menos el tipo de mujer que yo quiero para madre de mis hijos.

—¿Y qué tipo de mujer es ese que tan difícil es de encontrar?

«Una capaz de jugar a los piratas con los niños y también con el padre», pensó, pero solo dijo, encogiéndose de hombros:

—Cuando la encuentre, lo sabré. Y serás la primera en saberlo. Bueno, no, la segunda. Seguro que mi cuñada Noe lo adivina antes incluso de que yo me dé cuenta. Es un poco bruja.

Victoria se inclinó a coger el vaso y la camisa se abrió mostrando un pecho, cubierto por un sujetador de encaje azul oscuro. Julio ya no pudo más, y, cuando dejó el vaso sobre la mesa, alargó al brazo para rodearle la nuca y la acercó hacia él para besarla. Sus ojos se encontraron y solo vio invitación en los de Victoria.

La besó con suavidad, tratando de contener la pasión, consciente de que su sobrina dormía en la habitación de al lado y de que no iban a llegar muy lejos. Pero llevaba días muriéndose por besarla, y la visión de aquel trozo de encaje fue superior a sus fuerzas. Después de lo que ella le había hecho por la tarde, ya no tuvo miedo de estropear su relación laboral. También Victoria quería jugar, se sentía atraída por él, sin lugar a dudas, y esa noche iba a besarla hasta hartarse, aunque solo fuera eso.

Se recostaron contra el respaldo y se besaron durante mucho rato como dos adolescentes en una plaza cualquiera, sabedores de que no podrían hacer nada más atrevido. Disfrutaron de la boca del otro, con sabor a *whisky*, a deseo y a pasión contenida. Julio aventuró la mano hasta el pecho y lo acarició con suavidad por encima de la camisa. Victoria gimió sobre su boca y deslizó su mano bajo la camiseta. Y, justo en ese momento, unos pasitos leves sonaron por el corredor.

—Tito, no puedo dormir.

Se separaron y se recompusieron un poco.

—Es por esto que Noelia y Andrés están de viaje —susurró Julio.

Victoria sonrió y se abrochó un botón más.

—¿Puedo sentarme con vosotros un ratito hasta que me entre sueño?

—Claro.

Se hizo hueco entre los dos y se recostó contra el pecho de Julio.

—¿Eres la novia de mi tito?

—No, no lo soy.

—Qué lástima. Tú eres más divertida que la otra.

—La otra tampoco es mi novia.

—¿No? Qué bien.

Julio le revolvió el pelo.

—No tengo novia, pequeña, pero el día que la tenga será alguien que te guste a ti. ¿De acuerdo?

—De acuerdo.

Victoria apuró su copa. Ver a Julio recostado en el sofá con la niña acurrucada en sus brazos le hizo desear cosas que no debía plantearse con alguien como él. Cosas que ni siquiera estaba segura de que tuvieran sitio en su vida. Y comprendió que era hora de marcharse a casa.

—¿Crees que la lavadora ha terminado ya?

—Sí, hace rato.

—Voy a cambiarme entonces. Es hora de irme.

Julio la miró conteniendo las ganas de pedirle que se quedase, aunque fuera a dormir en la habitación de Adriana, pero vio la determinación en los ojos de Victoria y se mordió los labios.

—De acuerdo.

Se dirigió a la cocina a coger su ropa. Entró de nuevo en el dormitorio de Julio y con cierto pesar se cambió y salió de nuevo al salón. Adriana seguía acurrucada en el regazo de su tío, medio dormida, y Victoria se inclinó y los besó a ambos en la mejilla.

—Buenas noches. No te muevas, conozco el camino.

—Nos vemos el lunes.

—Hasta entonces, Julio.

Desde el sofá la vio salir del salón y escuchó la puerta del piso abrirse y cerrarse tras ella.

25

La editorial

Victoria esperaba y temía que Magda regresara el domingo y le preguntase por sus actividades del fin de semana, pero esta pasaba cada vez más tiempo en casa de Silvia. Estaba segura de que en poco tiempo iba a quedarse sin compañera de piso. Por una parte le apenaba, Magda y ella llevaban compartiendo casa muchos años, desde que Victoria se independizó de su familia, y se había acostumbrado a esas charlas al final del día en que ambas desnudaban su alma, en que sabían que podían engañarse a sí mismas, pero no a la otra. Iba a ser difícil quedarse sola en el piso, pero luego veía la felicidad en la cara de su amiga y se alegraba sinceramente por ella, y la envidiaba secretamente, tan secretamente que ni a ella misma se lo confesaba.

Magda se presentó en su casa con el tiempo justo de ducharse y cambiarse para el trabajo, y la conversación que mantuvieron sobre sus respectivos fines de semana fue bastante superficial.

Durante el trayecto en coche, Magda hablaba sin

parar sobre las nuevas facetas de su relación, y no se dio cuenta del mutismo de Victoria.

Cuando llegaron a la redacción, y tras unas breves instrucciones para mantener a *Miscelánea* en la calle, Julio y Victoria salieron a ver dos locales que Magda ya tenía seleccionados como posibles nuevas sedes de sus oficinas.

—¿En tu coche o en el mío, encanto? —preguntó Julio con naturalidad, como si la última vez que se habían visto hubiera sido el viernes anterior en el trabajo y no se hubiera corrido bajo sus muslos ni la hubiera estado besando como si fueran amantes durante mucho rato.

—En el mío. Ya te dije que me gusta conducir.

Subieron al coche de Victoria.

—¿Estamos de acuerdo entonces en dos despachos? Uno de los locales que ha propuesto Magda tiene tres.

—En lo que a mí respecta elegiremos el local más adecuado, no importa la cantidad de despachos que tenga.

—Si tú y yo trabajamos en la misma habitación infundirá confianza a las chicas.

Victoria soltó una sonora carcajada.

—Las chicas confían en nosotros, en caso contrario no dejarían su trabajo para venirse un poco a la ventura. Pero una cosa quiero dejar clara, Julio. El hecho de que trabajemos en el mismo despacho no significa que vaya a estar de acuerdo contigo en todo. Voy a seguir defendiendo mi criterio y mi parcela en *Miscelánea* con uñas y dientes, vetaré todo lo que no me guste y seguiré exigiendo puntualidad absoluta. Y la puerta del despacho permanecerá abierta «siempre».

—No esperaba menos, señorita Páez.

—¿Vas a dejar de llamarme «Señorita Páez» alguna vez? Yo he empezado a llamarte «Julio...» a veces.

—Por supuesto que dejaré de llamarte señorita Páez... el día que te conviertas en «señora» Páez.

—Eso sucederá el día que las ranas críen pelo.

—Pues será ese día entonces.

—Debes saber que el hecho de que seamos amigos fuera del trabajo no cambia que seamos competidores dentro de él.

—¿Somos amigos fuera del trabajo, Victoria?

—Eso creo.

—Me alegra saberlo.

—Yo no juego a los «piratas» con mis enemigos, Luján.

Él sonrió con picardía.

—¿Estaba planeado entonces?

—Sí... Bueno, no todo. Cuando me dijiste que a tu sobrina no le iba el rollo de las princesas y el maquillaje, recordé que mi juego favorito de pequeña era el de los piratas y se me ocurrió probar.

—¿Jugabas a los piratas de pequeña? ¿Igual que conmigo?

—¡No seas capullo, Luján! Jugaba con mis hermanos y tenía siete u ocho años. De lo del sábado pasado tuviste tú la culpa.

—¿Yo? Perdona, encanto, pero estaba atado y amordazado.

—Y empalmado sin ningún motivo, no te olvides de eso.

—Debe ser fruto de la Viagra que tomo habitualmente.

—¡Gilipollas!

Él rio con fuerza.

—En serio, Victoria... ¿Te han atado alguna vez?

—No.

—A mí tampoco... hasta el sábado. Y me resultó muy excitante, me puse...

—Ya sé cómo te pusiste, no sigas.

—Pues te recomiendo que lo pruebes.

—Cállate, Luján. Estamos en horario de trabajo. Y si sigues hablando así, creo que va a ser mejor alquilar el local de los tres despachos —dijo ella imaginándose atada al sillón y a Julio jugueteando en ella—. Y hablando del sábado... ahora que vamos a ser socios...

—Ya lo somos, firmamos el documento.

—Pero todavía no te he pagado tu mitad.

—No hay prisa.

—Para mí, sí. El banco ya tiene orden de ingresar el dinero del préstamo que he solicitado en la cuenta común de la empresa en cuanto esté terminado el papeleo. Entonces me consideraré tu socia; antes, no. Pero volviendo al sábado... vamos a trabajar juntos y de mejor rollo que antes, pero lo que pasó tiene que acabar. Porque si seguimos con tonterías de ese tipo solo complicaríamos las cosas. Y perjudicaría la sociedad.

—¿Estás segura? Yo diría que incluso el trabajo ha mejorado desde que nos lo montamos aquella noche en el despacho.

—Es posible, pero llegados a este punto, solo pueden empeorar.

—¿Por qué?

—Porque sí, Julio. Ya sabes lo que dice el refrán: «Donde tienes la olla...»

—«No metas la polla» —terminó él.

—Pues eso. No voy a negar que follar contigo fue fantástico, que lo del sábado pasado me resultó también a mí muy excitante y me hizo descubrir una parte juguetona que no sabía que tenía, pero... vamos a dejarlo ahí, ¿de acuerdo?

—De acuerdo... aunque no te prometo nada si vuelves a atarme.

—¡No voy a volver a atarte! La próxima vez que tengas que cuidar de tu sobrina y me llames, si es que lo haces, jugaremos al parchís.

—Una vez jugué y cada vez que a alguien le comían una ficha se tenía que quitar una prenda de ropa.

—¡Vete al carajo, Luján! Acepta mis condiciones o no voy a compartir despacho contigo ni muerta.

—¿Tienes miedo de no poder resistirte, encanto?

—En absoluto. Follamos y fue cojonudo. Punto.

—Que sí, mujer... que era broma. Estoy de acuerdo contigo.

«Y una mierda», pensó. «Voy a explotar esa faceta tuya juguetona que no sabías que tenías, y lo voy a hacer a conciencia, señorita Páez.»

Después de ver varios locales, se decidieron por uno con dos habitaciones pequeñas, una bastante mayor, un baño y una cocina. Esta suponía todo un lujo, con un microondas, frigorífico, cafetera, tostador y un fuego eléctrico donde preparar alguna comida muy básica, pero que les permitiría almorzar en el trabajo y reducir gastos en transportes y restaurantes. Definitivamente, Victoria y Julio no iban a compartir despacho.

Amueblaron la oficina con lo básico: mesas, sillas y sillones cómodos para trabajar, archivadores y ordenadores y decidieron que más adelante irían añadiendo lo que fueran necesitando.

Victoria ingresó su parte de la compra de *Miscelánea* en la cuenta común. Decidieron que, para ahorrar, cada uno llevaría la comida un día de la semana para todos, con lo que constituyeron más una pequeña familia que un grupo de trabajo. Los viernes por la tarde, como sucedía en la editorial, Julio o Victoria llevaría el material a Martín y él se encargaría de meterlo en las rotativas y distribuirlo en el mercado, hasta que la nueva editorial, que habían decidido llamar también Miscelánea, tuviera la suficiente infraestructura para hacerlo por sí misma.

El primer lunes, Julio se ofreció a llevar la comida de inauguración. La noche anterior llamó a Victoria.

—Buenas noches, señora copropietaria.

—Buenas noches, Luján. Creo que señorita Páez o señorita tocapelotas me gustaba más. Sigo siendo «señorita», recuérdalo.

—Cierto. Bien, entonces lo dejaremos en encanto.

—¿Qué quieres a estas horas? —dijo ignorando la sensación de euforia que había sentido al leer su nombre en el móvil—. Espero que ahora que somos socios no se convierta en una costumbre que me llames fuera del horario de trabajo.

—No seas borde. Solo quería consultarte el menú de mañana.

—Ahora el tocapelotas eres tú. Lleva lo que quieras ¿Desde cuándo necesitas mi aprobación? Y menos a las once de la noche.

—¿Lasaña?

Victoria suspiró.

—Lasaña, vale.

—Y cava para brindar.

—Genial. Emborrachando al personal en horas de trabajo —dijo en un tono que pretendía ser severo, sin conseguirlo.

—Solo mañana, lo prometo.

—Más te vale.

—Y otra cosa...

—¿Qué?

—Es un favor personal que te pido, ¿eh? No te lo tomes como una orden ni nada parecido.

—Suéltalo ya y déjame leer.

—¿Lees por las noches?

—¡Luján! Desembucha.

—Quc dejes guardadito el uniforme de señorita Rottenmeier y vengas a trabajar vestida de persona.

Victoria, que ya tenía pensado hacerlo así, decidió aprovecharse de la situación.

—Hummm... lo pensaré. ¿Qué ofreces a cambio?

Por la mente de Julio pasaron muchas cosas, pero no dijo ninguna de ellas.

—Retirar el anexo y volver a incluir artículos científicos dentro de la revista.

—Eso ya estaba hablado.

—¿Ah, sí? No lo recuerdo. Entonces, dime tú qué pides. Negociemos.

—Bueno, seré generosa. Puesto que se trata de apariencia, yo pediré lo mismo. Deja de usar gomina para el pelo.

Julio no pudo evitar reír a grandes carcajadas.

—¿Que deje de...? ¿Por algún motivo en concreto?

Victoria podía decirle que le encantaba cómo el aire revolvía su pelo y cómo un mechón rebelde le caía sobre a frente, pero solo dijo:

—Simplemente por tocarte las narices, Luján.

—De acuerdo. Trato hecho. ¿Algo más?

—Bueno, también podrías dejar de ponerte esa espantosa camisa de rayas rojas y grises.

—¿Y si en vez de eso te doy permiso para que la ropa que no te guste me la rompas a tirones en el momento que te apetezca?

—¡Vete al carajo! Decidimos que íbamos a trabajar y olvidarnos de «ciertos temas».

—Por Dios, que no aceptas una broma. —Siguió riendo a carcajadas.

—No. Ya deberías saberlo, me conoces lo suficiente.

—De acuerdo. No te molesto más, sigue con tu libro. Buenas noches, encanto.

—Buenas noches, Luján.

Apagó el móvil y se enfrentó a la mirada inquisitiva de Magda.

—¿Qué miras?

—Que no me puedo creer la conversación que acabáis de tener. No he escuchado la otra parte, pero... pero tú has prohibido la gomina y una camisa de rayas. ¿Sabes a qué suena eso?

—¡No! Simplemente he respondido a su petición de que deje el traje negro en casa. No iba a ceder sin pedir nada a cambio. Me importa una mierda cómo se vista o qué se ponga en el pelo.

—Ya...

—Cambiemos de tema.

—Tienes razón, la camisa le sienta fatal.

—Sigue chateando con Silvia.

Al día siguiente Victoria se presentó a trabajar con una falda negra y una chaqueta roja de corte moderno. El pelo recogido sin su habitual tirantez en una cola de caballo que caía sobre la espalda. Julio contuvo la respiración al ver cómo se le marcaban la cintura y los pechos. Quizá no había sido tan buena idea pedirle que cambiase de forma de vestir.

Él, por su parte, llevaba un pantalón gris y una camisa blanca de cuello mao, abierta varios botones y, por supuesto, se había peinado sin gomina, con lo que ya tenía el pelo revuelto al llegar a la oficina. Tanto Celia como Rosa notaron los cambios, pero ninguna de ellas dijo nada.

Empezaron a trabajar con ahínco, con la ilusión de empezar una nueva etapa. Las puertas de los despachos de Julio y Victoria permanecieron abiertas todo el tiempo y el ambiente de trabajo se hizo distendido.

A la hora del desayuno se reunieron todos en la cocina, aunque Victoria siguió fiel a su té verde y su tostada integral en vez de apuntarse a la enorme caja de donuts que Julio puso sobre la mesa.

En cambio, disfrutó del almuerzo. Julio era un gran cocinero, todas deberían esforzarse si querían estar a la altura el día de la semana que les tocase cocinar a ellas. Brindó con el cava por el éxito de la nueva etapa que empezaba y sintió que al fin su sueño profesional empezaba a realizarse.

26

La invitación

Las dos primeras semanas fueron frenéticas. La adaptación al nuevo local se estaba haciendo en medio de mucho trabajo, y aunque adoptaron la misma rutina que tenían, no podían evitar ciertos pequeños cambios que se iban introduciendo poco a poco en su vida laboral.

Aquel martes por la mañana, Julio se encontraba haciendo la visita habitual al hotel que someterían a juicio aquella semana y Victoria se ocupaba de todo lo demás; aquella tarde, cuando él regresara, tomaría el relevo y ella se marcharía. Ignoraba los comentarios de Magda de que si iban juntos ahorrarían en gasolina y quizás en dietas, pero se negaba a hacerlo. Si volvía a compartir un viaje con Julio, si seguía viéndole como hombre en vez de como compañero de trabajo, el esfuerzo que estaba haciendo para mantener su relación en el ámbito laboral iba a irse al garete, estaba segura. Cada mañana, la imagen de él al aparecer en las nuevas instalaciones se le antojaba más atractiva, cada día le apetecía más enterrar sus dedos en ese pelo revuelto e indomable. Incluso una vez se había sorprendido a sí misma imaginando qué aspecto tendría si se lo dejara crecer un poco más. O cómo le sentaría la barba.

Inmediatamente desechaba esas especulaciones sobre su físico y se metía de lleno en el trabajo para no pensar. Para no aceptar que cada día se sentía más atraída por él, aunque a sí misma se dijera que lo tenía controlado.

Rosa entró con la correspondencia y depositó sobre la mesa de Victoria varias cartas. Esta seleccionó y apartó algunas de ellas para responderlas más tarde y dejó para el final una que le llamó poderosamente la atención. Tenía el logotipo de la cadena de hoteles de la familia de Julio, y,s aunque pensó que se trataría de alguna petición para que promocionasen un hotel concreto, le extrañó que estuviera dirigida a su nombre y no al de él ni al de la sociedad que ambos habían formado.

Abrió el sobre y encontró una cartulina escrita con letra cursiva y dorada, con una invitación a su nombre para una fiesta en una dirección de Tarragona.

Se quedó un rato mirando el rectángulo de papel sin comprender muy bien qué tenía delante. ¿El padre de Julio la invitaba a una fiesta? ¿Por qué?

Decidió llamarle antes de responder; no le gustaban las fiestas de sociedad, durante un tiempo de su vida había asistido a un montón de ellas y había acabado aborreciéndolas, pero tampoco quería defraudar al padre de Julio. A pesar de que había hecho lo indecible para sacarla de la publicación de *Miscelánea*, era el padre de Julio.

Si se daba prisa podía localizarle antes de que emprendiera el regreso a Madrid.

Él respondió al instante.

—Hola, encanto; buenos días.

—Buenos días, Julio. ¿Te pillo en mal momento?

—Voy conduciendo, pero tengo puesto el manos libres. ¿Qué ocurre?

—He recibido una carta muy rara de tu padre. Una invitación, más bien.

—¿De mi padre?

—Sí, para una fiesta que se va a celebrar en algún lugar de Tarragona.

Él empezó a reír con fuerza.

—Joder con radio macuto.

—¿Sabes de qué va esto?

—Lo intuyo, encanto. Y te juro que no he tenido nada que ver. Palabra de Luján.

—¿Qué pasa? ¿Me lo quieres explicar? Deja de hacerte el misterioso conmigo.

—¿Es para el día ocho de junio?

—Sí, en efecto.

—Es el cumpleaños de mi madre. Y esa dirección de Tarragona es el domicilio de verano de mis padres; todos los años organizan una pequeña reunión familiar para celebrarlo. Y no es mi padre quien te ha invitado, sino mi madre. Ella manda las invitaciones y elige a las personas a las que va a enviárselas. Él se limita a asistir. Puedes considerarte afortunada, Amelia de la Torre no es muy pródiga en sus invitaciones. Raramente las envía a personas que no sean miembros de la familia más íntima.

—¿Y por qué a mí, entonces?

Julio sonrió mientras tamborileaba con los dedos sobre el volante de su BMW.

«Porque ha debido enterarse de que yo tengo intención de que pases a formar parte de ella», pensó. «Noe ha debido irse de la lengua.»

—Responde, Julio. ¿Por qué crees que me ha mandado esa invitación?

—Supongo que porque al ser mi socia has pasado a formar parte de lo que considera el círculo de amigos íntimos. Y tendrá ganas de conocerte, a ver si eres digna de él.

—Joder... ¿No pensará mirarme con lupa?

Él lanzó una carcajada.

«Ni te imaginas hasta qué punto.»

—Me temo que sí, encanto. Has pasado a formar parte del entorno laboral de su «niño». Y tiene que darte el visto bueno.

—¿Como si fuera una suegra?

—Bueno, quizá no tanto, pero casi.

—¡Lo que me faltaba! Y supongo que no puedo rehusar. ¿No estaría bien, verdad?

—No, no lo estaría. Además... a mí me gustaría que fueras.

—¿Cómo andamos de favores? ¿Te debo alguno?

—No recuerdo en este momento, mi agenda de favores la tengo guardada en el cajón de mi escritorio. Pero si no me debes ninguno, podemos apuntarlo para el futuro.

—Está bien. Aceptaré. ¿Debo volver a sacar del armario a Mariví? ¿O mejor me pongo el traje negro que usaba antes para trabajar?

—¿Todavía no has quemado ese espantajo?

—No, aún lo conservo.

—Pues ni lo uno ni lo otro. Mariví es demasiado sofisticada, y la señorita Páez demasiado estirada. Lleva a Victoria. Ah, a mi tío Manolo le gustan demasiado los escotes... Si no quieres que acabe metiéndote mano por cualquier rincón, no abuses de ellos.

—Y si lo hiciera ¿tú tendrías que salir en mi defensa?

—¿Necesitas que lo haga? ¿Tanto te has ablandado últimamente?

—¡Vete al carajo, Luján!

Él volvió a reír.

—Puedo tumbar a tu tío de un derechazo, pero no quiero arruinar la imagen que tus padres puedan tener de mí, ahora que soy tu socia.

—A mi madre le encantaría verlo, odia a mi tío. Pero es el marido de su hermana, de modo que no tiene más remedio que invitarlo. Si le atizas, te la habrás ganado de por vida.

—Bueno, esperemos que no haga falta. Oye, Julio, una pregunta... ¿Tu madre ha invitado a su fiesta a alguna de tus amiguitas? ¿A Teresa quizá?

—No, jamás. No considera que las «amiguitas» de sus hijos formen parte del círculo familiar. A Noelia la invitó cuando ya llevaba más de un año como novia de mi hermano. Novia, novia, no «follamiga».

—Entonces es un privilegio que me hace. Intentaré estar a la altura.

—Lo estarás, no me cabe ninguna duda.

—Aparte de tu tío Manolo, ¿hay algo más que deba saber de tu familia?

—Nada relevante; solo que la invitación es para todo un fin de semana. Los invitados empiezan a llegar el viernes por la noche o el sábado por la mañana, y se suelen alojar en la casa, hasta el mediodía del domingo.

—O sea, que deberé soportar una inspección de aproximadamente cuarenta y ocho horas.

—Más o menos.

—¿Y si no la paso?

—A mi madre le gustarás, estoy seguro. Y mi padre admira a la gente trabajadora y eso nadie te lo puede cuestionar.

—¿Y si aun así...?

—Francamente, me importa un carajo. Tengo treinta y seis años, «trabajo» con quien quiero y como quiero, y si a mi familia no le parece bien... pues que se jodan. Es mi vida.

Victoria suspiró ruidosamente.

—¿Y tienen tus padres sitio para alojar a tanta gente? ¿No sería mejor que me quede en un hotel cercano? Al no ser familia...

—Mi madre se lo tomaría mal. Y si anda escasa de habitaciones, es posible que tengas que compartir habitación con alguien. ¿Te importaría?

—¡No será contigo!

«Conociendo a mi madre, es muy posible.»

—No creo, Amelia de la Torre es de las tradicionales —mintió—. Como mucho te alojará con una de mis primas, pero en ese caso procuraré que sea con alguna de tu estilo. Es posible que mi prima Ester sea compatible contigo; podéis jugar a quién es más borde.

—Vete al diablo. Bueno, vamos a dejarlo. Tengo trabajo.

—Nos vemos en algo más de una hora.

Según colgó comprobó la hora y marcó el número de su cuñada.

—¡Hola!

—¿Se puede saber qué le has dicho a mi madre?

—¿Por?

—Porque ha invitado a Victoria a su fiesta de cumpleaños.

—Pues le he dicho la verdad: que estás colado por ella, que esta sí merece la pena y que le va a gustar. Y no lo niegues, conmigo no te vale.

—Ni se me ocurre negarlo. Además, creo que necesitaré toda la ayuda que pueda conseguir. Está un poco difícil la cosa, sobre todo ahora que somos socios. Quiere mantener las distancias.

—Y tú quieres acortarlas.

—Por supuesto. La atracción existe también por su parte, está ahí, puedo notarlo hasta en su forma de mirarme.

—Se nota hasta en su forma de «no mirarte», cuñado. Bueno, yo te he brindado la oportunidad haciendo que tu madre la invite, el resto es cosa tuya.

—No desaprovecharé el fin de semana, te lo aseguro.

—Eso espero. Va a ser muy divertido.

—Noe...

—No te preocupes, me comportaré.

Julio llegó dos horas más tarde. Venía despeinado, sonriente y guapísimo, con un pantalón de lino bastante arrugado por haber estado conduciendo y una camiseta negra de manga corta.

—¿Qué tal el hotel? —le preguntó Victoria.

—Nada del otro mundo esta vez. Tendré que esforzarme para encontrar algo lo bastante atractivo para mostrar.

—Seguro que lo encontrarás.

—Seguro que sí. ¿Y por aquí, qué tal?

—Bien. Sin novedad, salvo por esto —dijo Victoria señalando la invitación—. He estado dándole vueltas a qué ponerme, no tengo ni idea del tipo de fiesta a la que estoy invitada.

—¡Las mujeres y la ropa! Creía que tú eras distinta.

—¡Y lo soy! Si por mí fuera, ya te lo he dicho, llevaría el traje negro de trabajo, pero tú consideras que no es apropiado —dijo alzando un poco el tono de voz. Que la hubiera comparado con el resto de las mujeres la había molestado mucho—. También me has dicho que no puedo llevar escote porque el salido de tu tío me meterá mano.

Julio sonrió con picardía.

—Yo no he dicho eso, encanto. Yo he dicho que no abuses de los escotes, no que no te los pongas. Algo insinuante... que muestre un poco, que deje adivinar sin enseñar demasiado.

Victoria frunció el ceño y lo miró fijamente.

—¿Por qué tengo la impresión de que estás hablando del tipo de ropa que te gusta a ti?

—Porque es así; has acertado de pleno.

Victoria cogió una caja de clips que había sobre la mesa y se la arrojó, dándole de lleno en el hombro.

—¡Ay!

—También ahora he acertado de pleno. Ten cuidado conmigo, Luján; tengo buena puntería.

—¿Cómo lo vamos a hacer? ¿Vamos juntos o cada uno por su lado? La casa está algo escondida y el camino es intrincado. Para localizarla, si vamos cada uno en su coche, tendrás que venir detrás de mí, y es un desperdicio de gasolina, ¿no te parece? ¿Vamos juntos en mi coche? —preguntó esperanzado.

—De acuerdo. Pero si algo no me gusta durante el fin de semana, tendrás que llevarme hasta un sitio donde pueda coger un medio de transporte para volver. No pienso quedarme allí atrapada.

—Prometido. Pero te gustará. Mi madre es una gran anfitriona y sus fiestas siempre son un éxito. Te sentirás a gusto en casa, ya verás.

—A pesar de tu tío.

—A mi tío te lo meriendas tú con dos miradas de esas «especiales».

Victoria se echó a reír.

—De acuerdo. Y ahora ponte a trabajar de una vez, si quieres que todo esté listo para podernos ir de fiesta el fin de semana.

—A la orden, jefa.

—No soy tu jefa, soy tu socia.

—Ahora tienes puesta la cara de «jefa».

—Lárgate o... —dijo mirando la superficie de la mesa.

—No... el portafixo no, que es de hierro —dijo levantándose y marchándose a su despacho.

Victoria enterró la cara entre las manos, excitada y contenta por los planes para el fin de semana.

«¿Dónde me estoy metiendo?», pensó.

27

La familia de Julio

El viernes a mediodía, Julio y Victoria abandonaron la editorial para emprender su camino hacia Tarragona. Las nuevas oficinas, instaladas en un piso, tenían un cuarto de baño completo en el que se dieron una ducha rápida y se cambiaron de ropa. Cogieron la pequeña maleta que habían llevado ya aquella mañana y se despidieron de Celia, Rosa y Magda hasta el lunes.

Desde el primer momento en que Victoria se sentó al lado de Julio en su reluciente BMW para emprender el viaje, supo que aquello no era una buena idea. La sensación de intimidad que había experimentado el día que pasaron juntos recorriendo la campiña se había multiplicado por mil. La idea de conocer a los padres de Julio, a esa madre que la había invitado a su fiesta sin ser miembro de la familia, le producía un extraño desasosiego. Por un momento pensó que si se dirigiese a aquella casa en calidad de novia de Julio no se sentiría más nerviosa. Se consideraba una mujer segura de sí misma desde hacía muchos años, pero en aquellos momentos se sentía como una cría que espera la aprobación de alguien.

Julio la observaba por el rabillo del ojo mientras conducía, sonriendo al recordar la breve conversación que había mantenido con su madre la noche anterior para convencerla de que no les pusiera en la misma habitación. Ella pensaba que ya había una relación entre ellos, aunque aparentaban lo contrario, y tuvo que hablar mucho para disuadirla.

Nada le hubiera gustado más que tener a Victoria para él durante dos noches, pero debía ser cauto. Tenía que conquistarla poco a poco, aunque a decir verdad no sabía cómo iba a hacerlo. Estaba seguro de que a la menor provocación por su parte acabarían de nuevo enredados en un polvo apasionado, pero no se conformaría con eso. Quería algo más, mucho más en realidad, y Victoria aún no estaba preparada para ello. Había decidido que de momento se conformaría con el polvo, si surgía.

La sola idea lo puso nervioso y trató de calmarse. Pero en vez de bajar la erección que estaba empezando a sentir, se sorprendió deseando que ella se percatara de su estado y en un arranque de travesura se la chupara mientras conducía. Lo que no contribuyó a calmarle en absoluto.

Pero Victoria permanecía con la vista fija en la carretera y las manos algo crispadas sobre el regazo.

Las mallas negras que llevaba puestas se adaptaban a sus piernas realzando cada línea de ellas, y la camiseta larga blanca y gris se le enrollaba a la altura de la ingle marcando la ligera curva de su sexo.

«Mierda, Julio, mira la carretera o vais a acabar en la cuneta», se dijo.

—¿De qué color es tu vestido? —preguntó para distraer sus pensamientos.

—Verde. ¿Por qué lo preguntas? ¿Tiene tu familia alguna fobia a determinados colores?

—No, mujer, simple curiosidad.

—Pues es verde oscuro, ni muy recatado ni muy provocativo. Magda le ha dado el visto bueno y ella entiende de lo que es apropiado para una velada familiar. No te preocupes, tu tío no tendrá motivos para fijarse en mi escote. Puedo usar perfectamente debajo el sujetador que me ponía con el traje negro.

Julio estuvo a punto de dar un frenazo.

—¡No serás capaz! Pensaba que lo había roto.

—Tengo más de uno.

—Creo que voy a tener una seria conversación con Magda y la sobornaré para que los elimine todos.

Victoria sonrió.

—¿Qué tienes en contra de mis sujetadores camiseta?

—¿Que qué tengo? Que son espantosos. Deberían estar prohibidos. Y si estas noches te pones uno de ellos, lo rasgaré delante de todo el mundo. Ya estás advertida.

Victoria estalló en carcajadas.

—Si lo haces todos pensarán que soy algo más que tu socia.

—Mi tía abuela Consuelo lo pensará de todas formas, así que prepárate. Es una casamentera de narices y nunca he llevado a una mujer a una reunión familiar.

—Tampoco has tenido una socia antes, ¿o sí?

—No. Pero a mi tía le encanta casar a la gente de

modo que no te sorprenda si te sale con alguna indirecta... o directa.

—Vale, tendré cuidado con tu tío Manolo, con tu tía abuela Consuelo... ¿Con alguien más?

—Con Adriana.

—¿Tu sobrina?

—Ajá. Se ha enterado de que venías y me ha llamado esta mañana para preguntarme si íbamos a volver a jugar a los piratas... y me recordó que esta vez la prisionera tenías que ser tú y yo el torturador.

—¿En serio? Oye, Julio, nada de tonterías en casa de tus padres, ¿eh? Lo de los piratas fue... un juego inocente...

—No tan inocente, señorita Páez.

—Déjame terminar. Un juego inocente que se nos escapó de las manos.

—Se te escapó a ti. Las mías estaban atadas.

—Vale, lo admito. Pero prométeme que no va a haber nada de índole sexual en este fin de semana. Ni una broma, ni una insinuación... nada. Por Dios, por lo que me estás dando a entender nos van a mirar con lupa y a poco que nos descuidemos vamos a terminar casados.

—Eso quisiera la mitad de mi familia, casarme a toda costa. Pero no lo van a conseguir, encanto —dijo mirándola y guiñándole un ojo con malicia—. No soy carne de altar.

—Bueno, por lo menos los dos estamos de acuerdo en eso. ¿Sabes? Creo que me pegaré a tu cuñada Noelia y no me separaré de ella en todo el fin de semana. Así estaré segura.

Julio lanzó una risotada.

—Sí, estarás muy segura con Noe.

—¡Joder, Luján! ¿Qué pasa con ella? ¿Dónde coño me estás metiendo?

—En mi familia. Pero no te preocupes, tú puedes con todos ellos.

—Eso espero. De todas formas, recuerda tu promesa de llevarme a algún sitio desde donde regresar a mi casa si te lo pido.

—La mantengo.

Victoria recostó la cabeza contra el respaldo de piel. Le divertía ese tira y afloja dialéctico con Julio, que poco a poco había ido cambiando y se había convertido de laboral en ligeramente sexual. Y tenía que reconocer que la culpable era ella, porque eso había comenzado el día que lo invitó a su casa para que la viera en ropa sexi y se excitara. Pero por mucho que le gustara debía parar o, lo mismo que el juego de los piratas, se le escaparía de las manos.

El camino era largo. A mitad de él Victoria se ofreció para conducir un rato y Julio aceptó. Intercambiaron los asientos y se distrajo durante un rato contemplando el perfil de ella conduciendo. Al parecer le relajaba tanto como a él hacerlo. Cuando ya se iban acercando a la zona donde debían dejar la autopista, volvió a coger el volante para tomar la serpenteante carretera que les llevaría, a través de un auténtico nudo de carreteras secundarias, hasta la casa idílica que su padre había comprado para pasar los veranos, cerca del mar y lejos de todo lo demás.

Ya anochecía cuando llegaron. Victoria solo pudo vislumbrar una silueta de la casa en la penumbra, apenas iluminada por unas luces en el porche. Julio tocó el claxon un par de veces e inmediatamente la puerta se abrió y Adriana salió corriendo hacia ellos.

—¡Tiiiitoooo!

—¡Hola, peque! —dijo este alzándola en brazos como a la niña le gustaba, por encima de su cabeza.

—¡Jajajaja! Hola, Victoria.

—Hola, Adriana.

Cuando Julio la depositó en el suelo, la niña se acercó a ella y le abrazó las piernas. Victoria se agachó y la besó en la cabeza.

—Qué bien que hayas venido. El año pasado fue muy aburrido, todo lleno de gente mayor.

—Yo también soy mayor.

—Pero tú eres divertida.

—Este es el cumpleaños de la abuela, Adriana. No vamos a jugar a los piratas, ya te lo dije esta mañana —dijo Julio con fingido acento serio.

—¿No?

—No, pero ya encontraremos alguna otra cosa.

—Vale.

Entraron en la casa. Andrés les salió al encuentro seguido de una mujer menuda que indudablemente era un familiar muy cercano, por el parecido. Una mujer diminuta entre los dos hombretones que eran Julio y su hermano.

Julio se inclinó y la besó, y se preparó a hacer las presentaciones.

—Mamá, esta es Victoria, mi socia.

—Bienvenida a la familia. Eres tal como me han dicho.

Victoria miró a Julio.

—¿Le has hablado de mí?

La mujer soltó una risa muy parecida a la de su hijo.

—Él no; Adriana. No para de hablar de ti y de unos piratas, y de que obligasteis a Julio a beber Colacao.

—Ay, madre... —susurró Victoria pillada por sorpresa; y aunque hacía muchos años que no le pasaba, desde la adolescencia casi, se sonrojó—. Sí, jugamos un día que él se quedó cuidándola —admitió.

—Pues menos mal que estabas tú, porque mi hijo es un desastre con los niños.

—Sí, menos mal —añadió él, ocultando una sonrisa. Victoria contuvo las ganas de darle un codazo en las costillas.

—Julio, enséñale la habitación.

—Mamá, ¿dónde la has instalado? —preguntó serio.

—En la habitación que usaba Andrés de pequeño. La que está contigua a la tuya.

«Menos mal», pensó.

—Creía que ahora era la habitación de Adriana.

—Como somos muchos, ella compartirá habitación con sus padres.

—Puedo dormir con el tito Julio —insinuó la pequeña.

—No, cariño —dijo su abuela tajante—. El tito Julio... ronca.

Victoria se volvió a él divertida.

—¿Roncas?

—Jamás me lo habían dicho antes. Pero todo podría

ser. Vas a dormir en la habitación de al lado; si ronco, te enterarás.

La condujo hasta la habitación. Era espaciosa y tenía un gran ventanal por el que debía entrar el sol a raudales durante el día. Estaba decorada con muebles claros, aunque no infantiles, ni llenos de signos típicos para una niña. Julio se percató de su observación.

—Está todo tal como lo dejó mi hermano cuando se independizó. Mi madre no ha querido cambiar nada. Le ha ofrecido a Adriana otra habitación y que la decore a su gusto, pero ella prefiere esta, porque era la de su padre.

—Es acogedora. ¿Y la tuya? ¿También está tal como la dejaste?

—Ajá.

—¿Me la enseñarás?

—En el momento que quieras, solo tienes que cruzar esa puerta —dijo señalando una puerta disimulada en la decoración y junto al armario.

—¿Comunica con la tuya?

—Sí, pero tiene cerrojo, no te preocupes.

—Yo me refería a verla ahora. Solo tengo curiosidad por conocer al niño que fuiste, Luján.

—El niño que fui es la base del hombre que soy, Victoria. Pero satisfaré tu curiosidad —dijo empujando la puerta y encontrándola cerrada. Salió al pasillo y abrió la puerta contigua.

Victoria entró en una habitación pintada de blanco, con muebles grandes y de color claro. Muchas estanterías con libros, clasificados por materias. Libros de derecho, de economía, de literatura, cursos de idiomas.

Una fotografía de Julio en un barco velero con un grupo de chavales, entre ellos Daniel, le llamó la atención.

—Durante el verano hacía vela, era mi afición favorita. Pertenecía a un equipo y quedamos terceros de España dos veces.

—Y libros por todos lados... Creía que esta era la residencia de verano, para las vacaciones.

—Y lo era. Tengo esos libros triplicados. Hay ejemplares en la casa que mis padres tienen en Madrid y en la mía. Era, y soy, un lector empedernido. Como ves, señorita Páez, en mi vida he hecho algo más que pasear del brazo de mujeres hermosas.

—Ya me disculpé por decir eso, Luján.

—Solo quería explicar tu desconcierto. Anda, vamos; te presentaré al resto de la familia que está aquí esta noche.

—¿No están todos?

—No, solo mi padre y mi tía abuela Consuelo. El resto llegarán por la mañana y luego sí estará la casa a tope.

Julio la precedió hasta un salón grande, con una enorme chimenea apagada, sobre cuya repisa se observaban fotografías de escenas familiares, muchas de ellas protagonizadas por Julio y Andrés en diversas fases de su infancia y adolescencia.

Si Andrés era el vivo retrato de su madre, en Julio, sin duda, habían predominado los genes paternos. Las facciones más rudas, la barba recia que empezaba a sombrear su cara a esas horas de la noche, el pelo rebelde, era como el de su hijo. Se levantó al verla entrar y le tendió una mano.

—Victoria, ¿verdad?

Ella asintió estrechando la mano fuerte que el hombre le tendía.

—Encantada, señor Luján.

—Adolfo.

—A mi padre debes llamarle Adolfo. El señor Luján soy yo —dijo Julio burlón—. No cederé ese privilegio ni a mi propio padre.

Victoria lo fulminó con la mirada y el padre de Julio, ese hombre imponente, contuvo una risita.

—Supongo que puedo llamarte Victoria. Ya formas parte de nuestra familia comercial.

—Por supuesto, Adolfo.

—Y espero que me disculpes si en algún momento las decisiones de la junta de accionistas te han causado problemas, pero no era yo el único a decidir.

—Lo supongo, pero tenía el cincuenta y uno por ciento de las acciones. Hubiera podido imponerse de haberlo querido.

El hombre sonrió.

—Sí, hubiera podido hacerlo, pero creía defender los intereses de mi hijo.

A Victoria le agradó su franqueza y que no intentara seguir exculpándose.

—Su hijo es mayorcito para defenderse solo.

—*Touché.* Veo que tú también sabes defenderte sola. Venir aquí a mi casa, como invitada, y atreverte a criticarme no es algo que la gente haga a menudo.

—Lamento si mi franqueza le molesta, Adolfo. Si considera mi conducta inapropiada, me marcharé inmediatamente.

—Pero no te retractarás...

—No creo haber hecho o dicho nada de lo que deba retractarme; solo la verdad. —Miró a Julio, que asistía al enfrentamiento verbal con sonrisa divertida y en absoluto enfadado—. Lo siento, Julio, creo que no ha sido buena idea traerme aquí.

—Al contrario, niña. Mi mujer ha tenido una estupendísima idea al invitarte y Julio al traerte. Si hay algo que aprecio en una persona es la sinceridad y que sepa trabajar duro para conseguir sus fines. —Sonrió ampliamente, con una sonrisa pícara que conocía perfectamente—. Solo estaba provocándote un poco para averiguar si eres tan terrible como dicen.

—¿Qué le has dicho de mí?

—Ni media palabra, lo juro.

—Julio tiene razón. Lo que sé es de dominio público en la editorial.

—Entonces, mejor no me lo diga. Circulan muchos rumores por allí que no son verdad.

El hombre le tendió la mano de nuevo.

—Bienvenida a mi casa, Victoria.

—Un placer, Adolfo —respondió estrechándosela. Y entre ellos se selló una especie de pacto.

—Y ahora permíteme presentarte a mi tía Consuelo —dijo el hombre volviéndose a una mujer que a Victoria le había pasado desapercibida y que estaba sentada en un sillón observando toda la escena en silencio.

—Encantada, señora.

—Eres muy guapa, niña. Julio ha sabido escoger.

—Soy su socia.

—Los nombres cambian según las épocas.

—Tía, es compañera de trabajo, no es mi novia.

—La has traído a casa. Algo será.

—Sí, soy su socia en la editorial. Editamos juntos una revista.

—¡Bah! Paparruchas.

—Déjala, no la vas a convencer. Se ha empeñado en casarme y ahora estás tú aquí. Eres la candidata perfecta.

En aquel momento, Noelia apareció en el salón.

—Hay reunión de mujeres en la cocina, Victoria. ¿Te apuntas?

—Por supuesto —dijo aliviada de escapar de la mirada escrutadora y penetrante de aquella anciana.

En la cocina, Amelia revolvía algo en una gran cacerola.

—Le he dicho a Noe que te rescatara, pero si prefieres volver al salón, eres libre de hacerlo. Porque en mi cocina, nadie permanece ocioso.

—Perfecto. ¿Qué puedo hacer?

—¿Picar fruta para la macedonia del postre?

—Estupendo.

Amelia le entregó un delantal y las tres mujeres continuaron con sus quehaceres en la cocina, como si se conocieran de toda la vida.

Media hora después se sirvió la cena. Victoria había esperado encontrar servicio doméstico, pero al parecer la madre de Julio se ocupaba de la cocina habitualmente, aunque sí habían contratado un servicio de catering y camareros para el día siguiente.

Comieron en un ambiente íntimo y agradable, e inmediatamente después Andrés se llevó a su hija a la cama y también la anciana se retiró a su habitación.

Entre todos retiraron los servicios de la mesa y los dejaron en la cocina, en espera de la mujer que llegaría al día siguiente para ocuparse de todo.

Tras una media hora de conversación general, Noelia dijo que estaba cansada y Andrés se fue con ella.

—Creo que nosotros también deberíamos retirarnos —dijo Julio—. Ha sido un día largo.

—Sí, estoy un poco cansada yo también.

—Buenas noches, entonces —dijo Amelia—. Y siéntete en tu casa. Si tienes hambre o sed durante la noche, ya sabes dónde está la cocina.

—Gracias. Y buenas noches también para vosotros.

Julio la precedió por la escalera y la condujo hasta su habitación. Era una zona de la casa poco concurrida, solo había otro dormitorio cerca, el de Andrés y Noelia, que antaño ocuparon sus padres. Ahora ellos tenían uno en la planta baja, cerca del de la tía Consuelo.

En la puerta de la habitación de Victoria, Julio se detuvo.

—Esta puerta de aquí enfrente es nuestro baño.

—Y el de tu hermano, ¿no?

—El dormitorio grande tiene baño propio. Este siempre fue el de los niños. Puedes usarlo tú primero. Avísame cuando termines.

—Bien. Buenas noches, Julio.

—Que descanses.

Victoria se despertó de madrugada con ganas de ir al baño. Solía beber varios vasos de agua después de la cena y a media noche se despertaba por costumbre. Medio dormida, como siempre, localizó la puerta que había junto a la habitación que le habían asignado. La luz encendida la cegó de momento, pero inmediatamente se dio cuenta de que no estaba sola. Tras la mampara de cristales de la ducha, desnudo, estaba Julio bajo la cascada de agua que caía de la placa situada en el techo. Se paró en seco, mirándole boquiabierta. Nunca le había visto así, sin una sola prenda de ropa encima, con el pelo mojado cayéndole sobre la cara... Atractivo, sexi a más no poder... impresionante.

—Lo... lo siento... —balbuceó al darse cuenta de que él la miraba a su vez—. No tenía ni idea de que... la puerta no estaba cerrada por dentro...

—Mi madre quitó el pestillo cuando dio la habitación a Adriana, para evitar que se pudiese quedar encerrada.

—Sí... lógico. Debí haber llamado, pero... no pensé que a esta hora... —continuó balbuceando sin dejar de mirarle—. Debe ser muy tarde.

Él sonrió y continuó enjabonándose lentamente, provocándola.

—Alrededor de las cinco de la mañana, creo —respondió con calma, a pesar del hervidero que sentía por dentro al verla allí, mirándole con aquella expresión de deseo en su rostro.

—¿Y se puede saber qué haces en la ducha a estas horas?

—¿Tu madre no te habló de lo de las abejas y las flores, encanto?

—Si te refieres al acto sexual, sí, me habló... pero no veo qué tiene que ver con esto.

—Que también debió decirte que cuando los hombres no podemos dormir por determinadas causas... una ducha fría ayuda.

Victoria se terminó de despertar de golpe.

—¿Te estás dando una ducha fría, Luján? ¿Algún sueño erótico, quizá?

—No, simplemente una mujer preciosa que duerme en la habitación de al lado... y esta noche me ha robado el sueño.

—En la habitación de al lado duerme...

—Duermes tú.

Le tendió la mano.

—Ya que eres la culpable de esta situación podrías hacer algo para ayudar. Ven.

Victoria se quedó sin respiración, incapaz de resistirse a la mirada de él, a su mano tendida y a la mampara de la ducha que acababa de abrirse. Sabía que debía decirle algo cortante y salir de aquel baño inmediatamente, pero sus piernas tenían vida propia y paso a paso se encaminaron hacia él. Cuando estuvo lo bastante cerca, Julio agarró la camisola de algodón de manga corta que vestía y tiró de ella hacia arriba sacándosela por encima de la cabeza. No tenía nada debajo. La contempló a sus anchas durante un segundo antes de atraerla contra su cuerpo mojado y ligeramente jabonoso. Piel con piel, cada centímetro de sus cuerpos tocándose como nunca antes lo habían hecho. La besó con pasión, con el deseo contenido durante las últimas semanas, y ella respondió. Por un segundo separó su boca de la de él y susurró:

—La puerta... no hay cerrojo.

—Nadie va a entrar. Nadie más usa este baño.

—Pero...

La besó de nuevo para hacerla callar y a Victoria ya no le importó quién pudiera entrar. Enredó los dedos en el pelo de su nuca, y se alzó un poco sobre las puntas de los pies para frotarse contra él. Julio quería detenerse. Ir despacio, pero el cuerpo de Victoria restregándose insinuante contra el suyo le hizo perder el control, y, empujándola contra la pared de azulejos, se dispuso a penetrarla. Sacudió por un momento la cabeza al darse cuenta de que no llevaba condón, de que tendría que ir a buscar uno.

—¿Qué ocurre? —preguntó ella al darse cuenta de que se separaba.

—Tengo... tengo que ir a buscar un preservativo.

—Yo tomo la píldora. Salvo que hayas estado pendoneando por ahí sin protección y tengas alguna enfermedad que contagiar, no hay peligro.

—Puedes estar tranquila, nunca antes lo he hecho sin condón.

—Yo tampoco desde la universidad... Y estoy sana.

Volvió a besarla a la vez que la penetraba contra la pared de la ducha. Victoria se mordió los labios para no emitir un gemido, consciente de que estaban en casa de la familia de Julio. Apenas tocaba el suelo con las puntas de los dedos de los pies, pero no era consciente de lo incómodo de la postura. Se movió contra él, se acopló a su ritmo aferrada a su espalda y notó cómo él jugueteaba con ella como la otra vez, acercándola al orgasmo y alejándola de él con un simple cambio de la frecuencia de sus movimientos, hasta que no pudo soportarlo más y le suplicó:

—Por favor... por favor, Julio...

Él cerró los ojos y se corrió dentro de ella, sintiendo sus temblores parejos a los de él. Después, y sin separarse, se apoyaron contra la pared de la ducha para recobrar el aliento.

—Me debes... una... señorita Páez.

—¿De qué... hablas... Luján?

—Has dicho... por favor... y he cumplido.

—Vete al... infierno...

—Contigo...

Ella levantó los ojos hacia él y supo que fuera lo que fuese lo que iba a pedirle le iba a gustar, aunque tuviera que fingir lo contrario.

Con desgana, Julio salió de su interior y volvió a contemplarla desnuda. Las gotas de agua resbalaban por su cuerpo, el pelo le caía húmedo por la espalda. Los pechos subían y bajaban al ritmo de su respiración entrecortada. Los ojos brillantes y velados por la pasión le sonreían.

—Eres preciosa. ¿Te lo había dicho alguna vez?

—Recuerdo haberte oído decir «palo de escoba» y cosas semejantes. Preciosa, me parece que no.

—Bien, pues siempre hay una primera vez para todo.

—Eso parece.

Salió de la mampara y cogiendo una toalla la envolvió en ella. Él empezó a secarse vigorosamente con otra. Victoria no dejaba de mirarle, aguantándose las ganas de arrancársela de las manos y frotarle ella misma.

Una vez secos, se quedaron mirándose el uno al otro en silencio.

—¿Y ahora qué? —preguntó Victoria.

—Hay dos opciones: una, que cada uno se vaya a dormir a su habitación y la otra...

—Esa no es una opción, Julio. No voy a dormir contigo en casa de tus padres.

—No iba a suceder nada que no haya sucedido ya, aquí. También este baño es la casa de mis padres.

—Pero esto ha sido... inesperado... y lo otro...

—Lo otro sería con premeditación y alevosía, ¿no?

—Sí, algo así.

—Está bien, encanto... Tú mandas.

Se inclinó y la besó suavemente en los labios.

—Hasta mañana.

—A eso me refería cuando pregunté que qué iba a pasar... mañana. Tenemos que fingir que esto no ha pasado.

—Ya hicimos eso una vez, ¿recuerdas? Después de lo del despacho. No te preocupes, se nos da bien.

—Pero aquí todos piensan que estamos liados. Esta noche en la cena nos miraban como si fuéramos pareja.

—Eso es porque nunca he venido acompañado de una mujer a esta casa. No te preocupes, se acostumbrarán a que tenga una socia.

—Eso espero. Buenas noches, Julio.

—Buenas noches, preciosa. Y era broma lo de antes, soy yo el que está en deuda contigo. Ya sabes... por ayudar. Gracias.

—De nada, Luján. Ha sido un placer.

Se quedó en la puerta del baño mientras ella entraba

en el dormitorio. Luego entró en el suyo, conteniendo las ganas de volver a recorrer los pocos metros que los separaban, de abrir esa puerta divisoria que estaba cerrada por su lado. Pero por esa noche ya había sido suficiente.

28

El cumpleaños de Amelia

Julio se levantó temprano. Después de su encuentro con Victoria en el baño, se había quedado dormido como un niño, como hacía mucho tiempo que no dormía.

El aire del mar, cercano a la finca, siempre le producía un efecto relajante, aunque la noche anterior, la presencia de Victoria al otro lado de la puerta de comunicación de las dos habitaciones había anulado su efecto. Pero después, apenas apoyó la cabeza contra la almohada, cayó en un sueño profundo y esa mañana presentaba un aspecto fresco y descansado.

Se vistió con unos vaqueros muy usados y una camiseta y bajó a la cocina. Esta estaba oscura y silenciosa, pero apenas empezó a preparar una cafetera, su madre apareció en ella, sigilosa.

—Buenos días, mamá. ¿Café? —preguntó consciente de a quién debía su adicción a la cafeína.

—Sí, por favor.

—Lamento si te he despertado.

—No lo has hecho. Llevaba ya un buen rato dando vueltas en la cama, esperando escuchar algún ruido.

—¿Tostadas?

—Tan temprano, no.

Ambos se sentaron a tomar una taza de café, solo, sin leche ni azúcar.

—¿Puedo hacerte una pregunta, Julio?

Este sonrió. Conocía a su madre.

—¿Sobre Victoria?

—Sí.

—Bueno, no sé si podré responderla, pero pregunta.

—¿Es realmente solo tu socia?

Julio se lo pensó un momento antes de contestar.

—No tenemos una relación, si es lo que estás preguntando.

—Pero puede haberla en el futuro.

—Por mi parte, sí. Estoy enamorado, muy enamorado. De lo que siente ella no estoy seguro.

—Yo no tengo dudas de que siente algo por ti. La forma en que te mira y cómo habla de ti... Algo hay.

—Sí, es posible que haya algo, pero no sé qué es. No voy a mentirte, hemos tenido algunos... escarceos, pero rápidamente se echa atrás. Podría decirse que somos «socios con derecho a roce» de vez en cuando. Muy de vez en cuando.

Amelia sonrió.

—Bueno, estoy segura de que tú sabrás cómo solucionar eso.

—Estoy en ello, mamá.

—Me gusta, por si te interesa saberlo. Y a tu padre también.

—Lo sé; en caso contrario no la hubiera traído, a pesar de tu invitación.

Unos pasos sonando en la escalera les hicieron cambiar de tema.

—Pronto empezarán a llegar el resto de invitados.

—Y esta casa se llenará de gente una vez más.

—Espero que hayas contratado suficiente personal.

—No te preocupes por eso; tu padre se ha encargado de todo, de modo que habrá un ejército de camareros, pinches de cocina para servir el catering y, después, una cuadrilla de limpieza para dejarlo todo como estaba. Lo único que no ha conseguido es que deje de preparar las tartas, de modo que, en cuanto terminéis con los desayunos, me pondré a ello.

Noelia apareció en la cocina, acompañada de Adriana.

—Buenos días.

—Qué madrugadoras.

—Esta señorita ha estado muy nerviosa y excitada toda la noche con el tema de la fiesta. He preferido levantarla y que deje dormir a su padre.

—¿No os ha dejado dormir? Se te ve cansada, Noe.

—Mamá está mala. Ha vomitado.

Julio y Amelia miraron a Noelia. En efecto, tenía mal aspecto. Esta sonrió.

—No estoy enferma, solo embarazada. Andrés y yo pensábamos anunciarlo luego, pero prefiero decíroslo aquí, en la intimidad.

—¿Qué es embarazada, mami?

—Que vas a tener un hermano, cariño.

—O hermana —puntualizó Julio.

—Qué bien, como papá y el tito. Y podré jugar con él.

—Sí, igual. Pero primero tiene que crecer en la barriga de mamá y luego, cuando nazca, también tendrás que esperar para poder jugar con él. Al principio será muy pequeño y tendremos que cuidarle hasta que crezca. Menos mal que te tenemos a ti, Adriana, para que nos ayudes porque los bebés dan mucho trabajo.

—El tito Julio también puede ayudar. Y Victoria.

—¿Y yo qué? —preguntó Amelia divertida.

—Tú también, abuela, pero vives muy lejos.

—Eso es verdad, aunque puedo mudarme cerca para echar una mano, como hice cuando tú eras un bebé.

—Estupendo.

El sonido de un coche deteniéndose en la puerta les hizo mirarse.

—Ya empiezan a llegar.

Poco a poco la casa tomó vida. Victoria escuchó voces y, superando una pereza que normalmente no sentía, se obligó a salir de la cama. Sería agradable quedarse allí tumbada, escuchando el lejano rumor del mar y abandonarse al relax que sentía en aquel momento. Y sería mucho más agradable que Julio cruzase la puerta divisoria con una bandeja de desayuno para compartirla con ella.

En ese punto, saltó de la cama antes de que su cabeza siguiera pensando en lo que realmente le apetecía. Se vistió con un vaquero negro ajustado y una camiseta turquesa y sandalias y bajó a desayunar.

La cocina, que al parecer era el centro principal de reunión de la familia Luján, estaba llena.

—Buenos días —saludó.

—Hola, Victoria, buenos días.

—¿Soy la última? —preguntó espantada.

—Eso me temo, señorita Páez —murmuró Julio, sonriente—. Tu exasperante puntualidad hoy te ha fallado.

—Lo siento.

Amelia sonrió.

—Nada de disculpas. En mi casa, y de vacaciones, cada uno se levanta cuando le apetece.

—Yo suelo ser madrugadora. Julio lo sabe.

—Lo corroboro; siempre es la primera que llega al trabajo. Pero como bien dices, mamá, aquí estamos de vacaciones. —Se volvió hacia Victoria—. No temas, jamás nadie se enterará de que te has levantado a las diez de la mañana. Probablemente sea culpa del aire marino, o quizá no duermes lo suficiente y tu cuerpo quiere recuperar horas de sueño. Venga, relájate. Y mientras mi madre te prepara el desayuno, te presentaré al resto de la familia.

—¿Qué te apetece? —preguntó Amelia con amabilidad.

—Suele tomar té verde y algo integral, mamá; pero hoy se va a comer unas buenas tostadas con jamón, ¿verdad?

Victoria sonrió. Estaba hambrienta. Hacer el amor siempre le producía hambre, y más cuando lo hacía de la forma salvaje y desenfrenada que Julio le inspiraba.

—Sí, me las tomaré. La verdad es que estoy hambrienta. Debe de ser el aire del mar.

Julio sonrió con picardía.

—Eso será. El aire del mar te sienta estupendamente. Deberías frecuentarlo más a menudo.

—Bueno, en vista de que nadie me presenta, soy Elvira, la hermana de Amelia, y este es mi marido Manolo.

«El del escote», pensó.

Todos se besaron cortésmente en la cara.

—Yo soy Sandra, su hija —dijo una chica menuda y simpática.

—Yo soy Victoria, la socia de Julio en la editorial.

—¿Socia? —preguntó Manolo.

Julio le echó un brazo sobre los hombros.

—Algo más que socia, tío —dijo.

—Bienvenida a la familia, entonces.

Ante la leve mirada lasciva del hombre, Victoria se cuidó mucho de desmentir su observación. Julio había marcado ligeramente el territorio e inmediatamente la mirada de su tío cambió. Todos respiraron aliviados.

Amelia colocó delante de Victoria un plato con dos enormes rebanadas de pan cubiertas de aceite y jamón, un vaso de zumo de naranja y un tazón de café.

—Lo siento, no tengo té verde. Es café.

Victoria sonrió.

—También tomo café. Gracias, Amelia.

Después de desayunar, Julio propuso dar un paseo hasta la playa para enseñarle a Victoria los alrededores. Sandra se unió a ellos.

—El mar está cerca, ¿verdad?

—Sí, no se ve desde aquí, pero solo se tarda unos diez minutos en llegar andando. ¿Quieres ir?

—Me gustaría.

Mientras caminaban, Victoria preguntó:

—¿Ya han llegado todos los invitados o habrá más gente?

—Falta mi prima Ester y su hermana Nuria con su marido. Llegarán a lo largo de la mañana.

—¿Hermanas tuyas? —le preguntó a Sandra.

—No —intervino Julio—. Ellas son primas por parte de padre. Mis tíos murieron en un accidente de coche hace unos años. Las dos trabajan también en el negocio familiar.

—¿No tienes primos varones?

—No. Los únicos hombres de la familia somos Andrés y yo.

—Y estaban rifados cuando nos reuníamos todos los veranos aquí —dijo Sandra—. Todas estábamos locas por Andrés. Bueno, todas menos Raquel... A ella le gustaba Julio.

Este soltó una risita.

—¿Raquel es otra prima?

—No de forma directa. Prima de Ester y Nuria por parte de madre. Pero sí, todos pasábamos aquí los veranos de nuestra infancia y adolescencia. Eran unas vacaciones magníficas.

—¿Y a ti te gustaba alguna de tus primas? —preguntó Victoria, sintiendo envidia de aquellas vacaciones familiares que nunca había disfrutado en su casa.

—Raquel. Y no era prima mía.

—Entonces, ¿sí es cierto que tuviste algo con ella? Hubo un verano que estaba muy misteriosa con insinuaciones y frases dichas a medias, pero todas creíamos que solo estaba haciéndose la interesante.

—Hubo más que algo... Ella y yo perdimos juntos la virginidad en esta playa con quince años.

Victoria sintió un aguijonazo de celos recorrerla de arriba abajo. Como no los había sentido de Teresa.

—¿Y duró mucho? —preguntó.

—Aquel verano. Y luego, durante un tiempo, cuando nos veíamos echábamos algún polvo de recuerdo. Hasta que conoció a Derek.

—Derek es su novio —dijo Sandra—. Viven juntos en Londres.

«Bueno, es agua pasada», pensó. Aunque ella sabía que el primer amor nunca se olvida. O, al menos, no fácilmente.

Llegaron a la playa y, subiéndose los pantalones hasta las rodillas, chapotearon en el agua todavía fresca de la primavera.

—¿Alguna vez lo hicisteis en el agua? —no pudo evitar preguntar Victoria. Su mente no dejaba de rondar alrededor de aquel amor adolescente de Julio.

—¡Qué va! Éramos muy jóvenes y muy poco imaginativos. Lo hacíamos en la arena, postura del misionero, todo muy romántico... Nada de polvos salvajes en sitios poco usuales —dijo mirándola fijamente, y ella supo que hablaba de la ducha de la noche anterior.

A la hora de almorzar, volvieron. Había un coche más aparcado en la explanada delante de la casa.

—Ya han llegado los que faltaban —dijo Sandra.

—Sí, es el coche de Ester.

Victoria se preparó para más presentaciones. En el salón se encontraban tres mujeres y un hombre que todavía no conocía.

—¡Vaya, hablando del rey de Roma! —dijo Sandra—. Raquel ha venido también.

Victoria miró fijamente al grupo reunido en torno a una bandeja con bebidas y supo inmediatamente quién era Raquel. Una belleza morena y espectacular, que sonrió de oreja a oreja al verles entrar.

Las tres se acercaron y abrazaron a Julio por turnos. Victoria contuvo las ganas de golpear a una de ellas y forzó una sonrisa cuando las presentaron.

—De modo que tú eres la socia de mi primo de la que habla todo el mundo. Menuda expectación hay en torno a ti, chavala —dijo una chica pelirroja.

—La misma. Y tú eres Ester.

—¿Cómo lo sabes?

—Porque Julio dijo que te parecías a mí y es justo eso lo que yo hubiera dicho.

Ambas mujeres estallaron en carcajadas a la vez.

—¿Qué haces tú aquí? —preguntó Sandra a Raquel.

—Derek y yo hemos tenido algunos problemas. He venido a pasar una temporada con Ester para ver si estando separados un tiempo nos aclaramos.

—Qué bien, estamos todos juntos otra vez. Como en los viejos tiempos.

—Ahora somos más —dijo Andrés—. Están Noe y Victoria, además de Adriana, y pronto tendremos otro hijo.

La noticia acaparó la conversación durante un rato.

Luego, se sentaron a almorzar en un enorme comedor, evidentemente pensado para reunir a mucha familia. La comida transcurrió entre risas y bromas y después todos se sentaron en el porche a seguir charlando.

Victoria se sentía a gusto; en su familia no era habitual ese tipo de reuniones. Como mucho, sus padres, sus dos hermanos y ella. El resto de la familia solo se veía en bodas y entierros.

Trató de averiguar si entre Julio y Raquel había aún algo del lazo que los había unido, pero él la trataba como a una más de sus primas.

A última hora de la tarde, se retiraron a sus habitaciones para arreglarse para la fiesta.

Antes de entrar en la ducha, llamó a la puerta, y luego la atrancó ligeramente con una banqueta. Se duchó, se puso su vestido verde y dejó la melena suelta, como a Julio le gustaba, después de probar varios peinados diferentes sin decidirse por ninguno. Se maquilló discretamente y al final se contempló en el espejo. Era consciente de que se había arreglado para él, para desbancar a aquella belleza morena que había sido su primer amor.

En esta ocasión no fue la última en aparecer en el enorme salón. La mesa había sido arrinconada contra una pared y estaba cubierta de platos de diferentes tipos, todos tan apetitosos y tan bien presentados que daba pena comer de ellos.

Noelia, Andrés y Adriana estaban ya allí, así como los padres de Julio.

—Enhorabuena por tu embarazo. Porque imagino que ha sido deseado, ¿no?

—Sí, muy deseado, aunque no estaba planeado todavía.

—¿Y a ti, te gustan los niños? —le preguntó Amelia.

—Nunca me lo he planteado. No hay niños a mi

alrededor, no tengo sobrinos ni he tenido mucho trato con mis primos más pequeños.

—A Julio le encantan.

—Pues no se ha dado mucha prisa en tenerlos.

—A los hombres no se les pasa el arroz, como a las mujeres. Y seguro que está esperando a conocer a la mujer adecuada —dijo Andrés.

—Yo siempre pensé que al final Raquel y él acabarían juntos —comentó Amelia mirando fijamente a Victoria para ver su reacción—, pero ella conoció a Derek. Porque con las demás que ha salido, jamás habría sentado la cabeza ni formado una familia.

—Bueno —dijo Noe con sonrisa malévola—, ¿quién sabe, Amelia? Al parecer Raquel y su novio tienen problemas. Quizá todavía te salgas con la tuya.

Victoria sintió como si le hubieran descerrajado un tiro en pleno estómago. ¿Julio teniendo hijos con aquella mujer preciosa? ¿Niños morenos y regordetes corriendo a su encuentro al volver a casa?

—No me imagino a Julio como padre —dijo con cierta brusquedad.

—Tampoco yo me imaginaba a Andrés hasta que llegó el momento —dijo su madre.

En aquel instante, el aludido entró en el salón. Venía flanqueado por Ester y Raquel y Victoria se sintió molesta. Julio la había llevado hasta allí. ¿Pensaba acaso dejarla a su aire y dedicarse a sus primas?

Pero no fue así. Al entrar en el salón se dirigió directamente hacia ellos, mientras las chicas se acercaban a coger unas copas.

—Estás guapísima. Bueno, todas lo estáis, pero con

Victoria es más evidente... suele vestir de forma más bien... sobria en el trabajo.

—Ya no —dijo ella.

—He conseguido que cambie un poco, pero, de todas formas, hoy estás mucho mejor.

—Con tus halagos no vas a conseguir la portada de esta semana, te lo advierto.

—¿No me va a funcionar el truco?

—No, de eso nada.

— Entonces tendré que seguir esmerándome. ¿Una copa?

—Tampoco lo vas a conseguir emborrachándome. Pero acepto la copa.

—¿Y algo de comer?

—También.

Él se dirigió al bufé. Victoria lo seguía con la mirada, contemplando los hombros anchos cubiertos por la chaqueta oscura de corte informal. Como siempre, había obviado la corbata y vestía una camisa clara con el cuello abierto. Ella se recreó en aquella espalda que había acariciado la noche anterior y deseó volver a hacerlo. Que todos los presentes desaparecieran de la habitación y se quedaran solos. Pero, sobre todo, que desapareciera Raquel, que se había unido a Julio junto a la mesa de la comida y llenaba su plato a su lado.

Amelia se acercó a Victoria y dijo:

—Hacen buena pareja, ¿verdad?

—No sé —dijo algo brusca—. Yo de parejas no entiendo mucho.

La mujer sonrió.

—Pero yo sí. —Y se alejó para atender a su hermana y cuñado que acababan de aparecer en la puerta del salón.

La velada transcurrió entre charlas, en grupos que se iban formando y separándose continuamente. Un rato después, Noelia se llevó a su hija a la cama y regresó de nuevo.

Para cuando Amelia y su marido se retiraron, Victoria ya se había hecho una idea acerca de la familia de Julio, del carácter de cada uno y del tipo de relación que tenían entre sí. A la única que no acababa de ver clara era a Raquel. A veces parecía coquetear con Julio, en otros momentos hablaba con verdadero afecto de su novio.

Al final, la reunión se disolvió retirándose cada uno a su habitación. Victoria se preguntó si Julio echaría con su prima otro polvo de recuerdo aquella noche y la sola idea de sentirles en la habitación de al lado la enfureció.

Se dieron las buenas noches cortésmente ante las puertas de sus respectivos cuartos y se acostó, temerosa dc escuchar ruidos en la habitación contigua.

Se estaba adormilando cuando el leve sonido de una puerta al abrirse con cuidado le hizo abrir los ojos bruscamente. Tardó unos minutos en comprender que la puerta que se había abierto no era la de la habitación de Julio que daba al pasillo, sino la que comunicaba con la suya. Contuvo la respiración, sintiendo que el corazón le saltaba de alegría y su voz no sonó en absoluto enfadada cuando preguntó en un tono que pretendía ser hosco:

—¿Qué coño haces aquí, Luján?

—Todavía nada... —dijo él metiéndose en la cama,

a su lado—, pero tengo la intención de hacer contigo todo lo que se pueda hacer en una cama, para variar. Esta noche nada de sitios raros. Y nada de prisas; quiero tomarme mi tiempo, señorita Páez.

—Pero tus padres... la cama...

Julio abrió la mano y mostró tres condones.

—Usaremos esto, así no quedara ninguna huella en las sábanas de nuestra aventura.

Ella guardó silencio, feliz de que él hubiera acudido a su habitación y no a la de Raquel.

—¿Tres?

—Nunca se sabe, encanto. No quiero quedarme corto.

—Eres un maldito fanfarrón, Luján —dijo sintiendo ya la humedad entre sus piernas.

—Permite que me quede, y, si no cumplo, siempre podrás echármelo en cara durante el resto de tu vida.

—De acuerdo... quédate.

Apenas hubo terminado de decir esas palabras, la boca de Julio cubrió la suya y todo desapareció a su alrededor.

Julio cumplió. Cumplió sobradamente lo que había prometido. Cuando ya amanecía, se dejó caer a su lado, exhausto y susurró:

—La próxima vez que se te ocurra meter una caja de Viagra en mi escritorio, recuerda esta noche.

Victoria se incorporó sobre un codo y lo miró.

—¿Lo has hecho para vengarte? ¿Para demostrar que eres un machote?

—No, encanto, lo he hecho porque te deseo muchísimo. Igual que tú a mí, no lo niegues.

—No lo niego. Después de lo que acaba de pasar, sería imbécil no admitirlo.

—Bien. Durmamos un poco entonces. En un rato la casa se llenará de gente y tendremos que levantarnos.

—¿Vas a irte a tu habitación?

—Eso depende de ti. Yo preferiría quedarme.

—¿Y si entra alguien?

—Mi habitación está cerrada por dentro y esta también. Si alguien llamase a una de las dos puertas, puedo irme en un segundo.

—De acuerdo, quédate si quieres —dijo buscando el hueco de su hombro y, apoyando la mano sobre el vello del pecho de él, se quedó inmediatamente dormida.

29

Después de la fiesta

La mañana siguiente Julio no estaba en la cama cuando Victoria se despertó. Se permitió estirarse y sentir todos los músculos doloridos por la intensa noche de sexo. Él había gastado los tres condones y la había hecho disfrutar a conciencia, hasta el punto de morderse los labios hasta hacerse sangre para evitar que pudieran oírla en el resto de la casa. Y no estaba segura de que no se hubieran escuchado los latidos de su corazón a mil por hora.

Decidida a no ser la última como el día anterior, se levantó de la cama, se metió en la ducha después de llamar y bajó a la cocina. Había reunión de mujeres en ella. Amelia, Ester, Raquel y Noelia se sentaban en la mesa.

—Buenos días, Victoria. Hay café recién hecho, sírvete.

—Y pan para tostar —añadió Ester—, salvo que prefieras un trozo de tarta de la que quedó ayer.

—Las tostadas están bien.

—Pues sírvete, estás en tu casa —añadió Amelia—. Hoy me siento demasiado cansada para preparar nada.

Victoria colocó una gruesa rebanada de pan en el tostador y se sirvió un café con leche. Noelia le hizo sitio a su lado en la mesa. A Victoria no se le escapó el intenso escrutinio a que fue sometida por parte de todas las presentes, y esperó sinceramente que la ducha hubiera borrado de su rostro las huellas de la noche.

La conversación transcurrió sobre los planes del día. Andrés y Noelia se iban a marchar pronto, pero Ester y Raquel iban a quedarse un par de días aún.

—¿Y vosotros, qué vais a hacer?

—No tengo ni idea —dijo—. Julio no me ha comentado sus planes.

—¿Todavía está durmiendo? —preguntó Ester pícara.

—No tengo ni idea. Si no está por aquí, supongo que sí.

—Ya...

Victoria no quiso darse por aludida con el comentario, y Amelia desvió la conversación hacia el embarazo de su nuera. La ilusión por el nuevo nieto se notaba en cada palabra.

Después de desayunar decidieron dar un paseo en espera de que el resto de los invitados se levantaran. Bajaron a la playa y Victoria no pudo dejar de pensar en Julio y Raquel haciendo el amor en ella. Notó la mirada de Noelia y trató de evitar esos pensamientos, por si la perspicaz mujer adivinaba algo. Se integró en la conversación general lo mejor que pudo, puesto que hablaban de recuerdos que ella no conocía.

Cuando regresaron, la cocina volvía a estar llena de gente. Julio estaba desayunando, recién duchado. Intercambiaron una intensa mirada que Victoria cortó enseguida, consciente de que todo el mundo estaba pendiente de ellos.

Después, decidieron regresar a Madrid tranquilamente, para llegar antes de la noche.

La semana había pesado en Julio como una losa. Después de lo sucedido en casa de sus padres, de la noche que Victoria había pasado con él, volver a la frialdad del trabajo cotidiano le estaba volviendo loco.

Ninguno de los dos había mencionado lo ocurrido, solo habían hablado de trabajo, y aunque era cierto que los comienzos estaban siendo duros y requerían más horas de las que empleaban en la editorial, ver a Victoria solo en la oficina se le hacía muy difícil. A cada momento tenía que contenerse para no abrazarla, para no acariciar ese cabello que había empezado a llevar suelto o como mucho recogido en una trenza floja que colgaba sobre el hombro, cayéndole en el pecho. Ese pecho que él había acariciado hasta la saciedad solo el sábado anterior.

Y una semana después se encontraba sentado ante el televisor, con la mirada fija en la pantalla y pensando en ella, sin ver nada de lo que discurría ante él. Y echándola de menos, deseando escuchar su voz, sentir su cuerpo contra el suyo, aunque solo fuera para ver una película.

De pronto se levantó, se dio una ducha rápida y se

cambió de ropa. Se puso una camisa y un pantalón de loneta azul, y, cogiendo las llaves del coche, decidió agarrar al toro por los cuernos. Lo peor que podía pasar era que no estuviera en casa. No; lo peor era que estuviera acompañada, pero iba a arriesgarse. Nunca había sido de los que se sentaban a esperar que ocurrieran las cosas, sin hacer nada.

Cuando aparcó frente al portal de Victoria no sabía muy bien qué iba a decirle, pero decidió improvisar.

Esta se encontraba en la cocina, preparando comida para varios días, cuando sonó el timbre de la puerta. Por un momento temió que fuese Magda, que volviera a tener problemas con Silvia, pero luego recordó que ella tenía llave.

Cuando miró por la mirilla, se encontró con la cara de Julio al otro lado. Se miró por encima, comprobando que no tenía manchas de comida en la ropa y se alisó el pelo, recogido en una cola de caballo. Abrió.

—Hola —saludó él.

—Hola. ¿Ocurre algo?

—No... Pasaba cerca y me apetecía un café. Se me ocurrió invitarte a uno... o que tú me invitaras a mí. Si no es mucha molestia.

—Pasa, te invitaré yo. Estoy cocinando y no puedo salir en este momento.

—Gracias —dijo entrando—. Puedo ayudarte a cocinar, si quieres.

—Primero el café. También a mí me vendrá bien una taza y una excusa para descansar un rato.

Bajó al mínimo el fuego de algo que se cocía en una cazuela y comenzó a preparar una cafetera.

—¿Te molesta que haya venido? Quizás he debido llamar antes.

—Has debido hacerlo, sí. Pero ya estás aquí.

—¿Prefieres que me vaya? —preguntó temiendo la respuesta.

—No seas tonto. No es eso. Solo que no me gustan las sorpresas.

Julio sonrió.

—Prefieres tenerlo todo controlado a tu alrededor, pero solo se trata de un café.

Victoria sonrió a su vez.

—Por eso te quedas. Siéntate, considérate en tu casa.

Él obedeció y tomó asiento en la mesa que había en un rincón. La cocina de Vitoria le gustaba, resultaba tan acogedora como la de su madre.

Como últimamente Victoria se unía a los desayunos en el trabajo, no tuvo que preguntarle cómo le gustaba el café. Con poca leche y sin azúcar.

Colocó el servicio con la cafetera y una jarra de leche sobre la mesa y se sentó frente a él. Ante la insistente mirada de Julio se pasó la mano por la cara, pensando que la tenía manchada.

—¿Tengo algo en la cara?

—No.

—Es que no dejas de mirarme.

—Porque estás preciosa.

—Julio... ¿A qué has venido exactamente?

—A tomar café.

—No es verdad.

Él tomó un sorbo y admitió.

—No, no lo es.

La miró fijamente a los ojos.

—Te echaba de menos.

Victoria tuvo que reconocer que también ella había estado pensando en él durante la mañana y había decidido ponerse a cocinar para evadirse.

—¿Has venido para echar un polvo?

—No. Al menos no he salido de casa con esa intención. Solo quería verte.

—Me ves todos los días en la editorial.

—Allí no podemos charlar, solo tratamos temas de trabajo.

—¿Y qué tema quieres tratar?

—Ninguno en concreto, solo...

—¿Solo qué?

—Está bien, allá va. Estoy empezando a sentir algo por ti.

—¿Atracción física?

—No, algo más que eso. Esta tarde quería simplemente verte, tomar un café, salir a dar una vuelta contigo. Ir más allá de la cama. Creo que me estoy enamorando.

Las manos de Victoria empezaron a temblar y soltó la taza sobre la mesa. Lo miró a los ojos y la pregunta muda que leyó en ellos la asustó. Le tembló un poco la voz al responder.

—Yo... no siento lo mismo. Lo lamento, Julio, yo noto una atracción física muy fuerte hacia ti. Hace mucho que no siento algo así por un hombre, desde la universidad... pero no va más allá. Reconozco que me equivoqué contigo, que eres una gran persona y que me gusta que hayamos enterrado el hacha de guerra y podamos trabajar juntos. Y las veces que nos hemos acostado... han sido cojonudas. Pero no va más allá del sexo. No para mí. Lo lamento.

—Bueno, es lo que hay. Prefiero saber a qué atenerme.

—¿No estás enfadado?

—No, encanto. En los sentimientos no se manda. Si lo que sientes hacia mí es solo atracción, seguiremos como estábamos, acostándonos de vez en cuando y nada más.

—No, no vamos a hacerlo. Eso solo te haría daño. Y estropearía el trabajo de nuevo.

—Ya —dijo él con los labios apretados—. El trabajo es lo primero.

Victoria colocó una mano sobre la de él y lo miró muy seria.

—No, Julio. Tú eres lo primero. Seguir con esto te va a hacer daño. Y no quiero hacértelo.

—Deja que sea yo quien decida eso, ¿vale? Puedo controlarlo, no soy un crío de quince años. Puedo hacer que este sentimiento que está apenas empezando vuelva atrás y sea solo atracción; lo he hecho otras veces.

—¿Estás seguro?

—Claro que lo estoy, señorita Páez. Y digas lo que digas, no pienso renunciar a acostarme contigo.

—Eso será si yo también quiero, Luján.

—Por supuesto; pero claro que quieres, encanto. No me digas que no te gustaría que quitara de encima de esta mesa el servicio de café y te follara sobre ella hasta que se te quiten las ganas de cocinar.

Victoria ahogó un suspiro. El cabrón tenía razón.

Desde que lo había visto en la puerta, en lo único que había pensado era en echar un polvo descomunal, fuese donde fuese. Intentó negarlo, pero las palabras no le salían.

Julio se puso de pie y acercándose a ella la levantó en vilo y empezó a besarla de forma salvaje. La arrastró hasta la lavadora y la sentó encima, mientras le bajaba de un tirón los vaqueros viejos que llevaba. Enganchó el tanga y lo rompió de un tirón, y sin más preámbulos hundió dos dedos en su interior. Estaba muy húmeda, como había esperado. Mientras movía los dedos dejó de besarla y aplicó la boca a su cuello. Era algo que nunca había hecho antes, marcarle el cuello, pero esa tarde iba a hacerlo a conciencia. Victoria estaba muy equivocada si pensaba que iba a rendirse sin luchar. Conseguiría que se enamorase de él fuese como fuese. Julio Luján era muy testarudo.

Victoria apoyó las manos sobre la encimera para permitirle mejor acceso. Cuándo la sintió próxima al orgasmo, sacó los dedos y, abriéndose precipitadamente el pantalón, la penetró empezando a moverse despacio.

—Despacio no...

—Despacio sí, encanto. Hoy mando yo... Me lo debes.

Dejó el cuello y volvió a su boca. Victoria no podía abrazarle, ni tocarle, sin caerse hacia atrás, porque Julio había tirado de ella hasta casi sacarle el trasero de la encimera para llegar más hondo, y se moría por tocarle. Pero él no se lo permitió. Colocó las manos sobre las de ella para inmovilizarla, y siguió marcando el ritmo. Cuando ya estaba de nuevo próxima al orgasmo, levantó una de ellas y pulsó el botón del centrifugado. El orgasmo estalló de forma brutal para ambos. Victoria gritó hasta quedarse ronca mientras Julio no dejaba de moverse dentro de ella. Al final, exhausto, salió y se apoyó contra la encimera a su lado. Ninguno de los dos habló hasta que recobraron el aliento.

Julio se recolocó la ropa y, dejándola todavía sentada sobre la lavadora, muriéndose por abrazarlo, se dispuso a marcharse.

—¿Te vas?

—Solo sexo, encanto. Te dejo para que termines de cocinar.

—La próxima vez llama antes de venir.

—Lo haré.

—Y esta ha sido la última vez.

Él se volvió a medias desde la puerta de la cocina.

—Ya veremos. Tú tampoco puedes controlarte.

—Las duchas frías funcionan también para las mujeres.

—Pues procura que apaguen el brillo del deseo en tus ojos, preciosa... porque no te garantizo nada si vuelvo a verlo en ellos.

Salió de la cocina y poco después Victoria escuchó el sonido de la puerta al cerrarse. Se tocó el cuello dolorido, consciente de la marca que había debido dejar allí, aunque ella había disfrutado enormemente mientras se la hacía.

—Cabrón... —susurró. Aquello tenía que terminar, por el bien de él. Y estaba firmemente decidida a que no volviera a repetirse.

30

Estrategias

Victoria estuvo malhumorada todo el domingo. Después de lo ocurrido el sábado se sentía enfadada consigo misma y con Julio, por supuesto. Detestaba haber follado con él sobre la lavadora después de rechazar su declaración, y se sentía sumamente irritada ante la prepotencia de él de que estaría disponible en cuanto chascara los dedos. Aunque en su fuero interior sabía que había sido verdad, que había bastado que insinuara echar un polvo para que hubiera deseado hacerlo y no había puesto la más mínima resistencia, ni de palabra ni de obra, cuando la llevó hasta la lavadora. Y lo había disfrutado enormemente. Pero un rato después de que se marchara, y sin que tuviera muy claro el motivo, había empezado a enfadarse. Cuando se levantó el domingo estaba realmente cabreada, y se juró a sí misma que Julio no iba a llevarla a la cama —ni a ningún otro mueble de la casa o la oficina— nunca más.

El lunes se vistió sobriamente, aunque no tanto como antes, y se volvió a recoger el pelo en un apretado moño. Se cubrió el moratón del cuello con un pañuelo estratégicamente colocado y se marchó a la editorial.

Julio y Magda ya estaban allí. Miró el reloj y comprobó que ambos habían llegado antes de tiempo.

—Buenos días.

—Hola, Victoria —saludó su amiga—. ¿Qué tal el fin de semana?

—Aburrido —murmuró.

Julio levantó una ceja y no dijo nada. Evidentemente no estaba de buen humor y no sería él quien se cruzara en su camino aquel día. Además, había vuelto a recogerse el pelo, lo cual no era buena señal. No sabía si debido a que le había expresado sus sentimientos o a lo ocurrido después, pero algo había cambiado entre ellos, y no para mejorar. Suspiró resignado. Victoria lo descolocaba continuamente, nunca sabía a qué atenerse con ella. Pero, fuera lo que fuera, no iba a rendirse. Julio Luján y de la Torre nunca se rendía, y menos cuando algo le importaba. Y la preciosa señorita Páez, con su moño apretado y su expresión adusta pero cuyo hielo se fundía entre sus brazos en cuestión de segundos, le importaba mucho. No, no iba a rendirse. Quizá solo debía cambiar de estrategia. Ese pelo recogido de nuevo sobre su nuca, el sobrio pantalón azul y la holgada blusa del mismo color le estaban diciendo a gritos que se mantuviera alejado. Bien, lo haría; le daría lo que deseaba. A ver quién aguantaba más.

Durante un mes la relación entre ellos se limitó estrictamente a asuntos de trabajo. *Miscelánea* volvió a publicar algunos artículos científicos, la sección de los hoteles empezó a alcanzar tanto éxito que se convirtió en algo habitual recibir invitaciones de establecimientos que deseaban ser objeto de sus artículos. También «Julio responde» tuvo que ser ampliada, y, aunque en algún momento él se ofreció a eliminarla, consciente de que a Victoria nunca le había gustado, ella misma tuvo que reconocer que, si se suprimía, las ventas caerían bastante, porque eran muchas las cartas que se recibían cada semana. Admitió que la revista se llamaba *Miscelánea* porque en ella había cabida para todo tipo de artículos, y que el consultorio formaba una parte importante de la misma.

No obstante, seguían teniendo discrepancias casi todas las semanas sobre qué publicar, y las voces alteradas de ambos seguían escuchándose en la sala común donde seguían trabajando Magda, Rosa y Celia, porque se reunieran en el despacho de Julio o en el de Victoria, la puerta nunca se cerraba. Él tenía buen cuidado de dejarla abierta, para confirmarle que sus intenciones eran estrictamente laborales. Por mucho que le costase, mantenía una estudiada indiferencia hacia Victoria, aunque los días que ella llevaba falda le resultaba especialmente difícil hacerlo. Las ganas de levantársela y empotrarla contra el archivador que había junto a la ventana para hacerle el amor le nublaban la mente cada vez que la veía aparecer repiqueteando sobre sus tacones y con las preciosas piernas al descubierto. Aun así, se mantenía firme, no era un crío de quince años rebosante de hormonas y sabía que, si quería tener de Victoria algo más que un buen polvo, debía controlarse hasta que ella comprendiese y aceptase que sentía lo mismo que él. Algo de lo que cada día tenía menos dudas, daba la forma en que lo estaba empezando a mirar: como un dulce que estás deseando comerte. Como él se esforzaba en no mirarla a ella.

A menudo la sorprendía mirándole las manos, mientras jugueteaba con un bolígrafo en sus habituales reuniones para dar formato al nuevo número, o el vello del pecho cuando se dejaba abierto un botón de más en la camisa. Cosa que hacía solo a veces y disfrutaba con la mirada de decepción de Victoria cuando se ponía una camiseta que llegaba hasta el cuello. No se le había escapado que ella disfrutaba mucho acariciándole el pecho, lo había hecho la noche que durmieron juntos. Incluso lo había besado y acariciado con los labios mientras pensaba que él dormía. Pero no estaba dormido, había disfrutado de la ternura que Victoria era capaz de expresar solo cuando pensaba que nadie la veía. Se le estaba haciendo muy larga la espera, pero sabía que debía aguantar... que ahora le tocaba a ella mover ficha.

Victoria, por su parte, había respondido con evasivas a las preguntas de Magda sobre el cambio de actitud entre ellos, limitándose a decirle que habían decidido dejarse de tonterías y centrarse en el trabajo; aunque su amiga no era tonta y no pensaba que se lo hubiera tragado. Pero la conocía lo suficiente para saber cuándo debía mantener la boca cerrada.

A menudo se preguntaba cuánto de cierto había en

lo que Julio le había confesado sobre sus sentimientos hacia ella. Probablemente no mucho, puesto que había dado marcha atrás con tanta rapidez y facilidad, volviendo a una relación estrictamente profesional. Por una parte eso la aliviaba, no tenía ganas de tener que estar rechazándole continuamente, pero por otra la irritaba el hecho de que hubiera olvidado tan fácilmente las veces que habían estado juntos. Seguramente estaría acostumbrado, había tenido muchas mujeres. A ella le estaba costando. Cada noche, en la cama, rememoraba uno u otro de los episodios que habían compartido, el placer, las caricias. La sensación tan especial que había sentido al dormir con él, con la cabeza apoyada en su hombro, el tacto de su piel, la perfección de su cuerpo desnudo. Y le echaba de menos, sobre todo los fines de semana que pasaba sola. A veces estaba tentada de llamarle para escuchar su voz, incluso una tarde había estado con el teléfono en la mano, pero no había llegado a marcar. Por las noches pensaba si él estaría con una mujer y se sorprendía buscando marcas en su cuello al día siguiente. La sola idea de imaginarlo con otra la hacía desvelarse y no poder dormir. Pero seguía firmemente convencida de que seguir acostándose con él era un error que pagaría caro, porque también ella podía empezar a sentir por él algo más que atracción. Y eso, con Julio Luján, no era buena idea, porque él pasaba de una mujer a otra con demasiada facilidad y no estaba dispuesta a sufrir por ningún hombre. Y menos por uno con el que trabajaba y al que tenía que ver a diario.

Julio aparcó el coche en la puerta de su hermano. Al igual que había sucedido con Adriana, quería que el primer regalo que tuviera su nuevo sobrino fuera suyo. Noelia pensaba que hasta los tres meses de embarazo un crío tenía muchas posibilidades de no llegar a nacer y no quería comprar nada ni aceptar regalos, pero lo que él llevaba era algo simbólico: un chupete con que dar la bienvenida al nuevo miembro de la familia. Había hecho lo mismo con la niña; por un simple chupete Noelia no se enfadaría.

Tampoco le vendría mal una velada en familia, aunque estaba seguro de que su cuñada intentaría sonsacarle cosas que quizá preferiría no decir, pero la actitud de Victoria de las últimas semanas, tan fría y distante, le estaba minando la confianza. Nunca le había rechazado una mujer antes de ella, y no era precisamente su orgullo el que había sufrido. Al principio, sobre todo después de que hubieran hecho el amor en la cocina, había estado seguro de que era solo cuestión de tiempo el que ella cambiara de opinión, de que aceptara que había algo entre ellos, o al menos pensaba que continuarían acostándose juntos, y él tendría la oportunidad de intentar conquistarla. Había algo más que pasión entre ellos, de eso estaba seguro. Si no fuera así, Victoria nunca le habría dado una segunda vez, ni habría aceptado pasar toda una noche juntos. Aquella noche en casa de sus padres los dos habían rebasado la línea del deseo, había tenido demasiado de eso en su vida para no notar la diferencia. Pero Victoria no se había dado cuenta aún, o, si lo había hecho, quería cortar allí, antes de que fuera a más. Y él no se lo iba a permitir, no sin luchar. Pero nunca se había tenido que enfrentar al rechazo de una mujer, y menos al de una que le importara. No sabía cómo actuar.

Entró en la casa detrás de su hermano, que había acudido a abrir la puerta y, como siempre, Adriana le salió corriendo al encuentro.

—¡Titoooo!

—Hola, preciosa —dijo alzándola en el aire como solía.

Noelia también se le acercó.

Él le mostró la caja.

—El chupete de rigor —dijo sonriendo.

—A ver cuándo te podemos regalar nosotros uno a ti.

—Uf... Está difícil la cosa. Como no truque un condón... Y ni por esas, toma la píldora.

—¿Qué es un condón?

—Explícaselo, papi —dijo Julio pasándole la pregunta a su hermano—. Yo, de momento, me libro de eso.

—Ven, mejor te lo enseño.

—¿Usáis condones? Creía que las parejas estables utilizaban otro tipo de cosas.

—En los periodos de descanso del DIU. Pero se conoce que alguno debía de estar «trucado». —Sonrió su cuñada.

—Pensaba que el embarazo había sido buscado.

—Queríamos esperar un año más, pero de todas formas estamos encantados —dijo Noelia acariciándose el vientre con la mano.

—Yo creo que seré un padre abuelo si es que algún día lo soy.

—¿Victoria no está por la labor? ¿No quiere hijos?

—Nunca hemos hablado del tema. Y últimamente no quiere ni sexo conmigo, así que...

—¿Qué has hecho? ¿No te habrás liado con otra?

—No, pero creo que he cometido un error. Hablé de sentimientos y creo que se acojonó. Debería haber esperado un poco más. Ahora nuestra relación es estrictamente profesional y fría como el hielo. He probado a fingir que me da igual, a distanciarme yo también para hacerla reaccionar, pero no parece que funcione. Tú que eres mujer y psicóloga, ¿hay algo que haga que una mujer se dé cuenta de que siente por un hombre algo más que atracción sexual? Porque de eso estoy seguro.

—Sí que lo hay. Que piense que puede perderlo.

—No voy a estrellarme con el coche contra un árbol para que Victoria tema perderme.

—¡No seas gilipollas, Julio! Estoy hablando de otra mujer.

—Otra mujer...

—Sí, pero una de verdad, no las muñequitas medio tontas con las que sales a veces.

—Hum... Veré qué se me ocurre. No pierdo nada por intentarlo, ¿verdad?

—Casi siempre funciona.

Andrés y Adriana volvían en aquel momento, ambos enfrascados en una conversación sobre la función de un preservativo.

—¿Puedo quedarme a cenar?

—Si preparas la comida... —dijo su hermano—. Noelia le ha cogido asco a la cocina y a mí no se me da demasiado bien.

—Encantado.

Tres días después, nada más llegar, Julio se presentó en el despacho de Victoria. Como siempre le sucedía, y cada vez con más frecuencia, se tuvo que contener para no comérselo con los ojos... y con las manos... y con la boca.

—Buenos días, Victoria —dijo él observando que había vuelto a dejarse el pelo suelto y que llevaba falda. Una falda con vuelo que sería muy fácil subir. Se le secó la boca, y tuvo que hacer un esfuerzo para mantener la frialdad necesaria para tratar el tema que lo había llevado hasta allí—. Tengo que hablar contigo.

—¿Algún problema con la editorial?

—No, es personal. Necesito cogerme de nuevo unos días libres.

Victoria arrugó el ceño. No le apetecía en absoluto estar varios días sin verle, ya le costaba cuando hacían el reportaje del hotel en el que durante un par de días a la semana apenas se veían una hora para intercambiar impresiones. Por eso su voz sonó un poco áspera al preguntar.

—¿Otro viajecito familiar?

—Sí, en efecto —dijo él muy serio.

—¿Y no se las pueden apañar sin ti? Ya sabes que aquí andamos muy justos de personal.

—Podrían, pero no quiero que lo hagan. Sé que las

chicas y tú sois capaces de llevar esto adelante sin mí los días que sean necesarios.

—¿Muchos días?

—No lo sé. Una semana, dos... Espero que no más.

—¿Tanto?

—Hay algunos asuntos legales que aclarar, por eso no te puedo decir cuánto tiempo llevará.

—De acuerdo. Tendré que hacer yo las dos partes del reportaje del hotel.

Él sonrió y Victoria sintió que algo se le ablandaba por dentro.

—Lo harás perfectamente, solo tienes que sacar a relucir el lado positivo que sé que tienes escondido en alguna parte.

—Pero me niego a contestar en «Julio responde».

—Que lo haga Celia. A ella se le da bien eso de los cotilleos.

—Bien. ¿Y cuándo te vas?

—Esta noche.

—Entonces mueve el culo y deja listo todo lo que sea necesario. No pierdas más el tiempo.

Julio salió del despacho con una amplia sonrisa en la cara.

La ausencia de Julio se hizo notar. Victoria sentía que faltaba algo vital en la redacción, con mucha más intensidad que la última vez que se había ido. Pegaba un respingo cada vez que sonaba el teléfono y se mostraba malhumorada durante un rato cuando comprobaba que no era él quien llamaba. Pero no telefoneó ni una vez.

Magda la observaba divertida, sin decir nada. Le encantaba ver a su amiga tan pillada y sin querer admitirlo. Desde la facultad no la había visto tan colada por alguien como lo estaba por Julio Luján, y esperaba que hiciera algo al respecto antes de que fuera demasiado tarde.

Los días pasaban demasiado lentos para Victoria, sin saber cuándo regresaría, sin saber siquiera dónde estaba. Un par de veces intentó inventarse un problema en la edición para llamarle, pero al final desistió puesto que no quería que él pensara que era una inútil si lo llamaba por una tontería semejante. Y no podía decirle que necesitaba desesperadamente escuchar su voz. Ni siquiera se lo quería decir a sí misma, pero era cierto. Cuando volviera, tendría que hacer gala de un gran autodominio para no saltarle al cuello y abrazarle y besarle hasta calmar ese gran vacío que se había instalado en su interior en el mismo momento en que él se había ido.

La única noticia que tuvo fue a través de Noelia.

—Victoria —dijo Rosa desde la línea interior—, la cuñada de Julio está al teléfono y quiere hablar contigo.

Sintió un vuelco en el estómago. ¿Le habría ocurrido algo? Con las manos temblando de angustia cogió el auricular.

—¿Sí?

La voz jovial de Noelia la tranquilizó.

—Hola, Victoria, espero no molestar.

—En absoluto. ¿Ocurre algo?

—No, solo quería pedirte un favor. No sé a quién acudir.

—Claro —dijo respirando de nuevo—. Dime qué puedo hacer por ti.

—Tengo que hacerme unas pruebas y Andrés no quiere que vaya sola porque hace varios días que me encuentro bastante mal. La canguro de Adriana está enferma y no sé a quién acudir; normalmente es Julio quien se queda con ella, pero como está en Londres... ¿Te podrías quedar con mi hija un par de horas? Te la llevaríamos a la redacción y bastará con que le dejéis un sitio en una mesa donde colorear. Es una niña muy buena, no os impedirá trabajar. Ella se siente muy a gusto contigo.

—Por supuesto que puedes traerla. ¿Y dices que Julio está en Londres?

Noelia sonrió al otro lado del teléfono. Sabía que la mente de Victoria había registrado la información.

—Sí. ¿No lo sabías?

—No, me dijo que necesitaba unos días libres para solucionar un asunto familiar.

—Sí, es cierto. Raquel ha roto definitivamente con Derek y está fatal. Julio y Ester han acudido para animarla y ayudarla a mudarse.

—Y a ofrecerle un hombro sobre el que llorar —dijo con rabia mal contenida.

—Julio se toma los asuntos de familia muy en serio.

—Raquel no es su familia.

—Claro que lo es —dijo Noelia ahondando en la herida que sabía acababa de provocar—. Todos ellos se criaron juntos, durante años pasaron los veranos en la finca de Tarragona. Raquel es tan prima de Julio como Ester o Sandra.

—No, exactamente —dijo hosca—. Que yo sepa, nunca se folló a Ester ni a Sandra. O a lo mejor sí... Al parecer Julio Luján se ha tirado a todas las mujeres que ha habido a su alrededor.

—A mí no, te lo aseguro —dijo con una risita—. Y aquello fue cosa de críos. Hace mucho tiempo que terminó.

—No tanto tiempo... Solo desde que ella conoció a Derek. Según me ha confesado Julio, echaban «polvos de recuerdo» cada vez que se encontraban durante años. Y seguramente estarán haciendo lo mismo ahora «para consolarla».

—¿Quién sabe? A lo mejor Amelia tiene razón y al final Julio y Raquel acaban juntos.

Victoria apretó los dientes. La imagen de niños morenos y regordetes acudiendo al encuentro de Julio al llegar a casa la golpeó de nuevo con fuerza y le estrujó las entrañas. Respiró hondo y trató de suavizar la rabia que sentía cambiando bruscamente de conversación.

—Bueno, puedes traerme a Adriana cuando quieras. La cuidaré bien.

—Lo sé. Gracias.

—De nada.

31

Raquel

Julio estuvo fuera dieciocho interminables días. Desde el momento en que Noelia le dijo a Victoria dónde estaba, cada hora, cada minuto de ausencia se le hicieron interminables. Sus noches se poblaron de pesadillas, imaginándolo en brazos de Raquel, unas veces haciéndole el amor con el mismo ímpetu y la misma pasión con que lo había hecho con ella; brindándole su consuelo y su ternura otras. Y no sabía cuál de las dos cosas le molestaba más.

Se despertaba cansada y enfadada consigo misma por sentirse así. Julio no era nada suyo porque ella no había querido que lo fuera, aunque a veces se preguntaba qué habría ocurrido si la tarde que estuvo en su casa y le confesó que se estaba enamorando de ella, le hubiera dicho que sentía lo mismo. Pero ella no estaba enamorándose de Julio... ¿O sí? Después de la oleada de celos brutales que estaba sintiendo ya no estaba segura de nada. Solo de que deseaba verle entrar por la puerta de su despacho, despeinado y sonriente, y retomar su vida como antes, volver a verle todos los días, discutir los pormenores de la publicación, lanzarle sus pullas verbales y recibir las de él. Escucharle decir «señorita Páez» con esa media sonrisa que le llenaba el estómago de mariposas. Y sin plantearse nada de lo que hubiera podido pasar en Londres.

Pero Julio seguía sin dar señales de vida y la irritación de Victoria aumentaba a cada día que pasaba. En dos ocasiones llamó a Noelia para preguntarle por su salud y ofrecerle su ayuda si la necesitaba, y también, ¿por qué negarlo?, con la esperanza de que le diera noticias de él sin tener que preguntarle, pero no obtuvo el resultado que esperaba. Hablaron de embarazos, de Adriana y de *Miscelánea*, pero ni media palabra sobre Julio.

A tal punto había llegado su malhumor que Rosa le mandó a este un mensaje preguntándole cuando volvía, porque la jefa estaba insoportable y echando pestes por su tardanza. Él lo leyó, sonrió y se limitó a responder que volvería cuando pudiera, y decidió alargar su ausencia unos días más.

Se presentó en la editorial una mañana sin previo aviso, sonriente y feliz. Su aspecto era impecable, con unos vaqueros oscuros y una camisa blanca de cuello mao abierta sobre el pecho.

Victoria escuchó su voz y el revuelo que causó cuando entró en las oficinas.

—¡Buenos días, chicas!

—¡Julioooo! Dichosos los ojos.

Contuvo las ganas de salir a su encuentro y echarse en sus brazos. Hasta ese momento no había sido consciente de lo mucho que lo había echado de menos. Pero su alegría se vio repentinamente apagada por la idea de que probablemente él venía de hartarse de follar con Raquel, así que se irguió en el sillón, se alisó el pelo con las manos y se mantuvo digna fingiendo que leía un artículo en el ordenador, pero con los cinco sentidos agudizados, esperando verle entrar.

A propósito, él se demoró un rato charlando con las chicas, hasta el punto que Victoria empezó a dudar de que fuera a entrar a saludarla. Pero al fin, tras un discreto golpe en la puerta, esta se abrió y pasó al despacho. Ella alzó por un momento los ojos del ordenador y dijo hosca:

—Ya era hora, Luján.

Él sonrió a pesar de su evidente enfado y dijo:

—Las cosas se han complicado más de lo que esperaba.

—¿Los temas... legales?

—Todos. Pero las chicas me han dicho que aquí las cosas han ido perfectamente.

—Por supuesto; he trabajado como una burra para suplir tu ausencia.

—Lo sé, y no esperaba menos de ti. Eres una profesional como la copa de un pino.

—Menos zalamerías y más trabajo. No andamos sobrados de personal, ya lo sabes, y tu viajecito ha supuesto un sobreesfuerzo para todos.

—Lo sé, pero tenía un asunto importante que solucionar. Os invitaré a cenar para compensaros.

—No todo se paga con dinero, Luján.

—No he hablado de dinero, sino de una cena.

—A mí no vas a sobornarme con una cena.

Él inclinó la cabeza y sonrió divertido.

—¿Ni siquiera con un chuletón en Ávila?

Victoria sintió que empezaba a ablandarse. Sería genial coger el coche con él otra vez y desplazarse hasta Ávila para comer y después hacer un poco de turismo. Pero no quería compartirlo con el resto del personal.

—Ya veremos.

—Entonces quizá mi otra propuesta te guste más. Acabas de decir que estamos escasos de personal, y es cierto. Me gustaría contratar a alguien más.

—Ya hemos hablado de eso. No nos sobra el dinero, tenemos que ahorrar para tener nuestras propias instalaciones y no depender de nadie. ¡Y no vuelvas a decir que tú pones el dinero y luego te voy devolviendo mi parte poco a poco!

—No iba a decir eso, pero sí que yo correría con el sueldo de la persona contratada.

—¿Tú? ¿Y por qué ibas a hacerlo? Esto es una empresa de los dos y corremos con todos los gastos al cincuenta por ciento.

—Porque a quien quiero pedirte que contratemos es a mi prima Raquel.

Victoria se sintió como si le hubieran echado un jarro de agua fría por encima.

—¿A...? ¡Raquel no es tu prima!

—Quizá no de sangre, pero claro que es mi prima. Ha cortado con su novio después de nueve años viviendo juntos y está hecha polvo, muy perdida. No sabe qué va a hacer con su vida. He pensado que podríamos darle trabajo aquí, hasta que se recupere un poco y decida qué quiere hacer. Por eso, yo pagaría su sueldo.

—No.

—¿No pagaría yo su sueldo o no quieres que la contratemos?

—No quiero contratar a nadie.

—En pocos minutos has dicho dos veces que estamos escasos de personal.

—Déjame terminar. No quiero contratar a nadie que no sea profesional. ¿Tu «prima» es periodista?

—No, es diseñadora gráfica, pero puede hacer cualquier tipo de trabajo que se le encomiende. Raquel es muy competente.

—¿La maravillosa idea ha sido tuya o de ella?

—Mía. A ella no le he dicho nada hasta haber hablado contigo.

—¿Y tú crees que querrá dejar Londres para venirse a Madrid?

—Ya está en Madrid, en mi casa.

—¡¿Te la has traído a tu casa?!

—Sí... Te he dicho que está mal y necesita un cambio.

—Y un hombro sobre el que llorar, supongo —dijo agria.

—También. En momentos difíciles es bueno tener a la familia cerca.

—¿Y por qué no se ha ido con Ester, que es su prima en realidad?

—Porque se ha venido conmigo. ¿Acaso te molesta?

—¡No, qué me va a molestar! Puedes meter a un regimiento en tu casa, si te place.

—Entonces... ¿La contratamos?

Victoria respiró hondo. Si se negaba, Julio podía pensar que había alguna implicación personal en su negativa, cosa que era cierta, pero se moriría antes que admitirlo.

—Deja que le haga una entrevista antes de decidir. Aunque sea tu prima y tú pagues su sueldo, no voy a contratar a ninguna inútil.

—De acuerdo. Hablaré con ella.

—Y ahora ponte a trabajar de una vez, Luján. Ya has perdido demasiado tiempo. Todavía puedes ocuparte de «Julio responde» esta semana. Celia no termina de pillarle el aire.

—Enseguida. Y... ¿Organizo esa cena en Ávila?

—En otra ocasión.

—Como prefieras, encanto, pero te la debo.

—Pendiente queda.

Aquella noche, Victoria, sentada en pijama en el sofá, cambiaba compulsivamente de canal de televisión sin apenas dar unos minutos a ninguno de ellos. Magda contemplaba su irritación, hasta que cansada, le cogió el mando de las manos y apagó el aparato.

—Y ahora vas a decirme qué coño te pasa. Pensaba que tu malhumor creciente de estos días se debía a la ausencia de Julio, pero hoy ya ha regresado y juraría que estás peor.

—Quiere que contratemos a alguien más.

—No nos vendría mal. ¿Dónde está el problema?

—Se la está follando.

Magda asintió con la cabeza.

—Ese es un problema, sí.

—No es nada personal, pero no me agrada contratar a alguien que tendría trato de favor.

—¡Vamos, Victoria, que estás hablando conmigo! Claro que es personal. Con el trato de favor puedes lidiar, con el hecho de que Julio se esté acostando con otra y que además te la ponga delante de las narices, no. Yo tampoco lo haría. Dile que no vas a contratar a su amiguita de turno.

—No puedo hacerlo. Pensaría que estoy celosa.

—¿Pensaría? Lo estás. Los celos son un sentimiento lógico en el amor.

—Yo no estoy enamorada de Julio Luján.

—Sí que lo estás. Completamente colada.

—No es verdad.

—Que no lo quieras reconocer es otra cosa. No sé qué ha pasado entre vosotros que de un tiempo a esta parte estáis muy raros, pero a mí no me convences de que no estás loca por Julio.

—Folla de puta madre, eso es todo.

Magda la contempló expectante con esa mirada que indicaba siempre a Victoria que no se iba a conformar con esa respuesta.

—Un sábado se presentó aquí de improviso, me dijo que se estaba enamorando y yo corté en seco... después de echar un polvo increíble encima de la lavadora —admitió.

—Y ahora te estás arrepintiendo.

—No.

—¿No? Por Dios, si no hay quien te aguante. No

quisiera estar en la piel de esa chica si viene a trabajar con nosotros.

—Raquel no se amilanará por mí, te lo aseguro.

—¿La conoces?

—La conocí en casa de sus padres, es medio prima de Julio. Al parecer fue su primer amor de juventud y siguieron echando «polvos de recuerdo» durante años. Ahora ha cortado con su pareja después de nueve años y él ha acudido cual caballero andante al rescate y se la ha traído a su casa para «consolarla».

—Pues no lo dejes.

—¿Cómo que no lo deje? Podría decirle que no la contratamos, pero vive con él. No puedo impedir que se la tire, Magda.

—Sí que puedes. Dile lo que sientes por él y tíratelo tú.

—Ufff... ¿Qué es lo que quieres que le diga?

—Pues algo así como: «Mira, moreno... tu primita estaría bien para tu adolescencia, pero ahora necesitas una mujer, y esa soy yo.»

—Ayyy, Magda, una relación entre Julio y yo no funcionaría.

—¿Por qué no?

—Pues... porque somos muy diferentes.

—Y prefieres que se lo lleve otra.

—No.

—Pues tendrás que decidirte, porque Julio no va a estar libre mucho tiempo. Es demasiado atractivo y buena gente, y solo es cuestión de tiempo que siente la cabeza. Así que, ya sabes.

—Cambiemos de tema.

—Tú mandas —dijo Magda encendiendo el televisor de nuevo.

Raquel se presentó en la redacción al día siguiente. Llegó con Julio, y, nada más entrar, la acompañó al despacho de Victoria. Esta se había vestido en aquella ocasión con un traje pantalón rojo de corte masculino, pero se había quitado la chaqueta, que había colgado en un perchero, y se había quedado con una camiseta negra con un escote más bajo que los que solía usar para trabajar.

Cuando Julio entró en el despacho acompañando a su prima, su mirada se posó inmediatamente sobre el nacimiento de los pechos, que quedaba al descubierto. Suspiró de frustración por no poder arrancarle aquella camiseta y hacerle todo lo que se le ocurriera.

Tras la mesa de despacho, Victoria lucía su más pura expresión de ejecutiva agresiva, esa que lo ponía cachondo nada más verla.

—Buenos días, Victoria.

—Buenos días. Sentaos.

—No, yo me voy —se disculpó él—. Tengo trabajo.

Ella levantó la cara y lo miró.

—¿No te quedas a la entrevista?

Negó con la cabeza.

—No; eres tú quien quiere hacerla. Yo conozco perfectamente las capacidades de Raquel. Es toda tuya —añadió señalando a la chica que sonreía levemente.

Victoria apretó los labios dando por sentado el tipo de capacidades a que Julio se refería. Este salió del despacho cerrando a su espalda y ambas mujeres quedaron frente a frente, estudiándose mutuamente, como no lo habían hecho en la fiesta de Amelia.

—Siéntate —dijo tratando de que su voz sonara amable, aunque sin conseguirlo del todo.

Raquel obedeció y cruzó las piernas, unas piernas largas y espectaculares.

—¿Traes currículum?

Sorprendida por la pregunta, Raquel frunció el ceño.

—No, Julio no me dijo que hiciera falta, pero lo tengo en casa. Si me das tu correo electrónico, te lo mandaré cuando llegue. Puedo resumírtelo, si quieres.

—Adelante —fue la escueta respuesta.

—Soy diseñadora gráfica y tengo un máster en publicidad. Soy bilingüe y además poseo conocimientos de francés y alemán a nivel medio y he trabajado en diversas empresas de la *City* durante doce años.

—¿Y vas a tirar una carrera semejante por la borda porque has roto con un hombre?

Raquel se encogió de hombros.

—En este momento necesito un cambio.

—Entiendo. Pero aquí no necesitamos una diseñadora gráfica.

—En una revista eso nunca viene mal.

—*Miscelánea* ya tiene su propio diseño, y funciona.

—Todo se puede mejorar.

—Entiende una cosa, Raquel. Si vas a trabajar aquí no vas a hacerlo como diseñadora; serás solo una mano más para ayudar donde haga falta.

—Lo sé; traeré los cafés, lavaré los platos y limpiaré el baño si está sucio. Julio ya me lo advirtió.

—No creo que Julio te dijera que vas a limpiar el baño, tenemos una mujer que viene a hacerlo cada mañana.

—Eso no, pero me advirtió que no me lo ibas a poner fácil.

—¿Eso te dijo?

—Más o menos. Pero no importa; no puedes ser peor que algunos de los jefes que ya he tenido. Al menos tú no intentarás follar conmigo. ¿O sí?

—Yo no follo en el trabajo —dijo muy seria. Demasiado.

—Eso es ser profesional. Bueno, ¿puedo considerarme apta para el puesto o no?

—De acuerdo, te daré una oportunidad. Pero el que seas la prima de Julio no quiere decir que vayas a tener un trato de favor o que no vayas a la calle al menor desliz.

—Entendido. ¿Dónde me instalo?

—Dile a Julio que te busque un sitio en la sala de las chicas. De momento, puedes compartir mesa con Celia.

—Bien. Y no te preocupes, seré puntual. Julio me ha dicho que eres una maniática de la puntualidad.

—Tu primo te ha dicho demasiadas cosas.

—Si quiero trabajar aquí debo saberlas, ¿no crees?

—Bueno, ponte a trabajar. Dile a Magda que te busque algo que hacer. Julio y yo tenemos que revisar el contenido de la revista de la próxima semana. Si está por ahí fuera, dile que entre.

Raquel salió del despacho. Como esperaba, Julio la estaba aguardando en el suyo, con la puerta abierta.

—¿Cómo ha ido?

—Estoy contratada, aunque con reservas... Si soy una chica mala, me despedirán.

—¿Ha sido muy terrible contigo?

—Lo ha intentado, pero bueno, estaba preparada. Me temo que ahora te toca a ti.

—Allá voy.

Cargado con su portátil y el trabajo de la nueva revista organizado, entró en el despacho de Victoria.

—Voy a darle una oportunidad —dijo ella inmediatamente.

—Gracias.

—Pero su sueldo lo pagará la editorial, no tú. Y tendrá que ganárselo.

—No te quepa duda de que lo hará.

—Y no quiero tratos de favor.

—No los habrá. Me arrancarías los huevos y les tengo mucho aprecio —dijo bromeando.

Al oír esa frase, Victoria estalló:

—¿Qué coño le has dicho sobre mí? ¿Que soy el dragón de las siete cabezas?

—No.

—Dice que le advertiste que no se lo iba a poner fácil.

—Le dije que eras una jefa estricta, que te gusta la puntualidad y el trabajo bien hecho.

—¡Piensa que voy a por ella, que le voy a hacer limpiar los baños!

—Yo no le he dicho nada de eso, Victoria. Pero Raquel es una persona muy sensible y si piensa que vas a por ella es porque habrá notado algún tipo de animadversión.

—¿Y qué animadversión iba yo a tener contra ella? Apenas la conozco.

—No lo sé; dímelo tú.

—Ninguna, Julio.

—Bien, entonces, vamos al trabajo.

—Antes, una cosa más. No quiero tonterías en las oficinas. Si te la follas o no, es asunto tuyo, pero hazlo en tu casa. Aquí se viene a trabajar.

—¿Celosa?

—No; en absoluto.

—¿Ni un poquito?

—Que haya follado contigo no quiere decir que esté loca por tus huesos, Luján. Reconozco que eres muy bueno en la cama... y en la mesa... y en la lavadora, y que hacía tiempo que no echaba polvos tan bùenos, pero para tener celos hay que sentir algo más que atracción física.

—Y tú no lo sientes.

—Ya te dije que no.

—Y la atracción física, ¿la sigues sintiendo?

Victoria no supo qué contestar a eso. Una parte de ella quería decirle que sí, pero otra era consciente de que ya hacía casi dos meses que habían tenido su encuentro en la lavadora y de su actitud fría hacia él.

Julio ahondó en sus ojos en busca de una respuesta, que se limitó a un ligero encogimiento de hombros.

—Porque... —continuó él—, yo me estoy muriendo por arrancarte esa camiseta y empotrarte contra el archivador y follarte hasta que las piernas no te sostengan. No nos sostengan a ninguno de los dos.

Victoria respiró hondo, deseando en su fuero interno que lo hiciera. Pero era consciente de Raquel al otro lado del pasillo.

—¿Cómo puedes decirme eso, cuando te estás tirando a «tu primita»?

Julio contuvo a duras penas una sonrisa al detectar los celos de Victoria. Suspiró y dijo muy serio:

—A ver cómo te lo explico, encanto... Mi corazón es como una habitación, una habitación en la que estás tú. Y si quieres puedes echarle la llave y cerrar la puerta, y dentro solo estarás tú. Te seré fiel porque es a ti a quien quiero y a quien deseo por encima de todas las mujeres. Pero si no cierras esa llave, la habitación estará abierta y en un momento dado puedo guardarte en el armario y seguir usando la habitación cuando haga falta. Tú sigues dentro, pero en el armario. ¿Lo entiendes?

La mirada furiosa de Victoria lo traspasó como una lanza.

—Claro que lo entiendo, Luján. Dices que estás enamorado de mí, pero mientras tanto te tiras todo lo que se mueve.

—Básicamente. Pero está en tu mano cambiarlo, señorita Páez. Un simple sí y seré solo tuyo.

—¿Y Raquel?

—Se irá a casa de Ester o a cualquier otro sitio, si te molesta que esté en mi casa. Pero, si dices sí, aunque viva conmigo, no le tocaré un pelo.

—Y yo me lo creo...

—Mientras estuvo con Derek, fuimos como hermanos. Pero ahora mismo somos libres los dos.

—Pues en lo que a mí respecta, vas a seguir siendo libre, Julio.

—Como quieras —dijo, y señaló unos folios que dejó sobre la mesa—. Échale un vistazo a ese artículo y dime qué te parece. Vuelvo al trabajo, tengo «Julio responde» muy atrasado.

—Luján —llamó cuando ya se marchaba—. «Julio responde» es solo tuyo; no quiero que Raquel te ayude con eso.

—No lo hará. Te prometí que leería y respondería yo mismo todas las cartas que reciba, y lo estoy haciendo, con la única excepción de las que contestó Celia esta semana. Las que no se publican las respondo en privado.

—Bien. Entonces, sigue con tu trabajo. Yo también tengo el mío algo atrasado.

—Hasta luego, encanto. Y respecto a la atracción... si te apetece, usaremos la habitación aunque guarde mis sentimientos en el armario. Eso funciona también para ti.

Ella clavó los ojos en los de él con furia.

—¡Vete al carajo, Luján!

Julio se dio media vuelta y se marchó con una sonrisa entre los labios.

32

De mujer a mujer

Raquel se instaló en la redacción y se integró en ella rápidamente, haciéndose un hueco sin el menor esfuerzo. Era trabajadora, agradable con todo el mundo y siempre estaba dispuesta a hacer cualquier tarea que le encomendaran. Victoria no podía ponerle ninguna pega como empleada, por mucho que deseara que cometiera un desliz para despedirla. Llegaba siempre con Julio y se marchaba con él. Se unía al grupo de los desayunos, al cual dejó de asistir Victoria, aunque antes había participado de manera esporádica.

A nadie se le escapaba la forma en que su jefa miraba a la recién llegada y que su actitud se volvía más hosca cuando ella estaba presente. Volvía a vestirse con sobriedad y a recogerse el moño en la nuca, como hacía en el pasado. Julio no sabía qué hacer, a veces pensaba que no había sido buena idea llevar a Raquel a la redacción. Era posible que Noelia estuviera equivocada, que la mayoría de las mujeres reaccionaran a los celos, pero Victoria no era como la mayoría de las mujeres. Por eso estaba enamorado de ella como nunca pensó que lo estaría de ninguna mujer. Pero lo cierto era que la actitud de Victoria hacia él se había enfriado varios grados desde la llegada de su prima.

Las semanas iban transcurriendo y la frialdad persistía. Había rechazado sistemáticamente su invitación a comer un chuletón en Ávila, se había replegado de nuevo hacia sí misma, manteniendo con él diálogos puramente laborales aunque sus ojos siguieran devorándolo cada vez que entraba en el despacho. Cuando sorprendía esa mirada en sus ojos, estaba tentado de agarrarla y besarla hasta volverla loca y hacerle el amor de nuevo, para que reconociera lo que sentía por él. Pero era consciente de que, si lo hacía, solo conseguiría acostarse con ella una vez más, y eso ya no le bastaba.

Aquel lunes, Julio se fue para realizar el artículo de los hoteles como todas las semanas. Ni siquiera se despidió de ella antes de marcharse, no podía decirle cuánto la echaba de menos cuando estaba fuera, cuánto le gustaría que ese viaje lo hicieran juntos. Ya no sabía qué decirle. Por primera vez en su vida no sabía qué decir a una mujer.

Victoria continuó trabajando, y, a media tarde, un golpe discreto en la puerta de su despacho le hizo levantar la cabeza. Raquel asomó la suya por la puerta.

—¿Puedo hablar contigo un momento?

—Estoy ocupada.

—Es importante.

—Si es sobre trabajo, te dedicaré unos minutos.

Raquel entró y cerró la puerta a sus espaldas.

—Es sobre Julio.

—Entonces vete. Tú y yo no tenemos nada que hablar sobre él.

—Yo creo que sí.

—Si vienes a preguntarme qué hubo entre nosotros te diré que nada. Unos cuantos polvos y punto, nada que no haya tenido con muchas otras mujeres.

—Te equivocas si piensas que lo tuyo con Julio es lo mismo que ha tenido con otras mujeres. Está enamorado de ti.

—¿Y tú como lo sabes? ¿Acaso te lo ha dicho?

—Sí, pero además no hacía falta que lo hiciera; lo conozco lo suficiente para saberlo.

—¿Y te ha mandado para que me lo digas en su nombre?

—He venido por propia iniciativa, para hablar contigo a tumba abierta... de mujer a mujer.

—¿Y a decirme qué?

—A preguntarte qué sientes por él y cuáles son tus intenciones.

—No es asunto tuyo.

—Sí que lo es. Si tú le correspondes y piensas decírselo en algún momento, haré las maletas y me marcharé. Pero, si no, voy a ir a por él y no precisamente para follar. Haré que se olvide de ti y me convertiré en la mujer de su vida y en la madre de sus hijos. Así que decide.

—¿Quién coño te crees que eres para venir aquí a decirme eso? ¿Pretendes que entre la dos decidamos el futuro de Julio sin que él pueda decir ni una palabra?

¿Acaso su opinión no cuenta? ¿Tan segura estás de que conseguirás que haga lo que deseas?

—Los hombres como Julio no aceptan ser rechazados una y otra vez. Llega el momento en que se vuelven hacia quien está a su lado.

—¿Y te conformas con eso? ¿Con ser la segunda opción?

—Una vez que sea mío, no seré la segunda opción. Y tú lo habrás perdido, y tendrás que verle cada día ser el padre de los hijos de otra. ¿Es lo que quieres?

—¿Y por qué demonios vienes a decírmelo?

—Porque en este momento él te quiere a ti, y creo que tienes derecho a mover ficha tú primero... si quieres. Piénsatelo, pero no tardes demasiado, no vaya a ser que ya no haya vuelta atrás.

Raquel dio media vuelta y salió del despacho.

—Pedazo de hija de puta.... —masculló. Intentó concentrarse en vano el resto de la tarde, y, al final, apagó el ordenador incapaz de controlar las imágenes que la asaltaban de Julio cargando sobre sus hombros un crío regordete y moreno. A ratos, porque en otras ocasiones el niño era rubio y delgado.

Odió a Raquel por poner la decisión en sus manos. Ella no quería una familia, ni hijos... pero la sola idea de que Julio la tuviera con otra mujer la ponía enferma. Más enferma de lo que jamás admitiría.

—Maldito sea el día en que apareciste en mi vida, Julio Luján y de la Torre, para volverla del revés.

La llegada de Magda para recordarle que era hora de irse la sorprendió guardando las cosas en el bolso.

—Vaya, parece que hay ganas de macharse hoy.
—Estoy cansada.
—Yo también. Vamos.
Subieron al coche y la mirada perspicaz de su amiga la taladró nada más pisar el acelerador a fondo.
—¿Estás bien?
—Cansada, ya te lo he dicho.
—Vaaale.

Victoria no pudo dormir. Las pesadillas de un Julio hogareño con Raquel sentada a su lado y niños tirados en la alfombra la atormentaban en cuanto cerraba los ojos. Salió a la cocina, incapaz de permanecer un momento más en la cama. Eran apenas las cuatro de la mañana y sentía el peso de horas de insomnio a sus espaldas. Abrió la alacena y, sacando la botella de ron del armario, se sirvió un trago con hielo.
—Muy mal tienen que ir las cosas para que hagas eso. No te lo había visto hacer desde que tu padre te robó la tesis —dijo la voz de Magda a sus espaldas.
—¿Quieres uno?
—Si va a servir para crear el ambiente propicio para que me cuentes lo que pasa, de acuerdo.
Victoria cogió otro vaso y le echó hielo. Sirvió una cantidad similar a la suya y se lo largó a Magda.
—Raquel me ha amenazado con llevarse a Julio si no hago algo al respecto.
—¿Llevárselo a dónde? ¿A Londres?
—No, a Londres no... En sentido figurado.
—Entiendo.

—Y llevo toda la puta noche soñando con Julio y Raquel y sus hipotéticos hijos.

—¿Y qué piensas hacer?

—¿Tú también?

—Vamos, Victoria, sabes que tienes que tomar una decisión. Acepta de una vez que estás enamorada de él «hasta las trancas» como decía mi abuela. ¿O acaso no has pensado en «tus hipotéticos» hijos con él?

Esta bebió un largo trago.

—Sí, lo he pensado.

—¿Y?

—Me aterra.

—Lo sé. Crees que no funcionará.

—No sé si funcionará, simplemente estoy acojonada. Nunca me planteé tener una familia, ni hijos. No sé si serviré como madre, ni siquiera como pareja estable de alguien.

—El ron no te ayudará a decidir, solo te dará resaca mañana, y tienes que ir al hotel cuando Julio regrese.

—No sé qué hacer. ¿Y si sale mal? Si no encajamos, si...

—Vuelve a la cama y consulta con la almohada si prefieres arrepentirte de algo que hiciste y salió mal o de algo que nunca llegaste a hacer y podría haber funcionado. Yo lo tendría muy claro.

Victoria apuró de un trago su vaso y asintió.

—De acuerdo, lo consultaré con la almohada.

Se metió de nuevo en la cama y esta vez, en lugar de la familia de Julio y Raquel, se dedicó a fantasear con la de ellos dos. Con un niño rubio jugando a piratas con su prima Adriana y el nuevo bebé de Noelia. Y cada vez sentía más pánico al ver lo mucho que le apetecía que se convirtiera en realidad.

Al día siguiente se levantó, se dio una larga ducha para borrar de su aspecto la mala noche y decidió volver a ponerse ropa alegre. Se dejó el pelo suelto y preparó un pequeño maletín con lo necesario para pasar la noche fuera.

Cuando Julio llegó a la redacción a mediodía y entró en su despacho para darle la información necesaria sobre el hotel al que ella debía ir por la tarde, lo recibió una Victoria más sonriente de lo que solía estar. Se sintió gratamente sorprendido por su aspecto y lamentó en su fuero interno que ella tuviera que marcharse en unas horas.

—Hola, Luján —dijo sonriente.

—Vaya, señorita Páez... Veo que ha vuelto la luz al mundo de las tinieblas. ¿Puedo saber a qué se debe el cambio?

—¿No te gusta?

—Me encanta. Y me gustaría mucho más si llevaras esa falda de vuelo que te pones a veces. Te favorece mucho.

—Gracias. Lo tendré en cuenta.

—¿No vas a decirme el motivo?

Ella frunció levemente el ceño.

—En otro momento.

—Vale.

—¿Traes la documentación del hotel?

—Sí; aquí está —dijo mostrándole un carpeta que arrojó sobre la mesa.

—Bien, la estudiaré. Y saldré temprano esta tarde. Ponte al día con tu trabajo mientras estoy fuera.

Julio se echó a reír.

—Es un placer obedecerte cuando vas vestida de persona.

—Dile a Raquel que entre.

—De acuerdo.

Julio salió silbando como un crío en día de vacaciones. Pocos minutos después, entró Raquel.

—¿Querías verme?

—Ve haciendo las maletas.

—¿Has dado ya el paso? ¿Se lo has dicho?

—Aún no.

—Entonces esperaré a hacer las maletas.

—No voy a dar marcha atrás.

—Me parece bien, pero esperaré. De todas formas, iré echándole un vistazo a los vuelos.

—¿Te vuelves a Londres?

—¿Acaso prefieres tenerme por aquí cerca?

—Me da igual. Cuando Julio sea mío, te aseguro que no te dará un segundo vistazo a ti, por muy cerca que te tenga.

—Aunque no te lo creas, me alegra oír eso.

—Bueno, asunto terminado. Tengo trabajo.

Raquel salió del despacho y Victoria se puso a escribir en el ordenador con mucho afán. Había algo que quería dejar terminado antes de irse.

33

Julio responde

Victoria se fue poco después de la hora de almorzar. Llegó al hotel y realizó su trabajo de inspección, y después se sentó sola a cenar. Le hubiera gustado que Julio estuviera con ella, compartir la comida y después la bonita habitación que le habían asignado. Quizá podrían hacerlo la próxima vez... Quizá.

Regresó al día siguiente, como era su costumbre, pero en vez de irse directamente a la editorial se marchó a su casa, se dio una ducha y se cambió de ropa. Rebuscó en el armario hasta encontrar la falda que él había mencionado el día anterior y se la puso junto con un top escotado. Se cepilló el pelo hasta hacerlo brillar y se maquilló un poco. Se miró al espejo, satisfecha de su aspecto, y se dirigió al trabajo, después de comer rápidamente una ensalada.

Cuando llegó, Julio había salido a almorzar con Raquel y Celia. Magda la miró y sonrió.

—Vaya... qué guapa. ¿Consejo de almohada?

—Algo así.

—¿Le digo que quieres verlo cuando llegue?

—No, no hace falta.

Entró en el despacho y abrió el ordenador. Después de leer detenidamente el contenido de uno de los documentos, suspiró y le dio a «enviar». Ya estaba hecho. No había marcha atrás.

Julio regresó y Magda y Rosa salieron a su vez. Nadie le dijo que Victoria había regresado. Se sentó ante su escritorio y comenzó a trabajar. Dio forma al artículo del hotel y después de un rato decidió cambiar un poco y dedicar un par de horas a «Julio responde». Se sorprendió al ver una carta que había llegado aquella misma tarde, y su respiración se detuvo por un momento al ver el remitente: «Mariví A.» Había llegado hacía apenas hora y media por el correo interno. Abrió el archivo con un nerviosismo impropio de él.

Querido Julio.

No sé si te acuerdas de mí, te escribí hace meses para comentarte algunas dudas sobre mi sexualidad. Debo decirte que en este momento, y gracias a ti, eso lo tengo perfectamente claro. Me gustan los hombres y sobre todo aquel compañero de trabajo a que aludí en mi carta.

Te hice caso, cambié de aspecto y conseguí atraer su atención y mantener una aventura. Pero me temo que la cosa se me ha ido de las manos y me he enamorado como una imbécil, hasta el punto de que me gustaría compartir con él algo más —en realidad mucho más— que sexo. Sé que debería decírselo, pero no soy muy buena con la palabra hablada, me temo que mi carácter sigue siendo brusco y eso no pienso cambiarlo ni por él ni por nadie; tendrá que aceptarme como soy en ese aspecto.

El caso es que he pensado en escribirle una carta, porque escribir es mi profesión y ahí sí me siento cómoda. La verdad, no me veo poniéndome delante de él para decirle que lo quiero, probablemente me saldría una bordería y acabaría estropeándolo todo. ¿Qué piensas? ¿Bastaría con la carta o debo hacerlo en persona?

Me gustaría que respondieras a esta en privado, por favor.

Atentamente.

MARIVÍ A.

P.D.: ¡¡¡Y SI SE TE OCURRE PUBLICARLA TE CORTO LOS HUEVOS!!!»

Julio se dio cuenta de que no había respirado durante toda la lectura. Tragó aire, cerró los ojos y procedió a leerla de nuevo con calma, para asegurarse de que realmente decía lo que había creído entender.

Después cerró el archivo y apagó el ordenador. Se levantó y, a grandes zancadas, cruzó la habitación y salió hacia el despacho de Victoria. Desde la habitación contigua, Celia lo llamó.

—Julio.

—Ahora no —dijo sin apenas mirarla, corriendo

literalmente hacia el otro despacho. La chica miró a Magda y sacudió la cabeza.

—¡Joder, cómo va! ¿Qué habrá hecho la jefa ahora?

—¡Quién sabe!

—Será mejor que no aparezcamos por allí en un buen rato.

—Sí, opino lo mismo.

Julio ni se molestó en llamar. Abrió la puerta bruscamente y entró. Victoria alzó los ojos del documento que leía y sus miradas se encontraron.

—¿Querías algo, Luján?

—En efecto, encanto —dijo sin aliento y colocando una silla contra la puerta de modo que no se pudiera abrir desde fuera—. Vengo a darte una respuesta... en privado, como has pedido.

Se acercó hasta ella y, levantándola en vilo, la llevó contra el archivador y empezó a besarla. Victoria enredó los dedos en su pelo y respondió con la pasión contenida durante los últimos meses. Se restregó contra ella mientras la besaba, apretándola contra la madera, sus manos descendieron por las caderas y alzaron el borde de la falda, esa que había deseado levantar desde la primera vez que se la vio puesta. No llevaba ropa interior y Julio apartó por un momento su boca de la de ella.

—No llevas bragas... ¿Me estabas esperando?

—Más o menos.

—Joder... —dijo besándola de nuevo, más excitado todavía, si eso era posible.

—Vamos, Julio, no te demores... No puedo más, llevo cachonda desde que mandé ese correo hace ya mucho rato.

Él se bajó los pantalones y los bóxers en un solo movimiento y la penetró sin esperar más.

Fue un polvo brutal, pura pasión y adrenalina a borbotones. Victoria empezó a correrse casi al instante y a Julio le costó mucho contenerse lo poco que pudo hacerlo. Terminó rápido.

Sin aliento, le cogió la cara entre las manos y la miró a los ojos.

—No he podido aguantar más. Te prometo que esta noche me lo tomaré con más calma.

—Ha estado perfecto tal como ha sido. Y, ¿nos vamos a ver esta noche?

—Ni un ciclón podría impedírmelo.

Se separaron y recompusieron sus ropas.

—¿Se me nota? —preguntó Victoria peinándose con los dedos.

Julio la miró de arriba abajo y lanzó una carcajada.

—Sí.

—A ti también.

—Pues me importa un carajo, porque pienso salir ahí y proclamarlo a los cuatro vientos. Y habrá que poner una cerradura en esa puerta.

—Ni hablar. Esto ha sido algo ocasional. A partir de ahora nos veremos en tu casa o en la mía. Y hablando de tu casa... Raquel...

—Se marchará pronto. Ya está demorando demasiado su estancia aquí.

—¿Qué quieres decir?

Julio respiró hondo. Sabía que ese momento llegaría

y trató de decidir en un segundo cuál de las formas de decírselo que tenía pensadas funcionaría mejor. Se sentó y la invitó a hacer lo mismo.

—Siéntate, Victoria. Hay algo que tengo que decirte sobre Raquel... Y espero que no te enfades demasiado.

Los ojos de ella se oscurecieron al instante.

—¿La has dejado preñada?

—Difícilmente, puesto que no me he acostado con ella desde hace años.

—¿Entonces?

—Raquel no ha roto con Derek.

—¿No? ¿Y entonces qué pinta aquí?

—Accedió a ayudarme a darte celos.

La mirada iracunda de ella lo obligó a alzar las manos.

—Sé que tienes todo el derecho a estar cabreada, pero déjame explicártelo.

—Tienes cinco minutos —dijo mordiendo las palabras.

—Estaba desesperado, enamorado de ti y tú sin querer admitir que sentías lo mismo que yo. No sabía qué hacer, aunque suene pedante, nunca me había visto en la situación de tener que perseguir a una mujer. Noelia me dijo que si pensabas que podías perderme quizá te dieras cuenta de tus sentimientos.

—¡De modo que ha sido toda una conspiración familiar!

—No, deja a mi familia fuera. La culpa es mía y solo mía. Y sé que me merezco una buena hostia... o dos, o las que creas oportunas... o el castigo que quieras darme. Lo único que no te voy a permitir es que te retractes de lo que has escrito. Tampoco voy a decirte que lo siento, porque no lo siento en absoluto, señorita Páez. Te quiero, y en el amor y en la guerra todo vale.

—De acuerdo. Creo que el asunto se podrá zanjar con un par de buenas hostias —dijo acercándose hasta él y cruzándole la cara a derecha y a izquierda. Julio la agarró por la cintura y la sentó sobre sus rodillas. Ella empezó a besarlo de nuevo. Después se separó y lo miró a los ojos.

—Vas a pagar muy caro estos meses de celos, señor Luján y de la Torre.

—Estoy dispuesto. Siempre y cuando algún día te conviertas en la señora Luján y madre de varios Lujancitos.

—Puede... pero eso será en el futuro, y nos limitaremos a un «Lujancito». No soy ninguna cría y no pienso ser una madre abuela. Solo nos dará tiempo a tener uno.

—Ya veremos, lo volveremos a discutir en su momento. De momento, vuelve a besarme.

—No. Estamos en horario de trabajo, así que vete a tu despacho y gánate el pan.

—De acuerdo. Pero nos vemos esta noche.

—Nos vemos esta noche. Y ahora dile a tu «querida prima» que pase. Voy a tener unas palabritas con ella.

—Victoria, te he dicho que esto es cosa mía.

—Y lo que yo tengo que decirle es cosa de las dos. De mujer a mujer y tú no tienes nada que ver. Llámala.

—Está bien.

Raquel entró en el despacho apenas cinco minutos

después de que Julio saliera. Un simple vistazo a Victoria la hizo sonreír y dijo:

—Haré las maletas.

—Eres una maldita zorra.

—Lo soy.

—Me has manipulado.

—Sí. Pero Derek se estaba impacientando y yo también. Has sido mucho más dura de lo que pensaba. A juzgar por la forma en que me has estado matando con la mirada todas estas semanas, pensé que aguantarías menos.

—Creía que te lo estabas tirando.

—Era la idea. Pero hace ya muchos años que Julio y yo solo somos primos y amigos. Lo que hubo entre nosotros es cosa del pasado.

—Pero seguisteis echando «polvos de recuerdo» durante años.

—¿Quién te ha dicho eso?

—Él, cuando estuvimos en la fiesta de Amelia. ¿Acaso no es cierto?

Raquel sacudió la cabeza.

—Solo una vez, el verano siguiente a nuestra pequeña relación. Pero ya no era lo mismo y no lo volvimos a intentar. Sí, es cierto que quedó entre nosotros una camaradería y amistad que nunca tuvo con el resto de las primas.

—Le mataré...

—No lo hagas, ya le has matado bastante ignorándolo estos meses. Por eso me he prestado a esta farsa, porque lo quiero mucho y está muy enamorado. Eres afortunada y espero que sepas apreciarlo.

—Todavía tengo que acostumbrarme a la idea. Joder, apenas hemos empezado y ya me ha dicho que quiere casarse conmigo y tener varios hijos. Va muy de prisa este hombre.

—¿Y tú has aceptado?

—He dicho quizá y he rebajado el número de hijos a uno.

—No te fíes, Julio es muy persistente cuando quiere algo.

—Es innegociable.

—Bien, allá vosotros. Ahora me marcho, saldré en el primer vuelo a Londres donde encuentre plaza.

Le tendió la mano.

—Espero que acabemos siendo amigas, a pesar de todo esto. Probablemente nos veremos en futuras celebraciones familiares, a Amelia le gusta reunir a su gente.

Victoria se la estrechó.

—Supongo que acabaremos siéndolo. Pero sigo pensando que eres una zorra manipuladora.

—Lo sé. Hasta la próxima, Victoria... Cuídale.

—Eso ni lo dudes.

Raquel se marchó y Magda apareció poco después. Una simple mirada a su amiga la hizo sonreír. Los ojos brillantes, la boca hinchada y el cuerpo relajado después de la tensión que había mostrado las últimas semanas, le confirmaron sus sospechas.

—Intuyo que todo bien...

—Todo muy bien. Acabo de entrar oficialmente en una relación con el señor Luján y de la Torre. Estoy acojonadísima... y muy feliz.

—Ya verás como todo va bien. No sois dos críos, ambos sabéis lo que queréis. Y, si no funciona, no habrás perdido nada por intentarlo. Disfrútalo, porque es muy bonito. Estar sola, ser dura y fuerte, bastarse a una misma está bien, pero a veces es maravilloso recostar la cabeza en el hombro de alguien y dejar de ser fuerte por un rato. Permite que te cuiden, que te mimen... y haz tú lo mismo. De vez en cuando acaríciale los huevos en vez de amenazar con cortárselos.

Victoria sonrió ante la salida de su amiga.

—Lo haré. Estoy decidida a que esto funcione.

—Esta noche la pasaré en casa de Silvia.

—Iba a pedírtelo. Voy a invitarle a casa. ¿Y qué me aconsejas que me ponga para recibirle? ¿Lencería de encaje? ¿Un camisón sexi? No tengo nada de eso, tendré que salir a comprarlo.

—Una camisa de hombre sin nada debajo. Al menos es lo que me pone a mí. Y a ti la lencería de encaje no te pega.

—Bueno, tampoco tengo camisas de tío. Pasaré a comprarla de camino a casa y ya luego le preguntaré qué le gusta.

—Y yo voy a llamar a Silvia para que me espere esta noche.

Magda se marchó y Victoria se quedó un buen rato pensando en dónde se estaba metiendo. Pero contenta y feliz del paso que había dado. Probablemente acabaría siendo la señora Luján —y de la Torre—, madre de un Lujancito, y pertenecería a esa familia cálida y acogedora que había conocido en la fiesta de Amelia.

Y tendría a su lado un hombre maravilloso con el

que discutir el resto de su vida, porque ese era un placer al que no estaba dispuesta a renunciar, para acabar haciendo las paces sobre cualquier mueble o rincón de su casa. Sonrió al imaginárselo.

El sonido de un mensaje interrumpió sus pensamientos.

> No hagas planes para el fin de semana. Hay un sitio en Ávila donde se come un chuletón estupendo.

Sí, también iba a dejarse mimar.

Epílogo

Tres años después

Victoria entró en el despacho de Julio para decirle que se iba. Ya lo habían hablado aquella mañana, iba a acompañar a Noelia al ginecólogo para una revisión. Su cuñada estaba embarazada por tercera —y última— vez, o al menos eso decía, buscando ese varón que Andrés tanto deseaba. Después de Adriana habían tenido otra niña, Elisa, y ambas habían llevado las arras en su boda, cinco meses atrás. Por fin Julio había conseguido llevarla al altar, en una ceremonia civil celebrada en la finca familiar de Tarragona. Su hermano Rafa había sido el padrino y el único miembro de su familia que había asistido. En cambio, la familia de Julio había estado al completo, incluidos Derek y Raquel, que habían llegado de Londres para la ocasión. Julio tenía una familia grande, cariñosa y unida que había acogido con alegría que hubiera hecho sentar por fin la cabeza al más pequeño de los Luján. De la misma forma que sabía que acogerían a su hijo el día que lo tuvieran, cosa que quizá sucedería en cualquier momento, porque se había quitado el DIU apenas veinte días atrás.

Julio estaba sentado frente al ordenador cuando entró.

—Me marcho —dijo—. Noelia ya me está esperando abajo.

—De acuerdo. Y no hace falta que te des prisa en volver.

—¿Quieres librarte de mí? ¿Qué estás tramando?

—¡Qué suspicaz! No quiero librarme de ti, solo que descanses un poco. Se te ve cansada.

Victoria levantó los ojos al techo.

—Lo estoy. Probablemente la culpa sea de alguien que se ha tomado como una carrera contra reloj la tarea de dejarme embarazada en un tiempo récord —dijo recordando la sesiones maratonianas de sexo de los últimos veinte días.

Él le guiñó un ojo.

—Quiero ver si hay tiempo de tener al menos dos.

Victoria se puso muy seria.

—Julio, ya hemos hablado de eso. Es innegociable. Un hijo, y eso porque sé lo mucho que quieres ser padre.

—Vale, vale.

—Y esta noche me vas a dejar dormir. Me siento realmente exhausta.

—¡Ja! Como si fuera yo el único. En ningún momento te he escuchado decir no, señorita Páez. Sabes que solo tienes que decirlo y yo me daré la vuelta hacia el otro lado y me echaré a dormir.

Victoria hizo un mohín y se encogió de hombros.

—No quiero que te sientas ofendido ni rechazado.

—O sea, que haces un esfuerzo para salvar mi ego.

Ella rio.

—Un terrible esfuerzo. Bueno, me marcho, y te tomo la palabra. Si Noelia puede quedarse, comeré con ella y quizá me iré a casa a descansar un poco. Por si acaso esta noche tengo que volver a hacer un maratón para salvar el ego de mi marido.

—Dale un beso a Noe de mi parte.

Noelia la esperaba en el aparcamiento.

—Gracias por venir, Victoria. Andrés no quiere que vaya sola por mucho que le diga que me encuentro perfectamente, que este embarazo no es como el de Elisa. Y yo prefiero que no venga, porque se marea con solo ver la bata blanca de la ginecóloga. Además, probablemente ya se verá el sexo y prefiero ser yo quien le dé la noticia en caso de que sea niño.

—¿Y si es niña?

—Pues se tendrá que conformar con la idea de tener un pequeño harén... porque este es el último intento. Y se lo he dejado bien claro.

—Pero a los hermanos Luján no sirve de nada dejares la cosas claras cuando quieren algo. Son tannn persistentes.

—Sí, lo son.

—Julio me tiene muerta desde que me quité el DIU. Piensa que si me quedo embarazada ya, habrá tiempo para un segundo hijo, y, por mucho que le digo que no, sé que en el fondo piensa que me podrá convencer. Pero no lo va a conseguir.

—No estés tan segura. Yo tampoco quería un tercero y ya ves... —dijo acariciándose el vientre ya un poco abultado.

Victoria recostó la cabeza contra el respaldo del asiento.

—Estoy agotada, me duermo de pie. Esta mañana apenas podía levantarme de la cama y en estos momentos solo sueño con volver ella... sola.

—¿Estás embarazada?

—No lo creo, llevo muy poco tiempo sin el DIU. Ni siquiera me toca el periodo todavía, hasta la próxima semana. Y me noto los síntomas premenstruales, la hinchazón en los pechos y en el vientre. Esta mañana he tenido que quitarme dos pantalones, porque no me abrochaban.

—Yo siempre he notado los síntomas del periodo durante los dos o tres primeros meses de embarazo. Y ese sueño persistente podría ser un síntoma. ¿Por qué no aprovechas mi visita y que te echen un vistazo a ti también?

—Porque si me dicen que lo estoy ya no habrá vuelta atrás... y tengo que confesarte que la idea de ser madre me acojona un poco.

—Pero Julio y tú lo estáis intentando, ¿no?

—Sí... pero si tarda dos o tres meses en llegar, mejor.

—Si lo estás, esconder la cabeza en la arena no servirá de nada. Cuanto antes lo sepas, mejor.

—Tienes razón. Aprovecharé la visita.

Tendida en la camilla, con el vientre embadurnado en gel, Victoria sentía moverse sobre ella el aparato de la ecografía. La ginecóloga le había dicho que era muy pronto para que un análisis de orina o un test de embarazo fuera fiable, pero que una eco diría con seguridad si estaba embarazada o no. Y allí estaba, con una mezcla de sentimientos encontrados, escrutando el rostro de la mujer en busca de una posible pista.

—Aquí está —la escuchó decir al fin. Por un momento su corazón se paralizó, no sabía si de emoción o de miedo.

—¿Estoy...?

—¡Vaya!

—¿Qué ocurre?

—Espera un minuto... déjame terminar. Relájate.

Con un nudo de aprensión, Victoria volvió a recostarse, mientras el ecógrafo giraba una y otra vez sobre ella y el ceño de la doctora se fruncía. Al fin, lo soltó, y cogiendo un trozo de celulosa, la limpió y la miró fijamente.

—Victoria, espero que estés preparada para lo que voy a decirte...

Media hora después, entraba como una tromba en la redacción y sin decir una palabra se dirigió hacia el despacho de su marido, ante la mirada asombrada de Magda, que se cruzó con ella.

Abrió la puerta y la cerró con un portazo seco.

—Victoria... ¿Ya estás aquí? ¿No ibas a comer con Noelia?

—¿Comer? ¿Quién piensa en comer? ¡¡¡Voy a castrarte, maldito hijo de perra!!! —dijo acercándose a él presa de una furia asesina.

—¿Qué ocurre? No he hecho nada para que me digas eso... Te juro que no he mirado a otra mujer desde que te conozco.

—No, no lo has hecho. Tú y tus malditos espermatozoides me habéis mirado a mí... ¡solo a mí!

—¿Qué quieres decir?

—Que te has salido con la tuya, maldito bastardo... Tenía razón Noelia cuando decía que los Luján y de la Torre siempre conseguían lo que querían, sin importar lo que tuvieran que hacer para ello.

—¿Qué he conseguido?

—Dejarme embarazada... ¡Muy embarazada!

La mirada de Julio se iluminó de tal forma que Victoria tuvo que desviar la vista de él para mantener su enfado.

—Bueno, estábamos en ello, ¿no? No sé por qué te pones así.

—Porque dije «uno». Un hijo, ¿lo recuerdas? Y vienen tres. ¡¡¡Tres!!! Trillizos, Julio. Dos gemelos en una misma bolsa y un tercero en una bolsa aparte. ¿Tienes idea de lo que eso significa? ¡No vamos a poder dormir nunca más!

Julio tuvo que refrenar el júbilo que sentía hasta que consiguiera calmar a Victoria. Sin duda no sería bueno para los bebés que se alterase tanto. Se acercó a ella y le agarró las manos.

—Cálmate... Te juro que no ha sido a propósito... De verdad, yo solo quería uno. Y sí, quizás hubiera intentado convencerte más adelante para tener otro, pero esto no ha sido culpa mía. Simplemente ha sucedido. Venga, relájate un poco, no es bueno que te alteres tanto —dijo atreviéndose a abrazarla. Victoria se derrumbó.

—La ginecóloga me ha pintado un embarazo terrible de piernas hinchadas, vientre más hinchado todavía, controles continuos y quizá reposo.

El corazón de Julio se encogió un poco con un sentimiento de culpabilidad por no poder librarla de eso.

—No puedo vivirlo por ti, Victoria, ojalá pudiera, pero ten por seguro que lo viviré contigo. No estás sola en esto, es cosa de los dos, igual que lo serán los niños. Cuando se te hinchen las piernas te daré masajes, y si tienes que hacer reposo me sentaré a tu lado y te distraeré. Y me levantaré de madrugada para cambiar pañales, poner biberones... Lo que haga falta.

—Pero juntos solo sumamos dos pares de manos y vamos a necesitar tres.

—Estoy seguro de que la tita Magda y la abuela estarán encantadas de echar una mano. Y podemos contratar a alguien que ayude. El dinero no es problema, ya lo sabes.

—Tendremos que buscar una casa más grande... y un coche más grande yyyy...

Julio agachó la cabeza y buscó su boca. La besó con una ternura infinita, calmando sus angustias y dándole la seguridad que necesitaba en aquellos momentos. Cuando se separaron, Victoria clavó en él una mirada intensa.

—Estoy acojonada. Siempre tuve mis dudas de que

fuera capaz de ser una buena madre con un hijo, ¿cómo voy a hacerlo con tres?

—Perfectamente, como lo haces todo.

—No me hagas la pelota, sigo enfadada contigo —dijo en un tono que desmentía sus palabras.

—No lo estés... por favor. Yo me siento muy feliz.

—Zalamero... Siempre consigues llevarme a tu terreno. De acuerdo, lo asumiré, pero necesito un poco de tiempo.

—Todo el que quieras. Y ahora, ¿puedo saludar?

—¿A quién?

—A mis hijos —dijo con una nota de orgullo en la voz que acabó de derrumbar las defensas de Victoria. Asintió.

Julio se separó un poco y apoyó la mano en el vientre de su mujer. Dio una ligera palmadita y susurró:

—¡Hola, chicos! Soy papá...

Agradecimientos

Quiero dar las gracias a todas aquellas personas conocidas y desconocidas que con sus lecturas, sus votos y sus comentarios han hecho posible que hoy esté aquí, y, muy especialmente, a Maria del Mar por meterme en el cuerpo el gusanillo de la publicación.

Nota de la autora

En esta novela, así como en cualquier otra que haya escrito o escriba en el futuro siempre hay un personaje que se repite y es el de la «mejor amiga» de la protagonista. Esa que la conoce mejor incluso que ella misma. Es un pequeño homenaje a una amiga muy especial que estuvo conmigo toda la vida y ya no está.